# Patiente n° 99

Greer Macallister

# Patiente nº 99

*Traduit de l'anglais (États-Unis)*
*par Fabienne Gondrand*

Pygmalion

Titre original : WOMAN 99
Éditeur original : Sourcebooks Landmark,
une marque de Sourcebooks, Inc.




ISBN : 978-2-0802-5868-7

*Pour celles qui parlent*
*Et celles qui ne le peuvent pas.*

Le Cerveau – est plus spacieux que le
Ciel –
Car – mettez-les côte à côte –
L'un contiendra l'autre sans peine
Et Vous – de surcroît

Emily Dickinson [1]

---

1. *Car l'adieu, c'est la nuit*, Emily Dickinson, choix, traduction et présentation de Claire Malroux, édition bilingue, Poésie/Gallimard, 2007, page 179.

# Chapitre 1

Chaque fois que je fermais les paupières, Goldengrove dévorait ma sœur. Je discernais la torsion de son cou tandis qu'elle baissait la tête furtivement, même si la haute arche mauresque de l'entrée s'élevait largement au-dessus d'elle. Le passage de l'ensoleillement de pleine journée au linceul d'obscurité lorsqu'elle traversait le seuil. Les silhouettes vêtues de blanc qui se pressaient autour d'elle, aussi pâles que des anges, aussi menaçantes que des démons. En réalité, je ne l'avais jamais vue franchir la majestueuse porte de la façade ; pourtant, l'image existait dans mon esprit avec une clarté éblouissante. Autrefois, j'étais persuadée que mon imagination débridée était un don.

Bien évidemment, j'aurais pu reconnaître entre mille la silhouette de Phoebe, ma sœur aînée ayant toujours fait partie de mon univers ; quant à Goldengrove, j'avais une idée des lieux parce que nos voisins, les Sidwell, possédaient une participation majoritaire dans l'établissement. Ils ne manquaient jamais une occasion d'étaler fièrement la documentation de l'endroit, sous forme de brochures travaillées qui représentaient en aquarelles un édifice en brique aussi imposant qu'un château fort, au-dessus duquel s'étiraient d'immenses ciels bleus. Ils lui avaient donné le nom d'« Institut moderne pour malades mentales curables ». À l'origine, il me semblait percevoir des notes d'espoir sous les termes *moderne* et *curables*, mais après l'internement de Phoebe, je n'entendis plus que l'irrévocabilité amère du mot *malades*. Quelque autre usage qu'il pût avoir, ce bâtiment renfermait des aliénées entassées les unes sur les autres et je ne supportais pas l'idée que ma pauvre sœur soit parmi elles, derrière ces murs. Engloutie.

Nous ne l'avions jamais traitée de folle. Elle était une fille comme une autre, tout du moins dans mes souvenirs d'enfance. Je connaissais les moindres inflexions de sa voix, tour à tour gaie, moqueuse, irascible, mélodieuse. C'est à l'adolescence que ses humeurs sombres, effrayantes, s'exacerbèrent au point que son désespoir semblait insondable. Ma mère persistait à arrondir les angles, en faisant semblant que tout allait bien. Pendant un temps, ce fut plus ou moins le cas. Nous pouvions garder secrets les incidents qui se déroulaient sous notre toit. Inutile de clamer haut et fort qu'elle sanglotait sans faire de bruit sous les couvertures pendant les jours sombres, ou qu'elle brillait d'une allégresse factice et fragile pendant les jours radieux. Des journées entières pouvaient se passer sans histoires. Nous faisions de notre mieux pour que les autres ne sortent pas de notre sphère privée.

Mais après que dans un accès frénétique, elle eut piétiné la table du déjeuner chez Maddie Palmer, envoyant valser toutes les tasses du bout de ses socques en soie turquoise, il devint impossible de se voiler la face. Mon père l'escamota pendant une quinzaine dans une maison de santé de San Rafael, en prétextant une grippe passagère. À son retour, elle avait l'air rétablie, pour autant que je pusse en juger. Ma mère m'interdit d'interroger Phoebe sur son séjour, ce que je ne manquai bien évidemment pas de faire. Pour ma tranquillité, ou la sienne, ma sœur ne répondit jamais à mes questions.

Deux années plus tard, alors que Phoebe était âgée de vingt-deux ans, un autre incident eut lieu, beaucoup plus grave cette fois-ci. Des cris retentirent en pleine nuit. Des hurlements sans fin. J'avais fini par m'endormir, bien après minuit, dans un enchevêtrement de couvertures, la tête à moitié recouverte d'un oreiller. Pourtant je continuais à entendre ses mugissements. Elle s'était muée en Furie, dont les accents vertueux sonnaient à mes oreilles comme des coups de clairon. D'autres voix se firent entendre, moins furieuses mais féroces. Une grave et une aiguë. Père. Mère.

Dans l'obscurité, mon corps était lourd comme du plomb. J'étais incapable de m'extirper de mon lit pour me rapprocher du tumulte. Lorsque les premiers éclats de l'aube filtrèrent à travers les volets, l'épuisement eut raison de moi et je m'endormis. Quand je me réveillai, il faisait grand jour et la maisonnée était plongée dans le silence. Les domestiques ne voulurent rien me dire. Ce n'est qu'en fin de journée que j'appris que mes parents avaient envoyé Phoebe à Goldengrove et que cette fois-ci, son internement n'aurait rien de temporaire.

L'insomnie dont j'avais souffert la nuit qui vit le départ de ma sœur à l'asile ne s'était toujours pas atténuée au bout d'une semaine. Chaque fois que je fermais les paupières, je la voyais franchir cette immense gueule sombre qui dévorait sa silhouette prosternée. Jusqu'alors, j'avais toujours été une lève-tôt, ravie d'accueillir l'aube. Désormais, je restais éveillée longuement après avoir soufflé la lampe, et je dormais encore longuement après le lever du soleil.

Je ne tardai pas à m'apercevoir que je n'avais pas de raison de me lever. Phoebe, avec qui j'avais l'habitude de marcher, de parler, d'échanger, n'était plus là. Si j'avais fait la connaissance d'une dizaine de jeunes femmes chez Mlle Buckingham, je n'entretenais d'amitié véritable avec personne – quel intérêt de me lier alors que j'avais Phoebe ? Seule, je n'avais aucune envie de rendre visite à quiconque, et de me laisser dériver sur des flots de discussions creuses, de mots vides. L'effort me semblait insurmontable.

La seule raison valable de sortir de la maison était d'échapper à ma mère. Elle se plaisait à me rebattre les oreilles de l'attitude qui seyait à une jeune fiancée, dressant la liste de mes nouvelles responsabilités et nouveaux privilèges, les premières l'emportant manifestement sur ces derniers. Dans ces moments-là, ma mère était dans son élément, et grimpait vers des sommets de frénésie ravie alors même que je sombrais dans l'abîme. J'avais fini par comprendre que l'image que j'avais toujours eue de ma famille n'était qu'une imposture. Je nous représentais tous ensemble à bord d'une calèche, en bonne compagnie, avançant vers la même destination. C'était faux. Phoebe et moi étions des passagères. Nos parents occupaient le siège conducteur. Et mon père avait tendu les rênes à ma mère, qui nous emmenait tous autant que nous étions exactement là où elle l'entendait.

Au bout de deux semaines sans Phoebe, je me trouvais à faire les choses machinalement. Je me levais, m'habillais, descendais pour le petit déjeuner. Je répugnais à parler avec mes parents ; cependant, je les rejoignais à table après m'être servie d'un œuf et d'une tranche de pain grillé sur le buffet. Ce jour-là comme les autres, je ne désirais qu'une chose : que le temps s'accélérât, que je vinsse à bout de cette journée. Au lieu de quoi, l'inspiration frappa.

— Oh, quelle bonne nouvelle. Charlotte, lis plutôt ceci, annonça ma mère d'une voix aussi lisse que son élégante tasse en porcelaine.

Elle me tendit une missive rédigée sur un épais papier à lettres de couleur crème, qu'elle avait déjà décachetée. J'en conclus qu'il s'agissait d'une énième carte de félicitations, mais je me fis fort de la lui prendre des mains avec une curiosité affichée. Avant même que j'aie eu le temps de déplier la feuille, elle poursuivait :

— Tante Helen souhaiterait que tu lui rendes visite à Newport.

— Oh ? fis-je en lisant la note qui ne disait guère plus que ce que je venais d'entendre.

— Pendant tout un mois ! s'exclamait ma mère. Quelle généreuse proposition. Je pense que tu devrais en profiter.

Que ma tante désirât sincèrement me voir ou que ma mère eût tout manigancé, je ne me faisais pas d'illusions. Ma mère nourrissait l'espoir que l'exotisme d'un périple à travers le continent me secouerait suffisamment pour que je finisse par recouvrer ma bonne humeur. Et dans le cas contraire, elle pourrait jouir de six semaines au moins de répit face à mon silence maussade : quatre semaines de visite et deux de voyage, une pour l'aller, une pour le retour.

— Peut-être, répondis-je.

Au même instant, Matilda fit irruption dans la pièce pour me servir mon thé. Je remuai le liquide dans ma tasse, penchée sur les volutes de vapeur, et restai assise en silence le temps qu'il refroidît.

Ma mère renouvela sa tentative.

— J'ai oublié de te dire. Les dernières dentelles françaises sont arrivées chez Feninger. Sarah Walsh m'a fait savoir qu'il y avait un chantilly particulièrement charmant.

Naguère, Phoebe et moi aurions poussé des cris de joie en apprenant la nouvelle, avant de nous quereller joyeusement pour savoir qui allait jeter son dévolu sur telle dentelle, qui convoitait la finition écrue et qui l'ivoire. À la place, je déplaçai la flaque de jaune d'œuf dans mon assiette sans prendre la peine de lever les yeux. Désormais, la chaise voisine de la mienne était vide.

— J'imagine que tu préfères la dentelle d'Alençon pour ton mariage ? hasarda ma mère.

Près de deux décennies de leçons de savoir-vivre m'avaient inculqué les bonnes manières au fer rouge. Je ne pouvais décemment pas l'ignorer deux fois d'affilée.

— Peut-être, laissai-je tomber.

— Pourquoi ne pas prévoir une visite cet après-midi chez Feninger pour en avoir le cœur net ?

— Comme vous voudrez, mère.

— Si le résultat est convenable, vous n'objecterez pas à la dépense, n'est-ce pas, Phineas ? interrogea-t-elle en montant d'une note dans les aigus, espérant sans doute que mon père s'impliquerait plus volontiers que moi dans la conversation.

Mais sa manœuvre était vouée à l'échec : mon père était foncièrement indifférent à la question de la dentelle. Son goût pour les denrées raffinées se limitait aux cafés et thés que sa flotte maritime importait, produits luxueux qui subventionnaient notre train de vie luxueux : la maison, le personnel, les robes, les fleurs, le tout choisi avec un soin exclusif par ma mère.

— Pour mes filles, rien n'est trop beau, répondit l'intéressé par automatisme avant de jeter un œil, lamentablement, à la chaise laissée vide par Phoebe.

Je traînai ma fourchette dans l'œuf baveux, zébrant mon assiette d'un trait qui ternit le jaune intense. Phoebe m'avait appris à voir la couleur d'un œil neuf : sa profondeur, sa saturation, mais aussi sa dissonance, sa complémentarité, son altération. Un jour, alors que ma mère avait puni Phoebe en lui confisquant ses pinceaux, ma sœur s'était vengée en transformant le mur de sa chambre en peinture murale. J'avais encore à l'esprit les épais nuages pourpres qu'elle avait étalés à mains nues, entremêlés d'un fin lacis de vert pâle et de bleu ciel, à peine visible, qu'elle avait appliqué du bout de l'ongle. Les nuages étaient parsemés d'oiseaux en vol, silhouettes fulgurantes de mouvement et de lumière. Le plus beau spectacle que j'aie jamais vu. Le lendemain, le mur était de nouveau d'un blanc immaculé.

— Ma foi, sincèrement ! s'enthousiasma ma mère. Comment ne pas être aux anges ? Une future mariée de toute beauté, un futur marié qui en impose. Une merveilleuse alliance pour les deux familles. C'était écrit.

Elle me lança un regard appuyé et je hochai la tête en feignant de partager son opinion. *C'était écrit.* Quelle étrange tournure de phrase. Quelle était la part du destin, et celle du hasard ? Dieu ne pouvait agir concomitamment dans l'intérêt de tous. Certaines personnes passaient toujours au second rang. Mon père avait reçu son premier navire en cadeau de la veuve de son cousin, laquelle voulait se séparer de tout ce qui lui rappelait la mort en mer de son époux. Sans ce présent, peut-être aurait-il trouvé un autre moyen de construire une flotte et sa fortune, mais dans le cas contraire ? La première épouse de mon père était-elle morte en couches avec leur troisième fils pour faire place à ma mère et par conséquent à Phoebe et à moi ? Est-ce que cela aussi *était écrit* ?

Déchirant mon silence de son enjouement factice, ma mère s'accrochait farouchement à son sujet.

— Pour ne rien te cacher, je pense que l'atelier de Mme Larkin est le meilleur choix pour la confection de ta robe. C'est là que Millie Chase a fait réaliser la sienne, et si c'est bien pour la famille Chase, cela fera amplement l'affaire pour nous.

Je jetai un œil à mon père, penché au-dessus de son journal, sa tasse de café presque vide à la main droite. Un rayon de soleil matinal faisait virer sa chevelure d'un gris doré au blanc cru, me faisant songer que si ses fils, mes frères aînés, avaient vécu et eu des enfants, il aurait pu être plusieurs fois grand-père à l'heure qu'il était. Le destin – ou Dieu – fermait certaines portes tandis que d'autres s'ouvraient.

Je le vis soudain se lever et laisser tomber sa serviette sur l'assise de sa chaise.

— Sur ce, je vous souhaite une très bonne journée à toutes les deux. Quel que soit votre choix, je sais déjà que Charlotte fera l'envie de toutes les filles célibataires de San Francisco.

— Seulement les célibataires ? railla ma mère.

— De toutes les filles, dans ce cas. De San Francisco et au-delà.

Après un baiser sur mon front, il s'en fut, nous laissant seules autour de la longue table en bois, flanquées de chaises vides.

Nous bûmes notre thé à petites gorgées, en silence. Rien ne m'aurait plus réjouie que de m'enfuir de cette pièce. Non, ce n'était pas vrai. Autre chose m'aurait davantage comblée. Une autre présence. Celle de Phoebe. De quelle faim, soif ou martyre souffrait-elle dans ce lieu épouvantable ? Comment ma mère pouvait-elle continuer comme si de rien n'était ?

— Charlotte, par pitié ! Ne prends pas cet air sinistre. La plupart des filles donneraient leur bras droit pour une telle opportunité.

J'engloutis une mouillette que je mâchai avec application. J'étais tentée de répondre qu'une fille privée de bras droit décevrait amèrement un fiancé à qui l'on avait promis une épouse à deux bras. Mais le silence offrait une meilleure réponse. J'avais l'habitude de ravaler les mots qui me venaient à l'esprit, plutôt que de les dire à voix haute, même s'il m'arrivait parfois de les chuchoter par la suite à Phoebe, dans le secret de nos chambres. À l'instar des leçons de savoir-vivre, la formation que j'avais reçue en matière de conduite et de conversation avait été des plus poussée. Il était impensable qu'une telle grossièreté sortît de ma bouche, quelle que fût la compagnie. Pas un seul cheval d'attelage de tout Nob Hill n'était aussi bien entraîné ni autant à son aise sous le harnais.

La porte s'ouvrit en coup de vent et Matilda, avec sa discrétion habituelle, fit une nouvelle apparition dans le petit salon pour débarrasser le couvert de mon père. Matilda était une jolie fille, discrète, le sourire facile. L'espace d'un instant, je l'enviai. Jamais je ne l'avais vue triste. Valait-il mieux être domestique au service d'une famille d'armateur que fille de ladite famille ? La différence entre elle et moi était imputable au seul hasard de la naissance. Était-ce une de ces choses, dans la vision qu'entretenait ma mère du monde, qui *était écrite* ? Matilda et moi avions peu ou prou le même âge, la même apparence, cheveux blonds, peau claire, pourtant nos mondes semblaient diamétralement opposés. Sa vie entière était passée à faire le ménage derrière ma famille et moi.

C'est en cet instant que mon idée germa. Cette fois-ci, c'est moi qui ferais le ménage.

*

Il ne fallut pas grand-chose pour préparer le terrain et lancer la machine. Si la situation avait été plus difficile, j'aurais peut-être réfléchi à deux fois avant d'agir. Mais il suffit que je couche quelques mots sur une carte pour me sentir astucieuse.

L'enveloppe scellée et déposée sur le plateau du courrier, j'annonçai à ma mère que j'avais accepté l'invitation de tante Helen à Newport, affirmation qui ne souleva aucun soupçon. J'étais la seule à connaître le contenu de la missive.

De nous deux, Phoebe avait toujours été la soupe au lait, un rôle dont elle se délectait. Ce qui expliquait peut-être que j'avais toujours été celle qui écoutait, consentante, et qui obéissait. Tout au long de ma scolarité, j'avais toujours été louée pour ma docilité, et rarement grondée pour ma timidité, ma retenue. L'heure était venue de voir combien de temps me ferait gagner ma réputation de fille obéissante. Mon retour n'était pas attendu avant six semaines, bien plus qu'il ne m'en fallait. Cette perspective me grisait.

Le jour qui avait suivi sa demande en mariage, mon fiancé avait quitté San Francisco pour régler des affaires de famille et j'ignorais la date de son retour. Je confiai à ma mère le soin d'expliquer à la sienne, lors de leur prochaine entrevue, à quel endroit je me trouvais ; je savais qu'elle serait ravie de saisir le prétexte de lui faire une visite et une longue conversation. Il lui tardait de montrer au monde entier que nos deux familles ne faisaient qu'une ; pour ma part, je ne m'imaginais pas réaliser cette union. Même quand je songeais à ces mots – *mon fiancé* – je ne voyais qu'un espace vide à la place de son visage. Je m'autorisais à considérer son rôle comme une entité distincte de son nom, et tant que mon esprit permettait ce cloisonnement, cette automystification, j'en tirerais profit.

Si j'avais eu plus de culot, j'aurais rendu une ultime visite aux Sidwell pour leur extirper des informations sur Goldengrove. Mais c'était un risque inutile. J'en savais déjà beaucoup sur cet endroit. Le patriarche, M. Sidwell, en parlait à la moindre occasion, sa voix de ténor vibrant de fierté. Son fils aîné John, médecin de son état, avait fondé l'institut en tant qu'organisme de bienfaisance en 1880, instaurant thérapies et autres traitements pour apaiser les esprits dérangés des patientes. Lorsque John succomba à la fièvre jaune, c'est à un autre fils, George, qu'incomba la tâche de gérer l'institut depuis sa demeure de Sacramento. Le patriarche ne manquait jamais de vanter la noble mission du lieu. La volonté de mélanger les femmes indigentes et les riches, puisque les maladies de l'esprit ne faisaient pas de discrimination entre les classes sociales. La beauté de la Napa Valley, dont la vaste luxuriance avait des effets thérapeutiques instantanés. Le choix que faisaient certaines familles de Philadelphie et de New York d'envoyer leurs filles, épouses, sœurs à Goldengrove, tant sa réputation était établie. Les pauvres malheureuses de Superior Wharf, tout en bas de la colline, devaient se croire au paradis quand on les arrachait aux coteaux humides du littoral pour leur faire gravir la côte jusqu'aux plus beaux coins du monde. Même si, se plaisait-il à rajouter en gloussant, les seules femmes à faire le déplacement étaient folles et donc dans l'incapacité de mesurer leur chance.

Je ferais figure d'exception.

Au nom de ma sœur, je me donnerais pour tâche de duper mon monde, à l'encontre de tout ce que l'on m'avait inculqué. Après tout, il était de mon devoir de sauver Phoebe de l'asile.

Au fond, c'était à cause de moi qu'elle se trouvait là-bas.

# Chapitre 2

Je parcourus d'un pas leste les étroites rues pavées qui séparaient la gare ferroviaire du débarcadère. En règle générale, je n'avais pas le droit de sortir en public sans chaperonne, et encore moins sans corset. Ma mère passait ses commandes de corsets pour nous trois chez Madame Mora, une extravagance qu'elle jugeait nécessaire. Si les rues de San Francisco n'étaient pas aussi inhospitalières qu'elles avaient pu l'être trente ans plus tôt, à l'époque où le Comité de vigilance emprisonnait et pendait les criminels par dizaines, elles n'étaient pas entièrement sûres pour autant. Tout particulièrement pour une fille qui avait manifestement de l'argent – ou un trésor encore plus rare – à ravir. Je me sentais clandestine, audacieuse, affranchie.

J'inspirai une longue goulée de l'air chaud de ce mois de septembre. Je sentis ma cage thoracique s'ouvrir sans entrave sous la robe en coton couleur rouille que j'avais fauchée dans la buanderie. Je présenterais mes excuses à Matilda quand toute cette sombre affaire serait derrière nous. En attendant, je me délectais de cette liberté. J'étais partie sans sac, ni sacoche ni malle. J'avais eu moins de mal que je ne le pensais à convaincre mes parents de me laisser aller seule à la gare en louant les services d'un cocher. Mon père s'apprêtait à régler ses factures mensuelles et ma mère préparait un gala pour la Société pour la suppression du vice. À coup sûr, je serais rentrée à la maison avant même qu'ils ne s'aperçoivent que je n'étais jamais arrivée à Newport. D'une voix doucereuse, j'avais fait part de mes doutes à ma mère avant de partir, et je l'avais suppliée de ne pas m'écrire chez ma tante pour m'épargner le mal du pays ; après un hochement de la tête et une petite tape miséricordieuse, elle avait accepté. Si je parvenais à rentrer dans un délai de six semaines, personne ne saurait jamais que je m'étais rendue à Goldengrove. Ainsi pourrions-nous sauver les apparences, et je savais comme de bien entendu à quel point cela importait plus que tout pour ma mère. Je serais de retour chez mes parents sous une ou deux semaines, peut-être même sous quelques jours à peine, et Phoebe serait avec moi.

Jusqu'ici, tout se déroulait comme prévu.

D'un pas rapide, je dépassai les derniers bâtiments de mauvaise réputation, les caboulots et les tavernes qui empestaient le gin bon marché, et je débouchai saine et sauve aux abords de Superior Wharf. Je m'arrêtai pour prendre la mesure du lieu. Malgré sa familiarité, il déclenchait toujours en moi une vague de crainte mêlée d'admiration. Le ciel étalait son liséré gris au-dessus de l'étendue pâle des eaux. Le port, avec ses dizaines de navires gréés en carré alignés à l'amarrage comme des chevaux dans leur couloir tirant sur le mors, ressemblait à une forêt de mâts.

C'était l'heure la plus chargée de la journée, ce à quoi je m'étais attendue, et tout se mêlait dans un chaos inextricable. Le quai fourmillait de vie. Des cargaisons se hissaient sur les larges épaules des manœuvres. Ici et là, l'imposante masse grise d'un treuil de débardage rejetait de grandes volutes de vapeur en grognant. Les cris cadencés des chefs d'équipes et des capitaines résonnaient par-dessus le vacarme. Dans l'air s'enchevêtraient les claquements du métal sur le métal, du cuir sur le bois, du vent sur les toiles. Un millier de ahanements sortaient d'un millier de poitrines d'hommes alliés dans le même effort. Je respirai un temps à l'unisson avec eux avant de me remettre en marche et de me laisser happer par la foule.

Je connaissais ma destination par cœur. Quand nous étions petites, mon père nous emmenait souvent voir sa flotte maritime, et les jours où il était au port, nous avions pour coutume d'accompagner notre cuisinière, Mme Shepherd, lorsqu'elle lui apportait son déjeuner. Ma mère, affirmant catégoriquement que le débarcadère n'était pas un endroit approprié pour des jeunes filles, finit par mettre un terme à ces excursions, mais mes pieds reconnaissaient aisément le chemin.

Les navires appartenant à mon père étaient à quai à l'extrémité ouest, sur les appontements de choix, que je prendrais soin d'éviter. Une seule paire d'yeux posée sur moi, un seul éclair de reconnaissance, et ce serait la fin de tout. Je décidai donc d'aller moins loin, en direction du sud-est, vers le troisième quai. Malgré l'agitation qui régnait partout, les planches de ce quai étaient désertes, tout comme l'étaient au-delà les eaux transparentes. Aucun navire n'y était amarré. Les courants y étaient hostiles.

Les bribes d'un chant flottèrent jusqu'à moi :

*Et ho, et hisse, Hadès nous voilà,*
*Mais les flammes ne nous brûlerons pas,*
*Et ho, et hisse, même la peste du Moyen Âge*
*Nous souhaitera bon voyage*
*Nous souhaitera bon voyage.*

Au moment où mon pied atterrit sur le plancher du troisième quai, un cri s'échappa de mes lèvres. Un cri inopiné, mais une fois lancée, il me fut impossible de m'arrêter. Un mélange de colère, de désarroi et de désespoir m'avait menée jusqu'ici et je me rendais compte qu'il était possible de l'exprimer en un seul et même hurlement, ce que je fis. Au loin, une voile lâche fouettait son mât dans un claquement effréné, une myriade de coques faisaient crisser leur ancre et mon cri se joignit à leur chœur.

Cela faisait du bien de crier. Alors je m'en donnai à cœur joie.

Quelques têtes s'étaient tournées vers moi, mais je gardai le cap. Je poursuivis jusqu'à l'extrémité du troisième quai en hurlant à pleins poumons, m'interrompant seulement pour reprendre mon souffle pour continuer de plus belle. À proximité de l'eau, les effluves d'écailles de poisson et de sang frais étaient entêtantes. La senteur saline de l'océan m'assaillit tandis que les vagues se fracassaient sans relâche contre les pilotis avec le bruit d'une paume ouverte giflant la chair nue. Je retirai mes chaussures, un larcin là encore, et les rangeai soigneusement côte à côté, la pointe en direction des flots.

Après quoi je sautai.

*

Ma sœur avait pour habitude de me sauver la vie. La toute première fois, j'avais à peine trois ans, elle en avait cinq, et je m'étais éloignée du groupe au cours d'un pique-nique familial. Elle m'avait retrouvée au bord d'un affleurement rocheux en surplomb de la baie de San Francisco, penchée en avant pour bien voir les vagues s'écraser contre les rochers en contrebas, et elle m'avait attrapée par la main pour me tirer en arrière. Au cours de mes dix premières années, elle me sauva quatre fois la vie. Il y eut l'épisode de la falaise. Après ça, celui d'un cheval hors de contrôle, qui m'aurait désarçonnée si elle n'avait réussi à le calmer de sa voix douce et mélodieuse. Puis celui de la poignée de baies toxiques qu'elle retira de ma bouche avec les mains alors que je la mordais à qui mieux mieux, inconsciente du danger. Enfin, juste après mon dixième anniversaire, j'avais décidé sur un coup de tête de m'aventurer dans un lac profond. Les hurlements de ma sœur avaient alerté mon père qui s'était précipité pour sortir mon corps inerte des eaux glacées.

Dix ans plus tard, la folie s'était abattue sur ma sœur et je savais que le moment viendrait de lui rendre la pareille. Ce moment était venu.

En vingt ans, je n'avais jamais rien fait d'aussi scandaleux. Je n'étais plus moi-même. À la place, à ma façon, je serais la grande Nellie Bly. En 1887, Phoebe et moi avions lu avec engouement le reportage qu'elle avait fait paraître dans le *New York World*, intitulé *10 jours dans un asile*, choquées par les conditions misérables qui régnaient dans l'asile d'aliénées de Blackwell's Island et époustouflées par la bravoure de cette journaliste. Était-ce seulement l'année dernière ? Cela semblait remonter à une éternité. Mon père achetait les journaux de New York – une dépense extravagante, sans doute, étant donné que la presse nationale et internationale était disponible dans son club, mais il arguait que rien ne valait la lecture du journal avec son café du matin. Si ma mère ne les retirait pas suffisamment vite de la table du petit déjeuner, Phoebe et moi les emmenions pour les lire dans sa chambre. Ainsi avions-nous eu tout le loisir de suivre les tribulations de cette jeune journaliste audacieuse qui avait mené l'enquête dans un asile pour femmes après s'être fait passer pour folle, où elle avait enduré les bains glacés et la cruauté des infirmières pour pouvoir mettre en lumière les mauvais traitements infligés aux patientes de l'institution. En fin de compte, ses efforts avaient payé, et les fonds alloués aux hôpitaux psychiatriques furent augmentés d'un million de dollars – en espérant que cela suffît à acheter de la nourriture qui ne soit pas infestée d'araignées et à payer des docteurs soucieux du bien-être de leurs patientes.

Si mes motivations divergeaient de celles de Bly, je trouvais en revanche que ses méthodes avaient valeur d'exemple. Dans notre demeure de Powell Street, j'étais impuissante face à la situation, mais une fois entre les murs de l'asile, je pourrais retrouver ma sœur et exiger sa libération. Rien ne m'empêchait d'invoquer le nom de mon père, voire celui de M. Sidwell le cas échéant, pour obtenir gain de cause. Qui dit loin des yeux, dit loin du cœur. Si je ramenais Phoebe dans le giron de mes parents, ils seraient bien obligés de reconsidérer leur décision, et j'étais intimement convaincue qu'ils feraient le bon choix.

Tel était mon plan.

Pour Phoebe, j'étais déterminée à risquer la noyade une nouvelle fois. Toute femme indigente que l'on surprenait à se glisser à bord d'un navire de la flotte de mon père, ou de n'importe quel bateau amarré à Superior Wharf, voyait son état d'esprit évalué par la police. Si son intention était criminelle, la prévenue était mise en prison ; si elle était jugée folle, elle était envoyée à Goldengrove. Il me suffisait donc de fournir des preuves de ma démence, sur ce quai ou à proximité. J'avais choisi le lieu et le moment avec soin.

Mais il y avait tant de choses que j'avais oublié de prendre en considération.

L'océan est sans commune mesure avec un lac. Un quai n'a rien d'une plage. J'avais mésestimé la durée et le silence de ma chute, la brutalité du choc de mon corps sombrant comme une pierre à la surface de l'eau.

J'avais cru qu'il me faudrait feindre l'engourdissement. J'avais cru qu'il faudrait me forcer à rester immobile, batailler pour ne pas remonter à la surface, lutter contre mon propre corps qui d'instinct se mettrait à nager. J'avais prévu de simuler l'impuissance.

Le bruit du choc à la surface de l'eau me parvint en premier, suivi par la déflagration de la sensation. J'avais l'impression que mon corps entier était un vulgaire chiffon tordu entre les mains d'un géant. La douleur explosa dans mon corps, oblitérant tous mes sens.

Après quoi, pendant une durée indéterminée, il n'y eut plus rien.

Quand je repris connaissance, j'étais engloutie sous les eaux, en proie à une panique sans nom. Je distinguai furtivement ma propre main, pâle comme celle d'un cadavre. Je voulus la lever vers la surface, mais elle refusait de se mouvoir.

Une pression énorme comprimait ma poitrine, mes poumons criaient grâce. Je luttai contre le réflexe d'ouvrir la bouche. En vain. L'eau salée et sombre me satura. Un silence de mort s'abattit sur moi.

Les courants, telle une centaine de mains agrippées à mon corps, m'entraînaient par le fond.

Ma poitrine et ma gorge étaient en feu. Mon corps alourdi s'enfonçait. Je sentis les eaux de l'anéantissement se refermer au-dessus de ma tête tandis qu'autour de moi, tout se teintait de gris et s'estompait à ma vue. Au fond de mon esprit jaillit une vision éperdue, une pensée ultime et désolée : *Ci-gît une adorable idiote*, dirait mon épitaphe, tandis que ma pauvre sœur mourrait abandonnée de tous dans un trou à rats.

Pas un bruit, pas un seul bruit, la douleur régnait en maître, à présent.

Quand soudain, dans un grondement tonitruant, l'eau à côté de moi se mit à tourbillonner à gros bouillons. Quelqu'un d'autre venait de sauter dans les flots. Des bras puissants me tirèrent d'un coup sec. Vers le haut, vers le bas ? Honnêtement, j'aurais été incapable de le dire, je n'avais plus aucune force.

Puis soudain, l'ascension. Le retour de la lumière. Le retour des sons. Autant de sensations douloureuses, mais porteuses d'espoir. Arrivée à la surface, j'avalai instinctivement une goulée d'air qui me brûla presque aussi violemment que l'eau de mer.

— Accroche-toi, espèce de vieille folle, grogna mon sauveteur.

Mais j'en étais incapable. Mes bras glissèrent mollement sur ses épaules, et je sombrai instantanément dans l'eau. Je n'étais qu'à un pouce de la surface, et pourtant ma tête refusait de s'incliner. Si la mort n'était rien d'autre que la fin de la souffrance, en cet instant je l'appelais de mes vœux.

D'autres bras puissants me soulevèrent. L'eau reflua, je m'élevai dans les airs, retombai. Je sentis l'arrière de ma tête cogner violemment – contre les lattes du quai ? – et une myriade d'étoiles blanches fleurit dans le voile d'obscurité tendu derrière mes yeux.

Étais-je de retour dans le monde des vivants ? L'avais-je imaginé ? Des visages aux contours flous flottaient dans mon champ de vision. Dans le plan que j'avais élaboré, j'étais censée me mettre à rire après mon sauvetage, pour avoir l'air le plus dérangée possible. C'est ce qui m'avait toujours le plus perturbée pendant les crises de Phoebe : son rire. Non pas les journées d'immobilité et de silence, mais les éclats de rire strident qui accompagnaient ses paroles et ses gestes les plus funestes, quand elle mutilait son corps, maudissait son âme. Son rire était la mélopée du mal, de la cruauté, de la tristesse. Le rire faisait donc partie de mon plan.

Mais c'est à peine si je me souvenais de mes intentions, et quand j'ouvris la bouche pour m'esclaffer, un grand jet d'eau et de sang se déversa sur les planches. Mon corps rejetait ce que j'avais ingéré, tant et plus. Le sel me brûlait la gorge. Les gens reculèrent d'un bond avec force grommellements et exclamations, mais je ne parvins pas à discerner ce qu'ils disaient.

Quelle que fût la suite du plan, songeai-je en me laissant glisser dans un oubli bienheureux, il ne me restait plus qu'à espérer qu'il suive son cours tout seul.

*

— Pauvre petite, la pauvre petite, me parvint une voix de femme.

Elle m'entoura les épaules d'une couverture grise qu'elle resserra autour de mes bras. Puis elle disparut, la couverture resta et quelque temps plus tard, la couverture disparut à son tour.

Je me réveillai dans un bâtiment qui m'était inconnu, sans la moindre indication ou inscription qui m'aidât à me repérer. On m'avait assise sur une chaise dans une petite salle carrée.

Ma robe rouge imbibée d'eau me collait à la peau, avec une moiteur qui me donnait la chair de poule. De l'autre côté des cloisons me parvenaient des voix de femmes, à moins que je ne les eusse inventées. Je ressentais encore des élancements à l'arrière de ma tête.

Une femme à la coiffe impeccable et vêtue d'une robe bleu marine toute simple me dévisagea longuement avant de se pencher en avant. Était-elle dans la pièce depuis le début ? Avais-je raté son arrivée ?

— Nom ? interrogea-t-elle.

Je me remémorai vaguement que j'avais pour projet d'utiliser mon vrai nom. Il ne risquait pas vraiment de me trahir ; l'État de Californie grouillait de Charlotte Smith. Mais quand j'ouvris la bouche pour lui répondre, aucun son n'en sortit. J'éprouvai une sensation de brûlure palpitante de part et d'autre de ma gorge. J'émis un bruit de respiration sifflante, mais pas un seul mot.

La femme leva les yeux sur moi, mais ne sembla nullement étonnée par mon silence.

— Âge ?

Je priai pour que mes mains jouent le jeu. Lentement, elles obtempérèrent dans un tremblement et je réussis à replier un nombre suffisant de doigts pour en laisser deux tendus sur une main, et garder l'autre poing fermé.

— Vingt ?

Ma tête s'inclina dans un mouvement convulsif, comme mue par une volonté propre. La femme prit une note dans ce qui ressemblait à un journal de bord et fit glisser son doigt le long de la page. Je n'avais pas la moindre chance de déchiffrer son contenu. Ma vue était encore brouillée. Rien n'allait. À bien des égards, j'avais encore la sensation d'être sous l'eau, en train de me noyer. Je songeai à m'enfuir, mais mon corps n'aurait jamais pu exécuter l'ordre.

— Réclamation ?

Je continuai de me taire. Y avait-il une mauvaise réponse ? Une bonne réponse ?

— Réclamation ?

Peu importe, puisque j'étais rendue muette. À moins que cela ne jouât en ma faveur ? Après tout, j'étais censée avoir l'air égarée. Et voilà que je l'étais.

La femme me fixa une nouvelle fois de son regard perçant, avant de changer de fusil d'épaule.

— Êtes-vous désespérée ?

Moi ? Non, pas du tout, mais si je campais une aliénée, la réponse était oui. Je baissai les yeux sur mes mains. Mes doigts, longs, pâles et inertes, ressemblaient à ceux d'une morte, comme quand j'étais sous l'eau. L'élancement à l'arrière de mon crâne se glissa vers l'avant comme une grosse anguille visqueuse.

— Avez-vous un endroit où aller ? Une famille ? Quelqu'un peut venir vous chercher ?

Je secouai la tête de gauche à droite avec lenteur pour ne pas exacerber la douleur. Si je voulais partir à l'asile, il fallait que je sois seule au monde. Il fallait que je sois pauvre, abandonnée de tous, un vrai danger pour moi-même. Sans un mot, je m'appliquai à donner l'impression recherchée.

La femme assise en face de moi sembla se lasser d'attendre ma réponse. Elle finit par griffonner une dernière note sur sa feuille avant de hurler :

— Infirmier ! J'en ai une autre qui est du voyage.

Quelque part, une porte s'ouvrit à la volée. Mon corps fut propulsé dans les airs. Je sentis ma respiration se couper. Un homme venait de me balancer par-dessus son épaule, mon arrière-train indécemment pointé vers le ciel, ma face contre le dos de sa chemise. Laquelle à l'origine devait être blanche, et sentait un mélange de musc et d'oignon.

La qualité de la lumière changea. Nous venions de déboucher à l'extérieur. Un bref instant, mon corps se trouva à la verticale, avant de retomber sur une surface dure. J'avais atterri à l'arrière d'un fourgon. Des gens – surtout des femmes – m'entouraient des trois côtés. Leurs corps dégageaient une puanteur bien pire que celle de l'homme qui m'avait portée : un étrange mélange de terre, de sel et de fleurs en décomposition. Certaines criaient, d'autres restaient prostrées. Peut-être était-ce aussi bien que mon esprit confus ne fût pas en mesure de mettre de l'ordre dans le chaos ambiant. J'étais encerclée de plus de robes loqueteuses et de chair nue qu'il ne m'avait été donné d'en voir au cours de toute ma vie. La pression s'accentua sous mon crâne, jusqu'à occulter la lumière.

Je clignai des paupières en regardant l'homme qui m'avait larguée sur la dernière place libre.

— Tiens-toi tranquille.

Sur ce, il claqua la portière.

*

Les minutes suivantes furent émaillées de quelques éclairs de lucidité, mais qui ne m'apprirent rien sur le lieu où je me trouvais, uniquement sur celui d'où je venais. À l'époque où mon existence était encore tangible – avant que mes parents, en faisant interner ma sœur à Goldengrove, ne la vident de sa substance –, j'avais pris l'habitude de m'adonner à une forme particulière de rêverie. Dès que des pensées sombres menaçaient de m'engloutir, je repensais à des jours heureux. Je me perdais alors si profondément dans les détails de ce souvenir agréable qu'il en devenait plus vrai que nature, et finissait par chasser les pensées lugubres.

Mais à l'arrière du fourgon, après les baquets d'eau de mer que j'avais ingurgités et le choc violent reçu à l'arrière du crâne, je me sentais encore à moitié anéantie. Les impressions que j'entretenais du passé n'étaient pas tout à fait claires, ni tout à fait heureuses. Je ne parvenais pas à retrouver le chemin des bons souvenirs, pas cette fois-ci.

Nous avancions, cahin-caha, dans l'obscurité. Chaque nouveau cahotement générait son lot de complaintes.

Je voyais ma mère dans le petit salon à minuit, à la lueur vacillante de la lanterne, affirmer d'une voix forte : « Ce sera parfait. »

Et puis les ténèbres.

Phoebe hurlait « non » et « arrêt de mort » et « honte ». Elle hurlait *non*.

Ténèbres.

Les ricanements nerveux et suraigus de Phoebe enflaient derrière la porte de sa chambre, qu'on avait verrouillée de l'extérieur.

Noir.

Trois personnes assises à la grande table en acajou, flanquées de toutes parts de chaises vides, écrasées par le poids des absents.

Puis rien.

# Chapitre 3

Quelle que fût la nature de Goldengrove, une chose était indéniable : le lieu était d'une beauté saisissante. Aux dires des spécialistes, une belle architecture inspirait de belles pensées, y compris chez les esprits les plus dérangés.

Dans les illustrations, on aurait dit un château. Deux étages, trois murs ceignant une cour intérieure, le tout couronné d'un toit à pignons aigus. Des ouvertures étroites alternaient avec de larges fenêtres, toutes lisérées d'un rebord de teinte pâle qui ressortait sur la façade de briques plus foncées. L'entrée principale inspirait une crainte respectueuse : un grand arc outrepassé brisé, fait de briques lui aussi, s'élevait au-dessus de l'ouverture dans une série de demi-cercles crénelés disposés en fer à cheval, d'un galbe à la fois exotique et gracieux.

À mon arrivée dans un plein fourgon de femmes indigentes de San Francisco, ce n'est pourtant pas cette porte que je franchis. J'avais à l'esprit l'image vive et nette de Phoebe entrant par cet endroit, la tête courbée sous la voûte mauresque. C'était de la fiction. D'une certaine manière, la perte de cette image, dont je n'avais jamais voulu, la rendait encore plus obsédante. Le lieu était-il pire que je me l'étais représenté ? M'étais-je trompée sur autre chose encore ?

Le trajet, long et difficile, avait abêti les plus féroces des femmes au cours de la nuit, si bien que le bruit sourd de la portière arrière s'ouvrant sur un rayon de soleil fut accueilli par des grommellements de protestation, et non pas des cris. L'une après l'autre, nous débarquâmes du fourgon vers l'inconnu.

Des silhouettes toutes de blanc vêtues formaient de part et d'autre du fourgon deux lignes droites, qui en remontant jusqu'à l'entrée s'effilaient à l'image d'une goulotte. J'avais déjà vu du bétail charrié de la sorte, et je savais parfaitement le sort qui lui était réservé. Mon instinct me dictait de fuir. Mais il n'y avait nulle part où aller. Au loin, une grille en fer forgé s'élevait au-dessus de nos têtes. Devant nous, une imposante bâtisse jetait son ombre épaisse sur le sol. Nous étions arrivées à destination.

De toutes les silhouettes habillées de blanc se dégageait une impression d'uniformité lancinante. « Avancez », ordonnaient-elles. « Non », venait la réponse. « Avancez », insistaient-elles et à force, le chaos prenait des contours moins féroces, la résistance s'émoussait.

Une fois à l'intérieur, les infirmières aux coiffes perchées au sommet de leurs impeccables chignons nous firent avancer en troupeau. Ma tête palpitait et je ne tardai pas à perdre la notion de l'espace. Chaque nouveau couloir, interminable et nu, ressemblait au précédent. Impossible de les distinguer. Nous avançâmes, clopin-clopant, jusqu'à nous arrêter enfin dans un long couloir qui ressemblait exactement aux autres, à une exception près : au beau milieu du plancher était posée une caisse ajourée en bois, vide.

Puis, comme par magie, une femme apparut. De toute évidence, elle était aux commandes. Son uniforme n'était pas blanc mais bleu pâle, sa coiffe était pointue, et à sa ceinture pendait un porte-clés en fer de la taille d'un poing, qui cliquetait au rythme de ses pas. De toutes les femmes présentes, elle était la plus petite – toute fluette – ; cependant, son regard en imposait.

Elle se jucha sur la caisse en bois et nous inspecta comme elle l'aurait fait d'un chargement, oui, ou d'un groupe d'enfants désobéissants. Nous la dévisageâmes en retour. Elle avait les yeux et les cheveux noirs, les épaules étroites, le corps maigre, et si sa robe était immaculée, elle bâillait sur ses hanches, comme alourdie par un trop-plein de tissu. Le contour de sa mâchoire à lui seul me donnait envie de battre en retraite.

— Je suis l'infirmière en chef Baumgarten, annonça-t-elle d'une voix aigre, comme si vous l'avions d'ores et déjà offensée. Si l'occasion se présente de m'adresser la parole, vous m'appellerez matrone, mais cela ne devrait pas se produire. Vous êtes arrivées à Goldengrove, un havre pour les femmes de votre sorte.

Je jetai un œil à ma gauche et à ma droite. D'un côté, une femme de l'âge de ma mère marmonnait des mots dans une langue inconnue, le visage couronné d'une masse de cheveux hirsutes. Sa robe avait une auréole sombre, peut-être du sang. De l'autre côté, une jeune fille frêle de seize ans à peine pleurait sans faire de bruit, le visage empourpré. Ses pommettes étaient si hautes qu'elles jetaient des petites flaques d'ombre sur ses joues. La femme qui se tenait à son côté lui caressait doucement le dos du plat de la main. Je n'aurais su dire si elles se connaissaient d'avant, ou si elles étaient tout aussi étrangères l'une à l'autre que nous toutes. Quoi que nous soyons, toutes autant que nous étions, nous n'étions pas de la même sorte.

L'infirmière en chef poursuivit :

— Que vous ayez été envoyées ici par une famille aimante qui ne savait comment s'y prendre pour vous aider ou que l'on vous ait arrachées à la pauvreté, vous serez traitées à la même enseigne. C'est-à-dire en fonction de votre état. Et si Dieu et la science le permettent, vous guérirez.

Derrière l'infirmière en chef, la file d'aides-soignants s'étira. En reprenant peu à peu le contrôle de moi-même, je finis par distinguer les individus d'apparence si semblable qui la composaient : un colosse à la carrure de docker, les doigts épais comme des saucisses ; une jeune infirmière, hanches larges, yeux bleus, dont la robe d'uniforme avait grand besoin d'un bon coup de fer ; une autre femme à la physionomie maternelle, la bouche comme un trait sinistre, dont les doigts tremblants trahissaient la nervosité, ou l'impatience peut-être ; une infirmière plus âgée avec un casque de cheveux gris acier, lisses et raides. De sa voix ferme et sèche, l'infirmière en chef s'adressa aux aliénées et à moi :

— Un médecin va vous examiner. Il va évaluer votre santé mentale et physique et sur la base de cette évaluation, il vous affectera à l'un de nos neuf pavillons. Une fois sur place, vos infirmières se chargeront de vous, avec l'aide de nos aides-soignants. Vous veillerez à leur obéir.

À ma gauche, le grognement guttural de la femme s'amplifia. Je ne comprenais pas ce qu'elle disait, mais la colère qui transpirait de ses intonations était indubitable. Elle sortit de deux pas de notre rangée, un doigt brandi vers le ciel.

Elle se retrouva à plat ventre par terre avant même que j'aie compris que l'infirmière en chef avait fait signe au colosse. D'un genou, il la maintenait plaquée sur le carrelage, une main sur le cou, dont la paume s'étalait depuis son menton jusqu'au creux de sa gorge, tandis que ses doigts épais s'étiraient sur ses clavicules pointues. Elle eut beau se débattre, elle était clouée au sol.

— Merci, Gus, dit l'infirmière en chef d'un ton uni.

Par terre, la femme crachait un chapelet de syllabes dans sa langue, furieuse, provocatrice. Le géant et l'infirmière en chef échangèrent un regard. La main de l'aide-soignant glissa jusqu'à la bouche de la femme. Les cris devinrent inaudibles. Pendant un temps, les talons de ses bottines continuèrent à claquer contre le carrelage, puis le silence retomba lorsqu'elle abdiqua. La main du géant ne bougea pas.

Arrachant son regard à la femme plaquée au sol pour toiser notre assemblée bien alignée, l'infirmière en chef poursuivit :

— La violence ne sera pas tolérée. La désobéissance ne sera pas tolérée. Vous êtes ici pour guérir. Bon vent.

Je crus m'évanouir tandis que la file d'aides-soignants se disloquait et que chaque individu qui la composait s'approchait de chacune de nous, comme tiré par un fil. L'infirmière plus âgée coiffée d'un casque de cheveux gris acier marcha droit sur moi. Je lui obéis sans broncher. Elle me guida par le coude à travers un énième couloir monotone.

L'austérité des lieux avait quelque chose de profondément troublant. Certes, ma mère avait rempli notre maison à ras bord de tables-consoles, de supports pour plantes et autres bocaux en tous genres, mais ce n'était pas tant que les espaces étaient meublés avec parcimonie : ils étaient absolument vides. Il n'y avait ici que des murs, des planchers et des femmes, le tout encadré de silhouettes vêtues de blanc qui nous surveillaient.

L'infirmière aux cheveux acier me poussa jusqu'à une porte, qu'elle ouvrit. J'appris son patronyme lorsque l'infirmière de l'autre côté, une jeune blonde aux yeux rapprochés lui lança un « Merci, infirmière Watson ».

Je pénétrai dans la pièce et pris place sur la table d'examen que l'on me désigna. Après l'effort de la marche, ma tête me lançait brutalement. Je rêvais de me reposer, ou de manger, deux choses qui m'étaient manifestement interdites, et je peinais à rester debout.

Un petit miroir m'envoya un faisceau de lumière en plein dans les yeux, et l'espace d'un instant, je restai aveuglée, si bien que je sentis le médecin avant de le voir, ses doigts palpant délicatement le point le plus endolori de mon crâne. Cette fois-ci, la douleur me fit l'effet d'un rideau chatoyant que l'on tirait sur mon champ de vision, et qui se leva seulement lorsqu'il retira ses mains.

— Pas de saignement, déclara-t-il, mais contusion sévère. Commotion cérébrale possible. Pour l'heure, il va peut-être falloir choisir Thalie.

— Ils sont un peu à court à Melpomène. Elle est clairement indigente, la famille ne viendra pas se plaindre.

Les bras croisés, il prit une voix professorale.

— Dois-je vous rappeler les paroles du Dr Sidwell ? Les maladies de l'esprit ne font pas la différence entre les classes sociales.

Ce à quoi la voix de l'infirmière lui répondit :

— Et le Dr Nelson dit qu'il veut plus de patientes pour le traitement par l'eau froide.

— Tu parles d'un traitement, cracha le médecin avec une véhémence étonnante. J'ai à moitié envie de me pointer là-bas et…

Sa phrase resta en suspens et l'infirmière ne lui demanda pas de la terminer. Ses doigts fouineurs reprirent leur ouvrage en silence.

Quand enfin je parvins à fixer mon regard, je me concentrai sur le visage du médecin tandis qu'il enroulait ses doigts à mon poignet pour me prendre le pouls. Il avait des yeux tristes et des cheveux poivre et sel coupés ras. À quelques années près, il devait avoir l'âge de mon père.

Il me mesura, examina ma peau, ma langue, mes yeux, ma carnation. Il me posa des questions auxquelles une vraie démente n'aurait jamais été en mesure de répondre ; je fis donc de mon mieux pour ne pas y répondre. J'étais arrivée jusqu'ici et j'étais bien décidée à ne pas me laisser démasquer. Pour l'heure, j'en apprendrais plus en écoutant qu'en parlant.

Le médecin me demanda d'où je venais, ce dont je souffrais, si j'avais déjà été internée, si j'étais suivie par un confrère. Malgré mon refus catégorique de répondre à la moindre question, il prit quantité de notes tout en fredonnant dans sa barbe. Il finit par se tourner vers l'infirmière :

— À Thalie, donc.

— Bien, docteur Concord.

Un coup à la porte, et l'infirmière Watson revint me chercher pour m'embarquer prestement à travers un énième couloir vide.

Quand elle me tendit une robe propre, en coton de couleur corail, j'hésitai entre horreur et soulagement. À ce stade, la robe ayant appartenu à Matilda était repoussante, imprégnée de transpiration, de crasse, de sel de mer, et l'idée de m'en débarrasser aurait dû me réjouir. Il n'en restait pas moins qu'elle était l'un de mes derniers liens avec ma vraie vie. La nouvelle robe était fine et rêche. Comparativement, celle de Matilda, alors que je lui avais volé la pire, semblait de confection robuste. J'eus à peine le temps de tergiverser. L'infirmière était certes plus petite que moi, mais elle était plus forte, et sa poigne sur mon coude était sans appel.

En cours de route, je fis de mon mieux pour rester aux aguets, fouillant des yeux chaque salle et chaque porte à la recherche de Phoebe. Mais mon corps se rebellait. Quand je tournais la tête trop brusquement, pour essayer de jeter un regard par-dessus mon épaule à une pièce que nous venions de dépasser, j'éprouvais instantanément une sensation de vertige. Plus d'une journée entière s'était écoulée depuis que j'avais quitté la maison pour me rendre à la gare ferroviaire. Mes jambes commençaient à se faire lourdes. L'infirmière resserra l'étau de sa main en un pincement douloureux qui me mit au pas.

Elle héla une autre infirmière qui arrivait devant nous depuis une cage d'escalier et lança sans préambule :

— Il va mieux ?

— Du tout. Il est rond comme une barrique plus souvent qu'à son tour. Murphy m'a dit qu'il l'avait trouvé l'autre jour en train d'essayer vainement de déverrouiller sa porte.

— Et ?

— Elle n'était même pas fermée à clé.

Watson s'esclaffa.

— Aussi utile qu'une bite sur un prêtre, celui-là.

J'étais tentée de voir sa réaction si je m'aventurais à faire un pas en avant. C'était à peine si elle m'effleurait ; pouvais-je m'enfuir et remonter le couloir en courant avant qu'elle ne m'attrape ? Mais l'idée de me précipiter dans tous ces couloirs vides, à la recherche d'une patiente qui pouvait se trouver n'importe où, me semblait bien malavisée. Je ne bronchai pas.

Un bruit de pieds traînant sur le sol, d'abord léger puis de plus en plus fort, précéda une dizaine de femmes. J'eus à peine le temps de sursauter qu'elles s'éclipsaient déjà sans un mot. J'entraperçus leurs visages, tous différents et à la fois identiques dans leur résignation vide. Phoebe était-elle parmi ces femmes ? Je cherchai des yeux ses cheveux clairs, en vain. Le cortège avançait d'un pas rapide et en un instant, il avait déjà disparu. Les têtes dodelinantes se brouillèrent dans un grand flou. Le dos de la dernière femme de la file s'estompa, comme si la vision était sortie tout droit d'un rêve.

Une autre silhouette flotta vers moi en sens inverse, suivie d'un éclair blanc qui attira mon regard. En prévision de la soirée, un aide-soignant s'employait à allumer les becs de gaz, dont la flamme vacillante dégageait une lueur douce, puis le bruit de ses pas s'éloigna.

Plus près de moi, les deux infirmières échangèrent un dernier hoquet d'indignation, puis se remirent en route.

Quand enfin nous nous arrêtâmes devant une large porte peinte du même beige que les murs, mon estomac émit un grondement sonore. J'étais étonnée que l'infirmière ne l'ait pas entendu, elle aussi. Je la tirai par la manche.

Watson pivota vers moi, le visage empreint d'un agacement évident. Au moins s'était-elle donné la peine de se retourner. J'empoignai un bol de nourriture invisible devant moi, et enfournai son contenu invisible dans ma bouche à l'aide d'une cuiller invisible.

— Le dîner ? Ça vient juste de finir, lâcha-t-elle.

Le temps qu'elle avait passé à bavasser dans le couloir, et dont j'ignorais avoir eu besoin, était perdu à jamais. Je tentai de lui signifier ma faim en portant à ma bouche un petit pain invisible dans lequel je mordis à pleines dents.

— Demain, répondit-elle.

Je n'avais pas le souvenir d'avoir déjà éprouvé une telle faim, et ce constat me poussa au désespoir. Je l'agrippai un nouvelle fois par la manche. Elle décolla mes doigts de son bras avec un air de dégoût, leva la main en signe d'avertissement, puis la tendit pour ouvrir la porte beige. Elle s'ouvrit en grinçant sur ses gonds.

Sans me laisser le temps de découvrir la pièce – il y avait des lits de camp en nombre, mais tous n'étaient pas occupés, et un air vicié qui charriait des relents de transpiration, de chair et de coton –, elle me poussa en avant. La porte se referma derrière moi.

Ici, il n'y avait pas de becs de gaz, seulement des lampes à huile, et encore, deux seulement pour la pièce, qui était pourtant grande. Mes yeux s'accoutumèrent à l'obscurité. Je tenais encore serrées contre moi la robe et les chaussures qu'on m'avait distribuées. Mais il y avait là une vingtaine de femmes, toutes vêtues de chemises de nuit, sortes de longues robes droites informes d'un gris délavé. Chaque lit de camp vide était recouvert d'une chemise de nuit vide.

Je cherchai des yeux la chevelure blonde de ma sœur, espérant contre tout espoir que le hasard m'avait expédiée dans son pavillon, mais je ne tardai pas à déchanter. En balayant la pièce d'un regard plus attentif, je repérai deux autres infirmières, une rousse et une brune. Elles arpentaient les allées entre les grabats, administrant force claques et coups chaque fois qu'une attitude les contrariait. L'autre aide-soignant posté à côté de la porte faisait deux fois ma taille. Il n'était pas aussi titanesque que celui qui avait cloué la patiente au sol ; en revanche, une affreuse balafre blanche sinuait sur tout le pourtour de sa mâchoire, et il n'en restait pas moins suffisamment colossal pour s'acquitter du travail exigé. Préférant m'éloigner de lui, je m'avançai d'un pas dans la pièce et me cognai le tibia sur un pied de lit. Une exclamation enrouée s'échappa de ma bouche, si faible que personne ne l'entendit.

J'avais repéré une couchette inoccupée à quelques pas, et décidai de m'en approcher. À côté se tenait une jeune femme au visage de poupée en porcelaine mais dont les cheveux blonds et sales, coupés court comme ceux d'un garçon, se dressaient en bataille dans un halo terne. D'un geste discret, elle me montra l'emplacement vide. Pourquoi pas, décrétai-je ; son opinion en valait une autre. Je m'agenouillai à même le sol à côté du matelas, me dérobant du mieux aux regards le temps de retirer ma vieille robe malodorante et d'enfiler la robe droite en tissu fin, en prenant soin de ne pas exposer une once de peau en passant de l'une à l'autre.

Personne ne m'adressa la parole tandis que je disposais la nouvelle toilette propre d'un côté de mon lit et les vieux habits sales de l'autre. Dans l'épuisement qui était le mien, tout m'était devenu égal. Si je n'avais rien à faire ici et que mon comportement était inapproprié, ainsi soit-il : ils n'avaient qu'à me flanquer à la porte.

Mais personne n'en fit rien.

Tandis que les femmes s'installaient pour la nuit, les aides-soignants passèrent une dernière fois entre les rangées, en leur distribuant à tour de rôle un gobelet. Je pris soin d'observer ma voisine, et la voyant avaler le breuvage et rendre le contenant à l'infirmière, je décidai de l'imiter. Après quoi, je la vis s'allonger et remonter le drap fin jusqu'à son menton. Je fis de même.

Une fois toutes les patientes couchées, sans annonce ni fanfare, chaque infirmière se saisit d'une lampe à huile et la lumière s'en fut avec elles. Elles franchirent la porte et leur ombre vacilla dans leur sillage avant de disparaître. L'aide-soignant à la balafre leur emboîta le pas. Seul le rai de lumière qui filtrait sous la porte fendait les ténèbres. La pièce entière, plongée dans le noir, vibrait de la respiration des femmes.

Puis un autre bruit résonna : un bruit sourd, suivi d'un claquement sec. Je l'entendais pour la toute première fois, pourtant je savais déjà ce qu'il voulait dire. Les infirmières venaient de nous enfermer.

Le claquement du pêne glissant dans la gâche n'avait ému personne. Je commençais à me dire qu'on finissait vraisemblablement par s'habituer à tout. Sans quoi toutes ces femmes se seraient mises à hurler au lieu de s'endormir.

J'étais entourée de folles. Mon cœur battait à se rompre. Ces femmes étaient gouvernées par leurs pires humeurs, sans commune mesure avec les jeunes femmes de bonne famille de la haute société de San Francisco dans laquelle ma mère mettait un point d'honneur à nous implanter. L'esprit de ces femmes était corrompu, voire brisé. Qui sait ce qu'elles avaient fait et ce dont elles étaient capables ?

Jamais je n'aurais dû venir.

J'avais eu pour projet de trouver Phoebe, puis d'informer les médecins que nous étions l'une comme l'autre parfaitement lucides, qu'il y avait eu une erreur et que nous allions partir. Dans ma représentation, je me montrais vertueuse, impérieuse, triomphante. Je nous avais imaginées franchissant l'imposante porte d'entrée, main dans la main dans un rayon de soleil. Mes parents auraient fait toute une histoire de ma machination, mais ils nous auraient accueillies à bras ouverts, ainsi qu'ils l'avaient toujours fait. Je sauverais ma sœur tel qu'elle m'avait toujours sauvée.

Mais je me rendais compte à présent que ce que je m'étais imaginé n'était qu'un scénario parmi tant d'autres, et qu'il était loin d'être le plus probable. À l'instar de Nellie Bly, j'avais eu somme toute assez peu de mal à m'infiltrer dans l'établissement ; je me demandais en revanche à quel point il se révélerait difficile d'en sortir.

Soudain, ma fatigue se transforma en une véritable lame de fond. Mes paupières se fermèrent malgré moi. Il me sembla entrapercevoir la femme au visage de poupée qui me souriait, mais rien n'était moins sûr.

Les ténèbres se replièrent sur moi avec une implacabilité qui me priva de toutes mes forces. Je capitulai sans combat.

# Chapitre 4

Une fois à Goldengrove, il fallut trois jours entiers pour que ma tête cesse de me faire souffrir, et trois jours pour m'apercevoir que la routine qui régnait entre ces murs, censée faire œuvre de traitement médical, allait à coup sûr me rendre folle.

Chaque matinée démarrait sous les mêmes auspices. Les membres alourdis de sommeil, je me réveillais mollement, le moindre mouvement me demandait des trésors d'efforts. Je quittais ma chemise de nuit grise au tissu élimé au profit de ma robe de jour rêche de couleur corail. Une file se formait, que je rejoignais. Une femme aux taches de rousseur et au pas traînant me précédait tandis que celle aux cheveux courts et au visage de poupée m'emboîtait le pas, sans que jamais nous dérogions à cet ordre.

D'une main sur mon épaule, une infirmière me clouait sur place, tandis qu'une autre appliquait une pression fulgurante sur le haut de mon dos, près de ma colonne, sans que je puisse m'expliquer pourquoi. Puis elle passait à la suivante. Je finis par me rendre compte qu'elle tenait un morceau de craie. Le bras tendu, je la vis inscrire un chiffre sur le dos de la femme aux taches de rousseur – le 36 –, et ainsi de suite jusqu'à ce que toutes les patientes aient un numéro, large comme la main, marqué à la craie blanche. Aucune ne pouvait voir son propre numéro, mais nous savions toutes qu'il était là.

Nous traversions alors le couloir jusqu'au réfectoire, où nous attendait un bol à moitié rempli de porridge tiède, et un thé qui avait un tel goût de cuivre qu'il donnait l'impression de lécher une pièce d'un penny. Cinq minutes pour les avaler, après quoi nous repartions de notre pas lourd.

Nos infirmières, Dexter et Edmonds, ainsi que notre aide-soignant balafré, le dénommé Alfie, nous flanquaient à chaque instant. Ils surveillaient nos allées et venues, et si nos allées et venues ne leur convenaient pas, ils nous corrigeaient. « Avancez. Attendez. Non. Là. Ici. Maintenant. Maintenant. Maintenant. »

Puis c'étaient les bancs.

Je redoutais atrocement les bancs. De longues planches en bois sans dossier, disposées dans une salle nue sans décoration, sans fenêtre, sans confort. Il y avait tout juste assez d'espace entre elles pour ne pas donner des coups de genoux à la femme assise sur la rangée de devant, à condition de ne pas être trop grande. Quelqu'un avait pris le soin de poncer le bois, si bien qu'il nous arrivait rarement de retrouver des échardes dans nos robes. C'était bien le seul compliment qu'on pouvait trouver à faire. Les bancs étaient boulonnés au plancher de façon que personne ne les déplace et à part eux, rien ne venait accrocher le regard. À côté de la porte, les becs de gaz étaient réglés au plus bas dans une pénombre perpétuelle, et une odeur de renfermé saturait l'air. À peine entré dans la pièce, on avait hâte d'en repartir. Manifestement, le sort voulait qu'on y reste des heures.

Quand l'infirmière aboyait derrière moi, je suivais le troupeau. Les deux premières journées passées sur les bancs avaient été d'une monotonie sans nom. Je cernais la philosophie à l'œuvre, bien que personne n'eût pris la peine de me l'expliquer ; l'immobilité du corps était supposée apporter la paix de l'esprit. À la place de quoi j'étais à deux doigts d'exploser. Nellie Bly avait écrit « Personne ne peut se douter à quel point ce sont de longues et lentes heures que celles que l'on passe à l'asile[1]. » Entre le lire et en faire l'expérience, il y avait un gouffre.

Pendant la première heure de la journée, j'avais l'esprit embrouillé, aigre et lent. Mais une fois le brouillard levé, le résultat était pire encore. Sur le banc, mon esprit s'envolait, plongeait puis s'enlisait dans des abîmes d'où je n'arrivais qu'à penser à des choses horribles. La puanteur des tas de goélands morts sur l'embarcadère et le vrombissement des mouches venues se repaître de leurs cadavres. Le marin que j'avais vu un jour perdre l'équilibre en haut du nid-de-pie, dont les mains avaient happé le vide tout au long de sa chute. La moindre tentative de songerie avait pour seul effet de me propulser dans des endroits effrayants, où mes bons souvenirs tournaient mal – mon père buvant son café, mais dans une tasse ébréchée, et du sang lui dégoulinait sur le menton –, si bien que je renonçais à m'y aventurer. De la sorte, au moins, mes pensées noires épargneraient les êtres qui m'étaient chers.

Au lieu de cela, je m'appliquais à inventer des histoires sur les patientes qui m'entouraient. Après tout, j'adorais les histoires. Alors, au lieu de céder à mes visions délétères, je passais mon temps à imaginer ce qu'elles avaient été, et comment elles étaient arrivées ici. Le petit bout de femme à la grâce de danseuse dont la respiration laborieuse s'entendait à des mètres à la ronde. La femme à la peau mate qui me rappelait une professeur de piano assez détestable, sauf qu'il ne lui restait qu'une seule dent. Une brunette toute potelée dont les yeux cachaient bien des secrets mais dont les doigts ne cessaient de tirer, tirer, tirer sur le tissu de sa jupe, jusqu'à le trouer, ce que l'infirmière à l'œil de lynx repéra, sans en faire cas. Imaginer le passé de ces femmes valait mieux que de revoir sans cesse le matelot basculer dans le vide, mais aucune des histoires que je leur tissais ne

1. *Dix jours dans un asile*, Nellie Bly, traduit de l'anglais (États-Unis) par Hélène Cohen. Éditions Points/Documents, 2016, page 95.

finissait bien. Sachant que leurs protagonistes terminaient sur ce banc, c'était tout bonnement impossible.

Je passais aussi un temps considérable à réfléchir à la jolie petite idiote que j'avais été. Je ne m'en étais jamais aperçue jusqu'ici et désormais ce constat m'obsédait. Toutes ces leçons, toutes ces préceptrices : broderie, savoir-vivre, danse, musique, conversation. Quel orgueil. J'étais persuadée que tout cela portait à conséquence. C'était faux. Tout était superficiel, décoratif. J'étais une poupée sotte qu'on habillait pour l'exhiber, dans l'idée de la céder en décoration pour une autre étagère. J'avais été la poupée de ma mère, non pas sa fille. Elle n'avait eu que deux enfants, qu'elle avait choyées et parées de bijoux, mais sans jamais perdre de vue notre valeur potentielle. Ma foi, j'étais bel et bien sur une étagère, à présent. Une longue étagère basse garnie de poupées, toutes cassées. Une étagère en bois brut qui me taraudait l'arrière-train à force de rester figée pendant des heures, sans même un simple coussin de crinoline.

Toutes ces pensées se bousculaient dans ma tête tandis que j'entamais ma troisième journée d'un pas lourd. La perspective de retourner m'asseoir au même endroit et d'y rester des lustres était insupportable. Au lieu d'emboîter le pas à la femme aux taches de rousseur jusqu'à ma place assignée, je fis trois pas de côté et je jetai mon dévolu sur un autre banc. Une bouffée d'orgueil me monta à la tête. Après tout, j'étais maîtresse de moi-même. J'étais capable de prendre mes propres décisions.

Un premier coup sec s'abattit sur mes épaules, suivi d'un autre à l'arrière de mes genoux. J'ouvris la bouche pour hurler, mais ne réussis qu'à émettre un bruit minuscule. Ce qui me valut d'écoper d'un nouveau coup, cette fois-ci sur le côté de la tête, asséné par l'infirmière Dexter. Je me mordis l'intérieur de la joue pour réprimer un cri perçant, puis je me laissai tomber sur le banc, dont la surface m'accueillit brutalement. Dexter me dévisagea longuement, puis son regard glissa sur la demi-douzaine de femmes assises à côté de moi. Elle hocha la tête et recula d'un pas, sans nous quitter des yeux.

La douleur des coups s'estompa, et à la place j'éprouvai de la joie ; j'étais assise sur un autre banc, à côté d'une autre femme. Peut-être était-ce la première étape d'un voyage qui me permettrait de me retrouver. De me libérer des pensées sombres qui menaçaient de m'étouffer.

Je coulai un regard en biais à la femme à ma droite. Je ne l'avais encore jamais vue. Elle avait une épaisse chevelure noir de jais, plutôt mieux coiffée que les autres, rassemblée en une sorte de nœud lustré. Exception faite de la femme aux cheveux courts, toutes les autres patientes avaient une longue natte effilochée et aplatie par le sommeil, qui restait des jours entiers sans qu'on la peigne. Personne n'avait le droit de posséder ne serait-ce qu'une épingle à cheveux.

Je la scrutai du coin de l'œil – l'infirmière Dexter était trop près de moi pour que je me risque à tourner la tête – pour tâcher de discerner ses traits. Son visage dégageait quelque chose de frappant, une force. Je n'arrivais pas à distinguer la couleur de ses yeux, mais pour l'instant je ne voulais pas tenter le sort. Au cours de la première demi-heure de leur quart, les infirmières étaient d'une vigilance redoutable. Je passai le temps en m'imaginant à quoi ressemblait ma voisine et ce qui l'avait amenée ici. Une femme de la haute portée sur la boisson ? Une dévergondée professionnelle arrachée à la rue ? Une fille rebelle sujette aux crises ? Enfin, j'avais trouvé un sujet qui ne m'emplissait pas de terreur.

Dès que l'infirmière baissa la garde, je me livrai à un examen plus approfondi de ma voisine. Comme me l'avaient laissé entrevoir mes coups d'œil furtifs, elle était effectivement très belle. Pas d'une beauté classique, comme celle qu'on attribuait à Phoebe et moi, pommettes roses et peau diaphane, mais d'une force sauvage. Elle m'intriguait. Je me hasardai à reculer de quelques centimètres ; elle portait le numéro 125.

Ma décision prise, je tapotai des doigts sur le haut de ma cuisse, comme si je faisais des trilles sur un piano, pour attirer son attention.

Sa tête pivota entièrement vers moi. Le choc me laissa bouche bée.

Si le pan gauche de son visage était d'une pâleur lisse, le côté droit avait été ravagé par les flammes. Il luisait d'un rose tourmenté, grêlé et nervuré de rouge. Je ne pus cacher ma grimace.

Malgré ma réaction, elle ne détourna pas le visage, ce que je trouvai tout à son honneur. Elle avait une main posée sur ses genoux, et de l'autre elle se désigna discrètement en chuchotant : « Celia. »

Je n'étais pas sûre que mes cordes vocales fonctionnent. Mais le jeu en valait la chandelle. Mon nom finit par sortir dans un éraillement grave. « Charlotte. »

Son regard se posa sur moi. Elle avait un seul œil, bleu. Du côté brûlé, la paupière fermée avait fusionné avec le reste de son visage, sous l'effet des flammes ou de la chirurgie. J'ignorais à quand pouvaient bien remonter ses lésions, mais le lacis luisant de sa peau donnait l'impression d'être encore à vif.

Brusquement, elle posa sa main sur la mienne. Comme le pan droit de son visage, cette main aussi était brûlée. Ses deux mains étaient d'un rouge marbré. On aurait dit que la peau s'était reformée sur les os dans un enchevêtrement, semblables aux ramifications d'un arbre. La chaleur de sa main s'écoula dans la mienne et l'espace d'un instant, je me sentis forte.

Elle m'adressa de nouveau la parole à mi-voix : « Ne bois pas. »

Je n'eus pas le temps de l'interroger sur le sens de ses paroles qu'elle repliait délicatement les mains sur ses genoux en fixant le regard droit devant elle. J'ouvris la bouche pour parler, mais je sentis l'ombre de l'infirmière Dexter nous effleurer, et compris aussitôt pourquoi Celia s'était ravisée. Accoutumée sans doute à nos débordements, Dexter se planta à l'extrémité de notre rangée, où elle resta en faction jusqu'à ce que nous regagnions la salle à manger d'un pas traînant, ahuries et affamées, après des heures passées dans une immobilité abrutissante.

Ce soir-là, tandis que nous enfilions nos robes de nuit, les mots de Celia me revinrent en mémoire. Je balayai la salle des yeux et je finis par repérer sa chevelure noire deux rangées plus loin. L'infirmière Edmonds lui tendait le gobelet, qu'elle porta à ses lèvres avant de basculer la tête en arrière, puis de le lui rendre. Peut-être avais-je mal compris. Peut-être son *Ne bois pas* concernait-il autre chose. Après tout, il n'y avait aucune raison pour que la folie épargne particulièrement les adeptes de l'abstinence.

Mais alors que les deux infirmières poursuivaient leur ronde, j'aperçus son manège. Elle tourna la tête et recracha au pied de son lit le breuvage, qu'elle avait gardé dans sa bouche. Dans la pénombre, les infirmières ne remarqueraient jamais la tache sombre qui maculait sa couverture. Son œil unique se posa sur moi.

Quand mon tour arriva, je fis couler le liquide dans ma bouche et hochai la tête, lèvres plissées, en restituant le gobelet. Une fois les infirmières arrivées à l'autre bout de ma rangée, j'imitai Celia. La tache humide sur le matelas n'était pas très plaisante, mais il suffisait d'écarter les pieds pour les garder au sec.

Il ne me fallut pas très longtemps pour sentir la différence. Les deux nuits précédentes – je priai en mon for intérieur pour qu'il n'y en ait eu que deux, et que celle-ci fût ma troisième – je m'étais retrouvée incapable de résister au sommeil à peine la lumière éteinte. J'avais eu beau lutter, il m'avait emportée. Mais à présent, les choses se déroulaient différemment. Tandis qu'une à une, les femmes autour de moi sombraient dans la léthargie, je restai les yeux grands ouverts dans le noir. Jusqu'ici, j'avais cru que l'épuisement que j'éprouvais en fin de journée, au même titre que la confusion qui étreignait mon réveil, était imputable à l'asile, mais non – l'un et l'autre étaient le résultat artificiel d'une réaction chimique induite par ce fameux breuvage. Autre chose que de l'eau, à l'évidence. Que serait-il advenu si j'avais continué à en boire sans broncher, subjuguée par ses effets, incapable de me libérer de ce qui me retenait prisonnière sans que j'en soupçonne l'origine ?

Je me jetai sur l'opportunité de recouvrer le contrôle de mon esprit en m'employant sur-le-champ à me raconter des histoires. Des histoires que je savais être vraies. Des histoires de ma vie d'avant. La rêverie que j'appelais de mes vœux pour apaiser mon esprit se trouvait peut-être enfin à ma portée.

J'étirai et relâchai tout mon corps sous la fine couverture, et je me concentrai. Il fallut du temps. Mon esprit ricochait encore dans des coins où je refusais d'aller. Je sentais les ressorts de mon grabat me tarauder le dos. Je chassai les dernières bribes de brouillard pour essayer de me rappeler des moments, des épisodes que j'avais aimés – enfin, je trouvai le repos.

*

Henry.

Je ne me souviens pas de la première fois où je posai les yeux sur Henry Sidwell. J'ai le sentiment de l'avoir toujours connu. À partir du moment où nous avions emménagé dans notre demeure de Powell Street, il y avait toujours eu des garçons dans celle d'à côté. Au début, ils étaient au nombre de trois. Deux, beaucoup plus grands, avaient peu ou prou l'âge de mes frères Fletcher et William à l'époque. Et puis il y avait Henry, plus proche en âge de ma sœur et moi. Je n'avais pas prêté attention à sa transformation physique, qui le vit passer d'un garçonnet fragile et dégingandé à un homme bien planté, à la carrure solide. Ses frères aînés étaient presque déjà des hommes quand nous étions arrivées, et ils se désintéressaient des faits et gestes des enfants, particulièrement des filles. Je n'avais aucune raison de penser qu'Henry ferait figure d'exception.

Nos familles avaient beau être voisines, les Sidwell évoluaient dans des cercles très exclusifs. Entre leur statut social et le nôtre, un cran en dessous, l'écart paraissait tantôt trivial, tantôt incommensurable. Ils nous firent livrer d'immenses couronnes funéraires pour l'enterrement de William, et après pour le décès de Fletcher, mais lorsque leur deuxième fils

George convola en justes noces, je me souviens que ma mère était furieuse de ne pas avoir reçu d'invitation au petit déjeuner de mariage. Nous fûmes tous conviés à la cérémonie ainsi qu'à la réception, auxquelles nous assistâmes, mais notre exclusion d'une manifestation plus confidentielle lui resta en travers de la gorge. Néanmoins, elle ne manquait jamais d'attirer le regard de Mme Sidwell après l'office dominical, comme elle avait l'habitude de le faire avec mesdames Stanford, Hopkins et Crocker.

Pour autant que je le sache, Henry Sidwell n'était pas un garçon particulièrement charmant, pas plus qu'il n'était pourvu d'un talent ou d'un esprit extraordinaires. Tout au plus m'inspirait-il une curiosité désinvolte, si tant est qu'il occupait mes pensées.

Ce n'est qu'en 1884, quelques semaines avant mes seize ans, que la situation changea. Brutalement, comme un coup de tonnerre.

Les familles du voisinage avaient organisé une sortie de groupe pour pique-niquer sur Telegraph Hill. En milieu de matinée, elles s'étaient disséminées à travers tout Pioneer Park à la façon dont les goélands colonisent les rochers le long de la baie de San Francisco. Les couvertures étendues sur les pelouses égayaient la scène de touches de couleurs vives. Nos cuisinières avaient rivalisé de talent et des paniers s'étalaient partout, arborant toutes sortes de délices, du poulet frit aux madeleines. Ma sœur et moi n'avions pas eu le loisir de toucher à nos assiettes, car ma mère s'était fait fort de nous prendre par le coude pour nous présenter aux familles qu'elle jugeait les plus importantes, le tout pendant que nous étions encore parfaitement présentables.

Bien lui en avait pris : l'atmosphère était saturée d'humidité qui menaçait de céder à la pluie. Au bout d'une heure, nous étions tous recouverts d'une légère pellicule mouillée. Pourtant, personne ne voulut lever le camp. Il ne pleuvait pas assez pour chasser les mères ou les cuisinières et le reste n'eut pas voix au chapitre.

Ma mère voguait entre les couvertures avec force roucoulements, caquètements et exclamations ravies, tel un long navire au grand mât louvoyant contre le vent. Phoebe et moi suivions dans son sillage en jouant le rôle qui nous était dévolu : pleines d'une grâce pétillante, plumes au vent. Je ne compris que plus tard que notre prestation était la raison d'être de ce rassemblement, dont ma mère était la seule et unique instigatrice. À l'époque, nous pensions que c'était pour le plaisir. Une fois terminée la première tournée de nos obligations sociales, nous étalâmes les volants de nos jupes sur nos plaids pour profiter enfin de notre pique-nique.

Je venais tout juste de mordre dans une brioche onctueuse garnie de fromage fermier et de confiture de fraise quand une voix résonna au-dessus de ma tête :

— Par une journée de printemps, une belle femme est le plus beau spectacle que le monde puisse offrir.

La main sur ma bouche, je levai la tête. Devant moi se tenait un homme à la barbe sombre, dont les yeux brun foncé me jaugeaient, tandis que son sourire laissait voir ses dents.

Je ne l'aurais jamais reconnu ; fort heureusement, ma mère commenta aussitôt :

— Ma foi, Henry Sidwell, vous êtes devenu un jeune homme fort poli.

— Ma mère sera ravie de vous l'entendre dire, madame, dit-il en touchant le bord de son chapeau.

Je lui souris sans desserrer les lèvres, la bouche pleine, dans l'incapacité de répondre. Soudain, garder les mains immobiles sur mes genoux me sembla une épreuve insurmontable. Il me fallut toute ma concentration pour m'acquitter de cette tâche. Il m'était impossible de parler, de penser, d'avoir la moindre réaction. Phoebe ne me fut d'aucun secours. Elle se borna à laisser son regard faire le va-et-vient entre nous, avant de jeter son dévolu sur un morceau de poulet frit, qu'elle tint à la main sans le manger.

Le silence s'étira pendant près de trente secondes. Ma mère était tout sourire. Je mastiquais. Phoebe contemplait son pilon de poulet. En fin de compte, il incomba à Henry de reprendre la parole.

— Sur ce, je vais vous laisser, mesdames. Je vous souhaite une excellente fin d'après-midi.

Il toucha de nouveau le bord de son chapeau et s'en fut.

Ce soir-là, allongée dans mon lit, j'étais obnubilée par l'image d'Henry, et par sa barbe en particulier. Sa chevelure était d'un brun cèdre ordinaire, mais sa barbe était d'une teinte plus sombre et riche, rappelant la fourrure d'un ours du Nord. Elle nimbait son visage de mystère. Contrairement à ma sœur, qui avait un sens aigu de l'aventure, je n'étais pas très friande de mystères. Mais celui du visage de l'adulte qu'était devenu Henry me fascinait.

Dès l'instant où j'avais posé les yeux sur sa barbe, j'avais éprouvé l'envie de la toucher. Je savais que c'était impossible. Ce qui expliquait peut-être la force de ce désir. Je voulais savoir si elle était douce ou raide, si elle allait s'arrondir ou au contraire s'aplatir sous la paume de ma main. N'ayant encore jamais caressé la barbe d'un homme, j'en étais réduite à imaginer tout un éventail de sensations. Mais plus que tout, je brûlais de voir l'expression de son visage à cet instant-là. À l'instant de cette caresse. Perdrait-il de son aplomb ? Ses paupières seraient-elles appesanties par le désir ?

À ce souvenir, des années plus tard, alors que j'étais seule dans l'asile où ma sœur et moi étions retenues prisonnières, je ne pus m'empêcher de répéter le geste que j'avais eu ce soir-là. Je tendis le bras au-dessus de mon grabat, la main en coupe, en imaginant que la joue d'Henry venait reposer tout contre.

Malgré mon acharnement, je ne parviendrais peut-être jamais à retrouver Henry, mais je pouvais au moins obtenir la libération de ma sœur. Je lui devais bien ça, et plus encore. Je repliai le poing.

*

Le lendemain matin, je me réveillai en même temps que les autres, m'habillai et rejoignis la file comme à mon habitude. « Avancez », ordonnèrent les infirmières. « Attendez. Vous. Maintenant. » Elles inscrivirent nos numéros à la craie et notre procession poursuivit son chemin.

Sous mes allures dociles, tandis que j'avançais du même pas traînant, je sentais bien que mes pieds et mon corps tout entier n'avaient pas connu une telle légèreté depuis mon arrivée. La différence était indéniable. Mon esprit s'ouvrait telle la première rose de l'été. Je me remémorais parfaitement mon projet, la raison de ma présence en ces lieux et le chemin qui me restait à parcourir pour le mener à bien. Jusqu'ici, je n'avais vu qu'un seul pavillon, renfermant vingt femmes, mais pas ma sœur. L'infirmière en chef avait expliqué qu'il y avait neuf pavillons, soit le nombre que j'avais pu lire dans les brochures – neuf pavillons portant le nom des neuf Muses de la mythologie grecque, déesses de l'inspiration. Ma quête ne faisait que commencer.

Arrivée à hauteur de l'infirmière Edmonds à la porte, je m'arrêtai. Je l'appréciais plus que les autres. Elle ne m'avait pas encore frappée.

D'un ton clair et assuré, je lui annonçai :

— Je souhaite voir le docteur, à présent.

— Très bien, répondit-elle à ma grande surprise.

# Chapitre 5

Le silence qui régnait entres ces murs, pesant et inhospitalier, donnait l'impression d'être en présence d'une troisième personne qui asphyxiait tout l'air de la pièce. Le Dr Concord me dévisagea pendant de longues minutes. Une mise à l'épreuve, sans doute. Je brûlais d'en savoir plus, de découvrir où se trouvait ma sœur, mais je ne pouvais pas me permettre de laisser transparaître mon impatience.

Il fallait que je donne l'impression d'être folle juste comme il faut, or je n'étais pas sûre d'y parvenir. Rien n'empêcherait le docteur de me réorienter vers un autre pavillon. Quelles seraient les conséquences d'une telle décision ? Certains pavillons étaient peut-être mieux, mais ils pouvaient tout aussi bien être pires. L'institution en comptait neuf au total. Jusqu'ici, je n'en avais vu qu'un. Il me fallait en apprendre le plus possible sur les huit autres sans rien trahir de ma situation. Étant donné les enjeux, je décidai de me murer dans le silence, les mains nouées sur les genoux comme je l'aurais fait à l'église, tandis que le docteur me scrutait.

Je laissai s'égrener les minutes en lui rendant son regard. Je me souvenais de ses cheveux poivre et sel, ainsi que de ses yeux tristes. Je n'aurais su dire pourquoi, mais ils dégageaient indéniablement de la tristesse. Le docteur avait des gestes lents, mûrement réfléchis, qui ne laissaient rien au hasard. Il n'était pas homme à s'agiter en vain.

Au bout de quelques minutes, alors qu'il tendait la main vers la tablette posée à côté de lui, il fit tomber un scalpel. L'instrument percuta le sol et roula jusqu'à mes pieds sans que le docteur fasse le moindre mouvement pour le rattraper. Sa course s'arrêta à une coudée de mes chaussures usées et pleines de saletés. En voyant le docteur repêcher la lame effilée, j'en conclus qu'il devait s'agir d'une autre épreuve visant à jauger ma réaction. Jusqu'ici, la captivité m'avait rendue paranoïaque. Comment pouvait-il en être autrement ? Cet homme avait à parts égales le pouvoir de détruire et de sauver mon existence.

— Savez-vous qu'on vous surnomme la Sirène ? commença-t-il.

La question était si incongrue que je ris. Un éclat franc qui me fit tourner la tête. C'était une bonne manière de prolonger l'illusion de la folie, mais dans le même temps, je sentis courir un frisson au creux de mon échine.

— Qu'est-ce qui vous amuse ?

Je lui adressai un léger sourire, un coin de la bouche recourbé, en espérant revêtir un air sibyllin. En réalité, ce surnom était parfaitement inapproprié, mais je ne pouvais le faire valoir sans trop me dévoiler, ce que je voulais éviter à tout prix.

— Vous préféreriez que l'on vous donne un autre nom ?

Je haussai les épaules.

— Mary ?

Je secouai la tête.

— Jane ?

Pareil.

— Nous pouvons peut-être poursuivre sans prénom pour le moment, pondéra-t-il en tapotant son stylo sur son dossier d'un air pensif.

Je songeai à l'interroger sur le numéro que l'on m'avait attribué, mais il ne fallait pas que je grille mes cartouches. J'étais nerveuse, alors que son attitude n'avait rien de menaçant. Dans d'autres circonstances, j'aurais pu le trouver sympathique. Il me faisait vraiment penser à mon père.

Il inclina la tête sur le côté et me demanda :

— Je pars du principe que vous êtes une demoiselle, mais peut-être est-ce une erreur ? Êtes-vous mariée ?

— Non.

Il n'avait pas été question de fiançailles, ce qui me faisait un mensonge de moins sur la conscience. Un fiancé n'était pas la même chose qu'un mari. Surtout dans mon cas, étant donné les sentiments que j'éprouvais envers le fiancé en question. Je m'empressai de les enfouir au plus profond de moi. Pour l'heure, ils risquaient de me déstabiliser. Or, j'avais besoin de toute ma présence d'esprit.

— Dites-moi, jeune fille. À votre arrivée, vous ne disiez pas un mot et nous en avons conclu que votre place pourrait être à Thalie. Peut-être avez-vous remarqué que les femmes de ce pavillon sont plutôt réservées. Toutefois, votre infirmière m'a appris ce matin que vous aviez demandé à me voir. Pourquoi donc ?

Je répondis d'une voix hésitante, éraillée à force de mutisme :

— Ma place n'est pas là-bas.

— Peut-être. Dans ce cas où est-elle ? C'est ce que nous devons découvrir.

Son visage restait lavé de tout expression, si bien que je me concentrai sur ses mains. Elles étaient puissantes sans être grandes. Lestes, tel qu'on pouvait s'y attendre chez un médecin. L'annulaire de sa main gauche était orné d'un épais anneau en or usé par le passage du temps. Il ne s'employait pas à le faire tourner autour de son doigt, ni à le triturer, comme j'avais souvent vu faire des hommes mariés. J'en conclus qu'il portait son alliance depuis de très nombreuses années.

— Permettez-moi de vous poser une question importante, dans ce cas. Voulez-vous que je vous soigne ?

Je haussai les épaules.

— Il existe de nombreux remèdes, de nombreuses écoles de pensée. Vous connaissez déjà les bancs, par exemple. Un esprit calme dans un corps calme. Avez-vous trouvé la méthode utile ?

Je secouai la tête avec lenteur en soutenant son regard.

— Je vois. Ma foi, elle ne fonctionne pas pour tout le monde. Que pensez-vous de l'exercice physique ? Voulez-vous essayer ?

Quelle était la bonne réponse ? Comment deviner ? Après un moment, je finis par répondre :

— Peut-être.

Ses doigts tambourinèrent sur la table.

— Il existe d'autres options, bien évidemment. Plus pointues. Le traitement par l'eau froide, pour un membre déficient. Une partie de votre corps vous fait-elle mal ou vous brûle-t-elle ?

— Non.

— Ce n'est pas pour vous, donc. Voici une autre idée. Peut-être avez-vous croisé Magda Orvieto dans votre pavillon ? Elle a été traitée par un médecin à New York qui est convaincu que la racine de toute aliénation mentale ou presque est dans la bouche. Engendrée par les caries, en raison de la proximité avec le cerveau, vous comprenez. Alors, il lui a arraché les dents.

Je reculai d'horreur et en voyant ses yeux scruter mon visage, je compris que j'avais eu exactement la réaction escomptée. Avais-je commis une erreur ? Une femme atteinte de démence serait-elle restée de marbre face à un tel présage ? Je ne pouvais pas me permettre d'envisager les retombées possibles de toutes les réponses que j'aurais pu ou non donner. Je ne pouvais pas faire confiance au docteur, mais je ne pouvais pas non plus laisser la peur qu'il m'inspirait me dicter toutes mes décisions. Il fallait que je reste attentive pour pouvoir glaner les informations essentielles.

— Ne vous affolez pas. Je ne suis pas ce genre de docteur. Et nous ne sommes pas non plus dans ce genre d'endroit.

Je rebondis d'une voix aussi avenante que possible :

— Dans quel genre d'endroit sommes-nous ?

— Un endroit qui soigne les femmes. Et pour celles qui ne peuvent être soignées, si tel est leur destin, un endroit qui leur offre protection.

Je pris le temps de peser ma réponse :

— Je veux aller mieux.

— Fort bien. C'est un progrès. Voyons voir, à présent, dit-il en consultant son dossier médical. Vous avez sauté dans la baie. Aviez-vous l'intention de mettre fin à vos jours ?

— Oui, mentis-je.

— Étiez-vous désemparée ? Déprimée ?

— Oui.

— À cause de quelque chose en particulier ?

— Oui.

— Pourriez-vous m'en dire plus ?

Je restai silencieuse.

— Plusieurs raisons expliquent que nos patientes neurasthéniques baissent les bras. Certaines pensent par exemple être possédées par un esprit malin. D'autres, quand elles deviennent mères, perdent toute leur énergie et leur goût, ne parviennent plus à allaiter ou s'occuper de leur bébé, et perdent espoir. Êtes-vous mère ?

— Non.

Il en prit bonne note.

— Vous étiez à la rue, si je ne m'abuse. C'est cela ?

— Oui.

— Dans une telle situation de détresse, les jeunes filles sont prises au piège. Vous ne seriez pas la première à avoir fait le choix d'intenter à vos jours pour protéger votre vertu. Que s'est-il passé ? Qu'est-ce qui vous a poussée à cette tentative de suicide infructueuse ?

Aucune des réponses qu'il me soumettait ne convenait, mais pas une seule variante que j'aurais pu donner de la vérité n'aurait mieux fait l'affaire. Comme je pouvais difficilement rester silencieuse plus longtemps, je lâchai :

— L'amour.

— Je vois, dit-il en prenant note de ma réponse. Bien, nous allons en rester là pour le moment. Malgré la tristesse, vous m'avez l'air diligente ; nous devrions réussir à vous trouver un remède. Je vous affecte au pavillon Terpsichore. Davantage d'exercice. Fini les bancs.

Un vrai paradis, en somme.

Le Dr Concord mit un terme à notre entrevue d'une poignée de main ferme. Passé l'instant de surprise, le geste me donna brièvement l'impression d'être presque humaine.

— Je vous dis à bientôt, conclut-il.

J'en pris acte. J'ignorais combien de temps s'écoulerait avant que je revoie le docteur, mais au moins j'aurais le loisir de me préparer à croquer de nouveau dans la pomme. D'ici là, j'aurais peut-être trouvé le moyen de lui soutirer davantage d'informations sur les autres pavillons et notamment celui qui renfermait ma sœur. Je ne lui révélerais ma véritable identité et ma mission qu'une fois Phoebe retrouvée, mais dans l'intervalle, j'avais bon espoir qu'il me soit utile. D'ailleurs il l'était déjà : j'allais découvrir un nouveau pavillon. Avec un peu de chance, Terpsichore détenait ma sœur, et nous aurions décampé d'ici la fin de la journée.

*

Tandis que je rejoignais Terpsichore avec entrain, le pavillon me réservait ma toute première activité en tant que résidente : la douche. Je crus mourir.

Je fis pourtant de mon mieux pour jouer la comédie. Moi qui voulais qu'on me prenne pour une folle, qu'y avait-il de plus fou que de me dénuder entièrement devant de parfaits inconnus ? Le mot d'impudeur eût été trop faible. Un jour, Phoebe et moi avions été punies pour avoir laissé voir nos mollets dans une salle de bal. Ma sœur avait remonté ses jupons pour me montrer un pas de quadrille et je l'avais imitée, répétant ses enchaînements jusqu'à ce que notre mère s'en aperçoive et me pince le bras en sifflant :

— Veux-tu cesser immédiatement.

J'avais obtempéré, mais le mal était fait. Le soir même, nous avions été privées de dîner et contraintes de rester assises face à un mur, sans bouger, pendant une heure. Avec le recul, je trouvais risible qu'on ait pu me blâmer sous le prétexte que j'avais laissé voir un bout de peau, alors que j'étais sur le point de l'être parce que je refusais de me déshabiller. Entre ces murs, le monde était véritablement à l'envers. À cette idée, mon estomac se noua.

C'est pourquoi, quand on nous rassembla, mes nouvelles camarades et moi, dans la pièce aux carreaux blancs et que je vis une demi-douzaine de femmes en train de retirer leurs robes de trame grossière, je donnai le meilleur de moi-même.

— On enlève tout, beugla une grosse infirmière aux cheveux bruns et au visage rougeaud dont je ne connaissais pas encore le nom.

Mes doigts refusaient d'obéir. Il m'était tout bonnement impossible d'exécuter un geste que l'on m'avait éduquée toute ma vie à répugner. Même pendant ma nuit de noces, m'avait mise en garde ma mère à la suite de mes fiançailles, il valait mieux ne pas se dénuder entièrement. Je m'appliquai donc à passer pour folle. Je commençai par déboutonner le haut de ma robe comme si je m'y employais chaque jour, comme si ce n'était rien. Mais dès que je voulus faire glisser le tissu de mes épaules, mes mains se figèrent. Malgré ma ferme intention d'y parvenir, il ne se passait rien.

*Fais-le*, me morigénai-je, avant de me rendre compte que j'avais prononcé ces mots à voix haute.

Peut-être étais-je véritablement dérangée, au fond. Et pourtant, impossible de me faire enlever ma robe.

— Si tu es trop bête pour y arriver toute seule, on le fera à ta place, espèce de cinglée, lança la plus imposante des infirmières.

Elle empoigna ma robe et la tira d'un coup sec vers le bas. J'entendis un hurlement. Il était sorti de ma bouche.

Je me retrouvai recroquevillée par terre, où je me tortillai en poussant des cris, car il devait y avoir quelqu'un d'autre à côté de l'infirmière – j'aurais juré sentir au moins quatre mains, sinon plus. En fin de compte, je me retrouvai nue comme un ver.

C'est alors que je sentis l'eau glaciale.

On nous aspergeait – non, on nous mitraillait – à la lance à eau. La portion encore consciente de mon cerveau me fit savoir que j'aurais dû m'en douter dès l'instant où j'avais remarqué que la pièce était carrelée. On aurait dit l'évier dans lequel Matilda faisait la petite lessive, mais construit à grande échelle. Nous étions toutes à l'intérieur de l'évier. Il était impossible d'échapper au jet, qui emportait dans un grand tourbillon l'eau souillée par notre aspersion et la faisait disparaître en spirale dans la bouche d'évacuation au centre de la pièce.

J'entendis une voix de soprano impérieuse nous crier « Des esprits sains dans un corps sain ! » Impossible de distinguer sa silhouette, mais je reconnus instantanément ses intonations et le cliquetis de son porte-clés. L'infirmière en chef. J'éprouvai une envie irrépressible de me ruer sur elle, nue et tremblante que j'étais, et de la jeter de force dans la même posture que nous. Au lieu de quoi je restai prostrée comme une limace, mon corps nu recouvert de chair de poule. Les infirmières lavèrent au jet une patiente après l'autre jusqu'à ce qu'il ne reste plus une once de dignité dans la pièce.

— Lève-toi, me murmura une voix sans méchanceté mais avec fermeté.

Une fois encore, je craignis d'avoir parlé à voix haute, mais sentant une présence, je hasardai un coup d'œil. La femme à côté de moi était de haute taille, les cheveux noirs, la peau pâle, avec de grands yeux arrondis et des lèvres d'un rose étrangement profond, comme Rose-Rouge dans le livre de conte de fées que nous lisions petites. Son regard paraissait chaleureux.

Sa voix basse me parvint de nouveau :

— Lève-toi. Tout de suite. Sinon elles vont t'asperger une deuxième fois.

Cette femme m'était inconnue, pourtant je pris son avertissement au sérieux. Les membres transis de froid, la tête vaseuse, je me redressai.

L'infirmière en chef était-elle encore là ? Je ne voyais sa silhouette nulle part, mais à dire vrai, je distinguais à peine à quelques pas devant moi. Je me préparai à une nouvelle salve d'eau glacée, mais la suite me prit de court. Une infirmière au teint rubicond et aux yeux profondément cernés se campa devant moi et s'employa à me frotter la peau avec un gros pain de savon au phénol. Incapable de réprimer un tressaillement, je battis en retraite.

Rien ne vint émouvoir la fixité de ses traits, tandis qu'elle refermait l'étau de sa main sur mon poignet et qu'elle frottait mon autre bras avec une vigueur décuplée. Elle récura ainsi de son savon cireux toute la surface de mon corps, jusque dans des endroits que ma mère n'avait jamais touchés, et mes cheveux aussi.

Je restai aussi immobile que possible, les paupières closes, mais j'étais en larmes. Incapable de les retenir plus longtemps, je les laissai couler à flots. Si l'infirmière s'en aperçut, elle choisit de ne rien dire. J'imagine que cela lui était bien égal, du moment que je n'étais pas agressive. De toute ma vie, je n'avais jamais éprouvé une telle honte, et rien de ce que je pouvais me dire ou faire ne pourrait y remédier. Je souffrais en silence, nue, la peau frottée à vif. Je priai pour que la torture s'arrête.

Elle cessa enfin. Alors l'infirmière – la même ou une autre, peu importe – me remit mes vêtements sans prendre la peine de me sécher la peau. J'aperçus à côté de moi le petit bout de femme aux pommettes hautes qui était arrivée en même temps que moi. Tandis qu'elle s'escrimait à enfiler sa robe, je distinguai une plaie livide, recousue de fraîche date, qui s'étirait sur son bas-ventre d'une hanche à l'autre, comme une horrible parodie de sourire. Autour de moi, les autres patientes m'étaient inconnues. Rose-Rouge avait disparu et avec une vague de nausée, je me demandai si je ne l'avais pas inventée. Tous les muscles de mon corps, endoloris par l'effort et le froid, étaient noués de crampes.

La sensation persista jusque tard le soir, tandis que j'étais étendue, mes cheveux mouillés dégoulinant sur l'oreiller. Rien ne servait de me convaincre qu'après une nuit à sécher, j'aurais moins froid arrivée au matin. Je n'étais même pas sûre d'y croire.

Quand la grande et la petite infirmières arpentèrent les rangs du dortoir, comme le faisaient celles de mon ancien pavillon, je pris peur. Mais elle éteignirent les lampes sans nous distribuer de médicaments, et je ressentis un immense soulagement.

Et à défaut d'autre chose, je m'étais débarrassée de la crasse du trajet. Aussi cauchemardesque qu'eût été l'expérience de la douche glacée, elle avait eu le mérite d'éliminer la puanteur. Je retrouvai l'odeur de ma peau et de mes cheveux propres. L'espace d'un instant, j'aurais presque pu oublier où je me trouvais. J'avais froid, mais la sensation ne m'était pas inconnue, et si mes rêveries remplissaient leur office, mon corps ne tarderait pas à oublier son état.

Je serrai fort les paupières, pris une profonde inspiration et je me plongeai dans mes souvenirs.

*

Très loin au-dessus de nos têtes, les arbres formaient une voûte de dentelle verte. Le bleu du ciel apparaissait par intermittence entre leurs branches et, en l'espace d'une demi-heure, s'était déjà assombri. Phoebe et moi avions sillonné la forêt, esquintant nos chaussures sur le sentier boueux, à la recherche de l'arbre idéal sous lequel contempler le crépuscule.

Nous n'étions encore jamais sorties seules dans les bois. J'avais du mal à croire que ma mère avait accordé sa permission. Phoebe s'était chargée seule de la demander, en arguant que ma présence ne ferait que rappeler à ma mère à quel point j'étais jeune, et à mon avis n'avions-nous pas de meilleures chances d'obtenir gain de cause sans cela ? Oui, j'étais d'accord. Phoebe était revenue avec un sac de pommes rouges du garde-manger et un large sourire sur le visage, après quoi nous nous étions mises en route.

J'avais neuf ans ; elle en avait onze. Nous étions encore suffisamment petites pour rêver que nous étions des princesses et suffisamment grandes pour savoir que c'était un rêve. Alors si nous ne jouions pas à construire un château dans les bois, nous marchions en nous tenant par la main, à la fois pour nous tenir compagnie et pour ne pas perdre l'équilibre sur le sentier.

En quête de notre arbre, je laissai échapper une chaussure en trébuchant sur une racine. Nous fîmes halte, le temps que je la récupère, glissant les doigts sous le talon pour remettre la semelle de cuir en place. Tandis que je m'escrimais, les yeux baissés, Phoebe remarqua quelque chose et siffla à mi-voix :

— Chuuuut. Ne bouge pas.

La curiosité me fit relever la tête, mais le reste de mon corps resta parfaitement immobile. Je m'en félicitai : à moins de trois mètres de nous se tenait un faon tacheté. C'était la première fois que j'en voyais un en chair et en os. Ses oreilles effilées pointaient vers le ciel, tout comme sa petite queue noire. Il avait une tache blanche sur le poitrail et le même blanc pommelait son échine. J'avais envie de lui dire que nous ne lui ferions aucun mal, mais j'avais peur que le son de ma voix ne l'effraie.

Lentement, d'un geste souple, Phoebe plongea la main dans le sac qu'elle portait en bandoulière et en sortit une pomme rouge. Ainsi qu'un couteau, que je n'avais encore jamais vu. D'un geste économe, elle coupa un morceau de pomme. Je retins mon souffle.

Je m'attendais à ce qu'elle tende l'offrande au faon, au lieu de quoi, elle se saisit de ma main libre et déposa le fruit dans ma paume.

Je la dévisageai, interloquée. Elle inclina la tête imperceptiblement en direction de l'animal, qui agitait ses oreilles en nous scrutant dans un mélange de crainte et de curiosité.

Sans dégager mon pied, sans faire un bruit, je tendis la main en direction du faon. Je m'agenouillai sur le tapis forestier, oublieuse de ma robe, afin de me faire la plus petite possible. De l'autre main, je tenais toujours Phoebe. Elle se recroquevilla à son tour. Pendant un long moment, rien ne bougea.

Puis, sous nos yeux ébahis, le faon s'avança de quatre petits pas hésitants sur ses pattes grêles et, arrivé devant moi, baissa la tête pour manger dans ma main. Il grignota la pomme à petites bouchées délicates, les oreilles tendues en avant. Le spectacle était inouï.

Comme il terminait sa dernière bouchée, Phoebe partit d'un rire ravi, et de surprise l'animal battit des paupières. En un clin d'œil, il ne resta plus de lui qu'un éclair tacheté qui s'évanouit dans la futaie.

Phoebe étreignit ma main avant de la lâcher complètement pour découper le reste de la pomme en deux. Elle la trancha d'un geste prompt et précis, examina les deux moitiés et me tendit celle qui semblait légèrement plus petite. Sans lever les yeux sur le sous-bois où le faon s'était évaporé, elle murmura :

— Miracle.

Le temps que nous ressortions de la forêt pour rebrousser chemin jusqu'à Powell Street, il faisait presque nuit noire. Si ma mère nous avait donné son autorisation, je savais aussi qu'elle ne verrait pas notre retour tardif d'un très bon œil. C'est donc par l'entrée des domestiques que nous nous glissâmes subrepticement dans la maison, avant d'abandonner nos souliers crottés à côté de la porte et de gravir l'escalier sur la pointe des pieds.

— Les filles ! hurla notre gouvernante, Mme Gibson, qui nous avait repérées avant même le premier virage.

Nous descendîmes les marches d'un pas lent. À ce moment-là, en voyant l'expression de Phoebe, j'aurais dû comprendre que nous étions en fâcheuse posture.

En réalité, ma sœur n'avait pas du tout demandé l'autorisation de sortir. Ni à ma mère, ni à quiconque. Depuis des heures, personne n'avait la moindre idée d'où nous étions. Phoebe ne s'excusa pas de m'avoir menti ; elle savait que dans le cas contraire j'aurais refusé de la suivre. Nous étions dans le pire pétrin de notre jeune vie.

À l'époque, Fletcher était encore de ce monde, et avait pour habitude de nous rendre visite entre deux voyages. Tandis que les domestiques avaient passé la maison au peigne fin, du cellier au grenier, mon frère était allé s'enquérir auprès des voisins. Qu'on sût qu'elle était incapable de surveiller ses propres enfants mortifiait l'orgueil de ma mère. Bien évidemment, elle n'en laissa rien paraître. Elle se riait de cette mésaventure en faisant papillonner ses doigts, s'excusant auprès de chaque voisine l'une après l'autre, professant qu'elle ne s'était pas rendu compte que nous étions à la maison, tout en nous interdisant formellement de révéler la vérité. Il lui fallut longtemps avant de pardonner à Phoebe, et si ma mère admettait que je n'étais pas en faute puisque j'avais été dupée, elle décida néanmoins de nous punir toutes les deux ensemble.

Deux semaines durant, nous fûmes privées de poupées, de livres, de sorties au parc. Nos journées se résumaient à apprendre nos leçons et à passer à table. On nous envoyait au lit avant même le coucher du soleil, si bien que nous n'avions rien d'autre à faire que de rester allongées les yeux grands ouverts ou à creuser des sillons dans les tapis à force de tourner en rond. C'est peut-être à cette occasion que je me tournai pour la toute première fois vers des temps heureux, convoquant les souvenirs ardents de jours meilleurs, afin de combler mon désœuvrement.

Nous nous étions pliées à toutes les contraintes sans jamais nous plaindre. Aucune de nous deux ne se risqua une seule fois à se glisser dans la chambre de l'autre, comme nous avions pourtant l'habitude de le faire le soir. J'étais persuadée que ma mère s'en apercevrait, car je la pensais capable de rester toute la nuit éveillée pour s'assurer que nous restions à distance. Ce qu'elle fit en réalité était bien loin de ce que j'avais redouté. Un bon savon suffit à me faire passer l'envie de recommencer, mais le châtiment me hanta encore longtemps après.

Pourtant, je décrétai que le jeu en avait valu la chandelle, pour cet instant de grâce : quand ma sœur et moi avions été les deux seules personnes au monde, deux Ève dans le jardin d'Éden, au cœur de la nature sauvage. Je n'étais pas près d'oublier la sensation de sa main rassurante sur la mienne, tandis que le faon grignotait timidement la pomme sur ma paume tendue.

À l'époque, nous étions jeunes et imprudentes. Il aurait pu se passer tant de choses dans ces bois. Les cerfs à queue noire n'étaient pas les seuls habitants de ces contrées ; nous aurions tout aussi bien pu tomber nez à nez avec des ours noirs ou des pumas, dont on savait pertinemment qu'ils rôdaient dans les parages. Sans oublier que la faune humaine locale n'était guère plus recommandable. Nous aurions très bien pu croiser une personne malintentionnée.

Pourtant, je compris pourquoi Phoebe avait menti, tant à ma mère qu'à moi. Parce que la contrepartie justifiait amplement le risque. Parce que les expériences auxquelles nous destinait notre mère, celles qu'elle jugeait sûres, n'étaient pas les seules à mériter d'être vécues. Je me remémorais le sourire de ma sœur quand elle m'avait tendu la pomme. La joie à l'état pur. Que le châtiment fût ou non à la hauteur du crime, ce moment de partage resterait à jamais un souvenir impérissable.

Avec le recul, peut-être fut-ce là la première manifestation de la folie de Phoebe. Sur le moment, ce n'est pas la perception que j'en eus, mais je crois que Fletcher s'en alarma. Il me fit promettre de le prévenir si Phoebe proposait de nouveau une expédition risquée, et de ne pas y donner suite. Bien qu'étant la cadette, il me fit jurer de me montrer responsable. Il mourut moins de deux années plus tard, et cette promesse m'était totalement sortie de l'esprit. Sur le coup, je l'avais jugé trop protecteur. Ce ne fut qu'une fois entre les murs de l'asile que je me rendis compte que l'esprit farouche qui avait valu à Phoebe d'être internée était le même esprit farouche que j'aimais chez elle quand nous étions jeunes, cet esprit même qui nous avait menées en pleine nature. Ce jour-là, nous en étions ressorties indemnes. Qu'en serait-il à présent ?

Tandis que je reprenais pied dans la réalité, retrouvant lentement l'inconfort du lit de l'asile, j'éprouvai une sensation de malaise. Dans l'autre pavillon, j'entendais la respiration des femmes, la nuit. Ici, le son était le même, sauf qu'il semblait beaucoup plus rapproché. D'où venait cette impression ?

Je rouvris les paupières sur la pénombre, m'attendant à discerner les contours du plafond.

À la place de quoi trois visages planaient au-dessus du mien et une main se plaqua fermement sur ma bouche.

# Chapitre 6

— Chut, commanda une des femmes qui m'encerclaient dans le noir.

C'était la grande Rose-Rouge avec son teint pâle, celle qui m'avait mise en garde à l'épisode des bains. C'était sa main qui me réduisait au silence. Je me rappelais vaguement avoir déjà vu les deux autres – une blonde de mon âge au faciès rond et plaisant comme une miche de pain et une fille maigrelette, la mine grisâtre, plus petite que les autres. Mes yeux fusèrent d'un visage à l'autre en tâchant de décrypter leur intention.

Rose-Rouge reprit la parole :

— Tu ne dois surtout pas crier. Tu ne vas pas crier, hein ?

Appelant à moi l'esprit de Phoebe pour contrer ma peur, je marmonnai dans la paume de sa main :

— Ça dépend.

Ma réponse la fit sourire.

— On veut causer, c'est tout. Il ne faut pas faire de bruit, mais normalement, une fois que Salt a fermé la porte, il ne revient pas.

Je hochai la tête et elle retira sa main.

— Salt ? soufflai-je.

— L'aide-soignant de notre pavillon. Ce n'est pas son vrai nom. C'est juste qu'il est tout le temps planté là comme un foutu pilier de sel…

— Nora ! l'interrompit la fille au visage rond dans un murmure outré.

— Oh, ça va. Un fichu pilier de sel. C'est pour ça qu'on l'appelle « Salt ».

— Devant lui ?

— Bien sûr que non. Il s'appelle Scott. La grande infirmière, c'est Winter, et la minus, c'est Piper. Facile de s'en souvenir. Oh, et j'en oublie de me présenter. Moi, c'est Nora, dit-elle avant de montrer la bouille ronde de sa voisine, puis l'autre. Et voici Damaris et Mouse.

— Salut.

Damaris m'adressa un sourire timide. Dans la pénombre, je distinguai une tavelure sur son cou. Comme une tache de naissance, mais j'avais du mal à en voir les contours. Si Damaris avait l'air sympathique, Mouse, avec sa petite taille et sa couleur brun-gris qui collait bien à son nom, se contentait de me regarder fixement.

— Pourquoi t'es ici ? me demanda Nora.

J'hésitai suffisamment longtemps pour que Damaris choisisse d'intervenir :

— Tu sais, tu n'es pas obligée de dire si t'as pas envie. Nora aime bien poser des questions.

Ce à quoi l'intéressée rétorqua :

— Tu connais un autre moyen d'apprendre des choses ?

Damaris haussa les épaules.

— Ça ne la met peut-être pas à l'aise, c'est tout.

— Ce n'est pas le genre d'endroit qui met à l'aise, fis-je valoir.

— Mais tu n'es pas arrivée directement ici, observa Nora. Ils t'ont mis où, d'abord ?

— À Thalie.

— Pourtant tu parles, s'étonna Damaris.

— Au début, je ne parlais pas.

— Et le soir, tu faisais semblant de boire le breuvage ?

— Tu es au courant ?

— Tout le monde est au courant, dit Nora. Je veux dire, presque tout le monde. Dans notre pavillon, ils ont arrêté de nous les distribuer parce que personne le prenait. Ça remonte à quand, Mouse ?

— Six mois, peut-être, chuchota son acolyte.

— Si tout le monde sait ce que c'est, pourquoi certaines femmes continuent à le prendre ? demandai-je.

Le visage de Nora s'assombrit :

— Certaines préfèrent être hébétées. Et d'autres ne voient pas la différence. C'est plein de femmes folles, par ici, tu sais.

— Mais vous non, contrai-je.

— Oh, moi si. J'ai un démon, répondit Damaris d'une voix étonnamment enjouée.

J'étais sur le point de lui demander de s'expliquer lorsqu'un grognement nous interrompit.

— Fermez-la, vous autres. Y en a qui essaient de dormir.

Sèchement, sans pour autant hausser la voix, Nora riposta :

— Ah, Bess, espèce de rabat-joie. On la fermera quand on aura envie.

— Maintenant, ce serait bien, si tu veux pas que je fasse rappliquer Salt, menaça Bess.

Nora sourit en coin.

— Allons-y. Bonne nuit… c'est quoi ton nom, déjà ?

— Charlotte.

— Bonne nuit, Charlotte. Je te dis à demain. Très, très tôt.

— Comment ça ?

— Tu verras.

Sur ce, elles s'éloignèrent sur la pointe des pieds, englouties par le bruit des respirations alentour, et en moins d'une minute, toutes les femmes étaient couchées, suivant une ligne en pointillés, chacune sous sa couverture, en bonnes patientes bien obéissantes que nous étions. Enfin, peut-être pas.

*

Le matin arriva bien plus vite que je ne l'avais prévu. Si tôt, en réalité, que ce n'était pas encore le matin. Tirées du lit alors qu'il faisait encore nuit noire, habillées à la hâte, notre numéro inscrit à la craie dans le dos, nous quittâmes le bâtiment. Au-dehors, les étoiles et la lune étaient encore haut dans le ciel, et le soleil était loin d'être en vue.

Nos infirmières tenaient chacune une lampe à bout de bras, tout comme Salt, et un autre aide-soignant s'était joint à eux. Je constatai avec soulagement qu'il ne s'agissait ni de Gus, l'effrayant géant aux ordres de l'infirmière en chef, ni Alfie, le balafré cerbère de Thalie. Le nouveau venu était un homme mince, lequel avec ses lunettes à monture métallique ressemblait davantage à un intellectuel qu'à un garde. Pour autant, je restai sur la défensive. Mouse me murmura qu'il s'appelait Perry, un prénom comme un autre.

Une infime partie de moi se réjouissait de quitter l'enceinte de notre pavillon. Je savais d'ores et déjà que Phoebe n'était pas internée à Terpsichore, donc j'avais tout intérêt à sortir explorer la moindre parcelle du domaine. Je décidai d'ouvrir l'œil, et le bon. Le seul moyen de s'en sortir était d'aller au fond des choses.

Tandis que nous débouchions sur la vaste étendue de gazon qui bordait la façade, les infirmières déployèrent une longue corde. D'un geste machinal, la vingtaine de femmes que comptait mon pavillon posa la main dessus. Il ne me fallut pas longtemps pour comprendre pourquoi. Que ce soit parce que j'étais nouvelle ou parce que j'avais tardé à suivre le mouvement, l'infirmière de petite stature noua un bout de ficelle rêche à mon poignet et l'attacha à la corde. Le fait que j'accepte son geste sans broncher, et que je pose de nouveau les yeux sur les alentours sans la moindre indignation, me déconcerta. Peut-être ce lieu m'avait-il déjà anéantie. Mais je secouai la tête pour me ressaisir : je ne pouvais pas monter au créneau au moindre incident. Il fallait que je garde des cartouches pour les moments qui en valaient la peine.

Les infirmières nous guidèrent jusqu'à la clôture de près de deux mètres de haut qui délimitait le domaine. Winter sortit de sa poche une énorme clé en fer, longue et épaisse comme un doigt, qu'on aurait dit sortie d'un donjon médiéval. Elle l'inséra dans un poteau identique aux autres et la fit jouer. Une grille dérobée d'un mètre de haut s'ouvrit dans un grincement. Nous la franchîmes en file indienne avant de patienter le temps qu'on la referme derrière nous. À l'évidence, toutes les encordées étaient rompues à l'exercice ; elles se mouvaient, se figeaient et repartaient comme si elles ne formaient qu'une seule personne.

L'air de ce mois de septembre était sec et froid, pourtant je l'avalai à grandes goulées. Depuis mon arrivée à Goldengrove, c'était la première fois que je mettais le nez dehors. Même si cela ne faisait que quelques jours – quatre, peut-être cinq ? ou alors seulement trois ? –, j'avais le sentiment de ne pas avoir vu le ciel depuis des semaines.

Quand notre cordée s'engagea sur un sentier de pierres qui montait à pic, je ne tardai pas à oublier la température. Les autres femmes semblaient habituées à marcher d'un bon pas. Je ne cessais de trébucher, à bout de souffle. Je craignais de faire une chute, et que le reste de notre contingent poursuive sa route en me traînant sur les cailloux et les racines. Je me forçai à tenir le rythme malgré l'obscurité et l'étroitesse de la pente. J'étais si obnubilée par le fait de poser un pied devant l'autre sans perdre l'équilibre que je ne me rendis même pas compte que nous étions arrivées au sommet de la colline. Le panorama qui s'étendait à nos pieds me coupa le peu de souffle qui me restait.

Je n'avais jamais vu un lever de soleil d'une telle splendeur : un aplat d'or rosé qui s'étendait à la perfection sur tout l'horizon. Phoebe aurait pleuré de joie devant le spectacle inouï des couleurs. Je l'imaginai installée sur un tabouret, perchée à la façon des oiseaux qu'elle admirait tant, prête à prendre son envol sur un coup de tête. Je me la représentai devant un chevalet, le pinceau tendu sur la blancheur de la toile, prête à appliquer la première touche de couleur. Mais je ne voyais d'elle que le contour de ses épaules et l'arrière de sa tête. Son visage restait caché.

En grimpant dans le ciel, le soleil nous enveloppa de la douceur dorée de ses rayons. Les infirmières Piper et Winter avaient aussi l'air en paix, les bras ballants, même si cela ne dura qu'un bref instant. Je finis par reprendre mon souffle et mon cœur ralentit ses battements effrénés. Je savourai la sensation de brûlure dans ma gorge, preuve que j'avais bien mérité mon repos, d'autant plus que j'ignorais combien de temps cette parenthèse allait tenir.

Sans un mot, nous contemplâmes l'aube jusqu'à ce que la teinte orangée ait pâli et que le soleil se soit hissé hors de la ligne de l'horizon pour irradier fièrement dans le bleu pâle du ciel. Tout autour de nous, des collines vallonnées s'étiraient sur des kilomètres, certaines agencées en rangées de vignobles et de vergers bien ordonnées, d'autres laissées à l'état de broussailles. Les seules constructions visibles étaient les quelques cabanes et granges posées en bordure des terres arables : pas une seule habitation, pas l'ombre d'une ville. Je songeai à la baie dont l'air salin me manquait tant. N'importe quelle colline de San Francisco avait vue sur l'eau. Ici, ce n'était que terres à perte de vue, tout de vert et de brun. Charmant, mais inconnu.

— Très bien, cria la grande infirmière, Winter. On y retourne.

Les encordées pivotèrent sur place pour agripper la corde de l'autre main et se mettre en position de rebrousser chemin. Chaque femme entreprit d'emboîter le pas à celle qui l'avait suivie jusqu'au sommet. Mon poignet entravé ne me facilitait pas la tâche. Mais avant que j'aie eu le temps de formuler une objection, notre procession s'était remise en branle et je n'eus d'autre choix que d'enrouler mon poignet à la ficelle et de me glisser sous la corde pour pouvoir repartir dans le bon sens.

Une fois dans le rang, je remarquai que la femme devant moi n'était autre que Nora. Elle était certes plus grande que moi, mais l'inclinaison du sentier me donnait à voir le sommet de sa tête et la ligne blanche sur son cuir chevelu qui séparait ses cheveux en deux masses noires nouées sur sa nuque. Sur son dos était inscrit le numéro 10.

Je me hasardai à voix basse.

— On a le droit de parler ?

Au bout de quelques pas, elle finit par me répondre :

— Ils laissent faire si on est discrètes. La plupart préfèrent éviter. Garder leur souffle. Tu as l'habitude de marcher comme ça ?

— Non, avouai-je.

— Tu t'y feras.

Je me demandais les raisons ou personnes qui avaient bien pu envoyer Nora dans une maison d'aliénées. Notre conversation à mots feutrés, la veille au soir, ne m'avait pas permis d'aborder la question. Elle ne donnait pas du tout l'impression d'avoir perdu la tête. Au contraire, elle ressemblait à toutes les femmes bien éduquées de par chez moi, de celles que j'aurais pu croiser à la salle paroissiale après l'office ou à une réunion des anciennes élèves chez Mlle Buckingham. Je détestais faire des commentaires sur l'apparence des femmes – ma mère m'avait appris que ce n'était pas poli – mais le fait était que Nora était loin d'être aussi belle que les femmes de ma connaissance. En tout cas, elle n'arrivait pas à la cheville de Phoebe. Certes, elle avait un petit nez mutin très à la mode, mais ses yeux étaient trop gros, ses lèvres vulgaires et ses oreilles dépassaient sous la masse de ses cheveux.

En revanche, elle dégageait une vivacité, une énergie qui la distinguaient des autres. C'était un soulagement de constater qu'on pouvait conserver un tel tempérament dans un endroit pareil, ce qui ravivait chez moi une lueur d'espoir : celui de retrouver Phoebe dans de bonnes dispositions.

Chemin faisant, je risquai une autre question :

— Ça fait combien de temps, toi ?

— Ça va faire un an.

Je n'avais vu ni calendrier ni horloge dans l'enceinte de l'asile.

— Comment tu sais ?

— Je marque chaque lever de soleil.

— Où ça ?

De sa main libre qui ne tenait pas la corde, elle souleva sa jupe sans se retourner vers moi. Il m'avait malheureusement été donné de voir plus d'une femme de l'asile le faire, sans cérémonie, me rappelant si besoin était que les comportements jugés volontiers choquants par la bonne société de San Francisco ne faisaient bondir personne à Goldengrove.

Mais Nora était pudique ; elle maintint le tissu de sa jupe à hauteur de son genou. Sur le bas de sa jambe nue, j'aperçus une ribambelle de marques, qui remontaient tout le long de son mollet et plus loin encore. Chaque encoche était courte, droite. Certaines, récentes, étaient d'un rouge criard ; d'autres ne formaient plus qu'une égratignure. À l'évidence, elle se les étaient infligées. Un constat exaltant et terrifiant à la fois. Nora dut le sentir, car elle relâcha sa jupe dont le tissu vint recouvrir les entailles.

— Si tu veux faire moins compliqué, tu observes les vignobles. D'abord, ils sont nus, puis ils ont des bourgeons, puis ils ont des fruits, après c'est les vendanges, après c'est fini et on recommence. Certaines femmes calculent comme ça.

À peine moins horrifiée par cette option, je répondis :

— Je ne resterai pas suffisamment longtemps.

— La première sortie aura gagné. Moi, je ne vais pas tarder à m'en aller.

— Quand ça ? demandai-je, ma curiosité piquée.

Elle haussa les épaules :

— Bientôt. Je ne connais pas le jour exactement, alors je ne me fatigue pas à y penser tout le temps.

— Si c'était le cas, tu n'aurais pas toutes ces marques sur les jambes, si ?

Elle rejeta ses cheveux en arrière et je compris que j'avais mis le doigt là où ça faisait mal.

Le reste de l'excursion se déroula en silence. Le numéro 10 au dos de Nora flotta devant moi tout au long de la descente. Malgré la sensation de brûlure dans mes jambes et dans mes poumons, je tâchai de savourer le grand air et la chaleur du soleil, en me consolant de ce que je n'étais pas prostrée sur un banc, seule avec mes pensées, pendant des heures et des heures. La pellicule de transpiration qui recouvrait ma peau me paraissait âprement acquise. De tous les traitements que j'avais subis à Goldengrove, cette marche matinale était le premier qui me semblait approprié aux soins dus aux femmes en souffrance. Peut-être y avait-il là quelque chose.

À l'approche de Goldengrove, j'eus plus de raisons encore de me réjouir. Comme nous étions désormais en plein jour et que le chemin redescendait en direction de nos logements temporaires, j'eus tout le loisir de profiter de la vue d'ensemble sur la bâtisse et la campagne alentour. La perspective dégagée sur des kilomètres à la ronde me permit de mieux saisir la topographie des lieux. Je m'efforçai de la mémoriser en m'appuyant sur la position du soleil pour distinguer l'est de l'ouest et le nord du sud, et pour me représenter tel un point sur la carte, tantôt en mouvement, tantôt immobile.

Il m'avait été donné de voir des bribes de Goldengrove et de ses environs, ici et là, au fil des aquarelles qui enjolivaient les brochures des Sidwell. À présent, toutes les pièces du puzzle s'assemblaient sous mes yeux. Nous descendions la colline au nord de Goldengrove, dont les flancs accidentés étaient recouverts de broussailles marron tirant sur le vert. Le corail sémillant de nos combinaisons me sauta aux yeux. On aurait dit des fanaux illuminés sur une mer morne. Ce n'était sans doute pas le fruit du hasard.

De la même façon, vers l'ouest et vers le sud, le relief donnait l'impression de nous barricader. De larges pans de verdure se déployaient de part et d'autre de la clôture, dont un petit jardin potager bien entretenu à l'intérieur de la propriété. Au loin, tout au sud, se découpait un vignoble, dont les raisins arrimés à leurs treillis s'étiraient à l'identique sur des rangées sans fin. Une patiente évadée de l'institut devrait d'abord affronter les rayons impitoyables du soleil avant d'espérer trouver un peu de répit dans leur ombre. À l'ouest, un grand champ de lavande poussait à ras du sol. Quand le vent tourna, je sentis son arôme puissant nous submerger comme une vague.

À l'est se dessinaient des vergers d'oliviers et d'abricotiers, qui valaient son nom à Goldengrove. Les arbres aux troncs noueux lançaient leurs branches feuillues à l'assaut du ciel. À l'instar des vignes, ils pouvaient cacher une fugitive, mais provisoirement, d'autant plus qu'ils étaient très éloignés. De l'autre côté de la clôture, l'asile était encerclé d'un vide troublant. Quiconque réussissait à escalader le mur d'enceinte – ce qui ne devait pas être une mince affaire – pouvait envisager de prendre la fuite. J'imagine que des filles avaient dû tenter leur chance. Mais jusqu'où étaient-elles allées avant d'être rattrapées par plus grand et plus rapide qu'elles ?

Nous fîmes une nouvelle halte, le temps que Winter nous ouvre la grille. Tandis que nous débouchions au bord de la pelouse, un mouvement attira mon regard. La vaste étendue de pelouse plane, longue et très large, faisait penser à un champ. Elle était mouchetée de tenues couleur corail, ordonnées selon une série de cordées telles que la nôtre, qui se multipliaient sur fond vert – des dizaines d'autres femmes, sorties d'autres pavillons, en train de rentrer à Goldengrove après une matinée d'activité physique. Elles aussi avaient un numéro inscrit en gros à la craie dans le dos, mais leur enchaînement ne laissait entrevoir aucune organisation particulière.

Je tirai sur la corde pour mieux observer la scène. Je connaissais les patientes de deux pavillons sur neuf, ce qui me laissait sept lieux à explorer. Toutes leurs occupantes se trouvaient-elles là devant moi ? Il y avait tant de visages, et j'ignorais de combien de temps je disposais. Il devait y avoir au bas mot cent femmes, divisées en groupes du même gabarit que le nôtre. Mais combien de groupes en tout ? Leur mouvement constant m'empêchait de les dénombrer. Je fouillai des yeux la masse, espérant distinguer la silhouette familière de Phoebe, sans résultat. Je recommençai, balayant la scène d'ouest en est en m'appliquant à m'attarder sur chaque visage individuellement.

Je ne sais pas ce qui était le pire : les femmes qui hurlaient ou celles qui ne disaient rien.

Celles qui hurlaient étaient attachées entre elles par une longue chaîne. Une petite poignée d'entre elles semblait occupée à se hurler dessus. Certaines évacuaient un flot d'émotions inarticulées dans le vide. L'une d'elle beuglait « Police ! » d'une voix angoissée, puis après un silence recommençait trente secondes plus tard, « Police ! » Elles se tordaient comme une seule et même créature aux proportions géantes dont les bras et les jambes se soulevaient et retombaient sans dessein.

À leur manière, les femmes silencieuses étaient tout aussi inquiétantes. Elles aussi étaient entravées, mais la ressemblance s'arrêtait là. Elles avançaient d'un pas traînant, la tête basse, à croire qu'un seul et même esprit animait une vingtaine de corps. Elles mettaient en avant le pied droit en raclant leur chaussure sur le sol, puis le pied gauche, et ainsi de suite. Même leurs robes commençaient à ressembler à la fourrure ou aux rémiges de quelque étrange créature, des variations mineures d'un plumage, leurs têtes comme des ronds de calicot. Je ressentis une inquiétude encore plus vive en reconnaissant les cheveux blonds coupés court de la femme au visage de poupée, puis la femme brûlée, Celia, à côté d'elle. Ces femmes qui avançaient d'un même pas traînant étaient mes anciennes camarades de Thalie. Il s'en était fallu de peu pour que je fusse encore dans leurs rangs. Il faudrait que je trouve un moyen de venir en aide à Celia, même si l'entreprise me semblait périlleuse.

En traversant la pelouse, nous nous approchâmes d'une troisième cordée qui ressemblait à la nôtre : ni hurlante ni silencieuse. J'espérais contre tout espoir que Phoebe se trouvait là, mais mon vœu ne fut pas exaucé.

Je commençais à me demander avec hantise ce qu'il adviendrait si je ne la trouvais pas. Depuis que j'avais réchappé à Thalie, je m'étais fait le récit de cette quête une demi-douzaine de fois, et chaque mouture était invariablement couronnée de succès. Dans certaines versions, je la trouvais tout de suite et nous franchissions la grande porte de Goldengrove main dans la main, elle me chuchotait « Merci, petite sœur », et je lui répondais « Je te devais bien ça ». Dans d'autres variantes, je traversais en courant un dédale de pièces, ouvrant une enfilade de portes, alors qu'une ombre me talonnait et je finissais par ouvrir à la volée une porte derrière laquelle se trouvait ma sœur, qui se jetait dans mes bras en poussant un cri de joie. Je la découvrais assise parmi les patientes sur un banc, plantée au sommet d'une colline après une excursion, cloîtrée dans un sous-sol ; elle plissait les yeux dans la lumière du jour quand je la découvrais dans un pavillon plongé dans la pénombre, le regard vitreux mais souriant vaillamment en me reconnaissant. Dans aucune de mes fantasmagories je n'envisageais de ne pas retrouver Phoebe. Pour l'heure, mon imagination refusait de s'aventurer sur ce terrain.

Si ma posture était loin d'être idéale, contrairement à Phoebe, je n'étais pas ici sous le coup de la loi. Si je décidais de prendre la parole et d'avouer toute la vérité, on me renverrait chez mes parents en moins de temps qu'il n'en faut pour le dire. Mais dans ce cas, je ne pourrais plus faire marche arrière. J'avais mes raisons à moi de ne pas vouloir rentrer à la maison – à commencer par la perspective imminente de mon mariage, que j'appréhendais particulièrement –, tout en continuant à être fermement persuadée que le seul moyen de venir en aide à ma sœur était de l'intérieur. Je ne pouvais pas lui tourner le dos.

Brusquement, la corde me propulsa en avant et je manquai de perdre pied tandis qu'autour de moi les femmes trébuchaient l'une après l'autre. J'entendis Nora grommeler un juron. Pas question de relâcher la pression ; nos infirmières et aides-soignants nous tiraient sur le côté. J'eus tôt fait de comprendre pourquoi. Le groupe le plus proche, dirigé par une patiente mugissante, était en train de marcher droit sur nous. Si nous ne faisions rien, la collision était inévitable.

La femme qui chahutait son groupe avait un visage large et plat et un nez qui laissait penser qu'il avait été cassé plus d'une fois. Elle me rappelait un des employés de mon père, un homme qui s'était retrouvé dans un si grand nombre de bagarres qu'il avait fini par devenir boxeur professionnel. Chez cette femme, même les cheveux avaient l'air en colère. Ils étaient d'un roux de feu et tire-bouchonnaient furieusement, lui prêtant une mine de Méduse moderne.

La rousse déporta de nouveau tout son corps vers la droite, renversant les femmes qui se trouvaient devant et derrière elle. Elle se mit à hurler :

— Vous n'avez pas le droit !

Son cri fusa tout autour de nous et d'autres femmes le reprirent en chœur, répétant « Pas le droit, pas le droit », tandis que d'autres lui hurlaient de rentrer dans la file. Leurs ordres restèrent lettre morte.

La grande rousse se démenait pour se détacher de la corde, tandis que la femme la plus proche d'elle agitait les mains frénétiquement, essayant vainement de s'écarter alors qu'elles étaient étroitement attachées. La femme de petite taille poussa un cri perçant, la femme de grande taille la gifla, une seule fois, et le claquement retentissant résonna par-dessus le vacarme des encordées.

Sans tourner la tête, Nora murmura suffisamment fort pour que je l'entende :

— Toujours le même numéro, celle-là.

À ce moment-là, les aides-soignants passèrent enfin à l'action et se précipitèrent pour encercler la fauteuse de troubles. Elle réussit à repousser l'un d'eux – Perry, celui avec les lunettes – avec une telle force qu'il s'étala sur le dos. Il se releva avec lenteur. Je ne savais pas trop si son corps refusait de se mouvoir plus vite ou si lui-même rechignait à essuyer une autre bourrade.

Soudain libérée de la cordée, la rousse s'élança sur la pelouse en direction de la clôture, soulevant au passage des cris d'encouragement épars. La clôture en question était en fer et avoisinait les deux mètres de hauteur. Je ne voyais pas par quel miracle elle pensait réussir à l'escalader, mais en tout état de cause, elle n'arriva pas aussi loin. Un aide-soignant la plaqua au sol – à cette distance, avec sa carrure massive, on aurait dit Gus – et le bruit de leurs corps heurtant le sol se répercuta jusqu'à nous. Il lui fit une clé dans le dos et la ramena de force vers le bâtiment.

Les autres femmes se relevèrent tant bien que mal. Le reste du groupe se vit conduire à la remorque, certaines se laissant porter, d'autres traîner. Les hurlements s'estompèrent, même si la rumeur persista encore longtemps après que la cordée eut disparu hors de notre vue.

— En route, mesdames, ordonna l'infirmière qui ouvrait la marche.

Nous reprîmes le chemin du bâtiment comme s'il s'agissait d'une journée comme une autre.

Quand soudain une pensée me frappa : il s'agissait *effectivement* d'une journée comme une autre. Si je ne prenais pas le taureau par les cornes, toutes les journées suivantes lui ressembleraient, jusqu'à la fin des temps.

Sans lien de cause à effet apparent, Nora commenta :

— C'est une très bonne cuisinière.

Je compris qu'elle voulait parler de la rousse.

— *Notre* cuisinière ? chuchotai-je.

— Tout à fait.

— Elle n'est pas très bonne.

— Elle cuisine vite et bien pour pas cher et ce n'est pas la peine de la payer. Pour eux, c'est la meilleure qui soit.

J'étais tentée de dire que cet endroit n'avait aucun sens, mais malheureusement c'était l'inverse. Ce lieu était d'une logique implacable, dès lors qu'on partait du principe que toutes ces femmes étaient folles et qu'elles avaient de la valeur tant qu'on pouvait les mettre au travail ou les faire taire. Et de préférence les deux.

Je réussis enfin à passer en revue la foule amassée sur la pelouse, décomptant huit cordes, soit huit groupes, donc l'équivalent de huit pavillons de femmes. Quasiment l'intégralité de Goldengrove, mais pas tout à fait.

Le groupe des femmes hurlantes, qui était arrivé en dernier, repartait à présent en premier en direction du bâtiment. J'imagine qu'on les gardait à l'écart des autres pour éviter tout phénomène de contagion.

Deux autres cordées, ni les plus silencieuses ni les plus bruyantes, leur emboîtèrent le pas. Puis vint notre tour. Cette fois, nous franchîmes la porte d'entrée.

Quand mes camarades lâchèrent la corde pour regagner la pénombre des couloirs de Goldengrove en direction de Terpsichore, je restai un instant plongée dans mes pensées. Je les vis suivre le trajet imposé, l'une après l'autre. Comme si elles étaient encore arrimées à la corde, sauf qu'elles l'avaient laissée tomber par terre comme la peau d'un serpent en mue. Sauf à l'endroit où elle se soulevait pour rejoindre la ficelle nouée à mon poignet.

Je restai un long moment dans l'entrée, muette et immobile, à attendre qu'une infirmière se souvienne de venir me détacher.

# Chapitre 7

À la fin de la journée, je sentis l'angoisse m'oppresser comme un coup de poing en pleine poitrine. Je restai allongée sur mon grabat, saisie d'un affolement aveugle. Où était Phoebe ? Sauf erreur de ma part, il n'avait manqué qu'un seul pavillon sur la pelouse – était-ce le sien ? Et dans ce cas, où se trouvaient ces femmes ? Je sentis l'effroi s'insinuer à travers tout mon corps jusqu'aux extrémités de mes doigts tendus ; il me fallait une rêverie pour recouvrer mes esprits. Je m'y employai à peine les lumières éteintes. Mes tentatives ne furent que partiellement couronnées de succès.

Dans le premier souvenir qui m'assaillit, je discernai ma mère, plus d'une dizaine d'années en arrière. Elle avait le visage empreint de jeunesse, pourtant son front était barré d'inquiétude. Elle portait une robe noire serrée aux épaules qui déformait la dentelle. Un vêtement qu'on lui avait prêté. Sur le balcon de tante Hélène à Newport, elle contemplait l'étendue grise de l'océan Atlantique en contrebas. À cette époque, je ne connaissais nul autre océan. Le reflet du crépuscule faisait scintiller la traînée laissée par une larme sur sa joue.

— Maman ?

J'étais une fillette en jupe à volants, j'allais sur mes quatre ans et je ne comprenais pas la violence de sa tristesse.

Elle essuya la larme du revers de la main avant de se tourner vers moi après un dernier regard craintif sur l'océan. Elle m'agrippa le poignet pour m'éloigner du bord, même si la rambarde était haute et solide et que je ne courais pas le risque de tomber.

— Rentre, ordonna-t-elle. Immédiatement.

L'océan avait beaucoup pris à ma mère. Tout d'abord sa sœur Clara, sa jumelle adorée, avait eu une idylle avec un jeune marin. La réprobation de ses parents avait attisé les flammes. Lorsqu'ils disparurent, la famille crut savoir ce qui s'était passé, mais décida d'attendre. Quatre mois s'écoulèrent en un battement de cils. Quand enfin la nouvelle leur parvint, ils regrettèrent de ne pas être restés dans l'ignorance. Les jeunes mariés s'étaient enfuis à Philadelphie d'où ils avaient embarqué pour l'Angleterre. Une violente tempête avait englouti le navire corps et biens. Il n'y eut pas de survivant. Aussi loin que je me souvienne, j'avais toujours connu cette histoire. Ma mère en faisait souvent le récit pour nous mettre en garde contre les mauvais comportements.

— N'oubliez pas ce qui est arrivé à votre tante, disait-elle. Elle a délaissé son devoir familial et les vagues l'ont engloutie.

À une ou deux reprises, Phoebe avait évoqué cette malédiction sur le ton de la plaisanterie – « le devooooââår familiâââl », psalmodiait-elle en me menaçant du doigt – ; pourtant, je ne réussis jamais à prendre le sujet à la légère. J'en retirai précisément l'enseignement visé par ma mère. Celles qui tournent le dos à leur devoir sont châtiées. Je n'allais pas me risquer à grossir leurs rangs.

Ma mère aussi avait épousé un homme de la mer, mais les circonstances n'auraient pu être plus différentes. Son époux, veuf depuis peu, avait une réputation bien établie, il était fort bien connu des parents de ma mère, qui l'avaient exhortée d'accepter sa demande. Ses deux jeunes fils avaient besoin d'une mère. Elle prit donc alliance et enfants. Des années durant, les dieux semblèrent regarder sa décision d'un œil favorable. Les garçons l'adoptèrent volontiers comme leur propre mère, et elle les chérit aussi tendrement que si elle les eût portés.

Mais les deux garçons finirent par prendre la mer. Leur père approuva ce choix, ou tout du moins l'accepta. William partit pour sa première traversée à l'âge de dix-huit ans, alors que je n'avais que trois ans, et ne rentra jamais. Fletcher vogua cinq fois au départ de San Francisco et eut tôt fait, pour notre plus grande fierté, de grimper les échelons. Puis, une nuit, un navigateur inexpérimenté qui avait donné une mauvaise lecture du sextant les fit échouer dans le détroit de Torrès. Un amas de roches fit voler le navire en éclats, tuant plus de la moitié des hommes à bord, dont Fletcher, qui occupait alors le poste de capitaine en second. À l'annonce de la nouvelle, ma mère poussa un hurlement bestial et déchirant. Jamais ma sœur et moi ne mettrions le pied sur un navire en partance – après tout, nous n'étions que des filles – et ma mère arracha à notre père la promesse que nous n'irions jamais en mer.

Et pourtant, cette dernière nous avait offert tant de choses. Partant d'une goélette à trois mâts transportant de l'indigo et du chanvre, mon père avait engrangé de solides intérêts, qu'il misa entièrement sur le déménagement de la famille à San Francisco et la reconversion de son activité vers les marchandises de luxe. Le commerce maritime alors en pleine effervescence et une grande bourgeoisie mal desservie contribuèrent à transformer lesdits intérêts en petite fortune, et nous nous installâmes à Nob Hill, pour le plus grand bonheur de ma mère.

Au fil des années, mon père monta sa flotte et étendit ses activités ; ma mère fixa toute son attention sur le foyer, ses œuvres de bienfaisance et l'éducation méthodique de ses filles, les seuls enfants que comptait encore notre famille. Lorsque le bateau à vapeur *Phobos*, de la flotte de mon père, remporta le record de traversée entre San Francisco et Yokohama, M. Stanford en personne soutint sa candidature à l'Union Club en vue de consolider durablement les liens de notre famille dans la haute société. Il y aurait toujours mieux nanti que nous ; toutefois, nous nous efforcions d'être reconnaissants de notre sort. Si nos accomplissements faisaient notre fierté, nous ne péchions jamais par orgueil. Ma sœur et moi étions élégantes mais point vaniteuses. Nous intégrâmes la deuxième meilleure pension pour jeunes filles de bonne famille de tout San Francisco, chez Mlle Buckingham, avec l'interdiction de ne serait-ce que de mentionner le nom de la première. L'envie, comme se plaisait à nous le rappeler ma mère, était un péché.

D'autres péchés me traversaient l'esprit lorsque je songeais à Henry Sidwell, bien que je ne le revisse pas avant l'année de mes dix-huit ans, soit près de vingt-quatre mois après notre brève conversation à Pioneer Park. Si nos familles étaient en bons termes, ma mère s'arrangeait plutôt pour nous faire visiter des familles qui avaient des filles, ce qui n'était pas le cas des Sidwell. Après avoir croisé la famille Sidwell à l'église, et remarqué qu'Henry n'était pas dans les rangs, il me fallut des semaines pour trouver le courage d'aller m'enquérir de ses nouvelles. Ce jour-là, son père émit un petit reniflement narquois et déclara :

— Ce gaillard est parti sur un coup de tête visiter la colonie galloise en Patagonie.

Je désespérais de le revoir un jour.

Peu de temps après, Sarah Walsh – une pipelette notoire – m'annonça qu'Henry était sur le point de se marier. La nouvelle aurait dû me fendre le cœur, mais dans le même souffle, Sarah m'apprit que la fille avait rompu les fiançailles, et que cette débâcle avait incité Henry à faire route jusqu'en Patagonie à bord du *Compass*. À l'église et partout ailleurs, je restais à l'affût des commérages. J'espérais avoir de ses nouvelles tout autant que de ne pas en avoir, sachant que la seule annonce susceptible d'arriver jusqu'à nous serait celle de sa mort en mer. En cela, j'étais bien la fille de ma mère ; non seulement je redoutais le pire, mais d'une certaine manière je le guettais.

Les mauvaises nouvelles affluèrent pendant son absence, mais en provenance d'un autre cercle. L'aîné des Sidwell, John, avait pris un congé temporaire de son poste de directeur fondateur de Goldengrove pour étudier une épidémie de fièvre jaune qui avait éclaté parmi les ouvriers français partis construire un canal à Panamá. Lui-même succomba à la maladie. À ses obsèques, l'église était pleine, mais ses frères étaient absents. George était en réunion pour la campagne des législatives en soutien à Leland Stanford au siège de sénateur, et la rumeur dit que son père refusa de le faire venir à quelques jours des élections. On ne savait pas avec certitude si George était au courant du décès de son frère. Henry l'ignorait, c'était chose sûre ; il était encore en Patagonie, pour autant que sa famille le sache, et il n'y avait aucun moyen de lui faire porter de message. J'étais peinée pour sa mère, pour qui la perte d'un fils devait être exacerbée par l'absence des autres. Je vis ma mère l'étreindre dans ses bras et lui murmurer ses condoléances à l'oreille, et les grosses larmes rouler dans leurs yeux. La seule fois que ma mère se départit de sa réserve en public.

Puis, un dimanche de l'année suivante, une semaine avant le dimanche des Rameaux, je l'aperçus. Le banc qu'occupaient les Sidwell était plus proche que le nôtre de la chaire, de sorte que je ne voyais que l'arrière de sa tête, mais je sus instantanément qu'il s'agissait d'Henry. Ce jour-là, j'avais revêtu une vieille robe chemisier à rayures vertes, avec un corsage uni et un simple chapeau de paille. Ma mère n'avait de cesse de me répéter que le temps dévolu à la toilette n'était jamais perdu, notamment pour une fille de mon âge, et en règle générale je lui obéissais, que je partage ou non son avis. Mais ce matin-là, j'avais choisi de voler quelques minutes de sommeil en plus, ce que je regrettais amèrement. « Vous ne connaîtrez pas le jour de mon avènement », martelait le pasteur en citant Jésus et je rougis violemment, bien soulagée qu'Henry me tourne le dos.

Après le cantique final, ma mère et Phoebe s'apprêtèrent à descendre les marches comme à leur habitude, et je choisis de rester en retrait. En bas de l'escalier, je me laissai glisser parmi les ouailles, affectant un pas nonchalant, quasi flâneur, alors qu'en réalité, je mettais le cap droit sur lui, comme tirée par un filin invisible. Me voyant bifurquer, Phoebe entrouvrit la bouche pour parler, mais lorsqu'elle aperçut l'objet de mon regard, elle se ravisa et sourit. Elle effleura le coude de notre mère pour l'accaparer dans la conversation, les sourcils froncés comme si un sujet de la plus haute importance venait de se présenter. Loin du regard de ma mère, je pris une profonde inspiration et parcourus les quelques pas qui me séparaient d'Henry.

Il était tel que dans mon souvenir, comme si le temps n'avait pas passé depuis notre conversation au parc, pas un seul jour. Dans ma poitrine, mon cœur virevoltait comme un gyroscope.

Je me sentais trop nerveuse pour attirer son attention, mais par chance il leva la tête, regarda dans ma direction et hocha le menton en signe de reconnaissance. Ses yeux vifs et brillants ne se détachèrent pas de mon visage. Son père était en grande conversation avec un autre paroissien, leurs épouses se tenaient muettement à leurs côtés, et Henry était seul. Je ne pouvais pas rêver meilleure opportunité.

Feignant la confiance, je m'approchai et le saluai d'un hochement de la tête que j'espérais digne.

— Monsieur Henry. Quelle surprise. De retour de Patagonie ?

— Oh, non, je suis encore là-bas, dit-il avec un large sourire.

L'embarras me mit le feu aux joues. J'attendais cet instant depuis si longtemps, j'avais si souvent imaginé notre conversation, au cours de laquelle mon charme le disputerait à l'élégance. Le moment venu, je me trouvais désemparée.

— Je voulais dire que j'étais contente de vous savoir de retour.

— Merci. L'accueil est des plus chaleureux.

De derrière mon épaule gauche, la voix de ma mère vint interrompre notre conversation.

— Ah te voilà, Charlotte. Bien le bonjour, Henry ! Je suis ravie de vous voir.

Elle avait prononcé ces paroles, quoique sincères, sans aucune cordialité.

Phoebe arriva sur ses talons et je sus sans l'ombre d'un doute qu'elle avait fait tout son possible pour repousser l'inévitable. Son regard en disait long. Elle s'en était sortie à merveille, et je lui exprimerais ma gratitude plus tard.

— Puis-je vous proposer notre calèche ? demanda Henry d'une voix à la fois égale et agréable.

Il avait adressé son invitation à la cantonade de sorte à nous inclure toutes les trois.

— Non merci, répondit ma mère précipitamment en prenant les devants.

Avec le mois de mars étaient arrivés les prémices du printemps, et je voyais les rouages tourner dans sa tête.

— Nous pensions prendre l'air, conclut-elle.

— Dans ce cas, permettez-moi de vous accompagner, dit-il en lui faisant signe de le précéder.

— Mais votre calèche ?

— Mes parents sauront en faire bon usage sans moi, je n'ai pas d'inquiétude. Je vous en prie, marchons.

Il répéta son geste et je savais que ma mère était trop bien élevée pour l'ignorer une deuxième fois. Exceptionnellement, j'appréciai sa dévotion servile envers les bonnes manières.

Notre petite quatuor se mit en marche, et Phoebe s'empressa de marcher à côté de ma mère – je la remerciai en silence pour son intelligence astucieuse, quelle finaude ! –, tandis que j'alignais mon pas, assez naturellement, sur celui d'Henry. Le soleil avait bu le brouillard et brillait dans le doux ciel bleu. Je levai le visage pour m'imprégner de ses rayons.

— Ai-je raté des événements de grand intérêt ? me demanda-t-il d'un ton léger et joyeux.

La nature même de sa voix me plut instantanément. Il parlait comme si chaque mot portait à conséquence, tant les siens que les miens.

— Point du tout. Il ne s'est rien passé.

— Pas de grand rassemblement – que sais-je, un ou deux mariages ? Celui de votre sœur, peut-être ? Ou alors le vôtre ?

J'eus grand-peine à dissimuler ma satisfaction, tout en espérant ne pas me tromper sur le sens de ses questions. Elles ne ciblaient pas ma sœur, c'était certain.

— Si j'étais mariée, je n'irais pas à l'office en compagnie de ma mère et de ma sœur.

— Votre mère n'était pas accompagnée par son époux. Est-il en mer ?

— Il est absent pour affaires, mais pas en mer. Il inspecte l'avancement des travaux aux docks de Santa Ynez.

— À portée de vue du rivage, donc.

— Pour notre plus grand bonheur.

Je continuai, forte d'un regain de confiance :

— Mais vous ! Vous avez pris la mer. Avez-vous aimé être marin ?

— Plutôt, bien que je n'aie pas été d'une grande utilité. Trop fragile et délicat.

Il retira son gant et me montra sa main. Sans réfléchir, je tendis la mienne. Sous mes doigts, ses cals étaient rugueux.

— Plus maintenant.

— C'est le métier qui rentre.

— Revenez-vous changé ?

— Pas tant que cela, s'avisa-t-il d'une voix douce et rauque, comme s'il me faisait une confidence.

Nous devisâmes en marchant, et je ralentis mon pas autant que possible – faisait-il de même ? –, mais déjà l'instant prenait fin.

— Et nous y voilà, dit ma mère joyeusement.

Si je n'étais pas dupe de sa fausse bonne humeur, je ne crois pas qu'Henry fît la différence.

— Les filles, ne traînons pas, Mme Shepherd va nous attendre.

Henry inclina son chapeau et son sourire me fit fondre. Ses dents brillaient sur le fond sombre de sa barbe, qui exerçait sur moi son éternelle fascination. Phoebe suivit ma mère et quand il apparut évident que je n'avais d'autre choix, je leur emboîtai le pas.

À peine la porte d'entrée fermée, ma mère fit volte-face sur moi. Elle profita de mon sursaut de surprise pour plaquer les mains sur mes épaules et incliner son visage contre le mien. Elle articula une seule et unique syllabe :

— Non.

Je compris aussitôt. Tout Sidwell qu'il était, Henry avait commis l'irréparable aux yeux de ma mère. Il s'était mis en péril en prenant la mer. Son retour sain et sauf ne l'exonérait de rien : chaque traversée était une prise de risque et pour ma mère, la coupe était pleine.

Mais pas pour moi.

*

Le lendemain, je ne m'étonnai pas d'être réveillée à la nuit et je coopérai promptement pour éviter qu'on m'attache de nouveau à la corde. Cette fois-ci, la marche se révéla à la fois plus simple et plus ardue. Plus simple parce que je savais à quoi m'attendre et parce que la perspective d'un magnifique lever du soleil me remontait le moral ; plus ardue parce que j'avais les muscles des cuisses endoloris de la veille. Ce matin-là, l'aube nuageuse ne laissa pas grand-chose à voir. À notre retour, personne n'était de sortie. Contrairement aux autres pavillons, qui ne sortaient qu'une ou deux fois par semaine pour faire de l'exercice, le nôtre était le seul à s'y adonner quotidiennement et à s'aventurer aussi loin. Pour finir, ni Nora, ni Damaris, ni

Mouse ne se retrouvèrent proches de moi sur la corde. J'étais coincée entre Bess la grincheuse, celle qui nous avait fait taire l'autre nuit, et une femme frêle qui serrait un paquet de chiffons contre sa poitrine en lui babillant des murmures réconfortants. Non que je craignisse de savoir pourquoi elle se livrait à de telles simagrées, mais j'avais peur de découvrir que j'avais raison.

L'heure du déjeuner arrivait quand enfin je trouvai Nora. Je m'arrangeai pour être assise à côté d'elle à table. Je ne disposais que de quelques minutes, et j'étais fermement déterminée à en faire bon usage. J'avais remarqué que Winter et Piper avaient tendance à détourner leur attention au cours des repas, qu'elles passaient en bavardages avec les infirmières des autres pavillons, ce qui rendait possible de deviser à voix basse. Je me glissai entre Nora et Mouse, laquelle comme je m'y attendais se décala pour me laisser la place. Le déjeuner consistait en un petit pain dur comme la pierre et quelques lambeaux de viande semblables à du cuir de chaussure bouilli surnageant dans deux doigts de bouillon aqueux fleurant l'oignon. À table, nous étions privées de couverts.

Je cognai doucement sur la table pour attirer l'attention de Nora.

— Ça fait combien de temps que je suis ici ? chuchotai-je.

— Tu sais pas ?

— Je crois que si… mais c'est un peu flou.

— Ça fait deux jours que tu es à Terpsichore, mais pour Thalie, j'en sais rien.

D'un regard circulaire, je repérai le petit bout de femme qui était arrivée à bord du même chariot que moi, celle dont j'avais vu la cicatrice pendant l'épisode de la douche.

— Elle, là-bas, avec les pommettes hautes. Je suis arrivée en même temps qu'elle.

Nora baissa les yeux sur son mollet, puis les releva sur la fille, et recommença son manège une deuxième fois avant d'annoncer :

— Cinq jours.

Je comptai. Si j'étais au sixième jour depuis mon départ de la maison, j'étais presque arrivée au bout de ma première semaine. Il me restait donc cinq semaines si je voulais être rentrée avant le 24 octobre. Date à laquelle mes parents attendaient mon retour de Newport après le fameux voyage que je n'avais pas entrepris. D'un côté, cela pouvait sembler amplement suffisant. De l'autre, une semaine venait déjà de passer en un éclair. Les suivantes ne feraient sans doute pas figure d'exception.

Et si le sablier venait à tarir ? Mes parents allaient s'affoler. Ils alerteraient le monde entier. La dernière fois que ma sœur et moi avions disparu, le jour où le faon avait mangé la pomme dans ma main, ma mère nous avait pardonné l'embarras où nous l'avions jetée. Cette fois-ci, si la nouvelle de mon absence s'ébruitait – et surtout les raisons –, elle ne le pardonnerait jamais.

— Je sais que tu n'es pas folle, bafouillai-je.

Elle resta immobile, la tête penchée sur son assiette, mais un fin sourire souleva la commissure de ses lèvres.

— Non, en effet, ma chère enfant. Beaucoup de femmes ici ne le sont pas.

— Mais alors qu'est-ce que tu fais là ?

— Il suffit de deux choses pour qu'une femme soit folle : la parole d'un homme qui a tout à y gagner et un médecin disposé à donner son aval.

— Mais n'ont-ils pas besoin d'une raison valable ?

— N'importe quoi fera l'affaire, observa Nora en détachant une torsade de son pain qu'elle noya dans le bouillon pour le ramollir. Tout ce que tu fais, tout ce que tu es. Tout ce que tu *veux*.

J'avais du mal à trouver mes mots. Je me rabattis sur une bouchée de viande avec un succès tout relatif.

— C'est ton père qui t'a fait interner ? demanda-t-elle. Tu y ressembles.

— À quoi ?

— À une fille choyée qui a dépassé les bornes. Qui a foutu en l'air ses beaux projets. Et donc qu'il a fallu balayer sous le tapis.

Je protestai avec indignation :

— On ne m'a pas balayée sous le tapis.

— Qu'est-ce que tu fiches ici, alors ?

Elle m'avait tendu un piège, je le voyais à présent. Mais je pouvais encore essayer de gagner du temps.

— Toi d'abord.

— J'ai épousé un homme qui n'avait pas de sentiments pour moi.

Je tressaillis. Même si j'avais fait le choix de révéler mon identité, je ne lui aurais pas parlé de mon fiancé. En réalité, j'ignorais s'il avait ou non des sentiments pour moi. J'avais longtemps désiré des fiançailles et une demande en mariage, et j'avais obtenu les deux, mais avec le recul, ces événements me semblaient être l'œuvre d'un génie vengeur. Je n'en soufflerais pas un mot à Nora. Le moment était venu non pas de parler, mais d'écouter.

Je répondis donc d'un air détaché :

— Ça arrive souvent.

— Et puis j'ai découvert à quoi ressemblait l'amour. C'est bon. Et irrésistible.

Autre tressaillement.

— Et tu n'as pas résisté ?

— Non. J'ai suivi mon plaisir.

N'ayant jamais maîtrisé l'art de hausser un sourcil, je laissai ma bouche s'arrondir en un O de surprise.

— Le scandale !

— Ça n'a rien de scandaleux tant que personne n'est au courant. Tant que cela restait privé, c'était parfait.

Une ombre traversa son visage. Elle baissa les yeux sur ses mains.

— Que s'est-il passé ? demandai-je.

— Un jour, en dénouant mon corsage, la domestique s'est aperçue que le nœud sur mes reins n'était pas le même que d'habitude.

— Et alors ton mari…

Elle émit un petit ricanement rauque. Sur l'instant, je la trouvai belle.

— Oh non, non. Je ne crois pas que ça l'aurait dérangé. Il n'a jamais été… très assidu de ce côté-là. Non, la domestique est allée le rapporter directement à sa mère à lui. À partir de là, c'était fini. Deux jours plus tard, je partais pour l'asile. Ils m'y auraient bien envoyée avant, mais l'asile n'admet pas de nouvelles patientes le dimanche.

— Ah bon ?

J'essayai de me souvenir du jour de mon arrivée. Je sentis un frisson me parcourir la nuque en m'apercevant que j'en étais incapable.

— Au départ, je n'étais pas à Goldengrove. J'étais dans un asile près de chez moi dans le Massachusetts. Après ma troisième tentative de fuite, ils m'ont envoyée ici, en se disant que j'aurais moins envie de me faire la belle s'il y avait tout un continent entre nous. Ils avaient raison.

— Mais qui paie ? m'enquis-je après réflexion.

— Sa famille. Mais ils n'auront pas les moyens de me garder indéfiniment ici. À un moment donné, ils se rendront compte que ça ne vaut pas la peine. Ce jour-là, je sortirai.

Elle eut un large sourire, mais je ne pus m'empêcher de repenser aux stigmates sur ses jambes. Elle pensait sans doute qu'elle ne tarderait pas à partir d'ici, mais un jour, elle n'aurait plus de place sur ses jambes.

— À toi, maintenant, lança-t-elle. Qu'est-ce que tu fais ici ?

J'étais bien décidée à éluder les questions de cet ordre le plus longtemps possible. Je passai en revue les mensonges crédibles avant de remettre la discussion à plus tard.

— Je te raconterai une autre fois.

— Pourquoi pas maintenant ?

— Patience, rétorquai-je en minaudant, bien que ce ne fût pas mon point fort.

Elle leva les yeux au ciel avant de reporter son attention sur le contenu de son assiette. Je ne pouvais pas me permettre de la froisser trop durement. Jusqu'ici, elle était ma seule amie et elle en connaissait manifestement un rayon sur Goldengrove. Hors de question de me la mettre à dos. J'avais vu s'exercer suffisamment de rivalités chez Mlle Buckingham pour savoir qu'une alliée puissante pouvait se révéler une ennemie tout aussi puissante.

Un silence s'abattit soudain sur le réfectoire. Je levai les yeux pour en connaître la cause. Les infirmières avaient déjà repris leur poste, ce qui en soi pouvait l'expliquer – de nouveau, elles se préoccupaient de nous – mais surtout, quand j'aperçus ses cheveux noirs couronnés d'une coiffe blanche pointue qui surmontaient ses épaules étroites dans leur uniforme bleu ciel, je compris.

L'infirmière en chef Baumgarten traversa la salle à grandes enjambées, laissant son regard glisser sur les tables. Du plat de la main, elle retenait son porte-clés à sa taille pour en étouffer le cliquetis dans le tissu de sa robe. Gus, avec son immense carrure et son œil atone, la suivait trois mètres derrière. Un silence désagréable les accompagna tandis qu'ils traversaient la salle d'une traite de son entrée à sa sortie. Une fois la porte refermée derrière le dos large de Gus, les murmures se répandirent entre les tables comme une traînée de poudre.

— Tu as entendu ? demanda Damaris dans un souffle tout contre mon oreille. Elle a renvoyé l'autre aide-soignant ce matin. Perry. Il avait coincé une patiente, la main sous sa jupe, et la pauvre fille le suppliait d'arrêter.

— Non…, murmurai-je avec horreur. Et après ?

— Ils se sont disputés, l'infirmière en chef et lui. Il paraît qu'au bout d'une minute, il était à quatre pattes en train de ramasser ses dents par terre.

— Taisez-vous, ordonna Winter par-dessus le chœur frémissant des murmures, cris étouffés et autres soupirs.

— Il n'est plus là, en tout cas, conclut Damaris avec une satisfaction sinistre.

Je regardai la porte par laquelle ils avaient quitté la salle. Nous avions toutes les yeux rivés dessus. Puis les murmures s'estompèrent jusqu'à n'être plus qu'un bruit de fond.

*

Une fois que Nora m'eut confirmé que la démence n'avait pas forcément grand-chose à voir avec la présence des femmes à Goldengrove, tout s'éclaira. Pour chaque femme véritablement aliénée que je rencontrais, il y avait une femme qui était entre ces murs pour une tout autre raison. Il devait forcément exister un terme plus approprié que le mot *folle*. Celui de *lunatique* me mettait mal à l'aise, parce qu'il reliait la folie aux cycles de la lune, or cette dernière affectait plus fortement les femmes, comme tant de choses en ce bas monde.

Chaque fois que nous étions au réfectoire, je voyais la même femme chauve, numéro 13, qui restait prostrée avec un air de poupée désarticulée, le regard vide, comme si on lui avait coupé ses ficelles. Chaque jour, un aide-soignant l'installait à la table du petit déjeuner, où elle restait la bouche entrouverte devant son assiette sans jamais la toucher. La même scène se répétait pour le repas du midi et celui du soir. Personne ne semblait lui prêter la moindre considération et même moi qui l'observais depuis l'autre bout de la salle pour voir s'il lui arrivait jamais de bouger d'un pouce, je voyais bien que mon attention était accaparée par les chuchotements d'une beauté rousse de Los Angeles, condamnée par ses cousines le jour où elle leur avait confié vouloir vivre comme une religieuse mais sans la religion. Non seulement elle n'avait aucun amour pour les hommes – ni d'ailleurs, confessa-t-elle à mi-voix, pour les femmes –, mais elle ne ressentait aucune attirance, aucune émotion, aucun élan amoureux ni désir. Cet aveu lui valut d'être cataloguée anormale et internée. J'étais frappée qu'un excès de sensations physiques tout autant que l'absence de ces dernières puissent justifier qu'on séquestre des femmes.

Pour mon deuxième jour entier à Terpsichore, on nous laissa disposer de deux heures dans la salle commune. L'espace était dénué du moindre objet décoratif, mais il était pourvu de fenêtres et de quelques éléments de mobilier. Il y avait un piano dans un angle, que je me retenais d'approcher. Je me souvenais que Nellie Bly avait fait mention d'un piano à Blackwell's Island, et que l'instrument était fortement désaccordé ; quand elle en avait avisé une infirmière, cette dernière avait répliqué avec dédain : « Pauvre petite chose. Il faudra qu'on en commande un autre rien que pour vous. » Je préférais ne pas tenter le sort.

À la place, j'entretenais une conversation avec une gentille fille rondelette du nom d'Hazel, au cours de laquelle nous faisions l'une et l'autre semblant de lire les bibles à disposition dans la salle commune. D'un geste absent, je faisais défiler les pages des Juges ; elle, du Deutéronome. Elle était en train de me raconter comment ses parents l'avaient envoyée ici après qu'elle avait refusé d'épouser l'associé en affaires de son père, veuf de son état, en demandant plutôt de partir dans une université de la côte Est pour y faire des études. J'étais sur le point de lui demander quelle discipline l'intéressait quand nous entendîmes toutes un cri retentir quelque part au-dessus de nos têtes, puis tomber en cascade et se terminer dans un atroce bruit sourd.

Les infirmières se précipitèrent à l'extérieur tandis que nous nous pressions contre les fenêtres. Les baies vitrées des salles communes donnaient sur la pelouse de Goldengrove. Nous avions donc une vue directe sur les pavés qui délimitaient l'imposante entrée du bâtiment, où gisait un corps immobile dans sa robe couleur corail. Je détournai les yeux pour m'épargner ce spectacle.

Une voix derrière moi murmura : « Mary. »

Je fis volte-face : Damaris serrait sa bible contre sa poitrine, les joues et les articulations de ses mains exsangues. Quand elle pâlissait, sa tache de naissance sombre ressortait d'autant plus et donnait l'impression qu'un homme avait imprimé la forme gigantesque de sa main sur sa gorge. L'effet me désarçonnait. J'avais envie de lui demander d'où elle connaissait cette patiente, mais j'étais trop sidérée. Cette femme, quel que soit son nom, s'était-elle jetée dans le vide ? Avait-elle poussé ce cri ?

Tournant de nouveau la tête, je vis les infirmières se précipiter, trop tard, sur les pavés et le corps de Mary. Je vis son sang imbiber le tissu de sa robe, la chaussée et les mains des femmes penchées sur elle. Ses cheveux noirs étaient détachés. Je ne voyais pas son visage, son corps gisait le dos tourné à moi, immobile, et à en juger par la hauteur de sa chute et la quantité de sang sur les pavées, elle ne se relèverait plus jamais.

— Mary avait un démon, annonça Damaris d'un ton égal.

— Comme toi ? s'enquit Hazel.

— Pas comme moi. Différent. Elle entendait une voix.

— La voix de qui ? parvins-je à articuler.

— De quelqu'un de mauvais. Personne n'entend jamais des voix gentilles, c'est jamais des anges gardiens. Seulement des démons qui engloutissent tout.

À l'extérieur, un aide-soignant s'aperçut soudain que nous étions en train de suivre la scène ; d'un geste, il nous fit signe de déguerpir, sans succès. Au bout de quelques minutes, deux infirmières rentrèrent dans le réfectoire pour nous éloigner des fenêtres.

Nous passâmes le reste de l'après-midi assises sur nos matelas, tandis que Winter et Piper bavardaient à voix basse dans un coin de la salle et que d'un lit à l'autre circulaient des histoires sur les patientes qui étaient mortes entre ces murs. La cuisinière d'avant qui, en pleins préparatifs du repas du soir, avait plongé la tête dans l'évier et s'était noyée pendant qu'autour d'elle, tout le monde vaquait avec insouciance à ses occupations. La femme qui par accident s'était étranglée avec une corde. La fille à fleur de peau, du pavillon Clio, dont on avait retrouvé le corps glacé dans son lit un matin au réveil, sans qu'on sût jamais se l'expliquer, si ce n'est que la puissance de ses propres cauchemars avait dû la faucher en plein sommeil. Des histoires à vous retourner l'estomac, et pourtant je n'en perdis pas une miette. Quand les infirmières nous conduisirent au repas du soir, mettant un terme aux récits, je poussai un soupir de soulagement. Personne ne m'avait narré d'histoire lugubre à propos d'une jeune femme arrivée récemment et qui correspondait à la description de ma sœur.

La seule maigre consolation que je pouvais trouver à la mort de ces patientes était que la plupart d'entre elles avaient choisi de mettre fin à leurs jours et qu'elles n'avaient emporté personne d'autre avec elle. À la maison, je n'étais guère adepte des prières, mais ce soir-là à Goldengrove, j'adressai à Dieu une humble supplique : que ma vie soit suffisamment supportable pour que la mort ne m'apparaisse jamais comme une délivrance.

Quand je m'étais laissée tomber dans les eaux de la baie, ce n'était pas dans l'intention de mourir, mais le sort aurait très bien pu en décider autrement. L'intention et la réalité étaient parfois deux choses bien différentes. Depuis la nuit de mes fiançailles, je n'avais eu de cesse de retenir cette leçon et selon toute vraisemblance, mon apprentissage était loin d'être terminé.

# Chapitre 8

Au petit déjeuner le lendemain, quand Nora tapota la chaise vide à côté d'elle pour m'inviter à la rejoindre, je ne me le fis pas dire deux fois. Une généreuse portion de porridge blanchâtre attendait chaque patiente dans un bol flanqué d'une cuiller. J'en avalai une bouchée insipide avant de renoncer.

En face de nous se tenaient Damaris et une femme que je n'avais encore pas rencontrée, qui se présenta sous le nom de Jubilee. Jubilee ressemblait à un mélange parfait entre une Blanche et une Chinoise, même si je ne m'étais jamais imaginé qu'une chose pareille puisse exister. Elle avait la peau aussi pâle que la mienne, ou celle de Nora, mais elle avait les yeux légèrement bridés et les cheveux noirs drus comme des piquants.

— C'est pas mon vrai nom, avança-t-elle. Me suis fait cueillir comme femme de petite vertu.

Mon expression devait sembler aussi vide que l'était mon esprit. Je ne comprenais pas un traître mot de ce que me racontait cette femme.

— Prostituée, chérie, expliqua Jubilee. Ce que la House of Open Flowers offre de mieux. Je devrais pas tarder à reprendre du service, d'ailleurs. Nous autres trimardeuses, on reste jamais bien longtemps à l'asile.

— Quel est ton vrai nom ?

— Ah, bien essayé. Jubilee fera l'affaire. J'imagine que par chez toi on ne t'appelle pas la Sirène, hein ?

— Non.

— Certains docteurs adorent ça, les petits surnoms. Ils n'aiment pas trop nous donner des numéros. Ça les met mal à l'aise.

— C'est qui, ton docteur ? intervint Damaris.

— Concord, répondis-je.

— Oh, il est plutôt agréable. Il t'a déjà parlé de sa femme ?

— Non, pourquoi ?

— Elle est morte, dit-elle d'un ton monocorde en remuant son porridge. Habituellement, il en parle tout de suite. Je sais pas pourquoi.

— Pour inspirer la pitié, interjeta Jubilee.

Malgré ses origines manifestement étrangères, elle parlait sans l'ombre d'un accent. À San Francisco, les tensions étaient vives à l'encontre des Célestes, surtout que l'entrée du territoire leur était désormais interdite. Ils restaient entre eux, dans leur propre quartier, au sein d'un Chinatown clairement délimité. J'aurais pu compter sur les doigts d'une main le nombre de fois où j'en avais croisé à Nob Hill. En tout cas, je n'en avais jamais vu de semblables à Jubilee – pas totalement Céleste, pas entièrement une seule chose.

— Pourquoi chercherait-il notre pitié ? demandai-je.

Au lieu de répondre à ma question, Jubilee pointa sa cuiller gluante sur moi et affirma :

— Eh ben moi, je lui fais pas confiance.

— Pourquoi ?

— Je leur fais pas confiance. S'ils valaient quelque chose, ils traîneraient pas par ici, je me trompe ?

— Je ne sais pas trop, hasarda Damaris. C'est agréable, comme endroit. Et le travail n'a pas l'air très difficile.

— C'est au milieu de nulle part, souligna Jubilee.

— Ça plaît à certains.

— Certes. Aux ermites et aux assassins.

— Oh, mais toi ! réagit Damaris. Tu penses le pire de tout le monde.

— Et je me trompe rarement.

— De quoi est-elle morte ? demandai-je.

— Qui ça ?

— La femme du docteur.

— Aucune idée. On sait seulement que c'est arrivé peu de temps après leur mariage.

— Jube doit se dire qu'il l'a tuée, glissa Damaris.

— Et qui est capable de me prouver le contraire ? argumenta l'intéressée.

Je me tournai vers Nora, partant du principe qu'elle aurait son mot à dire sur le sujet, mais elle était occupée à enfourner son gruau, comme si quelqu'un risquait de lui retirer son bol d'un instant à l'autre. Quelques instants plus tard, une cloche sonna et je me rendis compte qu'elle avait bien eu raison d'avaler son petit déjeuner à toute vitesse. Malgré leurs bavardages, Damaris et Jubilee avaient réussi elles aussi à vider leur bol. J'allais passer des heures l'estomac vide, mais il était trop tard. J'abandonnai le reste de mon gruau à contrecœur pour me mettre en rang.

On nous reconduisit à notre pavillon, mais personne ne regagna son couchage. À ma grande surprise, on nous scinda en groupes. Les autres femmes avaient l'air de savoir auquel elles appartenaient et je restai un instant désorientée.

L'infirmière la plus jeune repartit avec une demi-douzaine de patientes. Elles disparurent avant que j'aie le temps de me manifester. Puis un autre groupe emboîta le pas à Salt, et l'infirmière la plus âgée fit s'aligner les patientes restantes le long de la porte, me laissant seule au milieu de la pièce.

Je l'interpellai :

— Infirmière ! Où dois-je aller ?

Elle se retourna sans ralentir et s'exclama :

— Oh ! Je vous ai oubliée !

— Est-ce que je…, bafouillai-je.

Ses yeux fusèrent sur les autres patientes.

— Attendez ici.

Sur ce, elles s'en allèrent, la porte se referma derrière elles et j'entendis le bruit caractéristique du pêne glissant dans la gâche.

J'étais seule, enfermée à double tour.

Après m'être calmée, je tentai en premier lieu d'ouvrir la porte, tout en sachant ce qui m'attendait. Le verrou était en place et je n'avais aucun moyen de sortir. Je remarquai un petit trou de serrure tout à droite de la porte, mais sans clé, à moins d'être un habile voleur capable de la crocheter, ce n'était pas la peine d'y penser.

Si l'idée de me retrouver emprisonnée dans notre pavillon, abandonnée de tous, ne me plaisait guère, je ne tardai pas à voir l'avantage que je pouvais tirer de la situation. Ici, rien à voir avec les bancs. Je pouvais me mouvoir – et je ne me gênai pas pour le faire.

Je m'en donnai à cœur joie. Après quelques pas de danse – un two-step alerte, une valse enlevée –, je courus à en perdre haleine jusqu'au mur du fond, puis j'étirai les bras en l'air pour me faire la plus grande possible. Quelle joie de sentir mon corps m'appartenir à nouveau, quelle que soit la durée de cette liberté inattendue. Je préférai ne pas pousser de cris, qui risquaient d'attirer de la compagnie. Je ne voulais pas être dérangée. Certes, je ne pouvais pas sortir à la recherche de Phoebe, mais je pouvais peut-être glaner quelques informations dans les parages.

Je commençai par le premier grabat, dans l'angle sud-ouest de la salle, et je remontai méthodiquement jusqu'à l'angle nord-est en passant tous les matelas en revue. Plus d'une patiente avait caché des marchandises de contrebande. Je trouvai de tout, d'un petit pain rassis à une flasque argentée en passant par une vingtaine d'objets divers.

Mouse n'avait rien planqué sous son matelas. Celui de Nora recelait une véritable mine d'or de babioles en tout genre, d'un petit sac à main estampé en cuir, que je trouvai vide, à un pendentif en or en forme de goutte d'eau serti d'une perle. Mais la découverte la plus intéressante m'attendait dans les quartiers de Damaris. Je dénichai la bible, ce qui ne m'étonna pas le moins du monde, mais ce n'était pas tout. Un autre objet était glissé tout en haut de la tête de lit métallique, si loin que je me demandai s'il n'était pas arrivé là avant elle.

C'était un plan de Goldengrove.

Quelle que fût son origine, je n'osai pas l'emporter avec moi. Si sa propriétaire s'apercevait de sa disparition, elle ne tarderait pas à me désigner coupable, or je ne pouvais pas me permettre ce genre d'attention. Je choisis donc de l'étudier de près, et de l'apprendre par cœur dans le moindre détail, avant de le cacher du plat de la main pour tester ma mémoire en visualisant et reliant les noms aux pavillons correspondants : Terpsichore, où je me trouvais, au rez-de-chaussée avec Clio et Thalie ; puis au-dessus au premier, Melpomène, Calliope, Polymnie et Érato ; et au deuxième Euterpe et Uranie, moins grandes en superficie, puis un long dédale de petites pièces annotées *bureaux* à la main. Phoebe devait se trouver quelque part par là.

Je m'appliquai à consigner le plan dans ma mémoire, mais mon éducation scolaire ayant rarement lorgné du côté des neuf Muses, je me retrouvai à mélanger Euterpe et Érato plus souvent que de raison, entre autres erreurs. Certes, je n'avais jamais étudié les lettres classiques. Chez Mlle Buckingham, j'étais une vraie virtuose des fleurs en cire, pour ce que cela me servait maintenant !

J'étudiai avec application pendant ce qui me sembla des heures. Mon estomac grognait de mécontentement. J'en aurais presque grignoté le pain rassis. À la place, je remis le plan de Goldengrove exactement là où je l'avais trouvé et je terminai de fouiller les derniers lits. Le matelas de Jubilee cachait une moitié de barre chocolatée cassée en deux morceaux inégaux. J'en brisai un petit bout selon le même angle, que je mâchai avec un gémissement de plaisir qui aurait arraché à Damaris une prière d'absolution en ma faveur.

Quand enfin j'entendis le glissement lourd du pêne de la porte, je faisais déjà semblant d'avoir dormi tout du long.

La jeune infirmière sursauta.

— Bonté divine ! Vous avez passé la journée ici ?

— Oui, répondis-je le plus simplement possible.

— Eh bien, il faudra s'occuper de vous demain.

La faute ne devait pas être si grave que cela. Si l'infirmière avait l'air d'être à cheval sur le règlement, elle n'avait pas l'air particulièrement chagrinée de m'avoir oubliée, à moins de bien cacher son remords.

J'attendis l'extinction des feux pour poursuivre mes recherches. La respiration de mes camarades de dortoir était lente et régulière. C'est à peine si je voyais devant moi, mais ça m'était bien égal. J'allai m'agenouiller à côté de Nora et je posai une main sur son épaule recouverte d'un drap fin.

Elle ouvrit grand ses yeux, l'air imperturbable, et m'accueillit d'un :

— Oui ?

— Vous étiez passées où ?

— Certaines aux bancs. Et certaines au travail.

— Au travail ? Où ça ?

Nora se souleva sur le coude en poussant un soupir, consciente qu'elle allait devoir reprendre depuis le début.

— Partout. À la cuisine, au jardin, dans les couloirs. Il y a une équipe de ménage qui récure tout au vinaigre, des femmes qui tapent les tapis, et un groupe qui enlève le chiendent au potager. Un groupe ravaude les robes et les draps, un groupe est de corvée d'eau. Ça change au fil des saisons. Parfois, il faut récolter la lavande et la faire sécher, ou c'est l'époque des vendanges. Les olives pour l'huile. Il y a des tas de choses à faire. Il suffit de demander. Pour être affectée à une tâche, il faut en faire la demande.

— Pourquoi ?

— C'est un test. Si tu es trop bête pour ne rien demander, tu es trop bête pour travailler.

Je trouvai l'argument détestable. À l'évidence, l'idée de travailler ne m'avait pas traversé l'esprit. Non pas parce que j'étais stupide ou folle. Je ne savais tout simplement pas que ce fût possible. Je n'avais jamais travaillé de ma vie. Comment aurais-je pu songer une seule seconde à le faire entre ces murs ? J'aurais pu me retrouver sur les bancs à souffrir la torture, tout cela parce que j'ignorais ce que je n'avais aucun moyen de savoir.

— Hé, attends, reviens, m'incita Nora en me voyant me renfermer sur moi, le regard dans le vide.

Mortifiée, je l'interrogeai :

— Toi, tu fais quoi comme travail ?

— En cuisine. On fait la préparation des repas, et puis aussi des confitures et des gelées qui seront vendues.

— Je pourrais faire ça ?

— Non, l'équipe est au complet. Mais j'ai une petite idée de ce qui pourrait bien te plaire. Tu as déjà fait du savon ?

Je pensais aux merveilleuses savonnettes que j'utilisais à la maison, à leur senteur rafraîchissante de lavande et à leur texture douce de suif. Rien à voir avec ce qu'ils avaient le culot d'appeler du savon à Goldengrove, ces gros blocs carboliques mal dégrossis qui sentaient le goudron froid.

— On fait du bon savon ici ? Alors qu'ils nous frottent avec cette espèce de… camelote ?

Elle laissa échapper un rire monotone, sans joie.

— Le savon qu'on fabrique est destiné à la vente. Leur but est de faire de l'argent sur notre dos, pas d'en perdre. Au moins, ils nous laissent manger certains légumes du potager, même si honnêtement, la plupart partent pour Clio.

— Clio ?

— Le pavillon pour les riches de la côte Est.

— Je croyais que l'idée était que la souffrance ne faisait pas la distinction entre les riches et les pauvres ?

— C'est l'*idée*, oui, souligna Nora avec mépris.

Ma naïveté me fit rougir. Mais si le travail était susceptible de me mettre au contact de patientes d'autres pavillons, je n'avais pas le choix. Puisque je n'avais aucune compétence notable – ma mère avait fait le nécessaire pour que nous apprenions quantité de choses, mais aucune dans l'optique de gagner un salaire –, il me semblait avisé de suivre le conseil de Nora.

— Bien, allons-y pour le savon. Je dois faire une demande ?

— Non, parce que tu n'es pas censée savoir qu'il y a de la place. Je vais en toucher deux mots à quelqu'un.

Je ne la vis parler à personne ; pourtant, après la marche et le déjeuner du jour suivant, alors que nous étions scindées en groupes, l'infirmière Winter montra du doigt la file devant elle et ordonna :

— Quatre-vingt-dix-neuf. La Sirène. Vous, là.

C'est ainsi que je devins savonnière. Une occupation en réalité assez prosaïque, mais je n'allais pas me plaindre. La complainte ne m'aurait pas beaucoup aidée. Ce travail me permettait de prendre le large chaque jour et j'appréciais l'air frais de la vallée le temps de marcher jusqu'à la dépendance qui abritait l'atelier. Je me réjouissais de ces quelques minutes passées à traverser la pelouse, puis à descendre le chemin de gravier, sur le moment en tout cas, car je ne perdais jamais de vue la grille noire de la clôture avec ses deux mètres de hauteur.

Dès le premier jour, j'appris beaucoup de choses sur la confection du savon. Des tâches ingrates entraient dans la fabrication de cet agréable produit. À se pencher trop en avant sur la vasque remplie de soude caustique, on risquait de se brûler les poumons et les yeux. De même, on apprenait bien vite à ne pas approcher les mains du mélange bouillant et à ne jamais faire goutter le liquide sur ses vêtements, au risque de brûler le tissu jusqu'à la peau et plus loin encore. Je n'avais pas très envie de perdre mes mains.

Le deuxième jour, je demandai à revoir le Dr Concord. Non pas pour échapper aux risques inhérents à mon travail, mais parce que je ne voulais pas perdre de temps. Les autres femmes de mon équipe venaient d'autres pavillons, ce qui était une bonne nouvelle, mais Phoebe n'en faisait pas partie et j'étais inquiète. Neuf jours entiers s'étaient écoulés depuis mon départ – toutes ces heures, évaporées déjà. Je voyais bien que les jours suivants allaient s'envoler tout aussi rapidement, à la vitesse frénétique du sable qui coule dans le sablier. Je ne pouvais pas laisser tomber le dernier grain de sable sans l'avoir retrouvée. Si mes parents découvraient que je n'étais pas allée à Newport – si ma mère sonnait le branle-bas de combat autour de ma disparition –, la partie serait perdue. Sans la plus grande discrétion, sans la plus grande célérité, tous mes efforts seraient vains.

C'est l'infirmière Winter qui m'escorta depuis l'atelier de savonnerie, et nous marchâmes en silence jusqu'au cabinet du docteur, devant lequel une autre infirmière se tenait en faction. Elle leva une main pour nous arrêter. Je reconnus la jeune femme blonde qui avait assisté à ma première consultation, celle qui avait mentionné le traitement par l'eau froide dont le Dr Concord s'était moqué.

S'adressant à Winter comme si je n'existais pas, la jeune infirmière annonça :

— Il est en consultation.

— De l'extérieur ?

— Non, de l'intérieur. Tu vois qui je veux dire.

— Oh, fit Winter. Je croyais que leur jour, c'était le mardi.

— Leur jour, c'est tous les jours, corrigea la jeune en reniflant.

— Non !

D'un ton narquois, elle ajouta :

— Quel que soit le jour qu'elle décide.

— Elle est si forte que ça ?

— Elle ressemble à sa défunte femme, murmura-t-elle. Il fera tout ce qu'elle lui demande.

— J'aimerais bien ressembler à sa défunte femme, moi aussi.

— Pour avoir son statut de maîtresse, il faut accepter tout ce qui va avec. Je te vois mal y trouver ton compte, souligna-t-elle au moment même où la porte s'ouvrait.

Les deux infirmières firent mine de s'activer plus loin, et ce faisant me bloquèrent un instant la vue de l'entrée.

Mais quand je vis s'évanouir subrepticement un pan de robe corail – la maîtresse du docteur était une patiente ! –, je fis un pas de côté pour jeter un œil par-dessus l'épaule de l'infirmière Winter. La vision de ma propre mère surgissant du bureau m'aurait moins choquée.

J'aurais reconnu sa silhouette entre mille. Plus élancée que la moyenne, plus assurée, aussi. J'aperçus son profil au moment où elle bifurquait dans le couloir qui remontait vers Terpsichore ; elle passa la main dans sa chevelure noire, cala une mèche derrière une de ses oreilles, qu'elle avait grandes, dégageant son visage pâlot en forme de cœur, ses lèvres rouge-rose. Son dos bardé d'un numéro 10 ne fit que confirmer ce que je savais déjà.

Nora.

Je comprenais, à présent, pourquoi son matelas recelait des trésors de friandises. Pourquoi elle avait le bras long. Pourquoi elle se comportait comme si elle était libre comme l'air. Elle n'était pas traitée à la même enseigne. Elle était la maîtresse d'un docteur, qui pouvait lui offrir tout ce qu'elle désirait.

Je fis de mon mieux pour ne pas me laisser perturber par l'énormité de cette découverte. J'avais par deux fois sollicité, et obtenu, une consultation avec le docteur. Une troisième tentative serait forcément vouée à l'échec. Il fallait que je tire le maximum de cette entrevue. Chez Mlle Buckingham, j'avais étudié l'art de la conversation sous les auspices de l'impérieuse Mme Dunstable, dont l'humour britannique pince-sans-rire faisait la renommée. Elle nous avait appris à cacher nos émotions derrière un sourire affable, sans perdre de vue nos objectifs. Si elle avait su l'usage que je ferais un jour de ses enseignements…

— Et comment vous sentez-vous, aujourd'hui ? s'enquit le Dr Concord.

Il tapota son stylo contre son bloc-notes en me dévisageant comme si la réponse le préoccupait sincèrement.

— Agitée.

— Souhaitez-vous davantage d'exercice ? De marche ?

— J'aime bien la marche, affirmai-je avec sincérité. Mais je m'inquiète pour mon avenir.

— C'est-à-dire ?

— J'ignore tout du lieu où je me trouve, docteur. Vous comprenez, je suis arrivée à Goldengrove dans un état second. Pour autant que je le sache, nous sommes à cinq minutes comme à cinq jours de San Francisco.

Je le vis peser ses options avant de me répondre.

— Ma foi. Je ne suis pas certain que les caractéristiques physiques de cet endroit auront le moindre effet sur votre convalescence.

— Au contraire. Comment me sentir en sécurité si je ne sais même pas où je suis. Vous comprenez ?

— Je vois. Et cela ne coûte rien de vous le dire. Nous sommes situés dans la Napa Valley, tout au nord de San Francisco. Et donc vous habitez à San Francisco ? Depuis longtemps ?

Quel esprit vif, il fallait bien le reconnaître – il trouvait toujours le moyen de retourner mes questions à son avantage. En guise de réponse, je décidai de coller au mieux à la vérité sans rien dévoiler.

— Je m'y suis installée quand j'étais enfant. C'est un chez-soi comme un autre.

— Et pourtant, vous y étiez si malheureuse que vous vouliez mettre fin à vos jours.

— J'ai sauté, oui, sur le moment je voulais en finir avec la vie, mais je me sens bien plus heureuse depuis. Je ne crois pas que mon destin était de mourir.

— Vous me voyez ravi de l'entendre. Mais c'est l'amour qui vous a poussée au désespoir, n'est-ce pas ?

Il me regarda avec intensité et je sentis les mensonges bouillonner dans mes veines avec une énergie agressive.

— Oui, c'était l'amour.

— Êtes-vous disposée à me raconter ce qui s'est passé ?

Comment l'expliquer ? Il y avait eu de l'amour, oui, j'en étais persuadée. Mes sentiments frémissants pour Henry, sa ferveur familière qui me faisait tourner la tête, la soirée que nous avions passée à l'opéra main dans la main, la demande en mariage qui m'avait coupé le souffle ? Tout avait basculé si brutalement, alors que je venais d'obtenir ce que je pensais désirer. Je ne pouvais pas révéler au docteur que j'étais fiancée, sans quoi il m'interrogerait sur lui et mon histoire se déliterait comme une pâte brisée sans beurre. Je m'en tins à ces déclarations :

— J'ai nourri de trop grandes espérances, et elles ont été anéanties. J'imagine que bien des filles comme moi ont vécu la même chose. Je m'en rends compte, à présent.

— Diriez-vous que votre profonde tristesse vous a quittée ?

— Parfois oui, parfois non. D'autres patientes ont-elles été internées pour des tentatives de suicide ? Dans mon pavillon, je n'ai pas l'impression qu'il y en ait dans ce cas.

— Les pavillons ne sont pas organisés de la sorte.

— Comment sont-ils organisés ?

— Comme bon nous semble.

C'était exaspérant, mais je ne pouvais pas me laisser désarçonner.

— Mais il y a tout de même des constantes, non ? Mes camarades semblent toutes souffrir de troubles liés à l'amour.

— C'est à peu près ça, concéda-t-il. Vos maladies viennent du corps et du cœur. Le mouvement peut y remédier. Terpsichore, Muse de la danse, sera votre guide pour recouvrer la santé du corps et de l'esprit.

— Et Euterpe ? demandai-je en songeant à la carte.

Il me fixa d'une mine soupçonneuse avant de m'interroger à mots lents :

— Pourquoi cette question ?

— Comme ça. Je me rappelais du nom de cette Muse, c'est tout.

— Ah. Vous avez donc un semblant d'éducation.

— Un peu. Suffisamment pour me souvenir de quelques Muses, mais guère plus. Vous étiez en train de me parler des femmes à Euterpe.

— Elles sont vigoureuses et rebelles, dit-il. Violentes, parfois. Notre directeur fondateur pensait que la poésie lyrique et la musique, auxquelles préside Euterpe, pouvaient apaiser l'esprit débridé de certaines femmes.

— Je vois. Le nom de la Muse donné à chaque pavillon fournit un indice sur le type de traitement administré aux patientes qui y sont internées. Par exemple, la poésie pastorale viendrait en aide aux femmes de Thalie ?

Son expression changea :

— Vous en savez beaucoup sur les Muses pour quelqu'un qui prétend ne pas se souvenir de grand-chose.

Sachant que j'avais éveillé ses soupçons, je ne pouvais pas me permettre d'insister plus longtemps sur le sujet.

— Et quelles autres formes de folie soignez-vous ? La faiblesse d'esprit ? Les tendances criminelles ? Les crises ?

— Votre traitement est le seul qui m'intéresse, pour le moment. De quoi avez-vous besoin pour aller mieux ?

— Je ne trouve plus de sens à ma vie, lâchai-je d'un ton lugubre.

Si j'avais choisi mes mots avec soin pour donner le change, je me rendais compte avec effroi qu'ils étaient sincères. Depuis mon arrivée entre ces murs, je ne trouvais de sens à rien. Non seulement j'étais incapable de retrouver ma sœur, mais je me rendais bien compte que je ne me languissais pas particulièrement de ma vie à San Francisco. Quelles joies, quels plaisirs m'attendaient là-bas ? Mon mariage à un homme que je n'aimais pas – que je ne connaissais pas, à vrai dire – et une injonction à la maternité ? Une vie domestique faite d'obligations, telle une châtelaine médiévale ? Le rôle de maîtresse d'apparat, instrumentalisée à des fins politiques ? Quoi qu'il advînt de moi entre ces murs, j'avais au moins la certitude qu'un tel destin ne s'y réaliserait pas.

D'un ton empreint de sincérité, le docteur affirma :

— Votre vie a une sens.

— L'entendre et le croire sont deux choses différentes.

Ma réponse lui arracha un sourire.

— Comment pouvons-nous vous aider à y croire ?

— Je m'y emploie. J'aime bien avoir un but. Un travail.

— Vous aimez votre activité – il jeta un œil à ses notes – à l'atelier de savonnerie ?

Je hochai la tête en souriant.

— Fort bien. Et seriez-vous disposée à me dire votre nom ?

— Charlotte Smith.

Une fois sortie, la vérité était moins insupportable qu'un mensonge. J'en étais arrivée au point de rupture.

— Mademoiselle Smith, dit-il. Adieu la Sirène. Patiente 99. Je vais le noter dans votre dossier. Nous nous reparlerons bientôt.

J'avais tant d'autres questions à lui poser, mais à l'évidence, l'entrevue était terminée. J'aurais commis une grossière erreur en tirant sur la corde.

Il me fallait obtenir des informations de toute urgence, pourtant j'allais encore devoir patienter. Comment faire autrement ? Changer une fois encore de comportement en espérant un transfert dans un autre pavillon, et ce faisant courir le risque de perdre le semblant de sécurité et la poignée d'amies que j'avais à Terpsichore ? M'éclipser discrètement pour rechercher Phoebe alors que je ne savais pas même où chercher ? Il fallait que je trouve le moyen de réconcilier mes attentes aux contingences de ma situation. Je sentais déjà la lueur d'espoir s'estomper en moi, au moment où j'en avais le plus besoin.

Le docteur se leva et je l'imitai. Il fit tourner son alliance à son doigt. Je pensai à Nora. D'après la rumeur, il avait perdu sa propre Rouge-Rose, une femme au visage en forme de cœur, avec de grands yeux, la peau blanche comme le lait. N'importe quelle femme correspondant à cette description en valait-elle une autre ? Il ne pouvait pas ignorer que l'acte de pécher avec une femme mariée, qui plus est une patiente confiée à ses soins, était inacceptable. Ses actes à lui resteraient-ils sans conséquence, alors que Nora payait les siens au prix fort ?

— Reparlons-nous dans quelques jours, conclut-il. D'ici là, pensez à votre bonheur et à ce que nous pouvons faire pour y contribuer. Vous voulez bien ?

— C'est d'accord, acquiesçai-je de tout mon cœur.

*

L'infirmière Piper me raccompagna à Terpsichore. Nous marchions en silence quand, au détour d'un couloir, une scène familière attira mon attention. Malgré le risque de réprimande, je sentis mon pas ralentir, comme si mes pieds étaient aiguillés par une volonté propre.

L'infirmière en chef s'adressait à un groupe de nouvelles arrivantes. Elles étaient au nombre de trois : une femme corpulente en bottes de travail marron dont le corps était parcouru de frissons ; une femme vêtue d'une magnifique robe pourpre en soie nervurée et damassée trop ample de plusieurs tailles, qu'elle avait vraisemblablement volée ; et une femme, bras croisés, dont la peau était deux tons plus sombre que tout le monde autour d'elle et dont les boucles de cheveux noir d'encre s'échappaient en tire-bouchonnant de son chignon haut. D'où je me tenais, je ne voyais pas ses yeux, mais sa mâchoire qui pulsait à chaque serrement de ses dents me fit dire qu'elle n'était pas du genre à s'avouer vaincue.

Sans doute était-ce justement parce qu'elle cherchait la bagarre qu'elle avait atterri ici. J'entendis un aide-soignant grommeler derrière moi à l'intention de Piper.

— Fais gaffe. Celle-ci c'est pas un cadeau.

La voix de l'infirmière en chef s'éleva alors, résonnant entre les murs nus, égrenant son chapelet habituel :

— Que vous ayez été envoyées par une famille aimante qui ne savait comment s'y prendre pour vous aider ou que l'on vous ait arrachées à la pauvreté, vous serez traitées à la même enseigne. Vous serez traitées en fonction de votre état. Si Dieu et la science le permettent, vous guérirez.

— Comment ? interjeta la femme noire.

— Je vous demande pardon ?

— Comment vous allez nous guérir ?

L'infirmière en chef Baumgarten poursuivit d'un ton grave :

— Cela dépend de votre maladie.

— Et si on est pas malades ?

— Si vous n'étiez pas malades, vous ne seriez pas ici.

La nouvelle venue haussa le menton. Elle resta parfaitement immobile, et rien dans son attitude ne se voulait ouvertement menaçant ; cependant, je sentais bien que la situation tournait à son désavantage. Je coulai un regard en coin vers Gus, qui en effet ne la quittait pas des yeux.

La femme rejeta ses cheveux torsadés en arrière et poursuivit sans se démonter :

— Oh, je sais pourquoi je suis ici, et ça n'a rien à voir avec la maladie. La nouvelle femme de mon père ne voulait pas de moi. Il en faut pas plus en ce bas monde.

D'une voix calme, l'infirmière en chef répondit :

— Quelles que vous pensiez être les raisons de votre présence ici, je peux vous assurer qu'il n'y a pas de femmes bien portantes entre ces murs.

— Vous vous incluez dans le lot, j'imagine ? riposta la patiente.

Je m'attendais à ce que Baumgarten fasse signe à Gus, mais au lieu de cela, elle fit deux pas en avant, décrocha le lourd porte-clés de sa taille et s'en servit pour gifler la gêneuse. Le choc entre le métal et la peau produisit un bruit sourd. La nouvelle venue oscilla, mais resta fermement campée sur ses pieds. L'expression de son visage était troublante. Elle n'était pas intimidée le moins du monde. À l'école, on aurait dit d'elle que c'était une dure à cuire.

— La désobéissance n'est pas tolérée, asséna l'infirmière en chef. Nous n'hésiterons pas à vous battre si votre comportement le justifie.

— Pas grave, lâcha-t-elle. Ce sera pas la première fois qu'on me cogne.

— Gus, veuillez l'emmener au Dr Gillette.

Une lueur apeurée traversa furtivement le regard de la femme lorsqu'elle vit Gus s'avancer, mais elle se ressaisit aussitôt.

La main refermée sur son col, Gus la fit avancer. Elle n'opposa aucune résistance. Je me demandai dans quel pavillon le docteur allait la placer. Avait-elle réellement été envoyée ici pour satisfaire la nouvelle épouse de son père ou avait-elle un problème ? Allait-elle finir dans un pavillon plein de Furies, de droguées et de laissées pour compte ? Serait-elle traitée à coups de somnifères ? Ou pire encore ?

La voix de l'infirmière Piper, qui m'interpellait depuis le couloir, me sortit de ma torpeur.

— Charlotte ! Allez !

La patiente malmenée par Gus se retourna dans notre direction.

Je me contorsionnai légèrement pour me placer dans la ligne de vision de Piper et d'un geste discret, je levai le poing serré devant moi, pour lui signifier de ne rien lâcher. Non pas qu'elle donnât l'impression d'avoir besoin d'aide. Mais au cas où. Qu'elle sache seulement que ça valait la peine de se battre.

En guise de réponse, elle hocha la tête, après quoi Gus et elle disparurent à l'angle.

Quand je la revis plus tard, elle portait la même combinaison couleur corail que nous autres. Une vilaine contusion, la peau craquelée de sang séché, avait gonflé sur la joue que l'infirmière en chef Baumgarten avait cinglée avec son porte-clés. Entrée en coup de vent dans Terpsichore, elle cherchait des yeux une paillasse où élire domicile.

# Chapitre 9

Notre nouvelle camarade s'appelait Martha, et j'aurais été bien avisée de me méfier d'elle. Elle avait l'air impétueuse. Elle était la seule à répondre avec arrogance à l'infirmière en chef, la seule qui semblât défier l'ordre de ce monde sens dessus dessous. Elle flamboyait de la même étincelle que Nora, pour le meilleur et pour le pire. Dans les cercles que nous fréquentions à San Francisco, il m'était déjà arrivé de voir ce genre d'attitude, chez des filles dont je faisais la connaissance aux cours de Mlle Buckingham ou après les concerts auxquels j'assistais en compagnie de ma mère. Leur seule présence inspirait le respect. Martha toisait notre aide-soignant comme si c'était une vulgaire crotte collée à sa semelle. J'en avais des frissons. Je m'inquiétais pour elle, pourtant elle n'avait pas l'air de s'en faire. J'aurais peut-être dû prendre exemple. J'étais passée en un clin d'œil de fille obéissante à folle avérée. L'idée que je puisse de nouveau changer radicalement me transportait tout autant qu'elle me terrifiait.

J'avais ressassé la carte de Goldengrove sans savoir qu'en faire. Je ne savais pas vers qui me tourner. Damaris semblait la personne toute désignée, étant donné que j'avais trouvé le document dans ses quartiers, mais je ne lui faisais pas confiance. À l'école, une des élèves les plus méchantes était fille de pasteur, si bien que je me méfiais de ce genre de profil. D'autant plus que je ne savais toujours pas quel démon possédait prétendument Damaris. Je lui coulai un regard en biais, mais elle était occupée à tirer sur un fil de sa manche, aussi inoffensive qu'un flocon d'avoine.

Martha avait fait irruption alors que nous mettions nos vêtements de nuit, quand le dortoir à moitié dépouillé de sa teinte corail virait au gris. Contrairement au pavillon d'avant, ici les infirmières réglaient les lampes suffisamment fort le temps que nous nous changions, puis elles les baissaient pour nous signifier l'heure du coucher. Pendant la nuit, elles laissaient brûler un bec-de-gaz, à faible puissance, pour que nous puissions trouver le chemin des pots de chambre.

Courbée en deux, je quittai ma robe de jour pour la robe de nuit réglementaire en faisant de mon mieux pour préserver ma pudeur. Des vagues de chuchotements déferlaient sur la salle entre les patientes qui se préparaient pour la nuit, sous l'œil vigilant des infirmières.

Martha jeta son dévolu sur un lit de camp sans solliciter l'avis de personne. Il était libre, et elle le choisit. Elle posa son ballot, retira sa robe et la laissa tomber par terre. Elle se débarrassa de sa petite culotte et de sa nuisette et, nue comme un ver, ne semblait pas pressée de recouvrir ses petits seins haut perchés ou la touffe de fourrure rêche entre ses jambes.

Quelques têtes se tournèrent vers elle lorsqu'elle leva la chemise de nuit grise à la lumière d'un air désapprobateur. L'infirmière Piper en profita pour ramasser sa robe à carreaux, la secouer longuement et la plier, non sans un certain soin.

— Excusez-moi, dit Martha sèchement. Vous allez en faire quoi ?

— La mettre en lieu sûr, répondit Piper.

Elle lui avait répondu d'une voix égale, mais ferme. Elle connaissait sa place. Elle s'adressait à Martha comme à n'importe quelle patiente, nue, habillée, âgée, nouvelle venue. J'appréciais tout particulièrement cette constance chez elle, autant que son absence apparente de cruauté.

— Nous nettoyons vos vêtements et nous les stockons jusqu'à votre départ.

L'infirmière Piper quitta la salle, la robe entre les mains, et sembla oublier que Winter était déjà partie et que Salt montait la garde dans le couloir. Elle nous laissait seules. Cela semblait arriver de plus en plus fréquemment – les arrivages de nouvelles patientes finissaient-ils par engorger l'établissement et entraîner un manque de personnel ?

Une fois la porte refermée dans le sillage de Piper, Martha enfila la tête dans la chemise de nuit et enfonça les bras dans les manches. Le vêtement retomba sur ses épaules et elle le lissa du plat de la main d'un air renfrogné.

— Pouah ! Votre foutue *sortie*. L'enfer aura gelé avant.

Damaris ne put s'empêcher de laisser échapper un :

— Pas de grossièreté !

Sans bouger d'un pouce le reste de son corps, Martha tourna la tête en direction de la blonde :

— Écoute-moi bien, *principessa*, si depuis le temps que tu es à l'asile tu n'as toujours pas entendu de gros mots, tu es la foutue bondieusarde la plus chanceuse que j'ai le malheur d'avoir rencontrée.

Damaris vira au rouge pivoine et recula d'un pas en détournant le regard.

Je m'attendais à ce que Nora prenne sa défense, mais elle n'était pas sur le lit voisin du mien. Je jetai un œil circulaire et la découvris un peu plus loin. Elle dévisageait Martha avec intérêt. Une fois encore, mes cours d'étiquette se révélaient bien utiles. Certaines filles exerçaient leur emprise avec force déclarations impétueuses, tandis que d'autres restaient en retrait en attendant le moment de frapper un grand coup. Je me représentais volontiers ces deux-là comme des cobras en train de se toiser, la bouche pleine de venin.

C'est Jubilee qui s'avança d'un pas en déclarant :

— Dans ce cas, fais bien gaffe à toi, l'orpheline. Elle, c'est une fille bien.

— Je n'en doute pas une seconde, rétorqua Martha en croisant les bras sur sa poitrine. Et tu es qui, toi ?

— On m'appelle Jubilee.

— Allons bon.

— Parfaitement, dit-elle en lissant ses longs cheveux noirs.

— Et c'est quoi, ton histoire ? voulut savoir Martha.

Tout le monde suivait la passe d'armes en se demandant qui allait prendre le dessus. Ici, les disputes faisaient aisément œuvre de divertissement, dont nous étions cruellement privées. En cas de bagarre, il faudrait compter une minute avant que Salt remonte depuis le couloir. Il pouvait s'en passer, des choses, en une minute.

— Et toi, d'abord ?

— Oh, mais c'est écrit sur ta face que tu as une histoire intéressante.

Jubilee se hérissa.

— Qu'est-ce que tu veux dire ?

— C'est clair comme de l'eau de roche que ton père et ta mère venaient pas du même lot.

— J'ai pas eu de père.

Martha éclata de rire.

— Tout le monde a un père. Et je te félicite d'avoir eu les seuls parents encore moins bien assortis que les miens. Ma mère a commencé par être l'esclave de mon père. Quand il a été obligé de l'affranchir, il en a fait sa femme de ménage. Et puis après, il l'a mise enceinte. Encore faut-il savoir si on peut aimer quelqu'un dont on a été le propriétaire. Moi, j'en doute.

L'histoire, aussi horrible fût-elle, avait l'air de l'amuser et elle s'était appliquée à la raconter avec un large sourire sur son joli visage. Les contours de son hématome violacé ondulaient à la commissure de ses lèvres.

Jubilee, la mâchoire serrée, resta un instant en suspens avant de se lancer d'une voix monocorde :

— Un marin a violé ma mère et me voilà. J'ai pas des masses envie de causer d'amour, si ça te gêne pas.

Pour la toute première fois, je vis le doute traverser le visage de Martha, ce qui me la rendit encore plus sympathique.

Jubilee poussa son avantage.

— Vas-y, termine ton histoire. Qu'est-ce que tu fais ici ?

Le sourire avait disparu du visage de Martha, mais c'est du même ton goguenard qu'elle répondit :

— Ma mère est morte. Mon père se remarie. Sa nouvelle épouse lui a dit que c'était elle ou moi, et je pense que tu as saisi le verdict.

C'est à ce moment-là que Nora prit la parole depuis son recoin invisible au milieu des femmes.

— Et pourquoi l'asile ? Plutôt que de t'abandonner au bord de la route ?

— Il y a beaucoup de journaux à San Francisco, répondit Martha en s'adressant avec aisance à notre assemblée. Quand la Jézabel a voulu me mettre à la porte, je lui ai dit que j'irais raconter l'histoire à la presse. Tout le monde sait que je travaille chez le vieux Ryan, que je suis la fille de sa femme de ménage décédée. La plupart de gens ignorent son rôle dans le marché.

— Rien ne t'empêche d'aller tout déballer, objecta Jubilee.

— Et qui me croirait, maintenant ? La folle qu'on a mise à l'asile. Je reconnais que c'était malin de sa part.

— Et alors, comment tu as atterri dans le pavillon des cœurs brisés ?

C'était la première fois que j'entendais ce nom, même si, comme j'avais pu le dire au docteur, je voyais ressortir nettement une tendance. Nora avait été condamnée pour infidélité, Jubilee pour prostitution. Hazel avait refusé d'épouser l'homme que sa famille lui avait choisi. Une fille du nom de Nettie était syphilitique depuis des années et il ne restait plus de son esprit qu'un fatras obscur, guère plus solide qu'une toile d'araignée. Irene, la belle femme rousse, avait été internée parce que son cœur et son corps aspiraient à la solitude. Moi-même j'avais menti en prétendant que l'amour m'avait poussée au suicide. Cet endroit avait sa propre logique, aussi aberrante fût-elle.

— Elle a inventé une partie de l'histoire, répondit Martha à la question de Nora. Comme dit, cette salope était loin d'être bête. Pour couronner le tout, au cas où j'aille raconter que le vieux Ryan était mon père, elle a fait croire que j'avais essayé de le séduire. Que j'avais des vues sur lui, que je lui avais promis des choses contre nature. Maligne comme un renard. Comme toi, *principessa*, c'est une vraie bondieusarde.

Elle avait craché ce dernier mot avec haine. J'en avais oublié la présence de Damaris, mais en entendant l'insulte, cette dernière s'avança, manquant d'écarter Jubilee de son chemin, et se hissa sur la pointe des pieds pour agiter son index devant le visage ahuri de Martha.

— Je ne suis pas – je ne – je ne suis pas ce mot dont tu viens de me traiter ! glapit-elle.

— Ah bon ? fit Martha.

— Retire-le tout de suite !

Sa voix suraiguë était si forte que je craignis qu'elle n'attirât l'attention de Salt de l'autre côté de la porte.

— Tout ! De ! Suite !

Martha, la mine dubitative, fourbit une riposte acerbe. Mais elle n'eut pas le temps de l'asséner : les yeux de Damaris se mirent à rouler dans leurs orbites tandis que ses bras faisaient de grands moulinets. Elle recula, de toute évidence elle allait basculer en arrière, mais nous étions toutes trop loin d'elle pour la rattraper. En un instant, elle se retrouva par terre, le corps secoué de soubresauts.

Un sifflement strident déchira les airs, dont l'origine m'échappa au milieu de l'agitation. Je perçus le bruit sourd du verrou qui glissait, de la porte qui s'ouvrait, des bruits de pas qui se précipitaient. Surgie de nulle part, Winter s'agenouilla par terre, une cale de bois à la main. Un instant plus tard, Salt la rejoignit et cloua Damaris au sol. Il eut beau s'appuyer de tout son poids et l'agripper aux épaules avec la poigne de fer qu'on lui connaissait, c'est à peine s'il réussit à la maintenir. Les pieds nus de Damaris claquaient contre le sol à un rythme saccadé. Toute l'assemblée retenait son souffle, immobile, et suivait la scène sans un mot.

Winter saisit la tête de Damaris et inséra la cale de bois entre ses dents, d'un geste énergique et prévenant à la fois, comme quand on met une muselière à un chien. Ce faisant, elle murmurait des mots qui étaient inaudibles pour nous. Damaris continuait à agiter les bras et les jambes de manière incontrôlée. Nous regardions se dérouler la scène dans un grand silence paralysé.

En l'espace de quelques minutes, l'agitation de Damaris s'alentit. Son corps entier s'avachit, tressautant comme un poisson hors de l'eau, avant de s'immobiliser totalement comme l'aurait fait un poisson, là encore, en espérant que ce n'était pas pour la même raison.

Sur ces entrefaites, l'infirmière Piper entra dans la pièce et prit la cale de bois des mains de Winter lorsque celle-ci la retira de la mâchoire entrouverte de Damaris. Le bois était criblé de traces de dents. La plupart avaient l'air anciennes. Du coin de l'œil, je vis Nora fendre la masse des patientes pour se rapprocher de moi. Elle posait son regard scrutateur partout – non seulement sur Damaris, sachant qu'elle l'avait vraisemblablement déjà vue en crise, mais aussi sur chaque femme pour jauger sa réaction, à commencer par Martha.

— Je comprends, maintenant, pourquoi elle est là. Son démon, chuchotai-je à l'intention de Nora.

— Oh non, répondit-elle d'un ton enjoué. Elle est épileptique, ça oui, mais ce n'est pas pour ça qu'elle est ici. J'ai entendu dire qu'on l'avait surprise en plein acte lubrique avec son demi-frère.

— Le spectacle est terminé, mesdames, allez allez, chantonna la jeune infirmière d'une voix haute et claire, comme si elle s'adressait à des enfants.

J'avais la sensation désagréable de comprendre de moins en moins ce que je voyais. Cet endroit était en train de déteindre sur moi. La crise de Damaris était troublante, mais j'étais encore plus troublée par ce qu'elle avait interrompu. Une partie de moi voulait que Martha et Jubilee en viennent aux mains – moi qui haïssais la violence, qui à Powell Street supportais à peine de voir le cocher effleurer la croupe du cheval de son fouet. Quelque chose dans mon sang exigeait de voir couler le sang des autres, à gros bouillons carmin. Ce constat me donnait la nausée tout autant qu'il me chauffait à blanc.

Il fallait que je parte d'ici. Il fallait que je trouve ma sœur.

*

Il était encore trop tôt pour solliciter une nouvelle fois le Dr Concord. Je décidai plutôt de tourner mon attention vers les femmes que je croisais régulièrement à l'extérieur du pavillon, à savoir celles qui travaillaient à l'atelier de savonnerie. Nous étions trois de Terpsichore (dont Bess la grincheuse et Irene la prude) ; une jeune femme blonde aux cheveux courts venait de Thalie ; et cinq étaient de Polymnie, dont le gros du contingent, avais-je fini par comprendre à force d'observation, était formé de personnalités dépendantes. Ce n'était donc pas entre les murs de Polymnie que je trouverais Phoebe. Lentement mais sûrement, le cercle rétrécissait. Il fallait que j'atteigne son centre, sans plus tarder.

Le lendemain de l'arrivée de Martha, Bess se plaignit de douleurs abdominales et qu'elles fussent feintes ou réelles, elle se vit dispenser d'atelier. Moyennant quoi je me retrouvai à travailler à côté de la petite blonde au visage de poupée. Je décidai que le moment était venu d'engager la conversation.

— Je m'appelle Charlotte.

Elle me regarda, sourit, mais ne dit mot. Je savais que la majorité des femmes à la savonnerie ne parlaient pas, mais j'espérais trouver un autre moyen de communiquer.

— Tu peux parler ? demandai-je.

Elle secoua la tête en signe de dénégation, lentement, tristement.

— Pourquoi t'a-t-on coupé les cheveux ?

Elle se frappa la poitrine, puis mima une paire de ciseaux avec deux doigts.

— C'est toi qui les as coupés ?

Elle acquiesça de la tête et me fit signe de lui donner la main. Elle enroula mes doigts à la fine couche de cheveux qui lui restaient sur le crâne, puis fit mine de tirer. Ses mèches courtes glissèrent entre mes doigts. Instantanément, je compris. Impossible de tirer des cheveux courts. Personne ne pourrait plus l'agripper de la sorte. Qui avait bien pu lui inspirer une mesure aussi drastique ? Impossible de poser la question avec délicatesse. Après ma soif de sang de la veille, je redoublai de gentillesse, comme si je m'étais retrouvée dans le monde réel.

— C'est astucieux, observai-je.

Elle m'adressa un immense sourire qui dévoila une rangée de dents étonnamment blanches. Je me demandais si elle était issue d'un milieu aisé et si elle serait jamais appelée à revoir les siens.

En ce jour précis, nous manipulions des huiles de bergamote et de citron qui dégageaient un arôme agréable et fort. La veille, nous avions travaillé avec de la lavande, la senteur préférée de ma mère, celle qui imprégnait la maisonnée entière à Powell Street. Mais je préférais ne pas penser à là-bas.

En face de moi se tenait une femme de Polymnie à la mâchoire fine comme une lame de couteau. Je tentai ma chance avec elle. À part en présence de Phoebe, j'avais été timide toute ma vie. Je me rendais compte que son absence m'incitait à sortir de ma coquille. À présent, je n'avais pas peur de parler avec tout un chacun, même s'il s'agissait de laissées-pour-compte et de proscrites.

— Et toi, pourquoi on t'a envoyée ici ? demandai-je à la femme qui besognait à ma droite.

— L'alcool.

C'est le seul mot qui franchit la barrière de ses lèvres. Mes autres questions ne suscitèrent que grognements et haussements d'épaules. Je fus tirée de ce mauvais pas quand toutes les têtes se tournèrent brusquement dans la même direction.

— Hé-oh ! Il y a quelqu'un ? lança une voix masculine.

Dans l'atelier, tout le monde se figea. Exception faite des aides-soignants et des docteurs, toutes les voix que nous avions l'habitude d'entendre avaient le même registre que la nôtre. J'avais entendu parler d'un médecin-chef, mais aucune patiente n'avait été capable de me dire à quoi il ressemblait. Les brochures sur Goldengrove que j'avais compulsées chez les Sidwell faisaient mention d'un *médecin-chef hautement qualifié faisant preuve d'une grande compassion*, et je partais donc du principe qu'il existait. À tort, peut-être. Jour après jour, force était de constater que la réalité de l'asile et la documentation s'y référant divergeaient grandement.

La contremaîtresse, qui pour autant que je le sache n'était pas une patiente, fit signe à un conducteur de charrette d'approcher de la grande porte. L'homme recula son chargement à hauteur du seuil et, sous nos yeux ébahis, abaissa le hayon, laissant voir un immense tas de pétales de rose.

La patiente dépendante de Polymnie, avec son visage anguleux et ses manières brusques, laissa échapper un cri ravi avant de se précipiter pour enfoncer les bras dans le monceau. Comme la contremaîtresse ne faisait rien pour l'en empêcher ou la réprimander, le reste de notre groupe l'imita, plongeant les bras avec avidité, d'abord jusqu'aux coudes, puis jusqu'aux épaules. La blonde muette de Thalie lança des pétales en l'air et les regarda tomber en pluie, le visage éclairé d'un large sourire, comme si un petit rire promettait de jaillir de sa gorge.

Un pétale se posa sur son épaule, dont je le décollai pour le regarder de près. Contrairement à la majeure partie de la cargaison, qui était abîmée, celui-ci était quasiment parfait. Je le frottai entre le pouce et l'index tel un carré de velours, laissant les sensations et les souvenirs venir à moi.

Mon être entier se laissa happer dans un état de douce rêverie.

*

« Vous êtes ma rose », m'avait murmuré Henry.

Ses mots me coupèrent le souffle. Il tendit la main vers mon visage, inclina sa paume, et du bout des doigts me caressa délicatement la joue en s'attardant sur mon menton.

Henry était à nul autre pareil. Quand les jeunes hommes de la haute société de Nob Hill me faisaient des compliments, on aurait dit qu'ils répétaient des phrases apprises dans un livre, guindées et artificielles. J'ignorais le fond de leur pensée. Quand Henry parlait, j'avais foi en ce qu'il disait. Nos conversations ne restaient jamais superficielles bien longtemps. Elles prenaient même des tournures intimes qui nous surprenaient l'un comme l'autre. Je lui racontai comment j'avais pleuré mes deux frères, Fletcher tout particulièrement, et comment ma mère était déterminée à nous mettre à l'abri du danger, Phoebe et moi ; lui m'avoua qu'il ressentait chaque jour l'absence de son frère John, et que si son autre frère George était encore de ce monde, ils se parlaient à peine.

Il me narra ses aventures en Patagonie, avec ses étés en plein mois de janvier, ses colons opiniâtres, et ses canaux d'irrigation qui faisaient fleurir le désert. Il ne dit pas un mot des fiançailles rompues qui l'avaient envoyé aux confins du monde connu. Mes histoires d'école d'étiquette le faisaient s'écrouler de rire, si bien qu'il s'appuyait à mon bras pour reprendre son souffle, d'un geste qui me donnait des frissons. À part Phoebe, personne au monde ne m'avait jamais écoutée avec une telle attention, un tel respect de mes pensées et de mes opinions. Mais il y avait entre nous une énergie crépitante qui n'avait rien de cérébral.

Ce jour-là, nous déambulions dans le jardin aux côtés de Mme Bisland, une cousine éloignée de ma mère qui nous tenait lieu de dame de compagnie. Mme Bisland tendait à l'indulgence et quand nous étions dans le jardin des Sidwell, elle prenait toujours soin de marcher quelques pas devant nous pour nous octroyer un semblant d'intimité. Je lui en étais reconnaissante. Je ne vivais que pour ces instants. Je venais d'admirer les rosiers – « chaque fleur est parfaite, regardez » –, quand Henry avait fait sa déclaration. C'était tout ce que j'avais toujours désiré, et j'étais incapable de le regarder dans les yeux.

C'est alors qu'il m'avait touché le visage. Nous arrêtâmes de marcher. Malgré moi, je tournai imperceptiblement la tête pour me fondre dans sa caresse et il tourna la main pour accueillir ma joue dans sa paume. Sa peau était chaude, rugueuse et douce à la fois. Comme à son habitude, mon regard glissa pour se poser sur un point, à la naissance de sa barbe, là où son pouls battait dans son cou, et je sentis se répandre en moi une vague de désir.

— Les roses sont belles, murmurai-je platement pour faire durer l'instant.

Je ne savais pas quoi ajouter, c'est à peine si je parvenais à former une pensée cohérente tant nos corps déjà proches ne cessaient de se rapprocher.

— Pas aussi belles que vous, dit-il dans un murmure rauque.

Je sentis la chaleur de son corps tandis qu'il resserrait l'écart entre nous, la main sur ma joue me retenant tout contre lui.

— Je ne suis encore qu'une fille.

— La seule qui compte. La seule que je veux.

Je brûlais de lui demander pourquoi, mais j'avais trop peur que sa réponse ne soit pas à la hauteur de mes espérances.

Je patientai dans un silence immobile, savourant sa ferveur en priant pour que rien ne vienne jamais rompre cet instant. Je levai les yeux vers lui. Il soutint mon regard pendant un long moment, avec force et intensité. Puis il baissa les yeux sur mes lèvres et le sang qui me monta au visage fit bourdonner mes oreilles, comme si je me tenais au bord de l'océan.

Quand tout à coup un autre bruit, bref et cinglant, emporta tout.

— Charlotte ?

La voix de Mme Bisland parvint à mes oreilles, lointaine et agacée. Je relevai la tête. C'est à peine si je distinguais encore les contours de sa longue robe noire qui frôlait le sol à des mètres et des mètres de nous. Le charme était rompu. Si nous nous étions rapprochés de la sorte tout en continuant de marcher dans son sillage, elle aurait pu faire semblant de ne rien voir. Mais à une telle distance, l'écart entre nous exigeait une justification. J'aurais pu pester contre la situation – sans son interruption, que se serait-il passé ? –, mais elle me rendait si euphorique que je m'en réjouissais malgré tout.

— J'arrive, répondis-je.

Je posai les yeux sur Henry, en essayant de lui transmettre dans ce regard tout ce que je n'osais pas formuler à voix haute. Impossible de savoir s'il sut décrypter mon message.

— Vous permettez ? proposa-t-il en me tendant le bras sans me quitter des yeux.

Nous avançâmes dans une union parfaite. Pendant le reste de notre promenade, nous prîmes grand soin de rester dans la sphère de Mme Bisland et au moment de prendre congé de moi, Henry s'en acquitta avec la solennité irréprochable d'un gentleman.

Ce soir-là, quand je me glissai subrepticement dans la chambre de Phoebe pour lui faire le récit haletant des événements de la journée, elle me fit cette réflexion :

— Tu devrais t'enfuir avec lui.

Une telle audace ne m'avait jamais traversé l'esprit.

— Phoebe !

— Et pourquoi pas ? Vous seriez heureux ensemble, n'est-ce pas le plus important ?

— Nous serions pauvres, et d'une.

— Qu'est-ce que cela peut faire ?

— Je n'en sais rien. Je n'ai jamais été pauvre. Et toi ?

Elle s'étira de tout son long, ses pieds nus dépassant du bord frangé de son couvre-lit brodé de roses.

— Mais ce serait si romantique. Une fuite ! Une fugue amoureuse !

— Un mariage comme celui de tante Clara ?

— Oh, ils ne finissent pas tous comme ça.

— Certains, si.

— Et d'autres sont des rêves faits de chair.

Elle me donna un petit coup sur l'épaule.

— Tu dois te mettre avec Henry. Je crois que c'est ce que tu veux.

— Évidemment, c'est ce que je veux. Mais ce n'est pas le moment.

Je me redressai en position assise et ramassai mes jambes d'un côté.

— Une fois que tu seras mariée, papa et maman se moqueront bien de savoir qui j'épouse, et c'est à ce moment-là qu'Henry fera sa demande, je pense.

— Oh, fit-elle.

Je fus frappée par l'abîme de tristesse et de regret qu'engouffrait son infime exclamation. Elle se redressa et replia les genoux contre sa poitrine, l'air maussade.

— Toi comme moi, on sait très bien que je ne me marierai pas.

— Rien ne t'en empêche.

— J'ai laissé passer ma dernière chance avec Burdick, déplora-t-elle. Ce n'était pas un parti extraordinaire. Tu ne crois pas que maman a essayé, sans relâche, de trouver une bonne famille pour m'accueillir ? Les Armsby. Les Newhall.

Les Gaskill. Aucun des fils King n'a voulu mordre à l'hameçon et elle n'a même pas réussi à me céder au jeune Clayton, celui qui est pâle comme un linge. Personne ne veut de moi. Ce n'est même pas la peine de les éconduire, ils n'arrivent jamais à l'étape de la demande en mariage.

— Ce sont des imbéciles, sifflai-je férocement. Tu es une perle. N'importe quelle famille devrait s'estimer bien chanceuse de t'avoir. Le nôtre l'est.

— Même la nôtre sait pertinemment..., dit-elle, et sa voix s'étrangla, ... que j'ai un problème. Je suis trop triste. Et parfois trop joyeuse. Trop... tout.

Elle n'avait jamais abordé aussi abruptement le sujet de ses crises. Ce qu'elle en disait était vrai, mais cette réalité était dure à entendre. Je m'abstins d'intervenir, préférant la laisser parler.

— Je sais que tu m'aimes, mais c'est la vérité. Les autres filles, elles ne sont pas comme moi.

— Elles ne sont pas ma sœur, contrai-je avec passion. Je t'aime telle que tu es.

— Tu es bien la seule, je crois, dit-elle en me serrant dans ses bras.

Sur mon épaule, je sentis ma robe de nuit s'imbiber de ses larmes qui coulaient en silence.

*

Je sortis de ma torpeur. Dans l'atelier de savonnerie de Goldengrove, le pétale s'était déchiqueté entre mes doigts. Les roses n'étaient pas faites pour résister à un tel traitement. Phoebe et moi non plus, j'en avais bien conscience.

Nous étions entre ces murs depuis bien trop longtemps. À côté de moi, la femme de Polymnie, celle qui ne mangeait jamais, plantait ses bras squelettiques dans la pile de pétales. J'avais cessé de voir son corps comme une mise en garde effrayante, et ce constat ne me disait rien qui vaille ; c'était ainsi, et elle était ainsi, un état de fait. Plus je restais à l'asile, plus les choses me paraissaient normales, ce qui était le signe incontestable qu'il fallait absolument que je m'en aille.

Sa livraison terminée, le conducteur referma le hayon de sa charrette et se dépêcha de regagner sa banquette. Sa hâte de quitter les lieux était évidente. La contremaîtresse nous pressa de reprendre le travail. Comme nous y retournions à contrecœur, elle nous traita de garces ingrates. Les senteurs de bergamote et de citron, si agréables jusqu'ici, me donnaient désormais la sensation de me brûler les yeux.

Mais tandis que nous nous remettions à la besogne, une observation que je ne m'étais pas faite jusqu'ici me frappa soudain. Je jetai un œil aux femmes qui m'entouraient – des femmes qui ne se seraient vraisemblablement jamais adressé la parole dans les rues de San Francisco –, en train d'œuvrer de concert à une tâche commune. Certes, nous étions vulnérables, mais nous n'étions pas impuissantes.

Je n'avais eu de cesse de poser des questions. Pourtant les réponses peinaient à venir. D'après mes calculs, deux semaines s'étaient déjà écoulées sur le temps qui m'était imparti. Demain, il me resterait tout juste un mois, jour pour jour. Le moment était venu de confier mon secret à quelqu'un.

Qui pourrait me prêter main-forte ? Certainement pas l'infirmière en chef, chez qui je n'avais décelé aucune lueur d'humanité. Même si j'avais voulu, je n'aurais pas su où chercher le légendaire médecin-chef. Je ne pouvais pas me tourner vers un docteur, ni une infirmière ou un aide-soignant. Une patiente alors, mais qui ?

Un nom me vint soudain à l'esprit. Il ne me restait plus qu'à trouver le moment opportun.

# Chapitre 10

Quand on nous tira du lit, comme toujours dans le noir, j'étais réveillée depuis longtemps. Il fallait que je me positionne soigneusement dans la file. Si je ratais l'occasion de lui parler pendant notre marche matinale, il faudrait que je tente ma chance au déjeuner, ce qui compliquerait la tâche. À présent que j'avais décidé de me décharger de mon secret, je ne supportais pas l'idée de le garder pour moi une heure de plus.

Je pris place derrière elle dans la file d'attente et je m'agrippai à la corde. Une pluie fine tombait. À notre arrivée au sommet de la colline, nos robes corail nous colleraient à la peau. Les marches de Terpsichore étaient souvent aussi éreintantes que désagréables, mais pour rien au monde je ne les aurais échangées contre les bancs de Thalie. Étant donné les options qui se présentaient à moi, j'étais au meilleur endroit et je pouvais difficilement en demander plus. La Muse de la danse, même si j'étais arrivée à sa charge par erreur, était celle qui me convenait.

Tandis que le sentier s'inclinait abruptement, je penchai le buste en avant, pressée de prendre la parole. Il me fallut attendre une minute supplémentaire, le temps que Winter eût intégré son poste à la toute fin de la cordée. Je tapotai Nora sur l'arrondi familier de son épaule.

— J'ai besoin de ton aide.

Elle poursuivit du même pas mais hocha la tête pour me signifier qu'elle écoutait.

— Qu'est-ce qui te fait dire que je peux t'aider ?

— Tu sais toujours comment t'y prendre, répondis-je d'un ton évasif.

Je ne voulais pas dévoiler inutilement mes cartes. Dans l'armée, on disait qu'il ne fallait pas griller ses cartouches. Fletcher m'avait appris cette expression quand il nous avait rendu visite entre son troisième et son quatrième voyage en mer, après avoir navigué jusqu'à Ceylan sous les ordres d'un capitaine qui s'était distingué pendant la guerre des Boers. Les souvenirs que j'avais de mon frère ces dernières années étaient rares, et me faisaient penser à la forme d'un insecte précieusement conservé dans un carcan d'ambre.

— Vas-y, j'écoute.

Un caillou se détacha sous son pied et roula jusqu'à moi. Il continua sa course derrière nous, dévalant la pente vers l'inconnu.

— Tu sais que je ne suis pas folle, commençai-je.

— Bien sûr.

— Je suis sérieuse. C'est la vérité.

Elle poussa un soupir dont la signification resta énigmatique. J'aurais tant aimé voir son visage. Peut-être aurais-je dû attendre le déjeuner, mais j'avais déjà traversé le Rubicon.

Je poursuivis d'une voix plus ferme :

— J'ai feint la démence pour me faire interner. Volontairement.

— Et dans quel but ?

— Pour libérer ma sœur. Mes parents l'ont envoyée ici. À cause de moi.

Le silence de Nora s'éternisa. Je n'entendais plus que le bruit de notre respiration et de nos pas. Devant moi, ses épaules ondulaient sous l'effort de la marche et la pâleur de sa nuque tranchait entre son col et la torsade sombre de ses cheveux qui avançaient, avançaient devant moi sans relâche.

Au prix d'un long silence, Nora finit par demander :

— Elle a toute sa tête, elle aussi ?

J'hésitai sur la tournure à donner à ma réponse :

— Sa place n'est pas ici.

Autre suspens, ascension silencieuse.

— Qu'est-ce que tu attends de moi ?

Sa question était sèche, dénuée d'émotion, comme si la réponse, quelle qu'elle soit, lui importait peu.

— Je ne l'ai toujours pas vue. Où peut-elle bien être ?

— Comment diable veux-tu que je le sache ?

— Je ne m'attends pas à ce que tu le saches, à proprement parler. Mais je te ficherais mon billet que tu es tout à fait capable de la trouver. Tu connais tout. Tout le monde. Tu es la seule à pouvoir m'aider.

Elle resta ostensiblement insensible à la flatterie, pourtant je sentis d'instinct que j'avais touché un nerf.

— Je sais peut-être deux trois trucs, finit-elle par admettre. Tu es sûre qu'elle est encore à Goldengrove ?

Un frisson me parcourut l'échine.

— C'est obligé.

Nora fit claquer sa langue.

— Faut pas non plus prendre tes désirs pour des réalités.

— Eh bien, bafouillai-je, ça fera partie des choses que tu m'aideras à tirer au clair. Si elle est encore ici et à quel endroit.

Quand j'avais élaboré mon plan – dont je voyais bien avec le recul qu'il avait pâti d'une conception naïve et bâclée –, l'idée que Phoebe ait pu quitter Goldengrove avant même que j'y arrive ne m'avait pas traversé l'esprit. Nos parents nous avaient clairement signifié que son internement était permanent. Et s'ils avaient été accablés par le remords après mon départ ? Je songeai que des deux, mon père était le plus susceptible de s'être ravisé. Je me souviens qu'un jour il avait pardonné à un domestique qui avait volé une paire de boutons de manchettes en argent et à une autre occasion, à un capitaine de navire qui, dans des circonstances hors du commun, était entré dans le mauvais port. Sa fille aurait forcément droit à la même marge de manœuvre, non ? Pourtant, je refusai d'envisager cette éventualité. Si Phoebe était libre, c'était une véritable aubaine. Mais moi, je ne l'étais pas. Je ne pouvais pas me permettre de quitter cet endroit sans en avoir le cœur net. L'aide de Nora me serait précieuse.

Elle hocha la tête une nouvelle fois.

— Tu m'avais prévenue que tu n'avais pas l'intention de traîner longtemps par ici.

Je n'aurais pas dû m'étonner qu'elle se souvienne de notre échange. Le traitement de faveur du Dr Concord n'était pas le seul atout qui lui permettait de négocier avec aisance le quotidien à l'asile, même s'il devait largement y contribuer.

Le sol s'aplanit sous nos pieds. Nous étions enfin arrivées au sommet. Les longs doigts roses de l'aube s'étiraient par-dessus nos têtes, mais c'est à peine si je prêtais attention au paysage. Je scrutai le visage de Nora, de profil. Allait-elle garder mon secret ? Allait-elle m'aider ? Avais-je pris la bonne décision ?

Je restai sur des charbons ardents tout le temps de notre escale au sommet.

Quand enfin l'infirmière Winter, avec son visage de marbre, nous imposa un demi-tour, je sentis la main de Nora se poser sur mon épaule. Ses mots me parvinrent, à mi-voix :

— J'ai une idée.

Une vague de soulagement me traversa avec une telle puissance que j'en eus le tournis. Mais je repris rapidement mes esprits pour lui demander :

— Laquelle ?

— Je t'en parlerai le moment venu.

Si je ne pouvais pas voir le visage de Nora qui m'emboîtait le pas dans la descente, j'entendis son sourire malicieux se dessiner entre ses mots. Je me demandai dans quelle galère je venais de m'embarquer.

*

Dévoiler la vérité m'avait demandé des trésors de volonté, et je me sentais épuisée. Malgré tout, la journée suivait son cours. Une fois redescendues le long des champs monotones, à l'approche de Goldengrove, nous rejoignîmes les autres cordées et fîmes notre entrée dans le domaine en silence. Comme chaque fois, je fouillai des yeux la masse des robes numérotées à la recherche de la chevelure claire et de la silhouette familière de ma sœur, et comme chaque fois, je repartis bredouille.

La carte de l'asile occupait de nouveau mes pensées. Avais-je eu tort de ne pas l'emporter ? Devrais-je tenter de la dérober – mais quand en aurais-je seulement l'opportunité ? Je n'étais jamais seule dans notre pavillon. Si Nora refusait de m'aider, quelle option me resterait-il ?

J'avais mémorisé le nom des différents pavillons, en tout cas j'étais à peu près sûre de m'en souvenir. Clio et Thalie ici ; Polymnie et Érato au-dessus, puis deux autres encore, Melpomène et Calliope. Euterpe était au dernier étage avec une autre – son nom, déjà ? Ou était-ce Calliope au dernier étage et Uranie au premier ? J'aurais eu besoin de consulter la carte pendant quelques secondes, le temps de m'en assurer. Et après ? Je ne pouvais pas me risquer à visiter chaque pavillon l'un après l'autre. D'autant plus qu'avec un peu de malchance, je pourrais très bien rater ma sœur au milieu de la foule des résidentes. Il suffisait que ma visite tombe au moment où elle était en consultation chez le docteur, ou alors d'astreinte dans un atelier. Et si on inversait les rôles : combien d'heures par jour étais-je absente de Terpsichore et donc indisponible à quiconque viendrait me chercher ? La voie semblait sans issue.

Mais si Nora me faisait faux bond, je n'aurais vraisemblablement pas d'autre choix.

Assise à la table du déjeuner, je touillais d'un air absent un bol d'épais gruau d'avoine saupoudré de ce que j'espérais être des graines. J'étais encore égarée dans mes pensées quand une voix sèche, mais non dénuée d'humour, résonna tout contre mon oreille, me faisant sursauter.

— Alors, c'est quoi ton histoire ?

Martha. Je la dévisageai longuement, le temps de reprendre mes esprits. Si on ne m'avait pas dit qu'elle était de sang mêlé, je ne m'en serais probablement pas aperçue. Y avait-il un terme pour désigner une fille moins noire qu'une octavonne ? Bien évidemment, elle avait la peau plus sombre que toutes les filles qu'il m'avait été donné de voir jusqu'ici, même si à la maison, les rumeurs malveillantes allaient bon train à propos de Sarah-Walsh-aux-yeux-bruns, vu les yeux bleus de son père et l'été que sa mère avait passé en Italie. La couleur de peau et les lèvres pleines de Martha ne voulaient rien dire, et je connaissais des femmes blanches dont les cheveux se torsadaient en boucles indisciplinées. Mais elle nous avait raconté son histoire et je ne pouvais pas me la sortir de la tête. Comment son père l'avait tout bonnement abandonnée par commodité. Son récit n'avait rien d'exceptionnel, mais contrairement aux autres filles dans le même cas, Martha n'avait pas l'air disposée à se laisser faire. Un autre jour, j'aurais apprécié de côtoyer sa vivacité. Aujourd'hui, comme tout le reste, elle me lassait.

— Il faut une histoire pour être ici ? La malchance, ça ne suffit pas ? ripostai-je.

— On est toutes ici pour une raison.

— Tu crois ?

Martha pencha la tête sur le côté.

— Je n'ai pas dit une *bonne* raison.

J'écopai une moucheture noire accrochée à mon porridge et la raclai sur le bord de mon bol. C'était peut-être une graine, mais je n'allais pas tenter le diable.

J'avais partagé mon secret avec Nora et il ne s'était rien passé. Je n'avais pas envie de m'ouvrir à quelqu'un d'autre.

Comme je ne disais rien, Martha lança une nouvelle salve.

— Tu m'as l'air plutôt gentille. Pas bête, avec ça. On aurait tout à gagner à partager un peu, toutes les deux.

Je poussai mon bol vers elle.

Elle émit un petit gloussement rauque.

— Je ne voulais pas parler de ça, chérie.

Je laissai le bol en plan.

Elle était sur le point de renchérir lorsque Bess se pencha de l'autre côté de Martha.

— Si t'en veux pas, tu peux envoyer le porridge par ici, la négresse.

Martha ne prit pas même la peine de répondre ; elle se contenta de gifler Bess en plein visage.

Les deux femmes tombèrent du banc à la renverse. En face de moi, Hazel, habituellement si sérieuse, laissa échapper un cri féroce d'exhortation, mais leur empoignade se mua rapidement en une succession de grognements. Personne ne bougea pour les séparer. Personne ne se mêla à la bagarre. Je jetai un coup d'œil furtif à Nora, qui suivait la scène sans grand intérêt, mais je ne parvins pas à capter son regard.

La situation était éreintante. Tandis que les deux femmes continuaient à s'asséner force claques, je fis de nouveau glisser mon bol de porridge jusqu'à moi pour en avaler une cuillerée. Je posai les yeux sur mes bras émaciés. Il fallait que je m'oblige à me sustenter, sans quoi j'allais finir comme l'affamée de Polymnie. Les patientes qui refusaient de manger étaient alimentées de force à l'aide d'un tuyau. Je ne voulais pas vivre ça, la méthode était réputée pour être une véritable torture.

Derrière moi, Martha, qui avait cloué Bess par terre en s'agenouillant sur ses bras, s'employa à lui cracher à la figure. Voyant cela, deux aides-soignants – Salt et Alfie – agrippèrent Martha sous les aisselles. Je priai pour qu'ils ne la traînent pas devant l'infirmière en chef. Martha ne pouvait pas être tenue pour responsable du mauvais caractère de Bess. Trop de vivacité finissait forcément par tourner au vinaigre.

Je passai le reste de la journée à traîner mon abattement. J'avais presque l'impression qu'on m'avait fait prendre un soporifique. Quand on annonça que l'heure de la douche froide avait sonné, je ne trouvai même plus en moi l'énergie de m'en alarmer.

Pour la première fois, je me soumis totalement au mauvais traitement. Je retirai ma robe et me tins coite entre les autres patientes, sans le moindre tressaillement, dans une passivité absolue. Tandis que l'infirmière frottait son infâme savon sur la moindre parcelle de mon épiderme, je regardai fixement au loin, en me demandant si Nora allait m'aider ou me trahir. La suite n'était plus de mon ressort, à présent.

Au lieu de subir les circonstances, je me laissai plusieurs fois partir à la dérive, ne saisissant ici et là que de rares bribes de ce qui m'entourait. Le jappement de Nettie quand le jet d'eau l'éclaboussa, son corps secoué de frissons encore longtemps après, ses lèvres bleues. L'infirmière en chef à la périphérie, bras croisés, ses yeux sombres ne perdant pas une miette de notre humiliation. Nora qui retirait sa robe, exposant les cicatrices qui recensaient les jours passés à l'asile, les plus anciennes presque aussi pâles que le reste de sa peau, les plus récentes encore écarlates, livides. Je me demandai ce que le docteur pouvait bien en penser, s'il s'en préoccupait ou s'il éludait tout ce qui chez elle ne correspondait pas à l'image de la femme qu'elle était censée remplacer.

Martha réapparut à l'heure du coucher, une toute nouvelle entaille virant au rouge violacé sur la joue. Relique de sa bagarre ou trace de son châtiment, elle l'arborait fièrement. Bess fut la première à l'accueillir en lui serrant la main. De temps à autre, des actes d'hostilité explosaient entre patientes, mais face aux ennemis communs on resserrait les rangs.

Cette nuit-là, les cheveux mouillés, je sentis le froid familier me pénétrer jusqu'aux os. Je fermai les yeux dans la pénombre pour regagner le rivage de mes rêveries. Je devais les laisser à tout prix m'emporter.

Il fallut du temps, mais petit à petit, l'environnement humide de l'asile s'estompa et je me retrouvai à déambuler parmi mes souvenirs comme sur l'allée d'un jardin, verdoyant et bien entretenu d'un côté, accidenté et inexploré de l'autre.

J'avais pris mes dispositions pour aller me promener avec Henry au Golden Gate Park, mais Mme Bisland avait le rhume des foins et ma mère eut tôt fait d'annuler la sortie. Phoebe s'était portée volontaire pour être notre chaperonne, mais ma mère refusa. Phoebe parvint néanmoins à la convaincre de nous laisser rendre visite aux Sidwell pour pouvoir informer Henry du changement de programme et peut-être rester pour le thé si d'aventure nous étions invitées. Ma mère accepta à contrecœur, non sans nous rappeler que de solliciter une telle invitation serait le summum de la grossièreté. Nous lui fîmes la promesse de rester uniquement si nous y étions conviées, en bonnes jeunes filles bien élevées.

Phoebe traversait alors une de ses meilleures phases, ni trop frénétique ni trop sombre. Dès notre arrivée sous la véranda des Sidwell, elle se livra à un véritable numéro de charme. Elle échangea chaleureusement avec la bonne, puis elle prodigua son sourire rayonnant à Mme Sidwell, qui avoua se réjouir rarement de la compagnie de jeunes femmes étant donné qu'elle n'avait que des garçons. En quelques phrases à peine, Phoebe persuada Mme Sidwell de lui donner un cours de broderie, et argua que ni Henry ni moi ne pourraient tirer quoi que ce soit de son savoir-faire, en vertu de quoi nous serions mieux avisés d'aller prendre l'air dans les jardins derrière la maison. Mme Sidwell accepta. Ma sœur et elle prirent place sur le canapé avec leurs aiguilles et leurs cerceaux, et Henry d'un geste désigna la porte, les yeux brillants.

Grisée par ma bonne fortune, je le suivis à distance respectable, dépassant les rangées bien entretenues du jardin anglais, avec son globe réfléchissant et ses allées en gravier, pour rejoindre plus loin les espaces laissés en friche. Une fois le jardin derrière nous, Henry jeta un œil par-dessus son épaule, puis montra du doigt une étendue d'herbe sous un muscadier de Californie.

— Là. On ne nous verra pas de la maison.

Nous nous allongeâmes côte à côte dans l'herbe. Je me sentais ravie, pleine d'audace. L'herbe me picotait à l'encolure de ma robe, et je grattai ma peau avant de poser mes mains sur ma taille, les coudes dans l'herbe. Pendant un temps qui me parut très long, nous restâmes sans mot dire, dans un silence parfait et contenté.

Les rayons du soleil qui tombaient en biais m'éblouissaient, mais je m'en accommodais. Henry était si proche. Son bras touchait le mien. Je sentais la chaleur de sa peau. En cet instant, un immense cheval ailé surgissant dans le ciel ne m'aurait pas fait bouger d'un pouce.

— J'ai appris que mon frère allait rentrer, annonça-t-il.

— C'est une bonne nouvelle ?

— C'est une nouvelle. J'espère qu'il aura mûri. Quand nous étions plus jeunes, il enviait toujours ce que j'avais, aussi trivial que ce soit. Un livre, une balle, une brioche. Quand j'y repense, c'était bien ridicule pour un garçon de treize ans de ressentir une rivalité avec son frère de trois ans. Il m'arrachait les choses des mains juste pour le plaisir de me voir pleurer.

— J'imagine qu'après avoir été le seul bambin pendant si longtemps, il redoutait d'être supplanté.

J'entendis un léger bruissement à mon côté quand Henry se tourna vers moi, mais je continuai à regarder en l'air. Si je pivotais à mon tour, nos visages allaient se toucher. J'aimais l'idée qu'il ait fait le premier mouvement dans ma direction. Je sentis mon corps traversé d'une tension délicieuse qui n'avait rien à voir avec notre conversation.

— Quelle sagacité, mademoiselle Charlotte.

— C'est une idée comme ça, m'excusai-je avec modestie même si j'étais certaine d'avoir raison. Où était-il ?

— À Sacramento.

— Il n'était pas très loin. Pourtant, vous vous parlez rarement ?

— Oh, il est très occupé, comme il l'explique à qui veut l'entendre. Manœuvres politiques et tout ce qui s'ensuit à la capitale. En plus de quoi il gère certains intérêts commerciaux de mon père, dont l'asile. J'en suis ravi – si ce n'était pas lui, la charge me reviendrait, et je préfère ne pas assumer ce genre de responsabilités pour le moment. J'ai encore soif d'aventures. En tout cas, il n'est pas très intéressant. Comme sujet de conversation non plus. Pas aussi intéressant que vous, par exemple.

— Balivernes.

Il me poussa délicatement du coude. Je tournai la tête sur le côté, de quelques centimètres à peine. Son visage se découpait devant moi, éclairé de son sourire. Rien en ce bas monde n'était plus merveilleux que le sourire de cet homme.

— Qu'est-ce qui vous a fait penser à votre frère ? demandai-je.

— Rien de particulier. Je vous faisais part de ce qui me traversait l'esprit. J'espère que vous ne m'en voulez pas.

— Bien sûr que non. Pourquoi est-il de retour ?

— Sa femme est décédée.

Sur l'instant, ma première réaction, monstrueusement égoïste, fut de maudire cette femme. Nous étions en train de deviser dans une intimité spontanée, et l'intrusion d'un sujet tragique ne ferait qu'assombrir notre humeur. Je fis de mon mieux pour présenter les condoléances de rigueur.

— Oh. Je suis navrée.

— Je ne l'ai rencontrée qu'une seule fois.

— Une femme charmante, à n'en point douter.

— Elle était étrange, dit-il d'un air songeur. De grande taille, d'une beauté saisissante.

— Est-ce si incongru d'être grande ?

— Non. Même si j'ai une préférence pour les femmes plus menues, dit-il en laissant glisser son regard sur ma silhouette.

À mon grand soulagement, il poursuivit avant que j'aie le temps de réagir.

— Elle faisait presque la taille de George. À certains égards, c'était la partenaire idéale pour lui. Tout politicien se doit d'avoir la bonne épouse.

— L'hôte parfaite, renchéris-je.

— Oui. Qui sourit et fait oui de la tête sans cesser d'être ravissante.

— Je devrais peut-être poser ma candidature, plaisantai-je. Sauf que je ne suis pas ravissante.

— Oh si, justement, dit Henry en me fixant droit dans les yeux.

L'intensité de son regard me coupa le souffle.

— Vous êtes bien aimable, bafouillai-je.

Et alors, même si l'épouse décédée de son frère était le dernier sujet au monde que j'avais envie d'aborder, je ressentis le besoin de revenir sur un point :

— Qu'avait-elle de si étrange ?

— Il racontait qu'elle avait des sautes d'humeur. Ça a commencé après leur mariage. Comme un orage d'été. Elle était calme et princière et l'instant d'après, elle écumait de rage.

Je déglutis avec difficulté.

— Un peu comme Phoebe.

Après un silence, il acquiesça :

— C'est vrai.

Le silence retomba entre nous. Avait-il écarté son bras imperceptiblement du mien ? Après avoir maudit cette femme morte, je me maudissais d'avoir amené ma sœur dans la conversation, une conversation qui aurait mieux fait d'en rester à des mots tendres. Je voulais qu'il continue à me toucher, et qu'il n'arrête jamais.

— De quoi est-elle morte ? demandai-je.

— La maison a pris feu.

— Doux Seigneur ! Comment a-t-il réchappé aux flammes ?

— Il n'était pas sur place, fort heureusement. Il était en train de souper en compagnie d'autres hommes politiques au Western Hotel. L'incendie aurait démarré au salon. Elle avait l'habitude de lire à la bougie jusque tard dans la nuit, et l'on pense que les rideaux auraient pris feu...

Il scruta mon visage. Après ce récit tragique, le désarroi devait s'y lire.

— Mais c'est assez, je suis désolé. Laissons cela. De quoi voulez-vous parler ?

Je l'interrogeai sur son voyage en Patagonie, sujet dont je ne me lassais jamais. Ses aventures à bord du *Compass* étaient si effrénées, si démesurées, comme si elles s'étaient déroulées dans un monde aux confins du nôtre. Il me raconta comment une corde enroulée à sa cheville pendant une tempête avait manqué de l'entraîner par le fond. Comment les nuées d'oiseaux brailleurs, les milliers de créatures sauvages qui encerclaient le navire de leurs cris perçants lui donnaient le sentiment d'être un intrus à la surface des eaux. Il ne dit mot de Marguerite, dont je connaissais le nom grâce à Sarah Walsh, qui m'avait également appris qu'elle avait épousé l'homme pour qui elle l'avait éconduit. La cérémonie de mariage avait eu lieu dans la Palm Room du Conservatory of Flowers à San Francisco ; ma mère s'était pâmée d'admiration devant les articles de journaux. Henry avait réussi à tirer un trait sur le passé en partant à l'aventure. L'éloignement semblait lui avoir réussi. À présent, il était de retour au pays.

Je ne pouvais m'empêcher d'espérer qu'il trouvât le courage d'accepter des deuxièmes fiançailles même si les premières avaient été un échec cuisant. Pour autant, je n'entreprenais rien qui le poussât sur cette voie. Jamais je ne faisais allusion au mariage. Je traitais Henry comme un poussin encore au nid, avec une délicatesse infinie, scrutant le moindre de ses gestes pour tenter de lui trouver une signification.

Allongé dans l'herbe à côté de moi, tandis qu'il me racontait la Patagonie, il enroula ses doigts aux miens et je sus en cet instant que ce n'était qu'une question de temps avant qu'il ne rassemble son courage pour faire sa demande. Bien évidemment, je connaissais déjà ma réponse. Voilà des années que je la répétais, depuis ce fameux jour où il m'avait parlé si obligeamment au pique-nique de Pioneer Park. J'étais plus que prête à devenir Mme Henry Sidwell.

Les intonations de la voix de Phoebe, mélodieuses et insistantes à la fois, me sortirent peu à peu de ma torpeur. Je commençai par me demander si elle était en train de crier, ce qui eût été impoli, avant de me dire qu'elle ne faisait pas ça au hasard. Ainsi, elle nous laissait le temps de reprendre nos esprits. La voix de Mme Sidwell se joignit à la sienne et comme elle adoptait un ton plus inflexible, je sus que l'heure était venue de rentrer. Je me relevai d'un bond et repris le chemin de la maison le cœur joyeux, heureuse d'avoir pu vivre ces instants, aussi brefs fussent-ils. Une fois mariés, nous pourrions en profiter à notre guise. Nous aurions tout le temps du monde.

Quelques jours après qu'Henry m'eut parlé du retour de son frère, je vis le frère en question sortir de leur demeure. Bien évidemment, j'avais de bonnes raisons de surveiller les allées et venues chez eux. L'homme, bien plus âgé que son frère, était de moins haute stature même s'il dégageait un air tout à fait distingué. Il avait les cheveux noir de jais bardés d'une mèche argent sur chaque tempe, aussi régulière que s'il l'avait appliquée avec un pinceau en biseau. Cette image m'amusait particulièrement et je notai mentalement d'en faire part à Phoebe, qui serait ravie de ce penchant artistique et saisirait l'occasion pour m'expliquer dans le détail le type de pinceau approprié selon les tâches. J'aimais lui offrir ce genre d'opportunités.

L'homme correspondant à cette description n'était autre que George. Je l'avais croisé des années plus tôt, mais à l'instar d'Henry, le passage du temps l'avait changé. Il dégageait une certaine raideur dont je n'avais pas le souvenir. Tandis qu'il sortait de la demeure familiale pour monter dans une calèche – à un moment où il était loin de se douter que quiconque pût l'épier –, je lui trouvai une attitude imposante, le dos droit, le pas mesuré. Un politicien-né. Pourvu qu'il ne désapprouve pas mon histoire avec Henry. Je songeai à ce propos que son arrivée était peut-être de bon augure. Si les Sidwell étaient occupés à promouvoir la carrière politique de George, lequel cristallisait tous leurs espoirs d'avenir, ils se désintéresseraient du mariage d'Henry. Peut-être étaient-ils favorables à ce que je l'épouse ; peut-être n'avaient-ils jamais pris la peine d'y réfléchir. Je l'ignorais. Ce n'était pas le genre de sujets qu'ils abordaient avec moi, ni de ceux qu'il était avisé d'évoquer avec ma mère, qui ne s'était jamais cachée de son point de vue. George m'intéressait uniquement en ce qu'il était susceptible de m'aider ou de me gêner sur le chemin qui me menait à Henry. Son visage rasé de frais ne valait pas le dixième de celui de son frère, que je rêvais de caresser, d'embrasser, de posséder.

La plupart du temps, je ressortais de mes rêveries nocturnes avec l'aisance d'une voleuse se glissant par une fenêtre ouverte. Si je n'avais aucun plaisir à rouvrir les yeux et me trouver allongée sur un lit de camp glacial, les yeux rivés sur le plafond lointain de Terpsichore, le halo qui accompagnait ces tendres souvenirs m'aidait à négocier la transition entre ces tableaux précieux du passé et un dortoir qui n'était rien moins que lugubre.

Mais ce soir-là la sensation était différente.

Tandis que ma songerie somnolente perdurait, et que j'avais encore à l'esprit l'image d'Henry dans les rayons du soleil, je sentis une présence, une masse qui planait au-dessus de mon lit. Je me réveillai en sursaut. Étais-je victime d'une agression ? Je n'avais rien pour me défendre. J'étais prête au pire. Il ne me restait plus qu'à ouvrir les yeux.

Malgré l'obscurité, je distinguais la pâleur d'un visage, et je me préparais à me jeter dessus lorsque je reconnus son nez retroussé. Nora.

Calmement, à voix basse, comme si nous venions tout juste de prendre le thé devant les hautes fenêtres de l'élégant salon pour dames de Cliff House, elle me dit :

— Allons faire un tour.

# Chapitre 11

J'avais l'habitude de faire ce que Nora me disait. Cette fois-ci ne fit pas exception. Elle avait beau m'avoir réveillée en plein cœur de la nuit, je la suivis sans hésitation.

Je me penchai pour enfiler mes chaussures, mais elle m'arrêta d'une main sur la cheville. Je scrutai son visage : elle secoua la tête en signe de dénégation. Nous regagnâmes la porte. Je ne sais pas comment elle avait réussi à la déverrouiller, en tout état de cause le battant était grand ouvert. Ce n'était pas le moment de poser des questions et je lui emboîtai le pas. Elle referma derrière nous et je frissonnai à l'idée de ce qu'il adviendrait si nous restions coincées dehors, mais je songeai qu'elle avait dû parer à cette éventualité. Du moment que Nora avait la solution, je ne voulais pas en connaître les détails.

Elle aussi était pieds nus et c'est sans faire de bruit qu'elle nous fit remonter les dalles froides du couloir. Au début, je reconnus le chemin. Nous marchions en direction des cabinets des médecins lorsque tout à coup elle bifurqua à gauche après les avoir dépassés. Elle gravit rapidement un escalier que je n'avais encore jamais vu, nous emmenant rapidement en territoire inconnu.

Je tendis la main pour ouvrir la porte qui nous barrait le passage, mais elle me fit signe de la baisser. Évidemment, elle était fermée à double tour et je n'avais aucun moyen de l'ouvrir.

Nora plongea la main dans la poche de sa robe et en ressortit une clé en cuivre. J'aurais été moins abasourdie si elle en avait extirpé une pépite d'or de la taille de son poing. Comment se l'était-elle procurée ? Mais comme je connaissais déjà la réponse – elle obtenait ce qu'elle voulait du docteur –, je pris grand soin de ne pas rompre notre silence.

Nora réussit à faire jouer la clé sans que s'entende le cliquetis du mécanisme. Elle était d'une minutie absolue. Quand le battant s'ouvrit, je compris enfin où elle m'avait amenée : dans le bureau des archives de l'asile.

La pièce servait exclusivement de lieu de stockage. Il n'y avait là pas un seul bureau, ni couchage ou table, seulement des rangées d'armoires contenant des dossiers. Je m'approchai d'un mur et comme Nora ne me coupait pas dans mon élan, j'en conclus que je pouvais explorer en toute sécurité. Malgré la pénombre, j'eus tôt fait d'identifier le classement alphabétique des tiroirs. En quelques minutes, j'arpentai la pièce à tâtons, passant d'une lettre à l'autre. Plusieurs tiroirs étaient estampillés de la lettre S. Dans le troisième, je mis la main sur le dossier de ma sœur.

*Smith, Phoebe Anne.* Il contenait une dizaine de feuilles. Je commençai par la première. Je la parcourus rapidement, mais dès les premiers mots, je sentis mon cœur s'emballer. Là, noir sur blanc, était retranscrite l'histoire de ses crises, lesquelles avaient empiré au fil du temps, au point que son attitude belliqueuse avait fini de convaincre nos parents de l'envoyer ici. Son diagnostic officiel indiquait *une manie engendrée par un trouble émotionnel.* Je ne m'étais pas attendue à cette sentence. Je sentis mon ventre se nouer.

J'étais à l'origine de ce trouble.

La réflexion que je m'étais faite dans la salle à manger de Powell Street, et qui me semblait remonter à des années en arrière, me revint en mémoire : cette fois-ci, c'est moi qui ferais le ménage.

Nora me tapota sur l'épaule pour me faire comprendre que je devais remettre le dossier à sa place. Elle me fit signe de le rouvrir au début et posa l'index au milieu de la première page. Sa tête dépassait juste au-dessus de mon épaule, et je sentais aussi bien que j'entendais sa respiration. Nous étions deux sœurs de silence, gardiennes respectives de nos secrets. Jamais je ne pourrais rendre la pareille à Nora. Le document indiquait : *Pavillon Melpomène. Chambre 5-C.*

J'avais trouvé l'information que nous étions venues chercher. Il fallait repartir.

Nous empruntâmes le même itinéraire en sens inverse. À l'approche du croisement où une demi-douzaine de couloirs convergeaient sous une rotonde, j'arrêtai Nora, le cœur battant. J'articulai le mot *Melpomène* en silence tout en montrant du doigt un autre couloir qui s'enfonçait dans l'obscurité. Nora secoua la tête catégoriquement. Au-dessus de nos têtes, l'aurore commençait à poindre à travers les carreaux de la rotonde. La nuit tirait à sa fin. Les minutes étaient comptées.

Comme j'avançais obstinément dans le couloir que j'avais pointé du doigt – comme si mon corps, et non pas mon cerveau, avait pris la décision –, elle me tira vigoureusement en arrière, si bien que je manquai de m'étaler de tout mon long.

Nora colla les lèvres à mon oreille, ses doigts enserrant douloureusement mes poignets.

— Dernière chance, souffla-t-elle.

Il ne m'en fallait pas plus.

J'étais mortifiée. Quelle que fût sa position et quelle que fût l'ampleur de la protection assurée par son amant, Nora avait fait un saut dans l'inconnu pour moi. Je ne pouvais pas lui faire risquer davantage.

Le reste du chemin se fit sans encombre et nous eûmes tôt fait de regagner notre pavillon. La porte fermée à double tour derrière nous, nous retournâmes nous allonger. Nora ne tarda pas à se rendormir. J'écoutai le bruit régulier de sa respiration, les yeux au plafond, en me demandant comment faire pour m'introduire dans un pavillon dont l'accès m'était interdit.

*

J'avais beau fomenter des plans, j'en revenais encore et toujours à la même conclusion que quand j'avais compulsé le dossier de ma sœur : il fallait que j'étudie une nouvelle fois la carte de Goldengrove.

J'étais quasiment sûre que Melpomène se situait à l'étage supérieur, mais si je faisais erreur ? J'avais fini par comprendre que le projet de me rendre dans chaque pavillon était déraisonnable. Nos gardiens n'étaient peut-être pas des génies, mais ce n'étaient pas non plus une bande de bouffons. La chance finirait bien par me tourner le dos.

À présent que je connaissais le nom du pavillon, deux questions se posaient à moi : à quel étage était située sa chambre et qu'allais-je trouver derrière cette porte ? Le numéro, tel qu'il était inscrit dans son dossier, me taraudait. Chambre 5-C. Une pièce à l'intérieur du pavillon. Raison de plus pour consulter la carte, afin de comprendre la disposition des lieux et de vérifier si le détail des pièces était cartographié. Tout ce qui faciliterait mes recherches était de la plus haute importance.

À l'appel des aides-soignants, tout le dortoir se prépara à la marche matinale. Je m'appliquai à m'étreindre le ventre à grand renfort de gémissements en me plaignant auprès de Salt de ce que je ne me sentais pas bien. Il me tira par le coude pour me mettre de force dans la file devant la porte. Quand je m'affaissai, il me remit d'aplomb. Quand je fis mine de fléchir les genoux, il m'asséna un coup de pied dans le tibia ; le douleur me fit me redresser.

— L'air frais vous fera du bien, gronda-t-il, et sur ce nous mit en route.

Je m'arrêtai le temps qu'on inscrive mon numéro à la craie, en prenant bien soin de rester pliée en deux pour créer l'illusion, puis je suivis le mouvement, une main sur la corde.

De retour de la marche – j'avais traîné des pieds tout du long en poussant des gémissements, avec pour seul résultat que la douce Hazel avait passé son temps à m'exprimer sa commisération et que Bess avait proposé d'abréger mes souffrances si je n'arrivais pas à me taire toute seule –, je tentai de me tourner vers une oreille compatissante.

Quand Piper vint me chercher, je restai figée, les deux mains crispées sur le ventre.

— Pas possible, soufflai-je. Pas l'atelier.

— Je vais vous accompagner au docteur, proposa-t-elle.

Je m'empressai d'ajouter :

— S'il vous plaît, je peux me reposer ? Je ne veux pas le déranger. Emmenez les filles au quart du matin et à votre retour, si je suis encore malade, alors on ira le voir.

La femme qui étreignait des guenilles contre sa poitrine se mit à hurler, comme cela lui prenait parfois, et Piper tourna la tête dans sa direction.

— Allez-y, fis-je en me laissant tomber sur mon matelas.

Elle hocha sèchement la tête et s'en alla.

Dès que le verrou eut terminé sa course, je me relevai d'un bond pour gagner le lit de Damaris. Je glissai la main entre le cadre et le matelas jusqu'à atteindre l'épaisse masse de papier froissé. Il était enroulé autour d'un petit coffret et j'extirpai le tout de sa cachette. Ce faisant, j'éraflai ma main sur un objet pointu, mais j'ignorai la douleur. Je n'avais pas une minute à perdre.

J'étudiai la carte en m'efforçant d'ancrer solidement ses délinéations dans ma mémoire. Melpomène était là, au premier étage. Et à l'intérieur du grand carré figurant le pavillon, je discernai des lignes ténues : un dédale de pièces. Elles n'étaient pas numérotées. Je ravalai un juron et jetai mon dévolu sur le petit coffret, qui était épais comme mon pouce et faisait à peine la moitié en longueur. Il contenait une demi-douzaine d'allumettes à tête de phosphore. Je le fourrai dans la poche avant de ma robe et reportai mon attention sur la carte pour tenter d'apprendre par cœur l'emplacement des autres pavillons : Clio, Terpsichore et Thalie ici, au même étage que le réfectoire, la cuisine et l'entrée ; au premier avec Melpomène on trouvait Polymnie, Érato et Calliope, dont j'ignorais les spécialités ; quant au troisième, il recelait Euterpe, Uranie et des bureaux. À qui appartenaient-ils ? Ils étaient nombreux, dont un de vaste superficie, disposés en une série de pièces adjacentes.

En m'approchant de la carte, je discernai une trace au crayon à peine visible et qui m'avait échappé jusqu'ici. Les premiers bureaux étaient cochés par des petites croix, comme on l'aurait fait dans un grand livre comptable, et le couloir limitrophe était accompagné de l'inscription *Ténèbres ?* en pattes de mouche.

Soudain un fracas retentit et le verrou s'actionna avec un bruit sourd. Déjà ?

Je me précipitai pour fourrer la carte à sa place avant de me jeter sur mon matelas. La porte s'ouvrit sur l'infirmière Piper qui tenait Mouse d'une main et de l'autre guidait la femme aux chiffons.

— Doit y avoir un microbe qui traîne, annonça-t-elle. Plusieurs femmes sont patraques, aujourd'hui.

Je roulai sur le flanc en poussant des grognements, le temps qu'elle raccompagne les deux femmes à leur place.

Elle posa une main sur mon front, je me sentis honteuse. Piper me prenait au mot alors que j'étais d'une affreuse malhonnêteté.

— Vous m'avez l'air mal en point. Vous avez les joues toutes rouges. Comment vous sentez-vous ?

— Pas mieux, mais pas pire, merci.

— Votre abdomen ?

— J'ai encore mal.

Je priai pour qu'une des autres se mette à faire des siennes, mais elles restèrent mutiques. Je maudis leur manque de coopération.

— Allez au docteur, dans ce cas ?

— Restez un peu avec moi, si vous voulez bien, implorai-je de l'air le plus pitoyable possible.

Une entrevue avec le Dr Concord ne me mènerait à rien aujourd'hui. Je brûlais d'envie de partir explorer Melpomène et jamais je ne pourrais m'éclipser si j'étais sous escorte jusqu'à son cabinet. Le plus sûr était encore d'attendre la fin de journée et d'emprunter la clé de Nora, si elle me le permettait. Sous réserve qu'elle accepte. D'autant plus que je n'avais rien à lui offrir en contrepartie.

À moins que je ne lui cède la carte ? Elle n'en avait vraisemblablement pas besoin, mais ça restait un atout. Je n'avais rien d'autre.

Mes yeux glissèrent jusqu'au lit de camp de Damaris lorsque je sentis mon estomac se nouer : un coin de la carte dépassait de sous le matelas. Je ne l'avais pas suffisamment enfoncée. Quiconque s'approchant un tant soit peu allait immédiatement le remarquer.

Les paupières closes, je me remis à gémir, en espérant détourner l'attention de Piper du reste de la salle.

Au même moment, les autres femmes rentrèrent dans un grand claquement de semelles qui se déversa à l'intérieur du dortoir.

Piper quitta le bord de mon lit pour ramener les filles à leur place afin qu'elles puissent se reposer quelques instants avant de repartir pour le déjeuner.

C'est alors que je remarquai la scène avec angoisse.

Mouse n'était plus à sa place. Elle marchait en direction de l'infirmière Winter et, arrivée à sa hauteur, la tira par la manche en montrant l'emplacement de Damaris. Cette dernière était assise au pied de son lit, soit qu'elle n'eût pas remarqué le bout de papier qui en dépassait, soit qu'elle n'eût pas le temps de remédier à la situation.

Je vis Mouse pointer du doigt comme si elle avait brandi une arme aussi acérée qu'un couteau. Je me figeai et regardai la scène se dérouler avec horreur.

L'infirmière Winter hocha la tête et s'approcha à grandes enjambées du lit de Damaris. Mouse s'en retourna sur son matelas, un sourire suffisant plaqué sur le visage. Si j'avais pu l'atteindre en cet instant, je le lui aurais effacé d'une gifle. Damaris leva les yeux sur Winter sans la moindre manifestation de roublardise ou d'anxiété. Sa tache de naissance donnait l'impression de l'étrangler, mais toute son expression était d'une grande placidité. Une vague de culpabilité déferla en moi. Damaris était à des lieues de se douter de ce qui l'attendait.

— Ceci est votre lit, mademoiselle Patterson ? demanda l'infirmière Winter d'une voix stricte dénuée d'émotion.

Son intonation ne véhiculait aucune colère. Elle se cantonna à cette affirmation, et pourtant il y avait quelque chose de terrifiant dans son attitude.

— Oui, c'est mon lit, confirma Damaris.

— Et ceci ? demanda-t-elle en extirpant la carte de sa cachette, qu'elle déplia. C'est un plan de l'établissement, n'est-ce pas ?

Je m'attendais à ce qu'elle proteste en disant qu'elle ne l'avait jamais vue, ou qu'elle élude la question, mais elle répondit d'un « oui » lapidaire.

Avant que j'aie le temps de saisir ce qui se passait, Winter l'avait déjà agrippée par l'épaule et la poussait hors du dortoir, la carte froissée dans son autre main. Elles s'éloignèrent dans un silence de plomb.

Damaris n'avait toujours pas réapparu deux heures plus tard, et nous ne savions que penser de la situation. Deux rumeurs circulaient, aussi tenaces l'une que l'autre : la première voulait qu'on l'avait renvoyée dans le giron familial ; l'autre qu'un aide-soignant, ne mesurant pas sa force tandis qu'il la restreignait physiquement, l'avait asphyxiée et que l'infirmière en chef et le médecin-chef faisaient tout leur possible pour étouffer l'affaire. Aucune de ces rumeurs ne semblait vraisemblable, mais force était de constater que Damaris n'était pas parmi nous. Où était-elle passée ?

À l'idée du rôle que j'avais joué dans cette intrigue, je me sentis nauséeuse. Puis je m'interrogeai ; la carte avait été usée par de multiples manipulations, si bien que le papier s'était détérioré au fil du temps. Avait-elle véritablement appartenu à Damaris ou le prétendait-elle seulement pour éviter un châtiment à une autre ? Elle avait un plus grand cœur que la plupart des femmes de Goldengrove, ou que j'avais pu connaître ailleurs.

Les commérages sur Damaris se répandaient à travers la salle commune comme une traînée de poudre et s'immisçaient au cœur de toutes les activités en cours. Winter et Piper étaient en pleine conversation – mon imagination me jouait-elle des tours, ou elles coulaient des regards en biais à Nora ? Hazel était assise, une bible cornée sur les genoux, et faisait semblant de lire à voix haute, alors qu'elle racontait l'intrigue de son roman favori, *Washington Square* : une jeune femme riche tombe sous le charme d'un jeune homme, qui finit par rompre avec elle à la toute dernière minute. Nous avions toutes tendance à trouver les tragédies de fiction plus captivantes que les nôtres. Hazel était une oratrice de talent, qui embellissait sa narration de tout un éventail d'expressions et de gestes pleins d'entrain. Ses deux spectatrices les plus fidèles, Martha l'agitatrice et Nettie la tête de linotte, l'écoutaient d'une mine ravie.

Je me perchai à côté de Jubilee sur le banc de piano. On avait pris le soin de m'informer que le piano était aussi muet qu'une poupée de chiffon, étant donné qu'on lui avait retiré ses cordes après qu'une patiente en avait arraché une dans l'idée de s'en servir pour étrangler une infirmière. Aussi fort qu'on les martelât, aucune de ses quatre-vingt-huit touches ne produisait le moindre son. Si la musique avait un jour fait partie des thérapies adoptées à Goldengrove, sans doute à l'intention des patientes d'Euterpe ou d'Érato, cette époque était bel et bien révolue.

Soudain, j'aperçus un mouvement indistinct par-dessus l'épaule de Hazel : la femme aux chiffons se ruait vers la sortie. Elle se livrait régulièrement à cet exercice, mais cette fois, elle réussit à quitter la salle sans que quiconque la rattrape. La fois précédente, elle était arrivée jusqu'au toit, à deux pas de se jeter avec ses chiffons dans le vide, comme l'infortunée Mary.

En un éclair, Salt s'élança à sa poursuite, abandonnant à leur sort les patientes installées dans cette portion de la salle commune. La porte claqua derrière lui, sans qu'il prenne le temps de la verrouiller. D'un même mouvement délibéré, comme si tout était planifié d'avance, nous nous éclipsâmes toutes les trois sans bruit. Les infirmières étaient en pleine conversation de l'autre côté de la pièce. Elles ne semblaient pas même s'être aperçues de la tentative de fuite de notre camarade et si par hasard elles s'avisaient de notre départ, elles ne réussiraient jamais à nous rattraper toutes les trois. J'ignorais ce que mes comparses comptaient faire de leur liberté, mais de mon côté j'en avais une petite idée.

Le premier défi consistait à gravir l'escalier jusqu'au premier étage. Je retirai mes chaussures pour monter sans bruit. J'entendis résonner des cris, je me figeai un instant le dos contre le mur pour tendre l'oreille. Les sons se rapprochaient-ils ou au contraire s'éloignaient-ils ? Incertaine de leur provenance, je préférai me remettre en marche. Mieux valait ne pas perdre de temps. D'autant plus que je n'étais pas sûre de pouvoir agir à ma guise pendant bien longtemps.

Le moindre bruit me faisait sursauter. J'avançais sur la pointe des pieds. Le chemin était long et je risquais à chaque instant de me faire surprendre. Je commençais à m'inquiéter de mon châtiment le cas échéant. L'image de la pauvre Damaris était imprimée dans mon esprit. Je fis de mon mieux pour l'écarter. J'allais avoir besoin de toutes mes forces et de toute ma concentration pour arriver à bon port sans me faire remarquer.

Arrivée à l'entrée du pavillon, j'aperçus une infirmière en faction près de la porte. Son uniforme blanc ressortait contre les murs de teinte pâle. Une femme vêtue de la tenue corail des internées s'approcha d'elle. Je m'attendais à ce que l'infirmière lui bloque le passage et la réprimande vertement.

Au lieu de quoi elle l'accueillit chaleureusement, le sourire aux lèvres. De loin, je vis l'infirmière prendre la main de la patiente et l'attirer vers elle dans un geste d'une grande intimité. La patiente posa la main sur la joue de l'infirmière, leurs corps se rapprochèrent pour se fondre en une seule silhouette qui s'estompa dans la pénombre.

Je profitai de la situation pour me glisser dans le pavillon et m'éloigner de quelques pas dans le couloir qui s'éloignait sur la gauche. Je savais qu'on envoyait ici les femmes qui se comportaient comme des hommes envers d'autres femmes, mais c'était la première fois que j'en voyais et je m'étonnais de ce que l'infirmière s'était laissé séduire. Mais après tout, si un docteur pouvait l'être, pourquoi pas une infirmière ? À moins que ce ne soit elle qui ait séduit la patiente ? Les femmes à l'intérieur de cet établissement étaient tout aussi diverses qu'à l'extérieur. Encore plus, d'ailleurs, en l'absence des règles sociales qui les entravaient.

Quoi qu'il en soit, j'avais des choses bien plus importantes à considérer. Sur la carte, les chambres de Melpomène n'étaient pas numérotées, alors qu'en réalité, chaque porte était accompagnée d'une lettre noire peinte au pochoir sur le mur blanc. Je n'avais plus qu'à bifurquer une dernière fois avant d'atteindre la 5-C. Une fois arrivée à destination, je me rendis compte que j'étais à bout de souffle.

J'avais traversé tant d'épreuves pour arriver à cet instant. Et voilà que Phoebe était à portée de main. J'actionnai la poignée. Par chance, la porte n'était pas fermée à clé. Je poussai le battant et je me glissai à l'intérieur.

Une silhouette élancée était assise sur un lit, la tête penchée en avant, immobile. La porte se referma derrière moi avec un petit clic, et nous nous retrouvâmes seules.

Je n'avais jamais vu cette femme.

# Chapitre 12

La femme de la chambre 5-C était blonde comme la paille, avec des reflets plus clairs que le doré de ma chevelure ou de celle de Phoebe. Bien qu'elle fût assise, je voyais très bien qu'elle était grande et qu'elle avait la grâce d'une danseuse, malgré sa maigreur émaciée. Elle avait un bras emmailloté dans des bandes humides le long du corps, dans une posture qui avait l'air particulièrement inconfortable, même si elle semblait ne pas s'en émouvoir.

Je savais que cette femme n'était pas ma sœur ; pourtant, je ne pus m'empêcher :

— Phoebe ?

Elle leva la tête. Elle avait dû autrefois être d'une grande beauté, mais l'engrenage de la pauvreté l'avait mise en lambeaux. Elle avait la peau sèche et fine comme du papier, qui laissait voir ses os. Était-ce le résultat de sa folie ? Cela avait-il la moindre conséquence ?

— Oui, répondit-elle.

— Phoebe Smith ?

Elle enfonça l'index dans son torse décharné et répéta, avec un fort accent :

— Phoebe Smith.

J'éclatai en sanglots.

Je m'étais attendue à tout sauf à cela. Je croyais toucher au but, et voilà que j'étais encore plus déboussolée qu'avant. Tout en moi aspirait à capituler. J'aurais presque voulu me trouver aux bains glacés – dans cet endroit de torture que je redoutais plus que tout au monde –, dont le saisissement aurait eu le mérite de me réveiller et de m'apporter un semblant de lucidité. J'étais terrassée par l'épuisement et le sentiment d'échec.

Dans un ultime sursaut de volonté, je me ressaisis. J'étais désemparée, or je n'avais pas le luxe d'attendre. Je ne pouvais pas perdre une minute de plus à me demander comment les choses en étaient arrivées là ou à prier pour que tout ceci ne soit qu'un mauvais rêve. J'étais dans cette pièce, en présence de cette femme. Il fallait que j'en tire le meilleur parti possible.

— Vous n'êtes pas Phoebe.

— Je suis Phoebe.

— Mais c'est faux ! C'est ma sœur ! Je la connais, vous n'êtes pas ma sœur !

Elle me dévisagea avec étonnement, me fixant de ses grands yeux bruns comme l'aurait fait une vache, le regard vide d'intelligence ou même de conscience. Elle posa sa main libre sur sa poitrine et répéta de la même voix monocorde :

— Phoebe Smith.

Ce fut plus fort que moi, je me ruai sur elle et empoignai le tissu élimé de son uniforme à pleines mains. Je sentis le froid qui se dégageait de son bandage, mais rien ne pouvait me freiner. De toute ma vie, jamais je n'avais eu à ce point envie de faire du mal à quelqu'un. La puissance de ma rage m'effraya.

— Mais qui diable êtes-vous ?

Elle ouvrit la bouche, prête à articuler la même réponse. Je plaquai ma main sur ses lèvres.

— Ça suffit… Aïe !

Elle avait essayé de me mordre. Son état de déliquescence avait manifestement épargné sa dentition acérée.

Je retirai ma main.

— Mais je ne comprends pas.

Les mots se déversaient de ma bouche, même si elle n'en comprenait aucun et n'avait vraisemblablement rien saisi de la situation jusqu'ici.

— Vous utilisez son nom. Mais vous n'êtes pas elle. Elle n'est plus ici ? Où est-elle allée ? Elle n'a pas pu rentrer à la maison, ça m'étonnerait, à moins qu'au contraire... mais je n'ai aucun moyen de le savoir. Ou alors elle a pris un faux nom. Mais pour quoi faire ? Elle a pris votre nom à vous ? Comment faire pour savoir ? C'est impossible. Impossible.

Je m'étais remise à pleurer. J'enfouis mon visage entre mes mains et je laissai mes larmes rouler dans mes paumes, baignant mes joues, jusqu'à sentir l'humidité sur le col de ma robe. Et mes larmes redoublaient. Tels un déluge, un fleuve. Pourtant, en cet instant, alors que j'étais au bord du gouffre, j'eus envie de rire. Même armées de leurs gros pains de savon, les infirmières n'auraient jamais réussi à me briquer aussi bien les joues.

Je sentis la femme poser sa main libre sur mon dos, le bout de ses doigts sur mon omoplate, et me frotter en cercles concentriques. Elle chuchota quelques mots dans une langue qui m'était inconnue. Ce n'était pas du français, de l'italien ou de l'allemand, que l'on m'avait enseignés à un degré ou un autre. Je tentai de distinguer les mots individuellement. Ils ressemblaient à des bulles de savon – ils s'élevaient, éclataient et disparaissaient – en même temps qu'un grasseyement rauque scandait leur inflexion.

— Russe ? hasardai-je.

— Rouze, dah, acquiesça-t-elle.

Il y avait une population russe à San Francisco, les petits-enfants de ceux qui avaient voulu coloniser l'Oregon avant de jeter l'éponge et de migrer au sud. Pour mes seize ans, mon père m'avait emmenée choisir un manteau de fourrure auprès d'un gros bonhomme grisonnant du nom de Vodniak. Il avait le même accent que cette femme. J'arrivais désormais à situer son faciès russe typique, la courbe aristocratique de son menton, son port de tête digne des ballerines du Bolchoï. Tout ceci ne m'avançait à rien, mais pour l'heure, j'allais devoir m'en contenter.

Les mouvements de sa main sur mon dos m'apaisèrent suffisamment pour qu'une idée limpide trouve le chemin de mon esprit : si ma sœur n'était pas entre ces murs, il fallait que je m'en aille. L'infirmière au-dehors ne se laisserait pas éternellement distraire par sa patiente. À l'heure qu'il était, les infirmières de mon propre pavillon avaient dû se lancer à ma recherche. Je me levai pour regagner la porte.

Je m'attendais à ce que la Russe qui n'était pas Phoebe me retienne ou tout du moins me dise quelque chose. Mais elle ne fit aucun geste pour se lever, tendre la main ni même se précipiter vers la porte. Elle ne dit mot. Tandis que je refermais derrière moi, je glissai un dernier regard à l'intérieur. Elle était encore et toujours prostrée sur le lit, la tête baissée, sa main libre posée sur ses genoux, immobile, comme à mon arrivée.

Je me faufilai le long des couloirs interminables et des escaliers déserts, ma tête taraudée par le roulement lancinant d'un tambour : j'avais échoué, échoué, échoué. J'avais trouvé une femme qui avait adopté le nom de ma sœur, une femme qui n'était pas ma sœur et à présent je ne savais plus où la chercher. Elle pouvait se trouver n'importe où au sein de ce labyrinthe, comme ne pas y être du tout.

Je m'échappai brièvement pour me la représenter à la maison, de retour auprès de nos parents, lesquels avaient compris la grossière erreur qu'ils avaient commise en la faisant interner. Je l'imaginai debout sous la véranda tandis que Matilda lui ouvrait la porte d'entrée, et le cri de joie étouffé de la gouvernante voyant arriver la fille prodigue. Ma mère se précipiterait sur le perron en criant son nom ; mon père ravalerait ses larmes, le poing serré dans sa bouche ; Phoebe aurait un sourire énigmatique, savourant l'instant et l'expression sur leurs visages, avant d'ouvrir grand les bras pour les étreindre. Leur trois silhouettes enchevêtrées baigneraient dans la lueur dorée de la lampe, le soulagement faisant ployer leurs corps enlacés. Nos parents ne cesseraient de murmurer « pardon, pardon, on te demande pardon », leur repentance comme un long fleuve en crue.

Mais tout ceci n'était qu'un fantasme.

Dans la réalité, une autre journée venait de s'envoler à Goldengrove, rapprochant d'autant le moment de rendre des comptes alors que ma sœur n'était plus qu'un fantôme.

Je parvins à atteindre le rez-de-chaussée sans encombre et à rejoindre mes camarades en route pour le dîner. Même la femme aux chiffons était là, la main de Winter fermement serrée sur son épaule. Au milieu de la confusion, personne n'avait compté notre contingent avant de quitter la salle commune pour nous mener au réfectoire, et si Martha me donna un petit coup dans les côtes au moment où je rentrais dans le rang, j'eus clairement l'impression que les infirmières m'avaient oubliée. Mais mon soulagement ne fut que de courte durée.

On nous servit une cuisse de lapin, que je n'eus pas le cœur de toucher, et une pomme de terre trop cuite qui se ratatinait dans sa peau, comme transie de peur. J'eus beau mâcher pendant une éternité, les trois bouchées que j'en avalai me restèrent collées au palais. La plupart de mes commensales avaient des radis dans leur assiette, mais quelqu'un m'avait chipé les miens. Je pensai avec nostalgie à l'œuf que j'avais refusé lors de mon dernier petit déjeuner à Powell Street. Comme pour tant de choses perdues à jamais, je ne pouvais m'en prendre qu'à moi-même.

Une fois que nous fûmes allongées dans nos lits respectifs, Nora tourna la tête vers moi, le visage plein d'espoir. Je secouai la tête et m'effondrai subitement, étouffant mes gros sanglots sous mon drap. J'entendis les bruits de pas de l'infirmière. C'est sans doute pour cette raison que Nora ne fit rien pour me réconforter. Elle ne voulait pas nous trahir. Ou peut-être essayais-je de m'en convaincre, mais au fond cela ne portait pas à conséquence. Une petite tape dans le dos n'aurait rien changé. J'étais seule, véritablement seule, et personne n'y pouvait rien.

*

Dans la nuit noire, le désespoir déferla sur moi comme une vague qui semblait ne jamais vouloir refluer. Elle se refermait sur moi, lourde, étouffante. Je cherchai désespérément un souvenir qui pourrait me sortir d'ici, une scène joyeuse dans laquelle me perdre.

Je finis par mettre la main sur un souvenir et même s'il n'était pas heureux, je m'y accrochai comme à une planche de salut. Je repoussai loin de moi la réalité abyssale qui m'entourait pour m'y jeter à corps perdu.

Tout le monde partait du principe que Phoebe serait la première à convoler, du fait qu'elle était la plus âgée de nous deux. Je savais que si ma mère avait à cœur de conclure pour nous des mariages avantageux, elle ne me parlait descendance, union et devoir qu'à raison d'une fois par semaine ; avec Phoebe, c'était presque tous les jours. À l'époque, nous croyions y voir une manifestation de son amour – l'attention inépuisable qu'elle portait à notre avenir, notre urbanité, notre situation – et ce n'est qu'après le départ de Phoebe à Goldengrove que je commençai à me demander qui avait le plus à gagner de ces projets de mariages soigneusement élaborés.

Si ma sœur s'amusa plus tard à faire la liste des familles qui allaient la rejeter, le fait est qu'elle s'était fait un devoir de saboter toutes les tentatives d'entremise de ma mère, et ce dès le début. Quand ma mère fit le nécessaire pour que l'aîné des Crocker fasse sa connaissance, Phoebe ne se présenta tout bonnement pas au rendez-vous, et fit subir le même affront au frère cadet. Elle dansa gauchement avec l'héritier des Pickering, jambes raides et bras flasques, alors qu'elle était capable de très bien danser, notamment la valse qu'elle pratiquait avec beaucoup de grâce quand elle voulait bien s'en donner la peine. Elle s'excusa de sa maladresse auprès de ma mère en promettant de faire mieux la fois suivante ; à moi, elle se plaignit que ma mère n'hésiterait pas à la fiancer à Aleck Goldenson, s'il n'était inopportunément détenu en attendant son procès pour le meurtre de Mamie Kelly.

Le vent sembla tourner à la faveur d'un coup de chance. Alors que pour ma mère la coupe était pleine, Phoebe se fiança enfin à un garçon tout à fait recommandable de Russian Hill, ce qui se faisait de mieux après Nob Hill, tant socialement que géographiquement parlant. Le fiancé en question était un jeune homme poli du nom de Jack Burdick dont la famille était dans la banque. La nouvelle réjouit tout le monde.

Au début, je n'eus aucun mal à voir ce qu'elle aimait chez Jack : il donnait l'impression d'être avenant et patient, et il avait toujours un sourire pour moi alors que je n'étais que la petite sœur de sa fiancée et que je n'avais que peu d'importance. Ce n'est qu'au bout de plusieurs mois que je m'aperçus qu'il avait un sourire pour toutes les filles, pour toutes les occasions ou presque, et qu'il n'était pas aussi patient qu'il ne m'était apparu de prime abord. Je me demandais ce qu'il savait des humeurs de Phoebe. Je m'inquiétais tout particulièrement des risques s'il ne s'en avisait qu'après le mariage, une fois que la cérémonie aurait lié leurs destins à jamais.

La situation n'en arriva pas là. À la place, au cours du dîner d'anniversaire d'une amie commune, une fille adorable du nom de Mariah Gladwyne que nous avions toujours connue, le rêve s'effondra. Phoebe avait insisté pour m'emmener alors que je n'étais pas invitée. Avec le recul, j'aurais dû y voir le signe que nous allions au-devant d'ennuis.

Ma sœur revêtit une de ses robes favorite, trop élaborée pour l'occasion, avec des brindilles sur le corsage et un gros feston de roses en satin colorées – rose pâle, rouge cerise, blanc immaculé – sur le bustier. La demeure des Gladwyne était située à quelques pas de chez nous, mais ce matin-là il avait plu et bien qu'ayant promis à notre mère que nous prendrions la calèche pour épargner nos souliers, Phoebe me tira jusque dans la rue sans un regard pour le véhicule en stationnement. Quand je voulus protester, elle enroula mon bras à sa taille en insistant que la journée était trop magnifique pour être gâchée. Je fis de mon mieux pour éviter les flaques d'eau pendant que ma sœur, insouciante, pataugeait droit dedans.

À notre arrivée, Phoebe était dans un état de surexcitation avancée, et elle fourra son cadeau emballé entre les mains de Mariah avec impatience, d'un geste qui parut plus agressif que généreux. Lorsque l'hôtesse murmura poliment qu'elle n'avait pas de chaise pour moi, Phoebe en tira une malgré tout, et les domestiques se virent contraints de préparer une place au pied levé. À ce moment-là, j'aurais dû partir. Pourtant, je restai. La seule chose qui m'effrayait plus que la désapprobation de la société à mon égard était celle de Phoebe et mes jambes refusaient de rebrousser chemin.

Phoebe me tapota la main et partit s'asseoir à sa place, saluant au passage son fiancé à bras grands ouverts avec une effusion tout à fait inappropriée. Comme tous les regards étaient posés sur eux, il sourit avec indulgence, mais je le vis lui chuchoter quelque chose un peu plus tard en tapant du poing sur la table pour bien se faire comprendre. Une fois assise, je gardai les yeux baissés en me faisant la plus discrète possible. Phoebe ne se donna pas cette peine.

Son humeur surexcitée s'accrut, s'éleva, monta en spirale. Lorsque le moment vint de porter un toast, elle se redressa sur sa chaise, à côté de Jack, les joues roses et les yeux étincelants, et, levant son verre, elle cria un « Bravo ! » par trop sonore.

Son geste fut d'une telle brusquerie que le vin rouge se déversa de son verre sur la manche immaculée du smoking de Jack. Nous savions tous à quel point il était superficiel, pourtant je fus déconcertée de le voir pester contre Phoebe, toute contenance perdue, et d'agripper son avant-bras si fermement que l'extrémité de ses doigts s'enfonça dans sa chair. À mi-voix, il la traita d'espèce d'empotée. Si tout le monde n'entendit pas exactement son invective, le reste de la scène n'échappa à personne.

Les yeux lançant des éclairs, ma sœur se leva et vida le reste de son vin le long de la manche de Jack jusqu'à ce qu'elle soit écarlate de la couture d'épaule au poignet. Jack crachota une bordée de jurons ; plus il cédait à la colère, plus Phoebe riait à gorge déployée.

Après avoir vidé son propre verre, elle répéta son geste avec celui de Jack, puis avec ceux de ses voisins, tous bouche bée, trop hébétés pour la couper dans son élan. Tous les convives dévoraient la scène des yeux tandis que Jack, le visage empourpré de fureur, était incapable d'articuler le moindre mot. La main levée, il fit mine de la gifler, et elle fit un bond en arrière. Je l'entendis retenir son souffle. La tension était à son comble, personne n'osait bouger, la pièce entière était en suspens.

Puis Phoebe empoigna la carafe de vin en cristal taillé dont les domestiques nous avaient servis, la brandit comme un gourdin et la renversa sur le bustier de sa robe, aspergeant son corsage de vin écarlate, tandis que les notes de son rire forcené tombaient en cascade en une cacophonie indicible.

Quand son rire s'estompa, un silence de plomb s'abattit sur la pièce. Plus un bruit ne résonnait, pas même un murmure, pas même une respiration saccadée. Tous les visages, pâles et incrédules, étaient tournés vers ma sœur et son fiancé, se demandant quelle énormité allait bien pouvoir suivre.

Au bout de quelques minutes, un majordome vint chercher Phoebe pour lui faire quitter la pièce. Il ne la toucha pas, s'arrangeant seulement pour l'éloigner de la table et lui faire gagner les portes à galandage de la cuisine. Phoebe obtempéra. La rumeur sourde du frémissement des convives s'enflamma dès qu'elle eut le dos tourné.

Quand je compris qu'elle ne remettrait pas les pieds dans la salle à manger, je me hâtai de la rejoindre. Je la trouvai dans un coin de la cuisine, à côté d'un imposant vaisselier. Une bonne essayait désespérément de tamponner sa robe avec un chiffon humide. Phoebe avait les joues baignées de larmes, qu'elle ne faisait rien pour essuyer. Je lui prêtai ma cape pour qu'elle recouvre sa robe et que nos parents ne voient pas la salissure de vin à notre retour, même si je me doutais bien qu'ils finiraient par avoir vent de l'histoire. Nous rentrâmes à pied sans échanger un mot, mon bras sur ses épaules, ses bras croisés sur son ventre sous la cape, les yeux rivés au sol.

Le lendemain, la mère de Jack Burdick fit savoir par une missive rédigée sur un épais papier à lettres écru que les fiançailles étaient dissoutes. La lettre, pliée à la perfection et tournée avec élégance, ne laissait pas l'ombre d'un doute : Phoebe était *persona non grata* chez les Burdick. Après cet épisode, si le même nombre d'invitations continuait à nous être adressé, seul mon nom figurait sur l'enveloppe. Celui de Phoebe avait disparu. Quant à celui de Jack Burdick, il ne fut plus jamais prononcé sous notre toit. Mes parents ne nous posèrent aucune question sur l'incident et pour autant que je le sache, ne tentèrent pas non plus d'en atténuer les conséquences.

Phoebe, qui avait toujours apprécié le jeu et la danse, ne sembla pas être affectée par ce nouvel état de choses. Elle ne se plaignait jamais de ne plus sortir, pas plus qu'elle ne me posait de questions sur ses anciennes fréquentations. Elle me manquait, mais j'avais peur de sa réaction si je le lui avouais. Malgré moi, j'avais commencé à marcher sur des œufs en sa présence. Le seul souvenir de son rire, tandis qu'elle massacrait son vêtement préféré, me jetait nauséeuse dans des abîmes d'incertitude.

Ainsi, quand elle m'interrogeait sur telle ou telle réception, je lui répondais. Je m'asseyais sur son lit, et sa main dans la mienne je lui racontais tout dans le moindre détail, des rosettes sur la toute nouvelle paire de socques de Paris qu'avait arborée Sarah Walsh au bafouillis de Bert Bennett qui, après m'avoir fait subir trois danses d'affilée, m'avait suppliée en grande pompe de dire à Anne Larkin qu'il pensait qu'elle était la plus belle femme du monde. Je faisais mon possible pour ne rien omettre de mes comptes rendus : les robes et les souliers portés ce soir-là, les jeux et faveurs demandées, ce qui s'était dit et ce qu'on avait passé sous silence. Mais jamais je ne lui avouais qu'elle m'avait manqué et que j'aurais aimé tout voir au prisme de son regard. Au cours de la semaine qui avait suivi son départ à Goldengrove, j'avais regretté chaque jour de ne pas m'en être ouverte à elle.

Mais cette Phoebe-là, en proie à la surexcitation nerveuse, n'était qu'une facette de sa personnalité. D'autres manifestations, que je savais interpréter, se faisaient annonciatrices de ses phases sombres. Le matin au réveil, elle abritait ses yeux de la lumière et aux approches du soir, elle devenait silencieuse. Telles étaient les prémices. Avec l'âge, ces accès étaient de plus en plus longs et fréquents. Vers la fin, ils arrivaient tous les quelques mois. Au milieu de tout cela, nos parents continuaient à voguer toutes voiles dehors, comme si on pouvait éviter un iceberg à l'horizon en soutenant qu'il s'agissait d'un nuage.

Quand, au sixième jour d'affilée, Phoebe refusait de descendre pour le petit déjeuner et restait alitée dans le noir, ma mère se bornait à commenter : « Ah, les filles, elles ont leurs petites humeurs, n'est-ce pas ? » Mais je savais qu'il s'agissait d'autre chose. Phoebe n'arrivait pas à échapper à son abattement. Je restais à ses côtés pendant des heures, à lui tenir la main, à faire tout mon possible pour la ramener vers moi. Je chantais des chansons. Je récitais tout ce qui me passait par la tête, de *Ma Mère l'Oye* à Caton. Je la bombardais de questions, certaines frivoles, d'autres sérieuses, laissant le silence suinter entre nous chaque fois qu'elles restaient sans réponse. Après des heures passées à tenter de la tirer du lit ou de lui soutirer plus d'une syllabe, j'avais envie de me glisser sous les draps avec elle. Mais si je cédais, j'avais peur de ne plus jamais en sortir.

Au lieu de cela, je laissais l'obscurité m'entraîner et je m'assoupissais dans le fauteuil à côté de son lit. Je me réveillais au beau milieu de la nuit, la nuque endolorie, sa main encore agrippée à la mienne. Je me dégageais petit à petit, lentement, pour ne pas la brusquer dans son sommeil. Si jamais mon absence à son réveil lui pesait, elle ne s'en ouvrait jamais, et je continuais à veiller à son chevet tant que duraient ses mauvaises passes.

Ma mère l'appelait imperturbablement, jour après jour, à la table du petit déjeuner, jusqu'à ce qu'invariablement, un matin Phoebe finisse par répondre à l'appel. Alors, elle refaisait surface dans la salle à manger, habillée normalement mais toujours avec un petit quelque chose de guingois – une manchette déboutonnée, des souliers dépareillés – et un fin sourire navré. Le jour d'après, elle était égale à elle-même. Même si la Phoebe sombre faisait tout autant partie de sa personne. La Phoebe téméraire, la Phoebe maussade, la Phoebe docile – toutes étaient ma sœur. Je les aimais toutes.

Et maintenant, avais-je perdu ma sœur à jamais ? Avais-je épuisé toutes les possibilités de Goldengrove ? J'étais persuadée que son dossier médical m'apporterait la réponse, pourtant c'était une impasse. Sans Phoebe, j'étais vouée à l'échec, à retourner auprès de parents qui me jouaient comme une carte dans une partie de faro, ma mère veillant sur la caisse, mon père à la tête de la banque. À mon retour, le gagnant engrangerait les mises, et on me remettrait à l'heureux élu, comme un trésor qui ne m'appartiendrait plus. Je serais tout aussi captive là-bas que je l'étais ici, si ce n'est plus. Où que j'aille, il me semblait que la liberté était une illusion.

Sortie de ma rêverie, les yeux rivés dans la pénombre sur le plafond de Terpsichore, j'étais aux prises avec les derniers vestiges de mon espérance. Je voulais m'y cramponner, toutefois je trouvais quelque chose de séduisant à l'idée d'abandonner tout espoir, d'abdiquer face à ce théâtre et son simulacre imperturbable d'éternité.

Je versai des larmes en pensant à ma sœur perdue, et à ma propre personne, tout aussi perdue. J'étais si irrémédiablement seule. Sur cette note morose, je m'assoupis et sombrai dans des rêves pires qu'à l'accoutumée, peuplés de visages funestes, d'animaux errants, de démons tapis à la périphérie de ma vision. Les larmes inondèrent mon visage et ruisselèrent sur mon oreiller, jusqu'à ce que la nuit noire cède à la lueur de l'aube.

# Chapitre 13

Ce matin-là, la marche fut une véritable épreuve, presque aussi exténuante que la torture des bancs à mon arrivée à l'asile. L'immobilité ankylosait tout le corps, que l'esprit se mettait à vriller de toutes parts comme sous l'effet d'un soleil chauffé à blanc. Sur le sentier, j'étais en train d'éprouver l'inverse exact : mon corps pâtissait de l'excès de mouvement et j'aurais donné tout et n'importe quoi pour m'arrêter et me reposer. Ces deux méthodes étaient louées pour leur pouvoir unificateur sur le corps et l'esprit ; or les deux pouvaient aisément avoir l'effet contraire, arrachant le corps à l'esprit et réduisant l'un comme l'autre à une impuissance absolue, dénués de force et de volonté.

Ce jour-là, tandis que mon corps épuisé se mouvait indépendamment des soubresauts de mon esprit, une idée germa en moi. Le soleil perçait à l'horizon. Depuis mon arrivée à Goldengrove, j'avais vu ce spectacle à une dizaine de reprises, mais pour la toute première fois, il s'accompagna d'une idée qui me frappa de plein fouet. *Tu n'es jamais seule.*

La nuit précédente, je m'étais lamentée sur ma solitude, mais en cet instant je relevai mon erreur. Même au sommet d'une colline, j'étais entourée de part et d'autre de femmes qui contemplaient l'aube avec moi. En contrebas, de l'autre côté de la clôture, vivaient une multitude de femmes. Certaines étaient folles, d'autres ne l'étaient pas. D'autres encore, folles ou pas, pouvaient m'aider. Au-delà de Nora, je n'avais pas sollicité leur concours. Mais j'avais fait tout ce chemin jusqu'à l'asile et maintenant que j'y étais, j'évitais bêtement les autres internées au lieu de faire équipe avec elles. De quoi pouvais-je bien me plaindre alors que j'avais à portée de main tout ce dont j'avais besoin pour retrouver ma sœur ?

À bout de souffle, debout au sommet de cette magnifique colline face aux terres désertes qui s'étendaient à perte de vue, je pris une décision.

Quelqu'un connaissait forcément l'identité de la femme russe. Il ne me restait plus qu'à trouver cette personne.

Je passai donc le reste de la journée à répandre la rumeur et à récolter dans mes filets celles qui revenaient vers moi, les passant au crible à la recherche de la perle rare. Quelques mots glissés à Hazel sur le sentier au retour, à Bess autour de la cuve de soude caustique, à Jubilee au déjeuner, à Martha dans la salle commune. Je chuchotai même à l'oreille de Celia, de mon ancien pavillon, quand je la croisai dans le couloir, persuadée qu'elle en savait plus qu'elle n'en laissait paraître, elle qu'à tort on croyait muette. « Il n'y a pas une héritière russe ici ? La troisième fille du premier Nicolas. Comment s'appelait-elle, déjà ? Sofia ? Irina ? » Ainsi je semais mes questions.

La réponse m'arriva alors que nous prenions place à la table du dîner, après avoir transité par une dizaine de paires d'oreilles et une dizaine de bouches pour en ressortir polie comme une pierre précieuse : « Il y a trois Russes à l'asile. Je me demande laquelle est l'héritière. C'est peut-être Sasha, celle à Calliope qui a les cheveux noirs. Il y en a une autre dans le même pavillon. J'ai oublié son nom. Quelque chose comme Anastasia, Ana peut-être. Et puis il y a la grande aux cheveux blonds – je parie que c'est elle. Elle a une tête à faire partie d'une famille royale. Son nom ? Mon amie le connaît. Ah oui, la blonde. C'est Natasha. »

Natasha.

Si Natasha était devenue Phoebe, il y avait des chances pour que Phoebe soit devenue Natasha. Peut-être que ma sœur, maligne comme elle était, avait elle-même conçu la permutation d'identités. Le seul moyen de le savoir – ou tout du moins d'avancer – était de consulter de nouveau les registres de l'asile.

Et s'il m'avait fallu solliciter un réseau plus vaste pour débusquer la vérité, il me fallait une toute dernière chose qu'une seule et unique personne était en mesure de m'apporter.

Tandis que la nuit tombait et que le pavillon bourdonnait du bruissement des femmes qui se préparaient à dormir, je m'apprêtais à aborder Nora lorsque l'apparition d'un visage blafard me coupa dans mon élan. Non pas celui de Phoebe, mais de Damaris. Elle était de retour parmi nous.

Son front contusionné ne saignait pas et elle ne semblait pas avoir été battue. Je songeai fugacement à quel point il était effroyable d'accueillir ce constat comme une bonne nouvelle.

Je l'attirai contre moi dans une accolade. Je sentis sa joue s'arrondir contre la mienne : elle souriait.

— Où étais-tu passée ? murmurai-je.

— Aux Ténèbres.

Avant que j'aie eu le temps de l'interroger, elle me serra la main et s'en alla. Elle retourna s'asseoir sur son matelas et noua les mains délicatement, comme si elle venait de prendre place au premier rang à l'église.

Je n'eus pas le temps d'épiloguer. Nora se tenait à côté de moi et je devais agir vite. À voix basse, je lui expliquai ce qu'il me fallait et elle me dicta ses consignes, qui tenaient en une phrase :

— Il me faut du savon frais.

— Frais comment ?

— Quand il est encore mou. Juste après l'emballage, avant de le mettre à sécher.

— Il t'en faut combien ?

— Un pain. Non, prends-en deux.

— Pourquoi pas un troisième pour faire un brin de toilette ?

Mon trait d'esprit ne la fit pas sourire.

— Trop risqué. S'ils en trouvent ne serait-ce qu'une poussière, ils vont traquer la coupable. À savoir toi.

— Et toi, soulignai-je.

— Non, pas moi, rétorqua-t-elle. Ils ne feront pas le lien.

— Mais si je…

— Justement, tu ne le feras pas, coupa-t-elle fermement avant que j'aie le temps d'aller au bout de ma pensée.

Je vis à son regard qu'elle était sérieuse comme la mort. Même si je me lançais dans cette mission sur son ordre, le cas échéant elle ne prendrait pas ma défense. Si cela lui permettait de s'en tirer à bon compte, elle était capable de faire semblant de ne pas me connaître. Je ne devais surtout pas le perdre de vue. Nora était comme ça : elle n'avait pas la loyauté chevillée au corps.

— Tu as besoin de savon pour quoi ? demandai-je.

— Tu me remercieras plus tard. Pour l'instant, moins tu en sais, mieux tu te portes.

— Nora, il faut que…

— Non, coupa-t-elle sèchement. Arrête avec tes questions. Tu t'es fait interner sciemment comme une imbécile. Je tolère les gens autour de moi parce qu'ils sont utiles. Si tu arrêtes d'être utile, tu dégages.

Sa réponse me réduisit au silence.

À tort ou à raison, j'obéis scrupuleusement à ses ordres. Le lendemain, tandis que nous disposions à sécher une fournée de savons à la lavande, je dérobai deux pains que je glissai sous mes aisselles. Cela me semblait la cachette la plus appropriée. Entre mes jambes, ils m'auraient empêché de marcher, et ma poitrine n'était pas assez plantureuse pour les camoufler. Sortis tout juste du feu, ils me brûlaient un peu la peau, mais c'était supportable. Depuis que j'étais ici, je m'étais découvert de nouveaux seuils de tolérance à la douleur.

Trente minutes plus tard, je prenais place à la table du déjeuner à côté de Nora. À mots couverts, nous nous accordâmes sur les modalités du transfert. Nous étions lundi et les douches glacées nous attendaient. Nous ferions attention à nous tenir côte à côte au moment de nous déshabiller, afin que nos habits tombent par terre en piles voisines. Après la douche, transies de froid, nous échangerions de place et par la même occasion de vêtements. Personne ne s'en rendrait compte, et Nora repartirait avec le savon. La transaction aurait réussi. Parfois, l'infirmière en chef assistait aux douches, et je redoutais son regard de lynx, mais ce jour-là, elle ne s'éternisa pas devant le spectacle de notre humiliation.

Le jour suivant se déroula dans une appréhension silencieuse. Je n'osais pas interroger Nora. Elle n'avait l'air ni contrariée ni inquiète, ce qui chez elle ne voulait rien dire. À quoi avait bien pu lui servir ce savon ? De monnaie d'échange pour soudoyer une infirmière ou un aide-soignant ? À se refaire une beauté avant un rendez-vous galant ? Ou bien était-ce un test, pour voir si j'étais capable de m'exécuter sans poser de question ? J'étais aussi tendue que Nora paraissait détendue, qui affichait le même calme olympien que si l'eau glaciale des douches lui coulait dans les veines. Mais je m'abstins de toute question. S'il s'agissait d'un test, ma capacité à ne rien laisser paraître de ma curiosité était de la plus haute importance.

Deux nuits plus tard, ma patience se vit récompensée. Après l'extinction des feux et la fermeture de la porte, tandis que nous étions allongées dans le noir, Nora chuchota :

— Dans ta chaussure.

Je jetai un œil par-dessus le bord de mon lit. Je tirai mes souliers à tâtons vers moi et du bout des doigts en explorai l'intérieur. Je sentis quasi instantanément le métal froid.

Je ramenai ma main subrepticement sous le drap en faisant tourner le bout de métal entre mes doigts. Il était court et dentelé d'une série de petits pics d'un côté. Je souris en comprenant ce qu'elle m'avait confié. Une clé.

— La même que moi, précisa-t-elle.

Je répondis dans un souffle, autant pour moi-même que pour elle :

— Mais comment ?

— Le savon. Si tu enfonces la clé à plat sur le savon, tu obtiens un moule parfait. Après quoi tu verses le métal à la bonne température dans l'empreinte, tu attends qu'il durcisse et puis tu détaches le savon. Je ne vois pas trop comment tu aurais pu connaître la technique. Tu viens tellement d'un milieu protégé.

Elle avait parlé avec condescendance, mais pour une fois, je laissai glisser l'insulte. Sur je ne sais quel coup de tête, elle venait de me faire un cadeau inestimable. Si cette clé était un véritable double de la sienne, elle ouvrirait toutes les portes du bâtiment. Je pourrais m'éclipser du pavillon. Je pourrais retourner dans la salle des archives.

Je pourrais retrouver Phoebe.

— Elle ouvre toutes les portes ? demandai-je.

— Toutes, répondit-elle, avant de rectifier après un silence : Sauf le portail.

Évidemment, pensai-je par-devers moi, sauf le portail. La liberté au sein de Goldengrove n'était pas la même chose que d'être libérée du joug de Goldengrove.

Je repliai les doigts autour du métal dentelé.

— Merci, murmurai-je.

Nora ne répondit pas. Soit qu'elle se fût déjà assoupie, soit qu'elle ne jugeât pas cela nécessaire. J'avais conscience de lui devoir plus que je ne pourrais jamais lui revaloir. Je me demandai quand elle allait exiger que je lui rende la pareille, et à quelles conditions.

## Chapitre 14

Je savais quand demander de l'aide et quand agir seule. Si je procédais à la lettre tel que Nora me l'avait appris, l'étape suivante m'appartenait à moi seule. C'est ainsi que je réitérai notre exploit : je m'éclipsai en pleine nuit, aux aguets des changements de quart, en me faisant petite et discrète comme une souris. Plus petite encore. Comme une fourmi.

J'ignorais le type de châtiment qui m'attendait si je me faisais prendre. J'avais entendu des histoires terribles de femmes qu'on avait obligées à marcher dans les collines en plein hiver, jusqu'à ce que leur visage ne soit plus qu'un masque gelé, mais je refusais de croire qu'elles venaient de notre asile. Il arrivait que les conteuses s'emmêlent dans leurs récits. Bess jurait ses grands dieux qu'un docteur de Goldengrove du nom de Bellwether lui avait arraché les dents, sauf qu'il n'y avait ici aucun praticien de ce nom et qu'à l'évidence Bess avait une dentition complète. Autour de la cuve de suif, une de mes camarades de Polymnie avait insisté pour me montrer le trou que les médecins avaient foré dans son crâne pour en faire sortir les démons. Son crâne était intact. En tout état de cause, j'avais conscience de prendre un risque considérable. Mais je ne voyais pas le moyen de faire autrement. Si je laissais échapper ce fil ténu, autant tout laisser tomber.

Or, j'étais allée trop loin pour jeter l'éponge.

Au début, tout se déroula sans encombre. Au changement de quart, je remontai le couloir jusqu'à la salle des archives, où mon double de la clé de Nora fonctionna aussi bien que l'original en jouant sans bruit dans la serrure.

Une fois à l'intérieur, j'eus beau attendre que mes yeux s'accoutument à l'obscurité, il faisait noir comme dans un four. Je ne pouvais pas courir le risque d'allumer une lumière. J'allais donc devoir m'appuyer sur mes autres sens, tout du moins jusqu'à ce que je sois suffisamment éloignée du couloir pour ne pas trahir ma présence. J'avançai à tâtons, les mains tendues devant moi pour éviter les obstacles éventuels.

Une fois arrivée devant les rangées d'armoires, je fouillai ma mémoire. Même si je n'y voyais toujours rien les yeux ouverts, je fermai les yeux. Je trouvais le noir absolu trop déconcertant. Les paupières closes, j'avais l'illusion d'exercer un choix.

Je n'avais que six allumettes en ma possession. Je devais donc trouver le dossier avant que la dernière ne se consume entre mes doigts.

Le seul prénom dont je disposais était celui de cette femme – Natasha –, mais je savais qu'elle était russe. Son nom de famille me mettrait sur la piste. Je ne savais pas trop par où commencer, seulement que je reconnaîtrais son patronyme en le voyant. Ce pouvait être Abramov ou Zlaty, Dobrev ou Denisovich. Comment procéder ? En commençant par le début de l'alphabet ? La fin ? Le milieu ? Je savais seulement que je devais faire vite en priant pour que la chance soit de mon côté.

Je la trouvai à la lettre M : Natasha Maximova.

La cinquième allumette me permit d'éplucher son dossier, mon cœur s'emballant à chaque mot. Elle souffrait de manie et de mélancolie, passant d'accès de joie au désespoir. Un mouvement de balancier qui m'était familier. La date d'internement, qui remontait à un peu moins de deux mois, concordait et rien de ce que je lisais ne détonnait avec le profil de Phoebe. Peut-être avait-on échangé leurs noms par inadvertance – les diagnostics étaient tout à fait comparables –, mais cela n'expliquait pas pourquoi Natasha avait prétendu s'appeler Phoebe en ma présence. Je poursuivis ma lecture, passant au crible chaque section du document jusqu'à l'information la plus cruciale : l'endroit où était internée ma sœur.

Je tombai sur un nom qui ne m'évoquait rien : MNÉMOSYNE.

Aucun pavillon ne portait le nom de Mnémosyne. Mnémosyne n'était pas une Muse. Je le savais. Je connaissais le plan au sol de Goldengrove par cœur, à présent. Pas uniquement grâce à la carte, dont je ne pouvais pas garantir l'exactitude, étant donné que j'ignorais qui en était l'auteur, mais parce que j'étais internée depuis suffisamment longtemps pour avoir sillonné chaque étage en long, en large et en travers et en connaître les moindres recoins.

J'hésitais à emporter le dossier avec moi – mais dans ce cas, où le cacher ? – lorsque le sort en décida autrement

Je n'avais pas entendu l'aide-soignant s'approcher de moi. Quand je sentis sa présence, il était déjà trop tard.

Il me saisit par le poignet. D'instinct, je m'arrachai à son étreinte, et je tombai à la renverse contre les armoires. Je sentis la poignée d'un tiroir s'enfoncer dans le haut de mon bras. L'aide-soignant m'agrippa de nouveau et cette fois me souleva du sol. Je me débattis violemment, malgré le risque de chute. J'aurais fait n'importe quoi pour lui échapper.

Il articula un seul mot qui déchira l'obscurité comme une supplique :

— Non.

Cette fois-ci, mon crâne cogna contre un tiroir et l'espace d'un instant, une pluie d'étoiles envahit ma vision. Je me sentis tomber, cligner des yeux, panteler, ramper. Au-dessus de sa tête, dans le noir, son uniforme blanc luisait comme la parure d'un ange.

Les feuillets du dossier s'éparpillèrent sur le sol dans un battement d'ailes.

L'aide-soignant enserra ma taille de ses grosses mains et je me surpris à songer *Ah oui, c'est Gus, donc,* juste avant que l'obscurité ne se creuse encore et que mon esprit se referme.

Des lueurs papillonnantes perçaient la nuit. Le flamboiement intermittent d'une lampe m'indiqua que je me trouvais dans un long couloir. Son halo dansait contre les murs en grignotant les ombres, qui se mettaient à bondir et tourbillonner. Nous gravissions les marches d'un escalier. Je franchis une porte, recroquevillée comme une enfant, la tête protégée du chambranle dans sa main de géant. Nous avions débouché dans une petite pièce où se trouvaient un grand bureau et une femme en bleu. La voix de l'infirmière en chef résonna :

— Oui. Faites ce que je dis.

Et de nouveau, je sentis mon corps se soulever.

À mon réveil, l'obscurité avait changé. L'arrière de mon crâne était gluant et si j'avais pu voir le bout de mes doigts, je les aurais découverts tachés d'une épaisse couche de sang sombre. Mais la pièce était plongée dans le noir. Elle était hermétiquement fermée, pourtant il n'y faisait pas chaud. Il régnait une odeur de renfermé, tout était stagnant. J'étais allongée sur un lit de camp sans matelas ni draps.

Les ténèbres, donc. Plus rien d'autre ne voulait de moi.

J'ignorais depuis combien de temps j'étais entre ces murs, et combien de temps j'allais encore devoir attendre. Je comprenais ce que Damaris avait voulu dire lorsqu'elle m'avait répondu « aux Ténèbres ». C'était un confinement, un châtiment, un bannissement. Je savais pourquoi on m'avait isolée ici. Mais je ne savais pas pour combien de temps. Des heures, des semaines, à jamais.

J'entrepris d'explorer les confins de ma cellule. Les quatre murs étaient intégralement enduits de caoutchouc. Mon père possédait une paire de chaussures de la même gomme qu'on lui avait offerte au Brésil ; il en était très fier. Je m'appuyai contre un mur pour le tester : je sentis mon épaule s'enfoncer légèrement puis rebondir. L'idée était sans doute de m'empêcher de me faire du mal. Pourtant si j'avais eu le choix, ce n'est pas à moi que je m'en serais prise. Je m'accroupis, les deux mains à plat sur le sol. Il était recouvert non pas de bois mais de linoléum ; un revêtement peu salissant, qui se nettoyait aisément, et qui était bon marché à présent qu'on le fabriquait sur le territoire américain. Ce travail d'exploration et de réflexion m'occupa l'espace de quelques minutes. J'eus tôt fait le tour de la question. Résignée, je retournai à tâtons m'avachir sur le lit nu.

À un moment – qui aurait pu dire combien de temps s'était écoulé ? – un halo de lumière se découpa autour de ce qui devait être la porte, puis j'entendis un bruit sourd. Dans un élan désespéré, je me précipitai dans cette direction, mais le bruit et la lumière avaient déjà disparu. L'obscurité reprit ses droits pendant un long moment.

Si j'avais vécu les bancs comme une torture, être aux Ténèbres était bien pire. Sur les bancs, j'étais seule avec mes pensées, mais je pouvais poser les yeux sur les gens qui m'entouraient, saisir les mouvements et les sons, la texture des choses. Ici, le noir était implacable. Paupières ouvertes ou closes, le résultat était le même : le néant. J'enfonçais mes orbites pour faire pleuvoir des étincelles blanches dans mon champ de vision, mais elles s'estompaient presque aussitôt, et les ténèbres régnaient à nouveau. J'avais le sentiment d'être morte et enterrée. Je me représentais aisément ma dépouille allongée dans le sol, mes mains blêmes tendues vers le ciel qui se heurtaient au couvercle de mon cercueil.

Si j'avais réussi à me libérer de la monotonie des bancs et de mes nuits agitées par le truchement des rêveries, je n'étais pas sûre d'y parvenir dans cette cellule. Il y faisait trop sombre, mes pensées y étaient d'une cruauté féroce.

Mais quel autre choix s'offrait à moi ? Il fallait tenter le tout pour le tout.

J'étirai mon corps comme pour me préparer à m'endormir. Sous ma tête meurtrie, les planches en bois me renvoyaient leur raideur. Les paupières closes, comme s'il y avait quelque distraction à chasser, je me frayai un chemin vers mes souvenirs.

Il me fallut un temps considérable – des bribes de visions fantomatiques m'assaillaient –, mais une fois installée, je vis se dérouler une longue pelouse d'un vert émeraude et je discernai Henry, dont la silhouette se découpait en pleine lumière. Je m'abîmai dans mon souvenir.

*

Ma toute première soirée merveilleuse en compagnie d'Henry fut également la dernière. Jusqu'ici, nous nous étions toujours retrouvés en plein jour et aussi délicieux fussent ces rendez-vous, il y avait quelque chose d'intime à marcher côte à côte dans le noir. Même si mes parents avaient donné leur bénédiction, nos retrouvailles me semblaient surnaturelles et illicites. Ce soir-là, il m'avait invitée à l'opéra, prétextant que sa mère ne pouvait pas se déplacer, aimerais-je profiter de sa place ? J'étais terrifiée à l'idée que ma mère se procure un billet dans le seul but de nous accompagner, mais contre toute attente, elle nous souhaita une bonne soirée sans faire de scandale, en prenant toutefois soin de signifier à Henry l'heure exacte à laquelle il devait me déposer à la maison. Sur place, nous partagerions une loge avec deux amis de la famille, mais pour nous y rendre comme pour en revenir, nous serions seuls tous les deux. Je me sentais frissonner d'excitation.

Je portais une élégante robe en soie gris tourterelle, la plus belle de ma garde-robe, dont le corsage arborait un motif élaboré fait de perles et le bustier était coupé à la dernière mode, ainsi qu'une paire assortie de passe-coudes. L'étiquette exigeait le port des gants. Je brûlais de les retirer et de poser mes mains sur la peau nue d'Henry, de sentir sa chaleur du bout des doigts. Seule avec lui, je serais bien évidemment tentée d'effleurer d'autres parties de mon corps avec d'autres parties du sien, mais à l'opéra, je ne pouvais guère espérer mieux. Je maudissais mes gants vertement, mais en silence.

Pourtant, malgré l'armure de nos habits et la distance respectueuse entre nous, je savourais la chaleur qui émanait de son corps.

Nous arrivâmes sur les lieux après les amis de la mère d'Henry, un couple âgé que j'avais croisé à l'église et qui s'était déjà emparé des deux meilleures places au premier rang. Nous avions néanmoins une très bonne vue sur la scène. Lorsque je les vis se pencher en avant sans se soucier de nous, je sentis mon cœur s'emballer. Henry et moi étions quasiment seuls.

Bien évidemment, la soprano qui incarnait le rôle de La Gioconda était remarquable et les costumes et la mise en scène de toute beauté. Les habits de carnaval paraient la scène d'une profusion de couleurs, émaillées ici et là d'or et d'argent, et mon cœur se serra lorsque le jeune marin révéla être en réalité un noble banni, adoré à la fois de La Gioconda et de sa rivale en amour, Laura. Même sans la présence d'Henry, la soirée aurait été mémorable. Mais il était là, à mes côtés, si proche. Malgré le spectacle qui se déroulait sur les planches, je ne pouvais m'empêcher de scruter son profil. J'aurais pu perdre le fil de l'intrigue, même si je me souvenais de ma mère qui avait un jour remarqué que de toutes les bonnes raisons d'aller à l'opéra, l'intrigue ne faisait pas partie.

Je jetais un œil à La Gioconda avec sa robe de brocart et le récit de ses malheurs qu'elle hurlait à la face du ciel, puis mon regard glissait de nouveau vers Henry. Je regardais Enzo écarter les bras et proférer son amour de sa voix limpide de ténor, puis je contemplais Henry. Rien de ce que ces poupées de papier ne faisaient sur scène ne parvenait à retenir mon attention.

Au début du troisième acte, je constatai qu'Henry me rendait de plus en plus souvent mes regards. La pénombre de la salle ne nous dissimulait en rien. Pourtant, il posa sa main à plat sur mon genou, la paume vers le haut. Je plaçai ma main gantée dessus et il la tint sans trop serrer, comme s'il avait voulu protéger un oisillon dans le creux de sa paume. Tout à coup, l'histoire d'amour qui se déployait sur scène n'avait rien à envier à celle qui se dévidait dans mon cœur. Le couple d'amis assis sur le rang de devant, à quelques centimètres de nous, était loin de se douter de ce qui se tramait derrière lui. La clandestinité rendait le geste encore plus délicieux.

Toutefois, nous n'échangeâmes pas un seul mot pendant la représentation. Enfin réunis, Enzo et Laura s'enfuirent pour Venise à jamais, main dans la main, à bout de souffle ; armée d'une dague acérée et d'un courage à toute épreuve, La Gioconda se sacrifia majestueusement au nom de l'amour et de la vertu. Le rideau tomba et nos mains se quittèrent pour se mêler aux applaudissements.

— Déjà, murmura Henry.

Sur ce, nous nous levâmes avec un hochement de tête poli à l'intention de l'autre couple, tandis que le mari posait un épais châle sur les épaules de son épouse. Henry les remercia et ses remerciements furent acceptés volontiers, dans un échange parfait de cordialité. Après quoi je le suivis avec le reste du public qui regagnait la sortie. Nous avancions d'un pas traînant, en prenant soin de ne pas nous toucher.

Dans la voiture du retour, assise vis-à-vis d'Henry, je ne pouvais m'empêcher de sourire béatement. Il tapota la banquette pour me faire signe de m'asseoir à côté de lui, et je m'élançai en titubant, dans une hâte sans grâce, et me laissai choir sur le siège. Ma gaucherie ne sembla pas l'ébranler.

— Avez-vous apprécié l'opéra ?

— Oui.

— Je…

Il semblait chercher ses mots. En silence, il entreprit de me caresser la main.

N'en pouvant plus, je la retirai – son front se barra d'incompréhension, mais plus rien ne pouvait m'arrêter – et j'ôtai mon gant, libérant chaque doigt de son carcan de soie.

J'approchai de nouveau ma main, nue cette fois. Il l'étreignit dans les siennes. Elles étaient chaudes, plus que je ne l'avais imaginé. Il leva la mienne à ses lèvres et y déposa le plus doux des baisers, sa bouche effleurant à peine ma peau. Un frisson parcourut mon corps, déclenchant une kyrielle de picotements dans mes bras et mes jambes, jusqu'à l'extrémité de mes orteils. Puis nos mains se quittèrent pour retourner sur nos genoux respectifs. Mais les miennes fredonnaient encore.

— Chère mademoiselle Charlotte, dit-il. Je suis si content que vous m'ayez accompagnée ce soir.

— J'en suis ravie.

— Nous formons un joli couple.

— En effet, concédai-je en rougissant.

— L'histoire que nous avons vue ce soir… Avez-vous… Auriez-vous aimé un dénouement différent ?

— Bien sûr. Personne ne veut d'une tragédie.

— La tragédie est une question de perspective, ne pensez-vous pas ? Laura et Enzo ressortent triomphants, enfin réunis, et l'amour l'emporte.

— Cependant La Gioconda est l'héroïne, et c'est son sacrifice que le public applaudit.

Ma mère aurait été enchantée de la décision de La Gioconda de faire primer le devoir familial sur l'amour. J'avais hâte de partager cette analyse avec Phoebe. Elle s'en amuserait beaucoup.

— Mais n'êtes-vous pas d'avis que la fin est heureuse pour Laura et Enzo ? insista-t-il.

— J'imagine que si. Bien que son époux soit vivant, ce qui veut dire que leur passion, aussi vive fût-elle, ne peut qu'être désapprouvée.

— La passion ne suffit pas, à vos yeux ?

— Ma foi, je ne dirais pas ça, concédai-je, quelque peu perplexe quant à la tournure de la conversation.

Il était question de l'histoire de l'opéra, bien entendu, pas de la nôtre. N'est-ce pas ?

— Mais la société exigerait une preuve plus tangible pour consentir à cet amour.

— Le mariage, conclut-il.

Son expression restait indéchiffrable et je me hâtai de combler le silence d'une voix balbutiante.

— Oui. C'est ainsi que les histoires d'amour devraient se terminer. Bien que cela ne soit pas une fin. Ce n'est pas ce que je veux dire. Mais vous m'interrogiez sur l'opéra. Et une telle histoire a une fin. Dans la vraie vie – je veux dire, j'imagine et j'espère –, dans la vraie vie, le mariage n'est ni le début ni la fin de l'histoire d'amour. C'est une partie, une partie très importante.

De nouveau sa main, encore chaude, se posa sur la mienne, encore nue.

— Mademoiselle Charlotte, vos propos me fascinent, souffla-t-il.

Je pense qu'il m'aurait embrassée si au même instant, la voiture ne s'était arrêtée dans un cahot.

Nous étions arrivés à destination. Les lampes à gaz si familières de Powell Street vacillaient à travers la vitre. Je me redressai à la hâte et je me préparai à enfiler mon gant, mais Henry ne renonça pas immédiatement à notre caresse. Nos visages étaient si proches. Son expression restait indéchiffrable, malgré tous mes efforts. Je n'avais aucune expérience en la matière et ne pouvais que conjecturer les émotions qui s'agitaient sous son masque. Était-ce de l'affection ? Du désir ? De l'espoir ? Tout à la fois ?

Deux coups résonnèrent à la portière de la voiture ; le chauffeur était déjà descendu d'un bond de son siège et s'apprêtait à nous ouvrir en grand. Quels que fussent les sentiments d'Henry en cet instant, il lâcha ma main. À contrecœur, je la fourrai dans mon gant. La portière s'ouvrit. Le chauffeur me tendit le bras pour m'aider à descendre. Nous devions désormais endosser une attitude, un rôle sans commune mesure avec ce que nous venions de vivre pendant ces quelques instants volés.

— Bonne nuit, Charlotte.

Si j'avais eu la moindre idée de ce qui m'attendait alors à la maison, je me serais plantée devant lui jusqu'à ce qu'il m'embrasse. Ou c'est moi qui l'aurais embrassé, penchée sur le marchepied, pour mettre un terme à ses interrogations comme aux miennes. Mais j'étais à mille lieues de me douter de ce qui m'attendait. Alors je me contentai de lui sourire en songeant par-devers moi *Nous avons le temps.*

Je gravis le perron à pas lents avant de me retourner pour agiter ma main gantée en direction de la voiture. Je ne distinguai pas l'intérieur et le chauffeur avait déjà repris sa place, les mains sur les rênes. Le cheval s'éloigna dans l'allée au petit trot pour regagner l'écurie et une nuit de repos et je tournai les talons pour rentrer. Avant même que j'aie eu le temps de poser la main sur la poignée, le battant s'ouvrit en grand sur Matilda.

— Bonsoir ! m'exclamai-je avec un sursaut.

— Bonsoir, mademoiselle, répondit-elle avec une brève révérence. On vous demande au petit salon.

— Le petit salon ? répétai-je. À cette heure avancée ?

Peut-être Phoebe avait-elle veillé, impatiente d'avoir des nouvelles de mon entrevue avec Henry, même si elle avait plutôt pour habitude de m'attendre dans sa chambre. J'avais hâte de lui raconter ce qui ressortait de la soirée, de lui demander son avis et de revivre ces moments exquis en lui en faisant le récit.

Matilda hocha la tête en silence et referma la porte derrière moi, chassant l'air froid du dehors. J'aurais pu lui demander ce qui se passait, mais le temps que je lui pose la question, j'avais tôt fait de marcher jusqu'au petit salon, si bien que je pris congé en lui souhaitant bonne nuit. Peut-être ma mère attendait-elle de me réprimander. Dans ce cas, qu'on en finisse : j'avais hâte de grimper à l'étage et de rire sous cape en présence d'un auditoire tout acquis à ma cause.

Arrivée au le petit salon, je me figeai et d'un geste machinal, j'appuyai ma main gantée sur le chambranle pour ne pas perdre l'équilibre. Ma mère était perchée sur son sofa de prédilection, encore habillée de sa tenue de jour, le corps tout entier tendu par l'expectative. Le clair-obscur de la lanterne posée à côté d'elle marbrait sa face et toute son anatomie.

Lorsqu'elle m'aperçut, son visage se fendit d'un large sourire accueillant qui me sembla encore plus incongru que sa tenue à cette heure. Mais j'eus à peine le temps d'y songer.

Une autre surprise m'attendait : mon père était assis dans le fauteuil du fond, le buste en avant, les coudes sur les genoux. À côté de lui, la lampe n'avait pas été allumée. Il avait les yeux baissés sur ses mains. Jusqu'ici, je n'avais jamais saisi l'image du frisson qui glace l'échine. C'était chose faite. Un frisson épouvantable, gelé, prémonitoire. Mon père ne se leva pas à mon arrivée dans la pièce.

C'est ma mère qui brisa le silence, sans préambule.

— Nous avons eu de la visite ce soir.

— Ah ?

— George Sidwell.

Je battis des paupières. Le nom était familier, bien évidemment, mais je ne voyais pas en quoi il requérait cette conversation, aussi soudaine qu'étrange. Pas plus que je ne m'expliquais le ton de gaieté évaporée avec lequel ma mère l'avait prononcé.

— George ?

— Oui.

La main encore posée sur le chambranle, je répondis :

— J'espère qu'il a passé un agréable moment. Pourrions-nous en parler demain ?

— Assieds-toi, je te prie, Charlotte.

J'hésitai un moment, mal à l'aise.

C'est alors que mon père prit la parole, sans lever les yeux de ses mains nouées.

— Assieds-toi.

Je pris place sur le sofa vis-à-vis de ma mère, face à eux deux, étalant les lourds plis de satin de ma robe sur les coussins. Dans de telles circonstances, ma manière de m'asseoir importait peu, mais c'est ainsi que l'on m'avait appris et l'habitude était plus forte que moi, même si une peur confuse fouettait les battements de mon cœur.

Ma mère commença :

— Il y a quelque temps, j'ai commencé à semer quelques graines, et il semblerait, ma foi, qu'elles aient pris racine.

— Ah ?

— Nous avons évoqué abondamment les perspectives d'avenir de George. C'est un jeune homme tout à fait accompli. Il s'acquitte fort bien de la gestion des affaires que son père lui a confiées, y compris l'asile, de ce que je comprends. Pour commencer, il est assuré d'avoir une place au sénat de l'État et je ne serais pas étonnée que notre voisin M. Stanford s'engage à le soutenir au poste de gouverneur.

Ma mère désapprouvait un excès de lecture, néanmoins je connaissais bien les aventures d'*Alice au pays des merveilles*. En cet instant, j'avais l'impression d'être au pays des merveilles, à la dérive, luttant pour surnager en pleine absurdité.

— En effet, il semble promis à un grand avenir.

— Et ce n'est pas uniquement de son avenir qu'il a été question.

Je tentai de deviner où ma mère voulait en venir.

— Quoi donc ? Il veut épouser Phoebe ?

— Non, ma chérie. C'est toi qu'il veut épouser.

Je laissai échapper un éclat de rire. Après la soirée que je venais de vivre, frémissante de mon amour pour Henry, l'idée que son frère demande ma main – son frère qui ne m'avait jamais adressé plus de trois mots dans sa vie – était la chose la plus extravagante et insensée qui fût. Pire encore. Elle dépassait totalement l'entendement.

— Il doit être au courant que son frère me courtise. A-t-il l'esprit embrouillé ? demandai-je.

Mes parents échangèrent un regard et je sentis mon cœur se serrer. Ma répartie les avait laissés de marbre. Mon père poursuivit :

— Tu comprends l'importance que la bienveillance de sa famille revêt pour nous.

— Bien sûr.

Le débit de parole de mon père s'accéléra tandis que ses mains se tordaient en rythme.

— Mais il y a des choses que tu ignores. Nous avons tant perdu au large du Cap l'année dernière qu'il m'a fallu des fonds pour renflouer la flotte, et Charles Sidwell m'a octroyé un prêt. Aujourd'hui, ce prêt est arrivé à échéance. Or, je ne suis pas en mesure de le rembourser. Si nos familles sont unies par le mariage, si tu deviens l'épouse que George appelle ardemment de ses vœux, Charles me proposera un accord commercial qui consolidera notre avenir.

— Bien sûr, répétai-je. Je n'ai aucune objection à un bon accord commercial avec les Sidwell. Et je pense qu'ils n'ont aucune objection à ce que j'épouse Henry.

— Henry n'a pas demandé ta main. C'est George qui a fait sa demande.

J'avalai une grand goulée d'air en songeant à une répartie appropriée. J'avais la tête vide, creuse. Je sentais encore la main d'Henry sur la mienne, la proximité insupportable de sa nuque, mon désir pour lui et la sensation d'être tout près de le satisfaire. Cet instant à bord de la calèche, certaine que j'étais que sa demande en mariage n'était plus qu'une question de temps. George ? Qu'est-ce que George venait faire dans cette histoire ? J'aurais bien cédé à un nouvel éclat de rire, mais la gaieté initiale de ma mère s'était mue en une expression plus sombre et abrupte. Je craignais d'attiser son courroux.

À la place, je fis de mon mieux pour répondre d'une voix égale :

— Mais c'est grotesque ! George est forcément au courant de l'attachement de son frère.

— Son attachement ? répéta ma mère d'une voix tranchante.

— Son intérêt pour moi.

Je pouvais difficilement prétendre à plus. Je pouvais difficilement rendre compte de ce que j'avais ressenti au contact d'Henry, des flots d'énergie qui nous traversaient, de ce que mon sang et le sien bruissaient à l'unisson. J'étais persuadée qu'il ressentait la même chose que moi ; mais je n'en avais aucune preuve tangible, rien que je puisse opposer à ma mère qui me toisait de haut dans la semi-obscurité.

— Son intérêt ? répéta-t-elle.

— À… à passer du temps avec moi.

— Bien des garçons ont passé du temps avec bien des filles sans que rien en sorte. Rien de bien, devrais-je dire.

— Mais c'est obligé ! m'exclamai-je d'une voix trop forte que je tentais de maîtriser. Je suis sûre que George est au courant.

Ma mère agrippa les accoudoirs du sofa à pleines mains.

— Quoi que George sache ou ignore, Charlotte, je ne peux que te rapporter ce qu'il a affirmé. Il a affirmé qu'il t'admirait, qu'il te considérait comme l'incarnation même de la féminité. Il te veut comme épouse.

— Parlez aux Sidwell. Ils sont au courant. Ils doivent connaître son intention, plaidai-je.

J'étais en train de perdre mes moyens. J'étais en train de me souvenir, avec une horreur profonde, de ce que Henry m'avait confié à propos de son frère lorsqu'ils étaient enfants : « Il m'arrachait les choses des mains juste pour le plaisir de me voir pleurer. » Seul un homme abominable était capable de voler la bien-aimée de son frère par pure méchanceté, mais pour autant que je le sache, George Sidwell était de ces hommes-là. Je ne le connaissais pas. Non pas que cela semblât avoir de l'importance. Mes parents étaient d'une impassibilité totale. Je voyais venir l'inéluctable avec terreur.

— Nous avons parlé aux parents, en effet, confirma mon père en tripotant un bouton de sa chemise, les yeux baissés pour éluder mon regard. Après que George a fait sa demande, ils sont venus ajouter leurs voix à la sienne. Ils se sont montrés vraiment flatteurs envers toi et ne tarissaient pas d'éloges sur ta beauté, ta conduite, ton élégance. Sur cette future belle alliance. Pour la carrière de George et pour notre avenir. En guise de cadeau de mariage, Charles apurera la dette. Tout le monde est d'accord.

Je ne lui demandai pas de préciser ses propos. J'aurais aimé ne jamais l'entendre.

Pourtant il le formula haut et fort :

— Tu épouseras George avant la fin de l'année.

J'avais atteint le point de non-retour. Pour une fois, la fameuse conduite que les Sidwell avaient jugée chez moi digne d'éloges chancela. Je tentai, en vain, de retenir ma langue.

— Ah, vous croyez ça ?

Mes parents se regardèrent, son dos à elle se raidit, ses épaules à lui s'arrondirent. Je compris en un instant que mon père ne prendrait jamais mon parti face à ma mère. Il avait honte d'avoir compromis son commerce, honte que sa famille soit au fait de sa situation financière. Il avait désespérément besoin de passer cet accord. Il avait toujours réussi à développer son activité sur des coups de tête et de chance plus que par un investissement assidu et méthodique, or cette fois-ci, sa bonne fortune l'avait abandonné.

Quant à moi, on m'avait gardée pour les jours de vaches maigres, bien rangée sur mon étagère, à ne sortir qu'en tout dernier recours. C'était donc à cela que menait toute mon éducation. Toutes les leçons, tous les sermons. Nous avions été formées à devenir des épouses idéales. Les filles étaient des biens d'échange, au même titre que l'indigo et le chanvre. Et enfin, ma mère avait l'opportunité de s'élever dans la société. Phoebe n'étant pas mariable, c'était donc moi sa porte de sortie. Sa seule porte de sortie. Tout le monde s'y retrouvait : George avait une épouse, ma mère un statut, mon père de l'argent et l'absolution. Tout le monde tirait parti de la situation, sauf moi.

D'une voix mielleuse, ma mère affirma :

— Un mariage qui s'annonce charmant. Et qui tombe à point nommé. Il n'y a pas d'autre événement social au calendrier, et nous marquerons le clou de la saison. Charlotte, tu feras une très belle mariée.

Je ne dis mot.

J'avais envie de hurler, j'avais envie de pleurer. J'avais envie de m'enfuir et de me réfugier dans les bras d'Henry, de le supplier de m'emmener, le plus loin possible, jusqu'en Patagonie s'il le fallait, pour que l'on soit ensemble. Je pourrais me jeter à lui, lui dévoiler tous mes sentiments, le conjurer de m'aimer, m'épouser, me sauver.

Je ne fis rien de tout cela. La décision avait été prise et je ne pouvais rien faire pour la changer. J'avais toujours été obéissante. Mon corps entier se rebellait, mais j'allais obéir. Pour sauver le commerce de mon père, j'allais devenir l'épouse dont mes parents avaient besoin.

Rassemblant les pans de ma robe gris tourterelle à pleines mains, je me levai et posai un pied devant l'autre pour m'incliner dans une révérence, ainsi que mon maître de danse me l'avait appris, tête baissée.

— Bien, monsieur. Bien, madame.

Je montai l'escalier à pas lents, mais dès que je me sus seule, toutes les émotions que j'avais refoulées me projetèrent en avant. Arrivée dans le vestibule, je m'étais mise à courir.

J'ouvris la porte de la chambre de Phoebe en coup de vent et je me jetai sur son lit sans retenue. Elle se réveilla en sursaut :

— Quoi ? Que se passe-t-il ? bégaya-t-elle en clignant des yeux, me prenant par les épaules pendant que je m'épanchais dans un torrent de larmes.

Un flot de paroles s'échappa de ma bouche tandis que le visage de ma sœur se faisait tour à tour horrifié, furieux, déterminé. Je ne me rendais pas compte de ce que j'étais en train de faire, sur le moment j'avais l'impression que la douleur serait moins forte si je la partageais et qu'ainsi j'aurais le courage d'entreprendre cet acte déchirant que me dictait le devoir.

Serrée dans les bras de ma sœur, je pleurai jusqu'à la dernière goutte de mes rêves. Chaque instant où j'avais tenu la main d'Henry, où j'avais imaginé sa barbe effleurer mes joues, où je m'étais laissée aller au rêve de devenir Mme Henry Sidwell. Rien de tout cela n'adviendrait. Mes parents m'avaient fait savoir que je serais Mme George Sidwell. Jamais, tout en étant aussi proche de ce que je voulais, ne m'étais-je trouvée aussi diamétralement éloignée de l'objet de mon désir.

Ma sœur apaisa mes sanglots. D'une main, elle me caressait doucement les cheveux, du sommet de ma tête jusqu'à mes épaules, sans relâche, d'un geste magnifiquement stoïque. Elle ne disait mot, sentant sans doute qu'ils seraient superflus. Ma gorge me brûlait. Mes yeux me piquaient. Au plus profond de ma poitrine, une douleur enflait, qui menaçait de m'engloutir. Je laissai dégorger mon trop-plein d'émotions jusqu'à l'épuisement. Au bout d'un certain temps, le contour des choses s'émoussa, je sentis ma sœur se lever et je me retrouvai seule parmi les couvertures.

J'avais sombré dans l'oubli bienheureux du sommeil quand les cris parvinrent à mes oreilles. Trois voix résonnaient tour à tour, aucune n'était calme ou égale, chacune était plus enflammée que la précédente. Malgré mon épuisement, je ne pouvais pas les ignorer plus longtemps.

Les paupières closes, je tendis l'oreille. Tout d'abord étouffées, les syllabes se firent plus audibles. J'aurais voulu faire semblant de ne pas les entendre, mais c'était impossible. La porte de la chambre était grande ouverte, telle que Phoebe l'avait vraisemblablement laissée pour se précipiter en bas de l'escalier, et le flot de leurs voix montait jusqu'à moi.

Ils se mirent à crier. La voix de Phoebe portait si bien que la moitié du temps, je n'entendais qu'elle. Elle hurlait « non » et « arrêt de mort » et « honte ». Elle hurlait « non ».

Ma sœur avait pu les prendre à partie sur n'importe quel sujet, mais je savais bien de quoi il retournait. Je savais bien qu'il était question de moi. Mon chagrin l'avait ravagée et elle s'était instamment ralliée à moi, plaidant ma cause auprès de mes parents pour qu'ils me libèrent du marché qu'ils avaient conclu.

Après son départ pour Goldengrove, j'avais tenté de me convaincre qu'une autre interprétation était possible. Je ne les avais pas même entendus prononcer mon prénom une seule fois. Mais entre ces murs, seule et sans défense, il fallait bien que je me rende enfin à l'évidence. Scandalisée, ma sœur avait pris mon parti. Elle m'avait défendue alors que j'étais trop faible pour le faire moi-même. C'était pour cette raison qu'ils l'avaient fait interner.

Isolée aux Ténèbres, dans cette cellule noire et vide, je pleurais davantage pour ma sœur, dont je ne savais pas si je la reverrais un jour, que pour moi-même. Je m'étais mise dans cette situation uniquement parce qu'elle s'était sacrifiée pour moi. De nous deux, elle avait toujours été la plus ardente. Elle s'était enflammée avec passion parce qu'elle était convaincue que cette alliance était injuste, ce qui était le cas, et pourtant j'avais cédé presque instantanément. En cet instant, je l'aimais plus que je ne l'avais jamais aimée. Je comprenais enfin que sa flamme serait toujours plus éclatante que la mienne, pour le meilleur comme pour le pire.

Et pourtant, j'avais déjà changé depuis la dernière fois que je l'avais vue. J'avais fait un saut vers la désobéissance et je comprenais désormais que jamais je ne pourrais retourner à ma vie de poupée décorative d'avant. Pour elle comme pour moi, j'allais suivre son modèle. Le seul moyen de m'en sortir était de me laisser dévorer par les flammes.

# Chapitre 15

Aux Ténèbres, le temps s'écoulait en un flot vertigineux d'heures vides. Si j'essayais de le mesurer, il me glissait entre les doigts. Quand je tentais d'arpenter la pièce dans sa longueur pour compter mes pas, je finissais toujours par trébucher au moment crucial et mon esprit laissait filer les nombres, qui s'échappaient hors de ma portée. La faim et la soif se répondaient avec une telle férocité que je craignais de mourir de l'une ou de l'autre.

Parfois, il y avait à manger, parfois à boire. Je m'efforçais de mesurer les intervalles entre ces instants, pour réussir à déterminer la frontière entre le jour et la nuit. Elle était inexistante.

Les heures et les minutes déteignaient les unes sur les autres. Parfois, j'avais le sentiment que quelques minutes s'étaient écoulées entre deux repas, parfois des jours entiers. Où se situait la vérité ? Non pas que la nourriture en question méritât le nom de *repas*. C'étaient essentiellement des restes. Parfois guère plus qu'un quignon de pain, un bouillon clairet, voire un quartier de fruit gâté. Un jour, ce fut un tas d'épluchures de concombres. Une pitance si calamiteuse que je devais me forcer à l'avaler, jusqu'à la dernière bouchée, parce que je ne savais pas quand viendrait la ration suivante. Dans tous les cas, il y avait matière à me sustenter, et si je me pinçais le nez, je pouvais faire en partie abstraction. Le pouvoir de l'autopersuasion.

Tous mes autres pouvoirs s'amenuisaient. Depuis la rêverie qui m'avait ramenée à la soirée de l'ultime crise dont avait souffert Phoebe, je ne parvenais plus à m'échapper de la sorte. J'avais beau m'y prendre comme à mon habitude, mes efforts restaient infructueux. Les bribes de souvenirs plaisants que j'arrivais à convoquer se muaient rapidement en cauchemars. La douce fourrure de la barbe d'Henry se mettait à brûler comme le visage défiguré de Celia. Je riais en compagnie de Phoebe sur une couverture de pique-nique, lorsque soudain le sol s'ouvrait et l'engloutissait dans un immense trou noir. Une promenade insouciante dans une roseraie était brusquement interrompue par des encordées sorties tout droit d'Euterpe, qui piétinaient les roses et enfonçaient dans leurs bouches béantes des poignées de pétales sans prendre garde à leurs épines.

Mieux valait ne pas tenter les souvenirs.

L'absence de lumière était immuable et j'avais perdu le sens du jour et de la nuit, sentant seulement s'égrener les minutes comme un bavardage incessant. Autour de moi, le temps gouttait.

Je finis par changer d'approche. Désormais, je n'invoquais plus que des souvenirs d'une joie modeste. Je négociais avec le peu de raison qui me restait ; si je ne faisais pas remonter des souvenirs trop heureux, mon esprit ne serait pas tenté de me punir par des digressions dramatiques. C'est ainsi que je m'autorisais uniquement à penser à ce qui m'était arrivé à Goldengrove, laissant de côté ma vie d'avant.

Je me remettais en mémoire l'assurance que j'avais acquise au fil du temps sur les chemins de marche, si bien que même par terrain glissant ou gorgé d'eau, même malgré mes chaussures inadaptées, je grimpais comme une chèvre ; le rire grave de Martha qui me récompensait de mes traits d'esprit et mes plaisanteries, sachant à quel point elle était un public exigeant ; la manière qu'avait Celia de se laisser aller contre moi, dans une brève parenthèse de calme et de sécurité qui semblait lui faire oublier sa fragilité et ses stigmates. J'avais trouvé des amies ici, parmi celles que la bonne société avait jugées folles pour mieux les écarter. J'étais arrivée ici dans l'idée fixe de libérer Phoebe, pourtant mon passage en ce lieu avait fait de moi une meilleure personne. Jamais je ne pourrais faire marche arrière et reprendre ma petite existence où je l'avais laissée. Aussi aberrant que cela puisse paraître, l'asile était peut-être le meilleur endroit pour moi.

*

Tout changea. Sans prévenir, abruptement. Un renversement.

La lumière fut. Un simple éclat, au début, qui grandit. Après quoi l'immense rectangle de la porte s'ouvrit dans une déflagration de lumière, fendue par une ombre immense. L'ombre prit la forme d'un homme.

Ses paroles arrivèrent jusqu'à mes oreilles comme si j'étais sous l'eau, pourtant je ne lui demandai pas de répéter. Mon cerveau rassembla les bribes, s'ébranla et traduisit ses mots liquides en une phrase intelligible : *Vous pouvez sortir.*

— C'est vrai ? m'exclamai-je dans un piaulement euphorique.

— On s'affole pas. Vous retournez dans votre pavillon, rectifia Alfie avec un rictus sur son visage balafré.

Moi qui ne l'avais jamais apprécié, j'étais si indiciblement heureuse de le voir que je dus me retenir de me jeter à son cou pour embrasser ses joues mafflues.

Comme je ne voulais pas l'obliger à se répéter, je me levai et sortis de la cellule en un battement de cils. Personne n'avait pris le soin d'envoyer une infirmière pour me raccompagner et s'assurer que j'arrivais à bon port. Peut-être Alfie était-il censé s'en charger, mais il se déroba. À moins qu'ils ne fussent partis du principe que je serais si grisée à l'idée de ne plus être seule que je foncerais tout droit vers une autre cellule, du moment que j'étais sûre d'y trouver de la compagnie. Ils avaient vu juste. Je retournai directement à mon lit de camp de Terpsichore sans même songer à prendre la tangente dans un autre couloir.

Autour de moi, tout n'était que vacarme et lumière. À la limite du supportable. Était-ce ainsi que Phoebe ressentait parfois les choses, après ses crises, comme si le monde était tout bonnement impossible à endurer ? D'instinct, j'aurais voulu me réfugier dans les ténèbres silencieuses de ma cellule capitonnée, malgré l'enfer qu'elle m'avait fait vivre, tant le reste me semblait insurmontable.

La porte était ouverte, le pavillon était désert. N'ayant aucune idée de l'heure, je m'assis sur mon lit pour reprendre des forces.

Je n'aurais pas su dire en quoi, mais le pavillon me semblait changé, comme si tout était plus propre. Était-ce de poser un regard neuf, porté par mon enthousiasme d'avoir enfin quitté les Ténèbres, qui embellissait les choses ?

Tout brillait d'une telle luminosité.

— Smith !

La voix de Winter me gifla les oreilles. Je sursautai.

Elle rit.

— Alors, de retour ? Allez, on file au dîner.

Je lui emboîtai le pas. D'une certaine façon, son indifférence était rassurante.

Le réfectoire était en pleine effervescence. Un bourdonnement d'activités. Une ruche. Tout le monde s'agitait en tous sens, et habituée que j'étais au néant, je sentis mes yeux se fatiguer à tenter de suivre les mouvements. Les femmes s'avançaient d'un pas traînant jusqu'aux tables ; à l'extrémité d'un banc, l'une d'elles leva la main ; une infirmière traversa la salle ; un morceau de pain tomba de la table et roula longuement sur le sol pour finir sa course contre le mur. Il se passait des choses partout. Impossible de trouver une accalmie.

Je pris place sur un banc et m'accaparai ma portion de nourriture avec avidité. Après les quignons secs de ces derniers temps, même le pain fut une révélation. Je dus me retenir de ne pas tout engloutir d'une seule bouchée. Au lieu de cela, je pris soin d'en couper des petits morceaux que je trempai dans mon bol de soupe aqueuse. Je laissai fondre chaque bout de pain humide dans ma bouche, puis je m'appliquai à mastiquer le reste avec lenteur. À mes débuts à Goldengrove, ces repas me semblaient bien maigres. Après la portion congrue aux Ténèbres, c'était un festin.

Les infirmières qui remontaient l'allée dépassèrent notre table, puis j'entendis une voix douce.

— Heureuse de te revoir, me salua Nora.

Je levai les yeux : elle était assise devant moi. Mon amie. Ses yeux étaient plus étrécis qu'à l'accoutumée et il me fallut un moment pour comprendre pourquoi. Elle souriait.

— Merci, tentai-je de répondre de ma voix rauque.

Je n'avais pas fait usage de mes cordes vocales depuis longtemps. Je me rendais compte que j'aurais dû les exercer tout autant que j'avais pris soin d'exercer mon corps pendant mon isolement. Si tout allait bien, je n'aurais pas l'occasion de mettre cet enseignement en pratique.

— Chut, ne parle pas, mange, dit-elle. Mais je suis contente de te voir. Quand quelqu'un disparaît… on se pose toujours des questions.

L'émotion érailla sa voix et je découvris avec étonnement que Nora, sous des dehors cyniques et blasés, était sentimentale. Son émotion me toucha plus que je n'aurais su le dire.

Je m'apprêtais à poser la main sur la sienne pour le lui faire savoir lorsqu'une infirmière surgit derrière moi et gifla ma main avant que j'aie eu le temps de la tendre. Sans un mot, je la retirai sur mes genoux. Mais une fois l'infirmière partie, je levai les yeux sur Nora et articulai un *merci* silencieux, et elle me sourit de nouveau, ce qui m'emplit de joie.

Elle fut de courte durée.

De l'autre extrémité du banc me parvint le braillement de Bess :

— Il était temps que tu te radines. Tu sais que tu as raté la visite ?

— Quelle visite ?

— File-moi ton pain et je te raconterai tout.

— Raconte-moi d'abord.

Elle se leva avec humeur et vint s'asseoir à côté de moi, bras croisés, menton relevé.

— De temps en temps, ils envoient le comité. Tout un groupe. Celles d'entre nous qui se tiennent à carreau ont le droit de les voir. Pour faire des jeux et tout ça, ce jour-là il y a une marelle sur la pelouse. Il y a même un repas avec de la bonne viande et du pain chaud tartiné de beurre crémeux…

— Du beurre ! interjeta Nettie avec jubilation.

Bess lui lança un regard noir avant de poursuivre.

— Et des verres de lait frais. Comme si on faisait ça tous les jours.

— Quel comité ? demandai-je malgré le pressentiment que j'avais de connaître la réponse.

— Les investisseurs.

— Lesquels ?

— Comment tu veux que je sache ? ricana Bess en zieutant mon assiette.

Je repliai les doigts autour de mon morceau de pain, si jamais l'envie lui prenait de se jeter dessus.

— Est-ce que certains portaient la barbe ? Il y avait des jeunes hommes ?

— Peut-être. La plupart, c'étaient des vieux, mais je crois qu'il y avait un ou deux jeunes. Il y avait une femme, elle a tourné de l'œil tout de suite. Alors qu'il y avait rien de vilain à voir ! Mais c'est Damaris, tu sais avec son démon, elle a fait une crise aux pieds de la bonne femme et là, en moins de deux, elles se sont retrouvées étalées par terre.

— Une femme ?

— Ah oui, une vraie dame bien comme il faut, avec un beau chapeau. Elle donnait le bras à un des gars, son mari j'imagine, et les autres étaient pas contents du tout qu'elle soit là. J'en ai entendu un murmurer que c'était une militante. Avant qu'elle tombe par terre. Elle a eu ce qu'elle méritait, si tu veux mon avis, à fourrer son nez là où elle est pas la bienvenue. Elle aurait mieux fait de rester chez elle.

J'essayai en vain de la ramener en arrière.

— Est-ce que quelqu'un a prononcé un prénom ? Un nom de famille ? Le nom Sidwell, par exemple ?

— J'en sais foutre rien, moi. Tu me donnes ton pain, maintenant ?

Une faim comme jamais je n'en avais éprouvé me tenaillait. Pourtant, je lui cédai mon pain. Elle le dévora comme si c'était elle qui venait de survivre en se nourrissant de miettes aux Ténèbres.

Je me hâtai de boire mon bouillon jusqu'à la dernière goutte avant qu'elle ne me le réclame, après quoi je m'essuyai la bouche du revers de la main et je revins à la charge :

— Tu peux m'en dire plus ?

— Un bonhomme a dit quelque chose quand la femme est tombée.

— Qu'a-t-il dit ?

— Au prochain trimestre, qu'elle reste à la maison.

Je sentis mon sang se glacer.

Un trimestre. Si les investisseurs de Goldengrove ne venaient sur place qu'une fois tous les trois mois, je ne pourrais pas me permettre d'attendre qu'ils reviennent. Je ne pouvais pas continuer ainsi… Combien de jours s'étaient écoulés ? Aux Ténèbres, j'avais perdu le fil.

Je jetai un regard angoissé à Nora. De ma place, je ne voyais pas ses jambes – cachées par la table –, mais je lui signifiai ma question en baissant les yeux dans cette direction tout en dépliant mes doigts d'un air hagard.

Elle hocha la tête. Elle examina ses jambes en marmonnant, puis me regarda de nouveau en levant cinq doigts.

Je laissai échapper un soupir. Cinq jours aux Ténèbres. Soit un total de vingt-deux jours depuis que j'avais quitté la maison – mais où était passé tout ce temps ? Nous étions donc le 5 octobre. J'étais ici depuis plus de trois semaines, ce qui me laissait moins de trois semaines pour trouver Phoebe et rentrer avant que mes parents ne se rendent compte de mon imposture et n'apprennent de quelqu'un d'autre que j'avais menti à propos de Newport. J'espérais encore de tout cœur m'éviter ce dénouement. Sans oublier qu'un échec mettrait en péril mes projets de mariage, quand bien même j'avais des sentiments contradictoires de ce côté-là.

Si seulement, si seulement. Si j'étais restée dans mon pavillon au lieu de partir aux Ténèbres, j'aurais pu établir le contact. Si un membre de la famille Sidwell m'avait reconnue ce jour-là, il m'aurait aussitôt sortie des rangs, non ? Si seulement j'avais réchappé à l'isolement, ce périple aurait pris fin. J'ignore ce qui se serait passé dans la foulée, en bien ou en mal, mais au moins j'aurais pu respirer l'air de l'extérieur.

Et voilà où je me retrouvais. Dans l'incertitude complète. Et je n'avais toujours pas retrouvé Phoebe. Une éternité semblait s'être écoulée depuis mon passage dans la salle des archives, mais je me souvenais à présent que je détenais l'information dont j'avais besoin. Jamais je n'avais été aussi proche du but. Il fallait tout simplement que je trouve la signification de Mnémosyne. Peut-être était-ce du domaine de l'impossible, mais n'avais-je pas accompli quantité de choses impossibles depuis mon arrivée ? Une de plus ne me faisait pas peur.

*

À notre retour à Terpsichore ce soir-là, tandis que nous nous préparions pour la nuit, Martha se dirigea droit sur moi. Sur sa joue, la contusion s'était un peu estompée, mais une nouvelle marque violacée enflait autour de son œil. J'en conclus qu'elle avait une fois encore fait l'insolente, soit envers l'infirmière en chef, soit envers quelqu'un d'habilité à la frapper. Je n'étais pas d'humeur à parler, mais son air sérieux m'interloqua. Le plus simple était encore d'écouter ce qu'elle avait à dire.

— Ce soir, dit-elle. On est tout un groupe à débattre.

— Et ?

— C'est important. Je n'étais pas sûre de te mettre dans le coup, mais je crois que tu es digne de confiance.

— J'en suis ravie, dis-je en brûlant d'envie de mettre fin à la conversation. Vous allez débattre de quoi ?

Elle scruta nos camarades qui rentraient dans la pièce et me répondit à voix basse :

— De la révolution.

Je ne sais pas à quoi je m'attendais, mais certainement pas à cela.

Elle se rapprocha de moi et entreprit de retirer sa robe en me faisant signe de l'imiter pour ne pas nous faire remarquer.

— Cet endroit, Charlotte. Cet endroit est dirigé par des imbéciles et des scélérats. Cette horrible infirmière en chef est un tyran minable. Et tu sais ce qu'on dit des tyrans.

Tout le monde le savait. Pour reprendre l'exclamation de John Wiles Booth : *Sic semper tyrannis*, « ainsi tombent les tyrans » – autrement dit, la mort.

L'expression sur mon visage dut la surprendre, car elle se hâta de préciser son propos.

— Ce n'est pas ça. Pas un assassinat. Si on s'y prend bien, on n'aura pas à tuer. Mais il faut un soulèvement.

— Martha, c'est de la folie. Cela n'a aucune chance de réussir. Aucune.

— Ils sont combien, eux ? Et nous, on est combien ? Ce ne serait pas sorcier. Il suffit de planifier.

La lumière brillait sur les taches foncées de sa peau et son œil au beurre noir étincelait d'ardeur.

— Je ne crois pas…

— Tant pis, coupa-t-elle froidement en enfilant sa chemise de nuit d'un geste brusque. Fais comme tu veux. Mais ça aura lieu que tu y participes ou non. Alors tu ferais mieux d'être dans le bon camp.

— Mais qu'est-ce que tu racontes ? Dans quel autre camp veux-tu que je sois ?

— Réfléchis bien.

— Martha… dis-je d'un air interdit.

Toutes nos camarades de dortoir avaient pris leur place, ce qui rendait notre conciliabule flagrant. Le regard de Martha glissa vers son lit. Je la vis tergiverser. Elle s'éloigna d'un pas sans me regarder, puis elle marmonna par-devers elle.

— Ouvre grand les yeux demain, tu verras de quoi on est capables.

# Chapitre 16

Je brûlais d'envie de passer à l'action, pourtant il importait plus que jamais d'être sur mes gardes, patiente. Je sentais la différence qui s'était opérée en moi depuis mon passage aux Ténèbres. Je comprenais à présent que je devais davantage me comporter comme Phoebe si je voulais obtenir sa libération. Je devais me montrer plus courageuse, plus téméraire. J'étais d'ores et déjà prise au piège au milieu d'une multitude de femmes folles et chaque jour je sentais la menace de sombrer moi-même dans la folie. La perspective d'être renvoyée en isolement me terrifiait, mais pas autant que l'idée d'avoir fait tout ça pour rien. Si le châtiment me faisait peur, le meilleur moyen de lui échapper était encore de ne pas me faire prendre.

De retour d'isolement, j'entrepris d'échafauder mon plan le soir même. Quel était le meilleur moment pour m'éclipser ? Pendant une marche ? Aux premières étapes de la confection des savons ? De retour de déjeuner ? En pleine nuit ? Et que penser des projets de révolution fomentés par Martha ?

Pendant le dîner, j'avais caché un morceau de pomme de terre calcinée dans le corsage de ma robe. À la faveur de la nuit, j'étalai mon jupon, sur lequel je dessinai de mémoire une carte à grands traits noirs. Si Mnémosyne était un lieu en dehors de Goldengrove, je n'avais aucune chance de le trouver, mais s'il était dans l'enceinte de l'asile, tout était possible. Je traçai les contours des pavillons que je connaissais, accompagnés des couloirs, des portes, des bains et de tous les espaces intérieurs dont je me souvenais, en faisant la liste de toutes les pièces que je n'avais jamais vues. Je me rendais compte à présent que les bureaux du deuxième étage étaient en surnombre par rapport aux membres du personnel. Certes, le médecin-chef et l'infirmière en chef avaient chacun besoin d'une pièce pour exercer leur travail, mais les autres ? Les aides-soignants, la cuisinière, les infirmières ? Non. Pourtant, il y avait cinq pièces au deuxième, qu'il s'agît de débarras ou de bureaux, que je n'avais encore jamais visitées. Je me promis d'y remédier rapidement.

Cette nuit-là, je sombrai dans un sommeil agité. Chaque fois qu'en ouvrant les paupières, je découvrais à la lueur tamisée des becs de gaz les silhouettes de mes camarades assoupies, je sentais une vague de soulagement me raccompagner vers le sommeil.

Même le cri de ralliement brutal de Salt – « C'est l'heure de la marche ! Debout, bande de cadavres ! » – me fit l'effet d'une salutation enjouée. Nous nous levâmes, nous habillâmes. Quand mon regard tomba sur Martha, je me remémorai sa promesse de me montrer la révolution à l'œuvre, et je me demandai quelle forme son initiative allait bien pouvoir prendre. En réalité, je n'eus pas à attendre bien longtemps.

La porte du pavillon s'ouvrit en grand, nous déversant dans le couloir où nous attendait le brouhaha habituel en provenance de Thalie.

Des voix.

Pas uniquement celles des infirmières. Je me souvenais bien de celles de Dexter et d'Edmonds, en plus de celle d'Alfie, et aucune de celles que j'entendais en cet instant ne leur correspondait. Qui était donc en train de parler si fort dans un pavillon plein de muettes comateuses ?

Quand une des voix se mua en cri et que je reconnus celle de Dexter, « Rassemblement ! Rassemblement général ! », je compris que les résidentes de Thalie venaient de prendre vie. Winter courut en direction de l'appel ; Piper se figea.

Je vis la blonde au visage de poupée et à la coupe garçonne foncer vers nous en beuglant un chapelet de grossièretés à faire rougir un matelot. Je comprenais pourquoi on lui avait administré quotidiennement un somnifère, si c'était ainsi qu'elle se comportait sans sa dose. Tout s'éclairait. La nuit dernière, on ne leur avait pas donné de médicament. Elles se présentaient aujourd'hui devant nous sans contention chimique, sans contention tout court.

Salt coupa la blonde dans son élan en la plaquant à la taille. Après quoi il la traîna vers son pavillon, mais on pouvait encore voir son expression furibonde et entendre ses cris fielleux. Ses jambes s'agitaient en tous sens. Il dut lutter vigoureusement pour la contenir. En secret, j'encourageai la femme pour qu'elle lui échappe.

Nous étions encore à l'intérieur de la salle quand nous commençâmes à rompre notre formation bien ordonnée. Piper ne pouvait seule faire régner l'ordre. Elle frappa dans ses mains avant d'annoncer d'une voix étonnamment neutre étant donné les circonstances :

— Très bien, on retourne à son pavillon, mesdames. Arrêtons l'exercice, en attendant que le calme soit rétabli.

Après quoi elle ajouta, en agitant les mains comme si nous étions une volée de mouettes qu'il convenait de chasser d'un appontement :

— Allez, allez !

Je réprimai mon envie de rire en cherchant Martha dans la foule. Quand nos regards se croisèrent, elle hocha la tête. Oui. La scène qui venait de se dérouler était de son fait.

La femme édentée se tenait face au mur, les mains à plat dessus, et se cognait la tête sans relâche. Chaque fois qu'elle reprenait son élan, on pouvait voir une trace de rouge sur la cloison, que son front venait recouvrir à chaque nouveau choc. Sans le chahut, on aurait vraisemblablement distingué le bruit atroce de ses coups ; pour ma part, j'étais persuadée de les entendre.

Piper reprit la parole, cette fois avec plus d'empressement :

— Mesdames de Terpsichore ! Retour au pavillon !

Mais c'est à peine si la moitié de mes camarades lui prêtèrent attention. Nettie tourna les talons docilement, tout comme Irene, mais ce furent les seules. Bess lança un rire par-dessus son épaule avant de foncer tête baissée dans la foule pour en ressortir de l'autre côté. La femme aux chiffons se laissa tomber par terre, où elle se balança d'avant en arrière en marmonnant, et je ne sus dire à son expression si elle était submergée ou simplement terrifiée. Tandis que certaines de mes camarades avançaient d'un pas traînant et que d'autres s'éparpillaient, je saisis ma chance. Je rasai le mur, tournai à gauche au lieu de prendre à droite et m'éclipsai à l'angle, hors de la vue de Piper.

Arrivée dans une salle déserte, je m'autorisai un soupir de soulagement et d'excitation. L'heure était arrivée.

Je n'aurais de cesse de chercher tant que je n'aurais pas retrouvé ma sœur.

*

J'entrepris de fouiller le deuxième étage et ses cinq pièces mystérieuses. J'ouvris la première porte et me figeai en apercevant une rangée d'infirmières de dos – juste avant de comprendre qu'il s'agissait seulement d'uniformes. J'étais tombée dans le placard à vêtements. Ce qui me donna une idée.

Je me glissai dans le placard et, la porte refermée derrière moi, j'enfilai un uniforme à tâtons dans le noir, après avoir retiré la robe corail tant haïe pour la remplacer par l'ensemble amidonné avec son chemisier à haut col. La coiffe était retenue par une ficelle ; je ramenai mes cheveux dessous. La robe était froissée mais je n'y pouvais pas grand-chose. Avec un peu de chance, personne n'y regarderait de trop près. Dans le cas contraire, je serais rapidement démasquée. Mon seul espoir était de me métamorphoser en une infirmière lambda. J'improviserais le reste au fur et à mesure.

Je pris une profonde inspiration, je rouvris la porte du placard et ressortis dans le couloir.

Je manquai de percuter de plein fouet un grand bonhomme vêtu d'un costume en tweed froissé. Je me figeai, le cœur battant. Puis je remis d'aplomb ma coiffe, en priant pour que le geste soit conforme à celui des infirmières en pareille situation.

L'homme recouvrit l'équilibre et me coula un regard en coin, comme s'il n'était pas tout à fait sûr d'avoir affaire à une femme en chair et en os. Il avait les yeux injectés de sang. Il tenait serrée contre lui une bouteille d'un liquide clair qui clapota au gré de son mouvement de balancier. De l'autre main, il tenait un verre à alcool vide. Je crus reconnaître un effluve de gin bon marché. En tout cas, je savais reconnaître l'odeur d'un matelot en pleine cuite. Passé une certaine quantité d'alcool, l'odeur les accompagnait encore plusieurs jours après leur beuverie.

— On se connaît, gente infirmière ? demanda-t-il d'une voix à la fois mélodieuse et sincèrement perplexe.

Comme il faisait une bonne tête de plus que moi, il était obligé de fléchir la nuque pour me regarder droit dans les yeux. En d'autres circonstances, je ne l'aurais pas trouvé effrayant. Il dégageait une certaine douceur. Avec son long visage ovale et ses cheveux noir de jais gominés en arrière qui dégageaient son front haut, il donnait l'impression d'être sans âge. Son costume était de bonne facture, mais sa veste était usée aux coudes et le bouton du haut de sa chemise pendillait dangereusement à son fil. Ses vêtements, comme leur propriétaire, avaient connu des jours meilleurs.

— Je ne suis pas sûre, répondis-je prudemment.

— Vous ai-je embauchée ? J'imagine que oui. Je suis navré de ne plus avoir très bonne mémoire, ces derniers temps.

Enhardie, je demandai :

— Et pourquoi donc, à votre avis ?

— Trop de choses à mémoriser. Trop de tout.

— Trop de ça? suggérai-je en montrant la bouteille de gin.

— Au contraire. Jamais assez.

Il y avait dans sa voix un accablement puissant et sincère.

— Vous n'êtes pas venue pour ma signature, dites-moi ? On ne me demande jamais rien d'autre. Je ne suis qu'un gratte-papier.

N'importe qui d'autre m'aurait inspiré de la peine, mais j'étais à peu près sûre de savoir à qui j'avais affaire.

Le mystérieux médecin-chef.

Découvrir qu'il choisissait de s'abîmer au fond d'une bouteille alors qu'il était en position d'améliorer le quotidien de toutes les femmes à Goldengrove le rendait peu reluisant à mes yeux. Je dus prendre sur moi pour ne pas perdre mon calme.

— Non, pas besoin de signer quoi que ce soit, répondis-je.

Il avait l'air trop soûl pour arpenter le couloir. Rien d'étonnant à ce qu'on ne l'eût jamais vu au rez-de-chaussée et encore moins dehors. L'escalier devait lui faire l'effet d'un océan. Mais il ne pouvait pas être constamment dans cet état d'ébriété ? Ce n'était pas un jour comme les autres pour moi. Peut-être était-ce le cas pour lui aussi. Je l'espérais, en tout cas.

— Dieu merci. Ça fait trop, lâcha-t-il. Trop à gérer et des investisseurs qui exigent des résultats. De l'argent, encore de l'argent, toujours de l'argent. Si je ne fais pas ce qu'on attend de moi, ils me mettront à la porte. Et après, qui ira aider les femmes ?

— Je ne sais pas, répondis-je sincèrement.

— Je veux les aider. Les soigner, si c'est possible. C'est pour cette raison que j'ai commencé ici. Ça ira peut-être mieux demain. Peut-être que demain je pourrai commencer à renverser le cours des choses. Mais personne ne comprend à quel point c'est dur. Vous comprenez, vous ?

Je secouai la tête.

Il poussa un soupir et me tendit sa bouteille. Je répugnais à m'en saisir, mais comme il insistait, je m'exécutai.

— Servez-moi un sourire, vous voulez bien ?

Il m'apparaissait effroyablement évident qu'il n'avait pas besoin d'un autre verre.

— Êtes-vous certain ?

— Je ne me sers jamais. Seul un homme asservi au démon de l'alcool se sert tout seul.

Une kyrielle de questions se bousculèrent instantanément dans ma tête. Je commençai par la plus urgente :

— Qui vous a servi le dernier ?

— Mnémosyne.

J'eus un coup au cœur.

Je dus me retenir de lui sauter à la gorge pour lui faire cracher la vérité. Il ne fallait sous aucun prétexte que je perde mon calme.

— Qu'est-ce donc ?

— Qui est-ce donc, vous voulez dire, rectifia-t-il. Elle me sert un verre, de temps en temps. Là, elle ne peut pas. Ce n'est pas son vrai nom, évidemment. C'est une petite plaisanterie avec moi-même. Bref, vous allez m'aider, dites ?

Je songeai à la réponse qu'aurait apportée une vraie infirmière.

— Bien sûr, appelons cela un fortifiant. Je vais vous administrer une dose. Dans votre bureau ?

Il pivota sur ses talons et indiqua derrière lui. Même sur le plancher droit il vacillait et je dus lui tenir la porte ouverte. Il réussit à aligner trois pas d'affilée pour la franchir et me gratifia d'un sourire en coin qui me laissa entrevoir qu'il devait être plutôt charmant lorsqu'il était sobre, si tant est qu'il le fût parfois. Je refermai derrière nous et pris un instant pour respirer.

*Pas de précipitation*, m'exhortai-je. *Ne perds pas tout par précipitation.*

À peine la porte passée, il posa son verre vide sur son bureau. Je versai le gin. Il fit clapoter le liquide et le contempla longuement en produisant maints grognements gutturaux. Quelles émotions l'étreignaient à ce moment-là, je n'aurais su le dire.

Tandis qu'il bataillait avec sa mesure de poison, je jetai un œil circulaire à la pièce. Des étagères débordaient de volumes scientifiques couvrant tous les sujets de recherche, de la phrénologie à l'épilepsie ; le plateau en bois de merisier de son bureau était encombré de piles de paperasses ; une petite fenêtre donnait sur l'extérieur, suffisamment haute pour laisser filtrer la lumière mais trop étroite pour laisser passer quelqu'un ; une méridienne était appuyée contre un mur paré de portraits de guingois représentant des messieurs à l'air grave, le front saillant, qui devaient être les anciens occupants du bureau ; sur le quatrième mur, une porte close au bouton en cristal attira instantanément mon attention.

— Servez-vous un verre, m'invita le médecin-chef. Vous devez en avoir besoin.

Je saisis le premier prétexte.

— Je n'ai pas de verre.

Il plongea la main dans son bureau et en posa un sur le sous-main en cuir. Mon verre, comme le sien, était un solide verre à alcool avec une base épaisse. Malgré la taille imposante du bureau, c'est à peine s'il réussit à viser juste et le verre menaça de tomber du bord. Je le fis glisser vers moi, versai le gin, dont l'odeur me prit à la gorge. Nous trinquâmes puis nous renversâmes la tête en arrière : moi pour avaler une petite gorgée, lui pour vider son verre. L'odeur de l'alcool me brûla les narines et son goût ignoble mit le feu à ma gorge. Une fois encore, les enseignements de Mlle Buckingham se révélèrent fort utiles et je parvins à réprimer mon haut-le-cœur en restant parfaitement impassible. Je devais cette maîtrise à une leçon intitulée « Les bonnes manières à table », que nous avait enseignée une vieille Allemande, comtesse par alliance, qui sentait perpétuellement l'iode et la menthe poivrée. De quoi faire la fierté de ma mère.

— Qu'est-ce que tout cela ? demandai-je en montrant d'un geste les papiers sur le bureau.

Il fallait le faire parler et boire pour lui soutirer toutes les informations possibles.

— Elle ne vous dit pas grand-chose, n'est-ce pas ?

— L'infirmière en chef ? devinai-je.

— Elle-même. Elle a raté sa vocation. C'est elle qui aurait dû être médecin-chef. Ou gouverneur. Ou président des États-Unis.

— Elle a l'air d'apprécier sa situation, répondis-je avec prudence.

— Parce c'est là qu'elle exerce le plus de pouvoir. Je n'ai jamais rencontré de femme aussi ambitieuse. Avide de régner sur le plus grand royaume qui soit.

Son dédain me fit réagir à brûle-pourpoint :

— Les femmes n'ont pas le droit de vouloir accéder à certaines choses ?

Il fronça les sourcils et je compris mon erreur.

Avant qu'il n'ait eu le temps de riposter, je me hâtai de rajouter une mesure de gin dans son verre en enchaînant promptement :

— Vous avez raison. Elle ne nous confie pas grand-chose. Seulement le nécessaire pour prendre soin des patientes.

Il vida de nouveau son verre et je m'attendais à ce qu'il m'admoneste de ne pas me resservir, mais la boisson semblait avoir progressivement raison de sa lucidité.

Après un temps de silence, j'agitai mon verre en direction de la porte :

— Ce sont vos appartements ?

Il opina du chef. Le mouvement sembla le rendre un peu nauséeux, la paupière lourde.

— Souhaitez-vous vous allonger ? demandai-je en priant pour qu'il ne prenne pas cela pour une avance, mais j'en avais assez de faire la timide.

J'ignorais le temps qui me restait et je n'avais aucunement l'intention de le gâcher.

— Mnémosyne se trouve de l'autre côté, déclara-t-il. Elle se repose. Vous ai-je dit pourquoi je l'appelais Mnémosyne ?

— Non.

— C'est la mère des Muses. Son nom signifie « mémoire ». Elle est celle qui se souvient pourquoi je suis venu ici. Qui je suis venu aider.

— C'est noble de votre part.

J'étais tiraillée entre le dégoût que m'inspirait son alcoolisme et l'espoir secret qu'il eût assez bu pour s'endormir et me laisser le loisir d'explorer l'autre versant de cette porte.

— Je vais simplement..., dit-il en se levant.

Il trébucha contre la méridienne sous les portraits et s'avachit sur les coussins dans une chorégraphie à laquelle il semblait rodé. Sa tête cogna contre le cadre en bois et alla se poser contre le tissu brun-gris, et il s'affala au milieu des coussins. Sa chute amortie, le verre vide lui glissa des doigts pour tomber sur les lattes du parquet, sans pour autant se briser. Je songeai à le ramasser puis je me ravisai. Il ne fallait pas laisser la moindre trace du passage de quiconque, infirmière ou autre.

En un clin d'œil, je repliai les doigts sur le bouton en cristal de la porte. Le souffle court, la main crispée, je tournai.

La première vision qui m'accueillit de l'autre côté de la porte était un mur recouvert de couleurs impétueuses, tout de bleus, pourpres, rouges et roses comme un splendide coucher de soleil, et je reconnus instantanément la technique de ma sœur, celle-là même qu'elle avait appliquée des années plus tôt dans sa chambre. Cette fois aussi, quelqu'un lui avait donné de la peinture, mais pas de pinceau. Elle avait peint à mains nues. Au milieu des nuages planaient des oiseaux en pastel pâle, qui étiraient leurs larges ailes, et je sus sans l'ombre d'un doute que je me trouvais devant l'œuvre de ma sœur.

La pièce n'était guère plus grande que celle dans laquelle j'avais découvert Natasha Maximova, mais elle était meublée avec luxe. J'ouvris la porte en grand et franchis le seuil pour l'embrasser du regard. Le lit avait l'air si confortable que je me serais volontiers précipitée pour m'y pelotonner, s'il n'avait été occupé.

— Phoebe ?

Elle leva la tête.

Oui. Enfin, j'avais trouvé ma sœur.

Elle était plus mince que dans mon souvenir, ce qui ne m'étonna pas, sachant ce qu'on servait en guise de repas et qu'elle était arrivée deux semaines avant moi. À côté du lit, un compotier blanc posé sur une table basse débordait de raisins verts – mûrs, magnifiques, le plus beau mets que j'aie vu depuis des semaines – mais visiblement personne ne l'avait touché. Ses cheveux blonds avaient perdu leur brillant. De l'extérieur, elle ressemblait à n'importe quelle autre patiente, vêtue de la même robe minable, avec quelque chose dans la posture qui trahissait l'épuisement.

Elle était assise, les mains nouées sur ses genoux. Je ne semblais pas la déranger en pleine prière ou réflexion, elle était simplement en train de contempler le mur peint. Elle me dévisagea un instant, puis tourna de nouveau les yeux vers le mur.

Que lui avait-on fait ? Je craignais que les mauvais traitements infligés ici ne nuisent à quiconque n'avait pas l'esprit aussi sain et alerte que le mien ; celui de Phoebe avait-il été anéanti par les thérapies mêmes qui étaient censées l'aider ? Que faisait-elle ici, dans la chambre du médecin-chef ? À l'évidence, elle avait peint le mur dans ses appartements, avec son approbation – que fallait-il en penser ?

Au bout d'un long moment, je rompis le silence.

— Ça me fait plaisir de te voir.

Ma voix se fendilla. Cela ne me faisait pas du tout plaisir de la voir ainsi, brisée. Mon cœur saignait à la seule vue de son cou incliné dans une attitude résignée. Au cours de notre vie commune, je l'avais connue dans bien des états, mais jamais vaincue.

Quand enfin elle prit la parole, ses mots me pétrifièrent :

— Moi aussi, ça me fait plaisir de te voir. Mais tu n'es pas ici.

— Mais si.

Je traversai la pièce en trois petits pas, la main tendue pour la toucher. Le visage qu'elle tourna vers moi était empreint d'horreur. Elle eut un mouvement de recul. Avant que ma main ne l'ait atteinte, elle se recroquevilla pour échapper à mon contact. Le couvre-lit se tordit sous son corps pelotonné.

J'interrompis mon geste.

Après un silence, je repris d'une voix aussi apaisante que possible :

— Je suis vraiment ici. Je te le jure. Je le jure sur le troisième bouleau derrière la remise à bois et la vaisselle cassée qu'on a enterrée à son pied. Je le jure sur le lac gelé dont tu m'as sauvée et sur le cheval du nom de Fancy que tu montais à Yerba Buena quand tu avais sept ans. Je le jure sur toute notre histoire de sœurs. C'est moi.

Je m'agenouillai à son côté, le visage tourné vers le sien, fouillant ses traits pour tenter de rétablir le lien.

— Les démons nous disent toujours ce qu'on a envie d'entendre, répondit-elle en secouant la tête tristement.

Elle éludait mon regard. Elle se recroquevilla davantage, le front enfoui contre ses genoux, les mains plaquées sur les oreilles, petite boule de tissu corail chiffonné posée sur un drap blanc.

Je répétai son prénom sans relâche. Seule la peur me retenait de la secouer ou de crier. J'étais terrifiée à l'idée de commettre un geste irréparable. À la place, je répétai :

— Je suis ici.

Tout du long, elle m'ignora. Une fois, elle marmonna quelques mots – il me sembla entendre : « C'est faux » – mais après ça, j'eus le sentiment d'être un fantôme ou le produit de son imagination, dénuée de réalité tangible.

Je ne l'avais encore jamais vue en proie à des hallucinations – sa folie avait toujours revêtu d'autres formes – mais Dieu seul savait ce que cet endroit avait bien pu faire à son psychisme déjà si fragile. Je me maudissais de ne pas l'avoir retrouvée plus vite. Je priai pour qu'il ne soit pas trop tard pour la sauver. Je me souvenais de la sensation nébuleuse, fuyante, laissée par les calmants administrés le soir. Avaient-ils usé de contention chimique sur elle aussi ? Ou pire ?

Elle se retourna sur le côté, pelotonnée sur le flanc, tordant les couvertures dans son sillage, et se figea face au mur. Son dos arborait encore des traces de craie, mais l'inscription remontait visiblement à plusieurs jours et les chiffres n'étaient plus lisibles.

Je m'en allai en silence, le visage baigné de larmes. Je l'avais retrouvée, certes, mais je ne pouvais pas l'atteindre. Je n'avais pas pensé à cette éventualité.

De l'autre pièce me parvinrent les ronflements du médecin-chef. J'ignorais combien de temps il allait encore rester dans cet état d'abrutissement. Des heures, ou quelques instants à peine. Je ne pouvais pas emmener ma sœur, mais je savais désormais où elle se trouvait. Et j'allais devoir m'en contenter pour le moment.

— Je t'aime. Je reviendrai te chercher, soufflai-je à Phoebe sans attendre de réaction de sa part.

Je ne pouvais qu'espérer qu'elle entendît mes mots. Que ce soit ou non le cas, je ressentais le besoin de les formuler à voix haute.

Je refermai la porte entre la chambre et le bureau et après un coup d'œil dans le couloir désert, je m'en retournai dans le monde de l'asile. Je me glissai dans le même placard qu'à l'aller pour retirer l'uniforme d'infirmière au profit de ma combinaison corail usée. Je commençai par replier soigneusement l'uniforme et le camoufler à plat contre mon ventre en le retenant à l'aide des cordons de mon sous-vêtement, mais le risque était trop important et je finis par le raccrocher à sa place. En cas de besoin, le moment venu, je saurais où le trouver.

Je jetai un dernier coup d'œil à l'intérieur du placard, dont les étagères montaient bien plus haut que je ne l'aurais pensé. Il fallait une échelle pour en atteindre le sommet. Tout un maillage de renfoncements s'étirait au-dessus de moi, et chaque alcôve était numérotée, de 1 à 10, de 11 à 20, de 21 à 30 et ainsi de suite. À première vue, on aurait dit que chaque casier contenait une courtepointe pliée plusieurs fois sur elle-même – cela donnait l'impression de contempler une explosion de couleurs et de tissus dépareillés, certains à motifs et d'autres unis, certains fastueux et d'autres loqueteux. Mais il y avait autre chose dans l'alignement ordonné des teintes qui jurait avec ce que je connaissais de la couture en patchwork.

Je finis par comprendre. J'étais tout simplement en train de contempler nos vêtements. Les robes que nous portions à notre arrivée à l'asile. Je ne distinguai pas la mienne, malgré sa couleur rouge-orangé, pourtant mon cœur se mit à battre plus fort. Je venais de dévoiler un autre secret. Je me demandais combien de patientes étaient au courant que nos robes attendaient sagement le jour de notre libération. C'était bien ce que l'on nous avait dit, mais on nous avait dit tant de choses qu'au fond il était rassurant de constater qu'une d'entre elles au moins était vraie. Je dus réprimer l'envie de m'agripper aux casiers comme un singe pour aller dénicher ma robe, mais je ne pouvais pas m'attarder plus longuement. D'un geste décidé, je refermai la porte derrière moi et je remontai le couloir en rasant les murs, furtive comme un fantôme.

De retour au rez-de-chaussée après mon escapade – une demi-heure au bas mot, sans doute plus – je tombai dans un capharnaüm sans nom. La scène était digne d'un pandémonium. Les infirmières n'avaient toujours pas maîtrisé les patientes et celles de mon pavillon en avaient profité pour s'aventurer au loin, tandis que plusieurs internées de Thalie, après avoir recouvré leurs voix, les faisaient ricocher à travers toute la salle comme des projectiles. Winter était de retour, mais Piper était absente – peut-être partie courser Bess – et Salt aidait Dexter à traîner une femme déchaînée par la porte ouverte de Thalie. Martha se tenait adossée au mur blanc vers le milieu de la salle et, bras croisés, contemplait la débandade. Il faudrait que je lui demande comment elle avait fait son coup. La femme qui se tapait la tête contre le mur avait disparu. La trace d'un rouge sombre qu'elle y avait laissée était encore visible.

— Smith ! m'intercepta Winter. Au pavillon.

Douce comme un agneau, je m'exécutai et mis le cap sur Terpsichore. Dans la salle, les patientes vaquaient à leurs occupations avec force bavardages et murmures, profitant de leur liberté momentanée. Mon esprit était encore en ébullition après avoir retrouvé ma sœur, et mon cœur fredonnait à l'idée que personne n'avait remarqué mon absence. Si je m'en étais tirée comme ça aujourd'hui, je pouvais renouveler l'exploit.

— Ohé, là ! cria quelqu'un derrière moi.

Je pivotai, mais ce n'était pas à moi que s'adressait l'invective. Devant mon lit de camp se tenait Celia, la femme au visage brûlé. Winter la montra du doigt en aboyant :

— Vous n'avez rien à faire ici. Dehors.

Celia obéit avec lenteur. Nous nous croisâmes et elle serra ma main dans la sienne. Je lui rendis son étreinte. Je me demandais quel était son but. Espérait-elle que personne ne remarque l'arrivée d'une autre patiente ? Était-elle sincèrement déboussolée ? Voulait-elle seulement me saluer ? Contrairement aux autres internées de son pavillon, elle ne pouvait pas souffrir du manque de calmants, étant donné qu'elle ne les avalait jamais.

Au bout d'un quart d'heure, les autres patientes de Terpsichore avaient réintégré leurs lits respectifs et se tenaient assises bien droites, les mains pliées sur les genoux, face à Winter et Piper. La porte du dortoir était fermée et c'est à peine si l'on discernait le brouhaha en provenance de Thalie. J'étais de retour dans mon pavillon auprès de mes camarades. En un sens, les choses étaient telles qu'elles devaient l'être.

Mais un malaise sous-jacent traversait la salle de part en part, avec son cortège de chuchotements frémissants, et le sentiment que les choses n'étaient justement pas telles qu'elles devaient l'être. Et personne, au milieu du bouleversement général, n'aurait pu se douter que de toutes ces femmes, j'étais de loin la plus troublée.

# Chapitre 17

Si j'avais trouvé Phoebe dans un tel état de mutisme et de langueur dès ma première semaine à Goldengrove, j'aurais sans doute cédé au découragement. J'aurais vraisemblablement baissé les bras. Je serais peut-être retournée dans le havre de sécurité chez mes parents, même si m'y attendait un mariage né d'un pacte avec le diable.

Pour l'heure, je n'aurais fait marche arrière pour rien au monde.

J'avais appris à mes dépens comment les qu'en-dira-t-on, les faux-fuyants et les manigances pouvaient imposer leur loi, et j'en usais sans vergogne. La promesse d'une faveur future pour Nora, un citron dérobé pour Damaris, des menus ragots pour Mouse. Quoi qu'il en coûtât. L'échange de faveurs me permit d'atteindre deux de mes objectifs : convaincre la contremaîtresse de l'atelier de savonnerie qu'on m'avait réaffectée à l'équipe de cuisine pendant une semaine, tout en faisant savoir à la responsable en cuisine que je participerais uniquement le matin à la confection des confitures et des gelées. Après le déjeuner, je m'éclipsais. Chaque jour, je me retrouvais libre trois heures d'affilée. Et chaque jour, je filais dans l'escalier jusqu'au placard, j'enfilais mon uniforme d'infirmière et je me glissais dans le couloir jusqu'au bureau du médecin-chef.

Le premier jour, je le trouvai assis sur son bureau, son verre vide posé sur le sous-de-main en cuir devant lui, en train de pianoter nerveusement. Il portait le même costume en tweed brun que la veille, ni plus ni moins froissé, et j'eus l'étrange sensation de tomber sur un plateau de théâtre et un acteur en train de répéter la même scène en boucle, qui attendait bien à sa place qu'un autre protagoniste vienne lui donner la réplique.

— Gente infirmière, soyez la bienvenue, s'exclama-t-il en repoussant son verre comme s'il venait de le remarquer. J'espérais vous revoir. Je tiens à m'excuser pour mon comportement d'hier. C'était incorrect de ma part de profiter de votre présence.

— Il n'en est rien, répliquai-je avec gratitude.

— C'est aimable à vous. Néanmoins, je suis navré. J'ai apprécié votre oreille attentive. Vous n'avez raconté à personne ce que je vous ai confié, nous sommes bien d'accord ? Ce serait fort préjudiciable à ma réputation.

— Bien sûr que non. Vos secrets sont bien gardés.

Ses yeux étincelèrent.

— Nous avons tous besoin d'une personne à qui confier la vérité. Comme la soupape d'une chaudière. Si on ne relâche pas la pression de temps à autre, elle explosera toute seule au pire moment.

— Une pression considérable s'exerce sur vous, force est de le constater.

S'il me voulait dans le rôle de confidente, j'allais lui faciliter la tâche.

— Une pression terrible ! Encore plus qu'avant. L'argent, vous comprenez.

— Oui, d'ailleurs j'avais une question à ce propos. Pourquoi les investisseurs sont-ils à ce point obnubilés par l'argent ? Des gens comme les Sidwell n'ont assurément pas de problèmes sur ce chapitre ?

Il tapota sur un grand livre avant de répondre :

— Excellente question. L'État verse une somme pour chaque patiente indigente que nous prenons à notre charge. Quant aux autres, ce sont leurs familles qui paient.

— Je comprends.

— Et si nous parvenons à prouver que nous sommes de bons gestionnaires des fonds alloués, en générant dans le même temps des profits considérables, alors tout est pour le mieux.

— Bien évidemment. Mais il s'agit là d'un seul asile. À peine deux cents femmes, soit des montants dérisoires. Pas de quoi chicaner pour les riches, si ?

— Ah, ma foi, c'est là que le bât blesse. Nous sommes en lice pour décrocher un contrat privilégié à l'échelle de l'État. Si nous le remportons, il ne sera plus question d'un seul et unique établissement, mais de dizaines. Voire plus d'une centaine, si nous convertissons tous les hôpitaux de l'État – comme celui de Napa – à cette fusion entre public et privé. Et si notre action en Californie se fait remarquer, il pourrait être question d'un contrat à l'échelon du pays, dit-il avant d'asséner une grande claque sur le bureau. Il est *là*, votre argent.

Il me fallut un effort plus qu'humain pour ne pas laisser voir mon dégoût. L'expression acerbe de Mme Dunstable me revint soudain à l'esprit, accompagnée de son mantra asséné d'une voix sèche : « Cachez vos émotions. Ne perdez pas de vue vos objectifs. »

Sur ce, le médecin-chef enchaîna d'un air qui se voulait détaché :

— Mais fini les sermons. Puisque vous êtes ici et que vous vous êtes montrée si conciliante hier, j'apprécierais que vous me serviez un verre. Si vous n'y voyez pas d'inconvénient.

Je sautai sur l'occasion de lui verser une giclée de gin.

Après une longue gorgée, il me gratifia d'une mine reconnaissante et j'en profitai pour l'interroger :

— Comment va Mnémosyne ?

— Elle dort. Ce n'est pas ce que vous pensez. Ce n'est pas moi qui l'ai fait venir ici, je ne la retiens pas, c'est seulement pour me servir mon gin. Je ne suis pas un monstre.

— Loin de moi cette idée.

À présent que la conversation s'était orientée vers Phoebe, ma poitrine se serrait de penser à ce qu'il pouvait lui faire, ou lui avait déjà fait, qu'elle fût éveillée, endormie ou autre. Une main sur la bouteille, je réprimai une bouffée de dégoût, en attendant de voir combien de temps il allait repousser le moment de quémander un autre verre.

— Et voulez-vous me raconter pourquoi elle est ici ? demandai-je.

— Vous ne direz rien à Nelson, n'est-ce pas ?

— Bien sûr que non.

Cette promesse, je l'aurais tenue même si j'avais connu l'identité de ce Nelson. Seule Phoebe importait à présent : si proche et pourtant si lointaine.

— Je n'approuve pas ses méthodes. Le traitement par l'eau froide. Il ne fonctionne que dans des cas très spécifiques ; l'usage qu'il en fait, quasiment à l'aveuglette, en attachant telle partie du corps pour se livrer à ses expériences, est barbare. Elle était recouverte de bandages, on aurait dit une momie égyptienne, et elle convulsait à cause du froid. Il était tout à fait évident que cela ne lui faisait pas du bien.

— Rappelez-moi, déjà, quel pavillon ?

— Il l'avait mise à Melpomène.

C'était donc un médecin, s'il l'avait affectée dans un pavillon. Un médecin que je serais bien avisée d'éviter soigneusement, lui et son traitement par l'eau froide. Dr Nelson. Je mémorisai l'information.

— Et il ne s'est pas aperçu quand vous l'avez emmenée ? demandai-je.

— Il se moque de savoir qui il momifie et personne d'autre n'est au courant. Il a une autre fille, à présent. Je lui ai appris à décliner la bonne identité.

Je sentis une boule se former dans le creux de mon ventre. Je voyais très bien à quelle femme il faisait allusion. C'était forcément la Russe. Elle n'avait rien fait pour mériter un tel traitement. Quelle patiente, aussi aliénée fût-elle, pouvait bien mériter tel châtiment ? Comment pouvait-on justifier d'infliger pareille souffrance ?

— Le Dr Sidwell ne l'aurait jamais toléré, poursuivit-il.

La mention du nom me fit sursauter, puis je me souvins qu'il parlait de John, le frère aîné décédé, médecin-chef et fondateur de cet établissement.

— L'avez-vous connu ? m'enquis-je.

Il tapota son verre avec brusquerie ; j'eus la main lourde en versant le gin, tandis qu'il continuait :

— C'est lui qui m'a embauché. Un homme bien, ce John Sidwell. Il a élaboré tous les traitements, dont il vérifiait scrupuleusement l'application. Le soir, il lui arrivait de jouer du piano pour les femmes d'Euterpe, pour que la musique les apaise. Il était inépuisable, inébranlable. Je ne suis pas de cette trempe.

J'essayai d'invoquer l'esprit de Martha, l'esprit de Nora, d'être le genre de femme qui sait s'y prendre pour gagner la confiance d'un homme.

— Mais c'est bien vous qui êtes aux commandes ? Ne pouvez-vous pas exiger des médecins qu'ils changent de méthodes si elles ne vous conviennent pas ?

— C'est ce qu'on pourrait croire !

Il prit un air renfrogné et balança un coup de pied dans son bureau comme un enfant irascible.

— Vous promettez de ne rien répéter, nous sommes bien d'accord ?

— Oui.

— Certains docteurs ici sont bien, mais j'ai du mal à trouver suffisamment d'hommes pour travailler dans cet établissement.

Il tendit son verre déjà vide. Je le remplis.

— Ce n'est pas un poste de rêve, poursuivit-il. On ne peut pas se permettre de faire la fine bouche. Et parfois, on ne se rend compte qu'il s'agit de vrais bouchers qu'une fois qu'ils sont en place, et c'est à croire que les pires ont toujours les amis les plus haut placés. Alors on fait avec.

— Mais elle, fis-je en tournant les yeux en direction de la porte close. Vous n'avez pas voulu qu'elle fasse avec.

— J'étais en pleine préparation de la visite du comité, je passais chaque pavillon en revue pour prendre bonne note de ce qu'il fallait y faire avant le jour dit, quand je l'ai vue. Son corps totalement entravé, on ne lui voyait plus que le visage. Elle m'a regardé et elle m'a demandé de la sauver. Alors j'ai interverti les dossiers et j'ai permuté les deux patientes, de sorte que personne ne puisse remonter la trace. J'ai pensé... j'ai pensé que je pourrais en sauver au moins une.

Je me suis gardée de lui dire que ce n'était pas si difficile de retrouver sa trace. Si moi j'avais réussi, c'était à la portée de n'importe qui : une infirmière, une patiente, l'infirmière en chef. Ce qui lui avait sauvé la mise jusqu'ici était que personne ne s'en préoccupait. Le médecin qui suivait la Russe savait pertinemment qu'il ne s'agissait pas de Phoebe – tout comme la Russe en question –, mais cela lui était bien égal. Quant à l'intéressée, elle était impuissante, à moins qu'on ne lui eût promis une récompense si elle jouait le jeu. Inscrire *Mnémosyne* sur le dossier avait été une grossière erreur. Une petite plaisanterie avec lui-même qui, si elle se savait, se transformerait en preuve qu'il avait falsifié un dossier médical. Visiblement, c'était la première fois qu'il tentait d'escamoter une patiente. Dans le cas contraire, il s'y serait pris avec plus de discrétion.

Au lieu de lui faire part de mes sentiments, tandis qu'il vidait pour la énième fois son verre de gin, j'avalai ma salive et je lui posai la question qui me hantait.

— Et ça ne va pas plus loin ?

— Comment ça ?

— Lui demandez-vous de faire autre chose ?

— Elle verse l'alcool et elle peint.

— Et c'est tout ?

— Mon Dieu, souffla-t-il. Pour qui me prenez-vous ?

— Je ne sais pas trop, avouai-je. Mais je vais vous demander de jurer sur votre honneur que vous ne l'avez jamais touchée.

Une expression blessée se lut sur son visage.

— Je l'ai prise par la main pour l'amener ici. Je ne lui ai fait aucun mal. Je le jure sur mon âme éternelle.

— Elle est spéciale, soulignai-je avec des accents de sincérité indéniable.

Son visage s'illumina.

— Je l'ai senti. Quand elle m'a demandé de la sauver. Et vous avez vu ce dont elle est capable ? Quand elle peint ?

— Oui. C'est magnifique.

Je remplis son verre, il le but.

— Elle a fait entrer le ciel à l'intérieur, commenta-t-il. Nous avons tous besoin de ciel.

Trois verres et un marmonnement navré plus tard, il finissait sur sa méridienne, cette fois la tête penchée en avant, sans aucun ronflement. Je sentis un pincement de culpabilité à l'idée que je satisfaisais son vice, mais j'eus tôt fait de le chasser. Un homme décidé à boire jusqu'à la lie trouverait toujours le moyen d'arriver à ses fins. Si j'étais là, je n'allais pas rechigner à lui donner un coup de pouce. Après tout, il se trouvait suffisamment lucide six semaines plus tôt pour tirer Phoebe du danger. Comme chez ma sœur, peut-être que sa maladie à lui suivait ses inflexions propres. Peut-être que la semaine prochaine, sa sobriété nous permettrait de rentrer à la maison. Il en avait le pouvoir, non ? Mais il fallait que Phoebe aille mieux pour envisager un départ.

Je voulus trouver un coussin pour lui caler la tête puis je me ravisai : je n'avais pas de temps à perdre, d'autant plus que le confort n'avait pas l'air d'être dans ses priorités. S'il n'avait pas touché Phoebe, si en effet il dormait sur cette méridienne depuis qu'il l'avait installée dans sa chambre, alors je pouvais prêter foi à ses propos. Il fallait bien croire quelqu'un, de temps à autre.

J'entrai dans la chambre. Et je tombai à nouveau sur ma sœur.

Il m'avait annoncé qu'elle dormait. En réalité, je la trouvai éveillée, bien qu'il fallût un œil exercé pour faire la différence. L'œil d'une sœur. Phoebe avait sombré dans un cycle d'humeur sombre, un de ceux où la tristesse était trop lourde pour qu'elle pût trouver la force de se lever et de se mêler au monde. J'avais vécu de tels épisodes maintes fois à ses côtés ; je ne les avais pas identifiés comme tels parce que tout autour de nous était différent. Il ne s'agissait pas d'hallucinations, pas de contention chimique. Phoebe était seule à s'assujettir.

Comme la fois précédente, je m'agenouillai à côté d'elle, aussi près que possible, et je la contemplai sans la toucher. Elle avait les paupières lourdes, les bras flasques. Sa respiration superficielle soulevait à peine sa poitrine. Le compotier était à la même place sur la table de nuit, avec ses petits grains de raisin pâles et appétissants, dont plusieurs avaient été cueillis.

Il y avait des raisons d'espérer, et je me réjouis intérieurement. Je connaissais intimement les cycles qu'elle traversait, pour en avoir été témoin au fil des années. Cette part d'ombre annonçait aussi l'approche de l'aube. Dans un ou deux jours, elle serait de nouveau elle-même. Exactement comme quand ma mère l'appelait à la table du petit déjeuner, jour après jour, et qu'elle finissait par descendre d'une démarche hésitante, mais bel et bien présente. Elle allait retrouver la lumière.

À ce moment-là, je serais à ses côtés.

Et alors, ce jour-là enfin, nous rentrerions à la maison.

*

Le lendemain, je répétai mon manège – je fis mine de me rendre à l'atelier de savonnerie, je m'éclipsai dans l'escalier, j'enfilai l'uniforme dans le placard, je glissai mes cheveux sous la coiffe et, d'un geste confiant, je tournai le bouton de la porte avant de pénétrer dans le bureau du médecin-chef.

Mais ce jour-là, une scène différente m'attendait.

Le médecin-chef était à son bureau, certes, mais il n'était pas assis devant une pile de paperasses ou devant un verre vide. Devant lui se déployaient cinq cartes de jeu, face cachée, qu'il souleva une à une pour les scruter de près. Il avait changé de costume, quoique sa veste de serge bleu, avec sa manche droite effilochée, ne fût guère plus pimpante que celle en tweed. J'avais à peine posé les yeux sur le jeu de cartes et sur le verre de gin – rempli – à sa main gauche que le vrai choc me frappa de plein fouet.

Il y avait quelqu'un d'autre dans la pièce, assis face à lui, lui aussi accompagné d'un verre d'alcool et d'un éventail de cinq cartes.

Je tombai en arrêt devant son compagnon de jeu et faillis prendre mes jambes à mon cou en le reconnaissant.

C'était Gus, le colosse, le laquais de l'infirmière en chef. Ses doigts gigantesques happaient les cartes. Il était vêtu de son éternel uniforme blanc, tiré à quatre épingles comme à son habitude. Il détonnait. Il était trop massif pour le verre d'alcool qu'il portait à ses lèvres, trop massif pour la chaise sur laquelle il avait pris place, trop massif pour cette pièce.

Le médecin-chef leva les yeux, son visage expressif empreint d'une joie innocente et amicale, et déclara :

— Bonjour ! Vous voulez jouer avec nous ? C'est une partie de poker fermé. Laissez-vous scandaliser.

Gus et moi échangeâmes un regard.

— Connaissez-vous l'infirmière… ? C'est quoi votre nom, déjà ? demanda le médecin-chef, cordial, oublieux.

— White, répondis-je les yeux baissés sur mon uniforme en priant pour ne pas avoir répondu trop lentement. Infirmière White.

— Ravi de faire votre connaissance, dit Gus.

Sa voix me parut soudain jurer avec sa silhouette de géant. C'était une voix douce, ronde, avec un léger accent que je n'arrivais pas à situer.

— Tout le plaisir est pour moi, répondis-je avant d'ajouter quelques secondes plus tard : Pardon, vous vous appelez ?

— Lui c'est Gus, interjeta le médecin-chef.

Sa diction commençait imperceptiblement à glisser sur la pente de l'ébriété. Ils ne devaient pas jouer depuis très longtemps.

— Prenez-vous une chaise, infirmière White.

— Je ne suis pas douée aux cartes. Je préfère vous regarder.

— Comme vous voulez, répondit le médecin-chef avec un rire jovial.

Il ramassa les cartes et entreprit de les redistribuer. Il tapota le bord de son verre de l'ongle de son index et Gus empoigna aussitôt la bouteille de gin, qui se tenait au garde-à-vous, pour lui servir deux doigts d'alcool. À côté de leurs verres, les deux joueurs avaient disposé une coupelle de noisettes et une autre de biscuits salés, comme l'auraient fait mon père et ses amis pour une partie de cartes à la maison.

J'aurais pu avaler les biscuits par poignées entières. À la place, je me perchai tout au bord de la méridienne, le corps droit, en restant le plus impassible possible. Je songeai aux raisins sur la table de nuit de Phoebe. Je songeai à Phoebe. Je me demandais si Gus était au courant de sa présence. Ce n'est pas moi qui irais l'en alerter.

Chacun des deux joueurs remporta quelques manches, échangeant plaisanterie bon enfant et pièces de menue monnaie. J'avais du mal à suivre ce jeu qui m'était inconnu, mais il semblait être question de se débarrasser de certaines mauvaises cartes au profit d'autres plus intéressantes, tout en faisant croire à l'autre qu'on détenait une main gagnante. Je me demandais si Gus jouait franc jeu ou s'il laissait gagner le médecin-chef ; compte tenu de l'ascendant de son adversaire, il aurait été bien avisé de lui concéder ce petit plaisir.

Gus finit par se lever en annonçant :

— Il faut que j'y retourne. Mon quart m'attend.

Ce à quoi le médecin-chef répondit :

— Bien sûr, bien sûr.

J'avais les nerfs à vif. Le géant me jeta un regard en coin, mais il ne dit rien. Après son départ, je me laissai aller à un soupir de soulagement.

Les jours précédents, je m'étais sentie coupable de nourrir le vice du médecin-chef. Aujourd'hui, j'avais balayé tous mes scrupules.

Je soulevai la bouteille.

— Un autre sourire ?

Il hocha la tête et je vidai les dernières gouttes d'alcool dans son verre.

— Oh non ! Vous n'en avez plus ? m'exclamai-je.

— Pas ici, hélas. Mais il y en a dans la réserve. Je vais en remonter quelques bouteilles.

Sur ces mots, il s'en alla, franchit la porte en titubant et referma derrière lui. Je poussai un soupir satisfait.

En un clin d'œil, j'avais traversé le vestibule pour gagner la chambre. C'était le grand jour. Je le sentais.

Ma sœur était réveillée. Assise sur le lit, elle feuilletait un exemplaire écorné du roman *Les Vingt Ans de Rose*, sans que j'aie la certitude qu'elle le lisait vraiment. En un éclair, j'allai m'asseoir à côté d'elle.

— C'est moi, annonçai-je d'une voix saisie par l'émotion. Je suis ici.

Elle eut l'air dubitative, pourtant quand je tendis une main hésitante vers elle, elle ne bougea pas. Quand enfin je posai la main sur la sienne, elle se détendit. Voyant vraisemblablement que mon corps était tout aussi tangible que le sien, elle acceptait ma présence.

Le premier mot qu'elle m'adressa prit la forme d'une question :

— Pourquoi ?

— Pourquoi… ?

— Pourquoi es-tu venue ? Tu n'as pas… Oh, Charlotte, ne me dis pas qu'ils t'ont envoyée ici, toi aussi.

Elle pensait nos parents capables du pire. Après tout, s'ils condamnaient une de leurs filles à cette souffrance, pourquoi pas les deux ? Je choisis de lui révéler la vérité.

— Non. Je suis entrée en douce. Comme Nellie Bly. J'ai fait semblant, en sautant du quai, pour être envoyée ici. Pour venir te chercher.

L'histoire était de plus en plus élémentaire au fur et à mesure que je la répétais.

— Pas folle, dit-elle en secouant la tête, mais très imprudente.

— Je te dois bien ça.

— Non.

La conversation prenait une tournure inattendue. Je poursuivis avec obstination :

— Il faut qu'on te sorte d'ici.

— Oh, ma douce Charlotte. Cela n'arrivera jamais.

— Pourquoi ? On peut parler aux docteurs et leur faire comprendre que tu es lucide.

— Ils n'écouteront pas.

Je n'étais pas de son avis, mais je voulais éviter la dispute. Je devais seulement lui faire comprendre qu'il ne fallait pas perdre espoir.

— Dans ce cas, on informera quelqu'un d'autre.

— Tu peux toujours essayer, dit-elle d'une voix lasse.

Ma compassion se mua soudain en colère. Mon sang bouillonnait. Après tout ce que j'avais fait, tout ce que j'avais sacrifié pour arriver jusqu'ici, elle ne voulait même pas que je la fasse sortir ? Pourquoi m'étais-je donné tout ce mal ?

— On peut approcher d'autres personnes.

— Qui ça ?

— On pourrait commencer par les Sidwell, fis-je valoir.

Elle partit de son rire, de ce vieux rire qui m'avait toujours terrifiée, comme un carillon lancinant annonciateur de son hystérie. Si je n'étais pas persuadée que son état avait empiré depuis son arrivée à Goldengrove, son séjour n'avait visiblement rien fait pour l'améliorer.

— Lequel ? cracha-t-elle. Ton porc de fiancé ? George sait parfaitement ce qui se passe ici. Il l'a vu de ses propres yeux. Il était ici il y a même pas une semaine.

Ainsi donc, George faisait partie du détachement que j'avais raté pendant ma période d'isolement. Par acquit de conscience, je posai la question :

— Tu l'as vu ?

— Non. Leo me l'a dit.

Je ne connaissais pas le nom de famille du médecin-chef, et encore moins son prénom, et voici que ma sœur entretenait une certaine familiarité avec lui. Malgré moi, je laissai échapper une exclamation de surprise.

— Leo !

— C'est un homme bien, tu sais. Il est gentil avec moi, plaida ma sœur d'un air serein. Il me laisse vivre ici, loin de cet atroce docteur qui pense que la douleur est un remède. J'ai même le droit de peindre.

D'un geste, elle désigna le mur.

Une fois encore, la splendeur et la taille de son travail me subjuguèrent, la manière qu'avait le trait de se déployer en tourbillonnant depuis le milieu du mur dans un motif coloré hypnotique, exacerbé par le mouvement des oiseaux en plein vol. Si une seule chose au monde devait réussir à m'apaiser, c'était ce mur peint. Il dégageait un profond sentiment de réconfort et de tranquillité.

J'avais déjà posé la question au médecin-chef, mais il me fallait à présent la poser à ma sœur, aussi malaisée fût-elle.

— Tu as… Est-ce qu'il… A-t-il pris des libertés avec toi, Phoebe ?

— Bien sûr que non !

Elle semblait franchement étonnée.

— Je lui sers à boire et j'écoute ses doléances, c'est tout. Pauvre homme. Je suis sincèrement persuadée qu'il a bon cœur.

— En plus d'avoir une bonne descente ?

— Mon Dieu, fit Phoebe avec une certaine stupéfaction qui ressemblait presque à de l'admiration. Tu n'as pas ta langue dans ta poche.

— J'ai fait ce que j'avais à faire. Je suis venue jusqu'ici pour toi. J'ai même été envoyée aux Ténèbres.

— Tu l'avais mérité ?

La question m'interloqua. Je décidai d'y répondre sans ambages.

— Je me suis fait prendre dans une zone interdite.

— Donc oui.

— Ce n'est pas ça qui compte. Si j'avais été là lors de la visite du comité, j'aurais pu voir George. J'aurais pu lui faire comprendre.

— Tu crois que ça se serait passé comme ça ?

— Oui, bien sûr.

— Il a le pouvoir de te faire interner ici à jamais, à peu de choses près. Tu ne crois pas que ce serait encore pire que de l'épouser ? Et tu sais très bien que je ne pouvais pas te laisser l'épouser.

Je regardai ma sœur. Cette fois, je la regardai réellement. Elle m'avait soutenu, avait remué ciel et terre, pris fait et cause pour moi contre mes parents. Elle en avait payé le prix fort. Pourtant, si c'était à refaire, elle aurait recommencé sans hésiter. Pas uniquement par amour pour moi, mais parce qu'elle était intimement convaincue que certaines choses valaient la peine de se battre. Jusqu'à Goldengrove, j'avais toujours confié à mes parents le soin de modeler mon existence. Je croyais qu'en obéissant scrupuleusement, je serais forcément heureuse. J'avais arrêté de me voiler la face.

Si ma sœur n'avait plus d'énergie pour se battre, c'était à moi qu'incombait la tâche de reprendre le flambeau. Et j'étais prête.

Aussi loin que fût la réserve – surtout pour un homme peu assuré sur ses deux jambes – le médecin-chef allait fatalement finir par revenir avec sa bouteille. Le temps pressait. Il me fallait encore retourner au rez-de-chaussée sans éveiller les soupçons. Je pourrais toujours revenir demain, à condition de ne pas me faire prendre aujourd'hui.

— Je reviendrai, promis-je. On va sortir d'ici.

Elle ne dit rien et je fermai la porte derrière moi, mais au moment où le loquet claqua, je l'entendis prononcer un mot, un seul, sous la forme d'une question à peine audible. Je crus la saisir, mais il était trop tard pour rebrousser chemin et interroger ma sœur à ce propos.

Il fallait me mettre en route.

Je m'éclipsai par la porte du bureau en direction du placard aux uniformes pour pouvoir recouvrer mon identité. J'allongeai le pas. Chaque seconde passée dans ce couloir mettait en péril toute mon opération.

Arrivée en bas de l'escalier, le cœur et l'esprit en alerte, je songeai de nouveau à la réponse de ma sœur. J'avais cru entendre « Quand ? » Mais c'était un autre mot qui avait franchi la barrière de ses lèvres. Elle m'avait demandé : « Pourquoi ? »

Et si elle était heureuse ici même ? Et si elle n'avait aucune envie de repartir ?

# Chapitre 18

La nuit tombée, je me retrouvai comme bien souvent les yeux rivés au plafond dans un noir d'encre. Je me représentai Phoebe telle qu'elle était dans mes souvenirs et la Phoebe que j'avais découverte ici et je les comparai en les imaginant côte à côte. Désormais sortie de son épisode sombre, la Phoebe qui habitait à l'étage avait l'air en paix avec elle-même. Était-il concevable que la décision de mes parents d'interner Phoebe eût été une bonne idée ?

À San Francisco, Phoebe n'avait aucun avenir, aucun mariage en vue et aucune perspective si ce n'était celle d'une vie étriquée, étouffée par la peur de faire ou dire devant témoins des choses qui échappaient à son contrôle. Vivre dans la peur, ce n'était pas une vie. En public, il y avait toujours le risque qu'elle se mette à donner des coups de pied dans des tasses à thé ou à asperger tout le monde de vin. En privé, si elle restait cloîtrée à la maison, à quoi rimait sa vie ? Au moins, Goldengrove lui offrait un degré de certitude. Une routine rassurante. Si certaines scènes que j'avais vues se dérouler entre ces murs étaient parfaitement haïssables, les longues marches et l'immobilité forcée semblaient calmer certaines patientes, les aider à se centrer paisiblement, à atténuer leur fureur.

Toutefois, je restais persuadée qu'elle était heureuse uniquement parce que le médecin-chef en avait fait sa favorite. D'un jour à l'autre, elle était parfaitement susceptible d'être renvoyée à Melpomène et à son traitement par l'eau froide. Une fois ses membres, sa nuque ou sa taille entravés par des tissus glacés, serait-elle encore heureuse, aux bons soins du redoutable Dr Nelson ?

Une tape sur mon épaule me fit relever la tête. Je découvris le visage de Martha à l'envers devant moi, qui me faisait signe de la suivre. Je me laissai glisser sans un mot de sous mon drap misérable et lui emboîtai le pas. Je m'accroupis derrière le lit de Jubilee, situé tout au fond de la salle, où on pouvait parler sans réveiller tout le pavillon.

Nous venions d'être témoins du pouvoir perturbateur d'actions simples, de petite envergure. Martha était surexcitée. Elle nous expliqua comment elle avait repéré le plateau où étaient entreposés les somnifères en phase préparatoire et, sachant à quel moment les infirmières s'absentaient, comment elle avait réussi à remplacer la mixture par de l'eau plate. Il n'en avait pas fallu plus pour déclencher des heures de confusion. Par la suite, elle avait entendu dire que le pavillon n'était toujours pas revenu à la normale un jour après, à cause des dégâts qu'avaient causés les patientes libérées de leur traitement médicamenteux.

Son enthousiasme était volontiers contagieux, mais je sentais persister une inquiétude. Je n'arrivais pas à déterminer si les projets de Martha étaient susceptibles d'aider ou de gêner mes propres plans d'évasion avec Phoebe. Il fallait que je me tienne au courant, mais je n'étais pas prête à m'engager dans un quelconque acte de rébellion, consciente qu'un nouveau séjour aux Ténèbres mettrait tout en péril.

Jusqu'ici, Martha, Jubilee et Damaris semblaient s'embourber dans des débats stériles, tournant autour de la question de la suite à donner au mouvement. Est-ce qu'une grève de la faim aurait des effets concrets, ou se borneraient-ils à nous alimenter de force ? Combien de protagonistes fallait-il pour qu'ils prennent la révolte au sérieux ? Vingt ? Cinquante ? Plus ? Comment communiquer avec les autres pavillons, si tant est qu'ils comptassent en nombre suffisant des femmes saines d'esprit avec lesquelles communiquer ? Les muettes de Thalie ne seraient d'aucun secours, pas plus que les internées violentes d'Euterpe ou les femmes de Melpomène aux corps entravés et soumis au traitement par l'eau froide. Quant aux filles riches de Clio, elles risquaient moins de nous aider que de nous dénoncer, comme le souligna Jubilee avec une moue méprisante, et les autres partagèrent cet avis. Martha proposa de trouver le moyen de soudoyer les alcooliques de Polymnie avec des liqueurs de contrebande, mais Jubilee ne voyait pas comment s'en procurer et Damaris était outrée que l'on envisage de pousser ces pauvres femmes à leur perte. Je songeai au médecin-chef, mais je ne dis mot.

Parfois, j'avais l'impression que nous étions les femmes les plus équilibrées de tout Goldengrove. Je jetai un œil à Damaris. Je m'attendais à ce que le sujet de la révolution la tétanise. Contre toute attente, je la trouvai exaltée. Elle était peut-être timorée sous le toit de son père, mais pas ici. Je finis par découvrir que le plan de l'asile ne lui appartenait pas. Il était là avant son arrivée et elle ignorait tout de sa propriétaire. Elle était internée depuis trois ans – sa famille ne tarderait peut-être pas à venir la chercher, à condition que son beau-frère ait déménagé après s'être marié – donc le plan datait d'avant. Mais elle avait assumé la punition parce qu'elle savait que personne d'autre n'était responsable. Tel était son état d'esprit. Je craignais que le démon ne l'assaille au mauvais moment, mais entre deux crises, elle se révélait être une combattante tout aussi féroce que Martha, qui arborait ses ecchymoses comme des médailles pour inciter son auditoire à la grève.

Tandis que les trois conspiratrices échangeaient à voix basse, je me contentai de les écouter et d'opiner du chef en donnant l'impression d'en être sans avancer autre chose qu'un « Mmm-hum » ou un « Oh ». De plus, je gardais un œil sur nos camarades assoupies. Elles restaient allongées sans bouger. C'est en les observant qu'une idée me vint et je décidai de prendre la parole.

— Il y a tant de choses à trancher. Je pense qu'il faut observer la situation pendant un temps, pour être fin prêtes le moment venu.

Martha rétorqua avec un dédain évident :

— Et tu veux qu'on observe quoi ?

— Tout. Notamment les autres patientes. Qui peut bien être de notre côté ? Qui ne doit rien savoir de notre projet, de peur qu'on ne nous trahisse, intentionnellement ou non ? À qui faire appel le jour où on passe à l'action ? On doit d'abord trier nos alliées.

Je captai le hochement de tête approbateur de Damaris. S'il y en avait bien une qui avait éprouvé les affres de la trahison, à la fois à l'asile et à l'extérieur, c'était elle. J'enfonçai le clou :

— Tant qu'on n'a pas de plan d'action, on ne peut faire confiance à personne. Et on sait très bien à qui il faut faire attention.

Je montrai du doigt Mouse qui dormait à quelques pas. Elle avait tout balancé aux infirmières dès qu'elle avait vu dépasser la carte du lit de Damaris. On ne pouvait pas lui faire confiance, ni maintenant, ni à l'avenir. J'avais avoué à Damaris que c'était moi qui avais déplacé la carte, mais elle ne m'en avait pas tenu rancune, parce que je ne l'avais pas dénoncée ; c'est Mouse qu'elle tenait pour coupable.

Je jetai un œil à la silhouette endormie de Nora, mais je n'attirai pas la conversation sur son cas. J'avais mon avis à son sujet et je ne voulais pas le mettre sur le tapis. Nora était intelligente et futée, et dans n'importe quelle autre circonstance, elle aurait été un atout de taille. Mais sa liaison avec le Dr Concord la plaçait de fait dans le mauvais camp. Trois évidences se disputaient la préséance : elle était mon amie, j'avais une immense dette envers elle et elle n'était absolument pas digne de confiance.

— C'est d'accord, conclut Damaris.

Martha et Jubilee inclinèrent la tête en signe d'assentiment, quoique Martha le fît à contrecœur.

Nous scellâmes notre pacte d'une poignée de main avant de retourner nous coucher à pas feutrés.

Tandis que je me glissais sous mon drap, j'aperçus comme un reflet. Deux minces lueurs, séparées de quelques centimètres à peine. Une paire d'yeux brillait dans le noir.

Nora avait les yeux ouverts. Je fis mine de ne pas m'en apercevoir.

*

Au petit matin, après avoir englouti un bol de flocons d'avoine et un œuf dur au jaune cerné d'un anneau verdâtre, je tentai la même manœuvre que les jours précédents. Mais la chance avait tourné.

Je m'apprêtais à gravir l'escalier quand l'infirmière Piper m'interpella :

— Smith ! Ici ! Vous n'êtes pas attendue à la savonnerie ? J'ai un message à vous faire porter.

Que faire ? J'obtempérai. Elle m'avait coupée dans mon élan et j'aurais l'occasion de retenter ma chance plus tard.

Tête basse, sur mes gardes, je portai le message de l'infirmière à la contremaîtresse, mais cette dernière me mit aussitôt au travail. Je pouvais difficilement m'extirper de cette situation sans trop attirer l'attention. Je me mis donc à la tâche.

Je passai chaque minute de mes deux heures d'atelier à penser à Phoebe, en me tourmentant pour essayer de trouver le moyen d'aller la chercher. Je continuai à penser à elle au réfectoire tout en retirant d'une pichenette l'œil d'une pomme de terre à peine chaude, à la salle commune tout en faisant semblant d'écouter Hazel qui nous racontait l'intrigue de *The Ladies Lindores*, au dîner tout en surprenant Mouse à regarder Irene en chien de faïence. Je songeai à utiliser ma clé pour m'éclipser, mais quelques minutes après la cabale révolutionnaire de Martha la nuit précédente, la femme aux chiffons s'était mise à pousser des sanglots déchirants et Salt avait dû intervenir trois ou quatre fois pour la calmer. Personne n'avait bien dormi. Quand la scène se répéta le soir même – sanglots, intervention apaisante, sanglots renouvelés – j'en conclus que toute tentative était trop risquée.

Tandis qu'on nous rassemblait pour notre marche à l'aube, j'envisageai une fois encore de me faire la belle, sauf qu'on aurait rapidement remarqué mon absence. Le système de la cordée permettait de voir en un clin d'œil le chaînon manquant. Je me lançai donc dans l'ascension, à bout de souffle, réjouie de sentir mes jambes me porter, et je décidai d'attendre mon heure. Les rayons dorés du soleil levant réchauffèrent l'horizon. Je m'imaginai contempler ce spectacle depuis le balcon de ma chambre à Powell Street, le même soleil dans un monde différent, que je retrouverais dès que j'aurais réussi à sauver ma sœur. Un casse-tête, mais je savais que j'en viendrais à bout. Sauf que d'après mes calculs, nous étions le 9 octobre. Demain marquerait la fin de mon premier mois à l'asile. Un constat alarmant. Il ne me restait plus qu'une quinzaine. Le temps m'était plus que jamais compté.

Quand vint la nuit, je ne trouvai pas le sommeil ; quand vint le matin, j'étais désespérée. Ce n'est qu'en milieu de matinée, le jour suivant, que je parvins à échapper aux infirmières pour me glisser à l'étage en rasant la rampe, terrifiée à l'idée de me faire prendre. Mon cœur ne cessa pas un instant de battre la chamade : dans l'escalier, arrivée au placard, une fois devant la porte. Il cognait encore à se rompre quand j'ouvris le battant. Sur un désastre.

Le bureau du médecin-chef était méconnaissable.

Les livres avaient disparu des étagères, les piles de paperasses de la table. La méridienne d'un brun-gris était encore là, mais les coussins avaient été retapés et rangés avec soin, comme si personne ne s'était jamais allongé, en tout cas pas ces derniers jours. Les lampes étaient éteintes. Depuis leurs cadres, les anciens médecins-chefs posaient les yeux sur un théâtre sans conséquence – quelques meubles, un vieux tapis, mon visage stupéfait. On avait même pris le soin de remettre les tableaux d'aplomb.

Il n'y avait nulle part la moindre trace de verre ou de bouteille et leur seule absence rendait évidente celle du médecin-chef.

Mais que diable s'était-il passé ?

Reléguant le sort du médecin au second plan, je me jetai sur la porte et, la main crispée sur le bouton de cristal, je me ruai à l'intérieur.

La chambre était tout aussi vide que le bureau. Pire : le mur derrière le lit étincelait d'un blanc immaculé. L'air était encore saturé de l'odeur âcre de l'huile de lin contenue dans la peinture fraîche.

Pas de médecin-chef. Pas de sœur.

Gus m'avait-il dénoncée à l'infirmière en chef ? L'infirmière qui n'en était pas une, qui fourrait son nez partout ? Étais-je la suivante sur la liste ?

Ils avaient disparu, et je ne pouvais pas me permettre de traîner plus longtemps dans les parages. Je retrouvai le couloir et le placard aussi vite que mes pieds me le permirent. Dans ma robe corail, dans l'escalier. Je me présentai à l'atelier de savonnerie, où je pouffai de rire, j'agitai les mains et leurs servis un boniment sur « une certaine confusion » avant de me concentrer comme jamais sur la confection de la soude caustique, versant l'eau sur les cendres tout en me demandant à quoi diable rimait tout ça.

Ma première réaction fut de demander au Dr Concord ce qui était arrivé au médecin-chef, mais la méthode dont j'usais habituellement pour solliciter une entrevue se heurta à un haussement d'épaules navré et un hochement de tête compatissant de l'infirmière Piper.

— Pourquoi ? insistai-je.

— Ce n'est pas le moment, trancha-t-elle en détournant le regard.

Elle me poussa vers le réfectoire, où m'attendait un souper de pain rassis et de bouillon clairet avec en prime des pommes de l'année précédente qui s'étaient ramollies à la cave.

On avait sorti la femme aux chiffons du pavillon – pour l'emmener où, bien évidemment, personne ne le savait – moyennant quoi nous étions assurées d'avoir une nuit calme. Une fois les lumières tamisées et le silence installé, je me tournai vers Nora pour obtenir des réponses.

— Renvoyé, murmura-t-elle.

Le mot flotta dans l'espace qui séparait nos deux grabats.

— Il s'est avéré être dipsomane, tu imagines ? Il y a toujours eu des ragots, mais cette fois, le comité a fait venir à l'improviste un enquêteur, qui l'a trouvé au fond de son verre. Ils l'ont expulsé séance tenante. D'après la rumeur, il est parti dans un autre asile. En tant que patient.

— Quelle horreur, murmurai-je.

Mes sentiments sur le sujet étaient bien plus complexes. Cet homme était une épave, mais c'était un cœur tendre. J'avais espéré qu'il nous vienne en aide. Son successeur serait-il aussi gentil ?

— Pourquoi ont-ils envoyé un enquêteur ? Qui leur a vendu la mèche ?

— J'en sais rien. Ce qui compte, c'est qu'ils ne trouveront pas de sitôt quelqu'un de qualifié pour le remplacer. C'est l'infirmière en chef qui sera responsable d'ici là.

*Non.* Mes lèvres s'arrondirent pour former le mot mais aucun son ne sortit de ma bouche. Pour certaines femmes, selon leur diagnostic ou leur traitement, cet établissement était déjà un véritable enfer, même si l'administration tentait globalement de faire au mieux. Qu'allait-il advenir de l'asile s'il tombait entre les mauvaises mains ? Hélas, seul l'avenir nous le dirait.

Et si le médecin-chef était parti pour de bon, où était passée Phoebe maintenant qu'il ne pouvait plus assurer sa protection ? L'avais-je perdue, alors que je venais tout juste de la retrouver ?

*

Le lendemain, on convoqua une assemblée extraordinaire de tous les pavillons. Aucune salle n'était assez grande pour nous réunir toutes, de sorte qu'on nous aligna sur la pelouse, chacune attachée à sa cordée comme pour partir en randonnée, mais sans nous laisser le choix de nous arrimer de notre propre gré. Une fois menottées, on nous fit avancer, puis on nous fit attendre. Les files entières de combinaisons corail numérotées à la craie s'étendaient de tous côtés. À présent que le mois d'octobre était bien entamé, les premières fraîcheurs de l'automne nous coloraient les joues. La température me fit prendre conscience du temps que j'avais passé à l'asile. La fin du mois était inéluctablement en chemin. Je jetai un œil à ma droite sur la file parallèle à la nôtre. Une femme plus âgée aux joues rouges comme une pomme et aux longues nattes grises se recroquevilla sur le sol et commença à arracher et enfourner l'herbe par poignées entières. L'infirmière lui lança un coup d'œil, sembla prendre bonne note, et ne fit rien. Je reportai mon attention droit devant moi.

Sur l'avant de notre attroupement se découpait un espace herbeux où l'on avait érigé une sorte de tente, avec quatre piquets plantés dans le sol et reliés par des cordes auxquelles on avait pendu quatre draps. On aurait dit une grande boîte en tissu et sa présence n'était sans doute pas étrangère au fait qu'on nous avait rassemblées de la sorte. Aucun son ne sortait du quadrilatère, ce qui ne voulait pas dire qu'il était vide. La seule vision de cette boîte m'emplissait d'un profond sentiment d'effroi.

Depuis que Nora m'avait appris que l'infirmière en chef était désormais aux commandes de l'institution, j'avais une boule dans l'estomac, petite et dure, qui ne me quittait jamais. Quand je vis la nouvelle responsable prendre position entre nous et la tente, je sentis la boule grossir dans mon ventre. Elle arborait un sourire pénétrant, comme une exultation malveillante que je brûlais de lui faire ravaler d'une gifle. Dans le bureau du médecin-chef, j'avais eu un éclair d'empathie pour elle. C'était fini.

— Merci à toutes d'être venues, commença-t-elle comme si nous avions eu voix au chapitre.

Je me demandais si elle allait aborder le départ du médecin-chef. L'enchaînement des événements était incongru ; c'était la première fois que nous étions convoquées de la sorte, en tout cas depuis mon arrivée à Goldengrove. Toutefois, je la voyais assez mal confier quoi que ce fût du fonctionnement interne de l'asile à une assemblée de patientes. Si elle évitait le sujet, je serais la seule à faire le lien entre le renvoi du médecin-chef et sa prise de parole.

L'imposante silhouette de Gus se découpait derrière elle. Je me sentais mal à l'aise en sa présence, craintive à l'idée qu'il ne fasse le rapprochement entre mes deux identités, si ce n'était déjà fait, mais il se bornait à regarder fixement devant lui sans aucun intérêt pour nous.

Celles d'entre nous qui étaient capables de se tenir debout tranquilles avaient été mises en avant. Les bonnes filles de Clio au centre, puis nous et Thalie, puis les patientes languissantes et tremblantes de Melpomène, et pour finir les dépendantes de Polymnie, conciliantes malgré leurs grognements. Les pavillons les moins dociles avaient été relégués à la marge, si bien que leurs lamentations exubérantes, leurs cris et contorsions, loin de tout noyer alentour, tissaient comme un lointain bruit de fond. D'où nous étions, la voix de l'infirmière en chef nous parvenait clairement.

— Mesdames, des avancées ont lieu, déclama-t-elle de sa voix stridente. La marche du progrès est inéluctable. Nous sommes ici à la pointe de ce que la science fait de mieux en termes de traitements et quand de nouveaux outils et appareils voient le jour, nous en faisons bon usage. Qui peut affirmer ce qui saura percer les mystères de l'esprit de nos patientes, quel précieux et puissant remède se révélera être la clé ? Si nous voulons aider le plus grand nombre possible de femmes, nous devons incorporer des techniques nouvelles.

Je doutais que cette femme eût aidé quiconque au cours de son existence, à part pour servir ses propres intérêts. Je bouillonnais de rage.

— C'est ainsi que j'ai le plaisir de vous présenter la chaise de tranquillité, déclama-t-elle.

D'un geste, elle retira les draps blancs qui recouvraient la tente, dévoilant une femme assise sur une chaise en bois brut, les bras entravés, la tête entièrement recouverte d'une boîte en bois. L'effet était presque aussi comique qu'il était horrible, laissant à voir une étrange créature couleur corail surmontée d'une tête cubique aux pans nus et lisses.

Mon horreur fut plus grande encore que celle de mes camarades. J'avais instantanément reconnu la silhouette de ma sœur.

— Regardez bien, poursuivit l'infirmière en chef. Je tiens à ce que chacune d'entre vous voie l'avenir.

Je compris qu'elle voulait faire passer un message. Elle s'était emparée de Phoebe pour effrayer les responsables de l'agitation de ces derniers jours. Elle devait être au courant que la boisson était en train de ravager le médecin-chef et elle avait décidé d'utiliser cette information à son avantage. Que Gus lui eût ou non raconté la partie de cartes en compagnie de l'infirmière imaginaire, elle avait découvert que le médecin-chef essayait de protéger Phoebe, et elle y avait mis le holà. Cette mise en scène s'adressait non seulement aux patientes, mais également aux infirmières, aux médecins, aux aides-soignants, tout le monde était visé. Elle faisait savoir aux personnes concernées qu'elle était au courant. Elle affirmait haut et fort qu'aucune patiente ne pouvait lui échapper. Le spectacle qui se déroulait sous nos yeux en était la preuve.

Il me fallut une volonté démesurée pour ne pas me jeter à la gorge de cette femme abominable. Depuis mon arrivée, je ressentais des bouffées de violence, une soif de sang que je n'aurais jamais soupçonnée de sommeiller en moi. J'avais désormais la certitude que seule face à l'infirmière en chef, je lui aurais réduit le visage en purée.

Après un long silence, le temps que nous observions la chaise dans toute son horreur, elle s'adressa de nouveau à la foule rassemblée.

— Voici une résidente d'Euterpe, une violente. Mais une petite heure à peine sur cette chaise a permis de calmer ses impulsions violentes. Ses instincts bestiaux sont domptés.

Un mensonge, un sale mensonge. Phoebe n'avait jamais eu d'impulsion violente de sa vie. C'était une mise en scène. Mais l'annonce grandiloquente de l'infirmière en chef venait de m'offrir une information de taille : Phoebe avait été envoyée à Euterpe et je savais exactement où se trouvait ce pavillon.

— Je tiens à vous faire bien comprendre, mesdames, que cette chaise n'est pas une punition, continua-t-elle.

Elle leva le doigt pour souligner son propos, l'œil étincelant. Elle avait l'air de se délecter au plus haut point de la situation.

— Tout comme la cage d'Utica, la chaise de tranquillité a pour projet de préserver la patiente de ses pires impulsions, pas de la châtier parce qu'elle les a. Vous êtes des créations imparfaites, des femmes incapables d'atteindre l'idéal féminin. Notre seul objectif, à Goldengrove, est de vous aider à guérir. De faire de vous des femmes à part entière. Si Dieu le veut, nos méthodes vous soigneront. Vous devez avoir la foi. Vous devez coopérer avec vos soignants. Si nous y parvenons, tout ira bien. Vous irez bien.

La bonne nouvelle – le fanal qui jette aux navires ses lointains rayons – était que Phoebe n'était pas en détresse. Je le voyais à sa silhouette. Ses mains notamment ne trahissaient aucune tension. Elle avait les épaules détendues et au lieu de s'ancrer de force dans le sol, ses pieds se balançaient dans le vide. De temps en temps, elle posait son index sur son majeur. Je lui avais toujours connu ce tic, qui dénotait non pas qu'elle était apeurée, mais qu'elle s'ennuyait. Aussi incroyable que cela puisse paraître, elle restait calme au milieu de cette comédie. Non pas à cause de la chaise de tranquillité, mais en dépit d'elle. Je sentis mon cœur se gonfler d'amour et l'envie de l'arracher à cet endroit revenir à la charge, plus forte que jamais.

La situation était loin d'être idéale, pourtant je n'avais jamais été aussi près du but. Pour l'heure, je savais où se trouvait ma sœur. Tandis que notre pavillon défilait devant elle, je vis Gus la détacher avec délicatesse et quand elle se contorsionna pour prendre appui sur lui, j'aperçus la nouvelle inscription à la craie sur son épaule. Quel que fût son nom supposé, elle était la femme numéro 100. J'accueillis comme un signe de bon augure la proximité de nos deux chiffres. Il n'en restait pas moins que je devais agir vite. Je craignais que l'infirmière en chef ne décidât à l'avenir d'appliquer des châtiments plus sévères.

Je n'avais plus vraiment le choix. Il me restait une seule carte à jouer.

L'heure était venue de passer aux aveux.

# Chapitre 19

Quand le médecin-chef était encore en position de nous aider, je n'avais pas agi à temps et l'occasion m'avait filé entre les doigts. J'étais bien déterminée à ne pas répéter la même erreur. Ainsi, dès que l'opportunité se présenta – après notre quart matinal – je mis mon plan à exécution. Quand l'infirmière Winter vint me chercher à l'atelier de savonnerie, je lui glissai à mi-voix :

— Il faut que je parle au Dr Concord.

Un long silence s'écoula. Je m'attendais à essuyer un refus, étant donné que l'infirmière en chef était désormais aux commandes, mais elle finit par me répondre :

— Ma foi, vous allez devoir sauter le déjeuner.

J'acceptai le marché sans hésiter.

Luttant contre la précipitation, je pénétrai dans le bureau en examinant soigneusement la physionomie du Dr Concord. D'une monotonie rassurante, il était égal à lui-même, les traits nullement altérés. Pourtant, je m'étais attendue à le trouver changé, après l'agitation des derniers jours. Au fond, son immutabilité était réconfortante.

Sans préambule, je l'interrogeai :

— Combien de temps ai-je passé aux Ténèbres ?

— Nous n'avons pas pour politique de donner ce genre d'information.

— Au diable la politique, rétorquai-je avec une insolence inaccoutumée.

L'idée de dire ce que je voulais, de déballer enfin la vérité, était grisante.

— Avez-vous l'intention de vous montrer combative, mademoiselle Smith ?

— La combativité est-elle un symptôme ?

Il poussa un soupir. Je n'avais pas engagé la conversation sous les meilleurs auspices, mais il était trop tard. Il fallait aller de l'avant.

— J'ai quelque chose d'important à vous dire.

— Oui. Allez-y.

— Docteur, je ne suis pas folle.

— Ah ?

Sa voix ne dénotait aucune surprise et je compris instantanément qu'il ne me croyait pas. Je ne devais bien évidemment pas être la première femme à avancer ce genre d'affirmation. Dans mon cas précis, c'était la vérité, mais il ne pouvait pas le deviner. J'allais devoir trouver mieux.

— Nora vous a-t-elle parlé de moi ?

— Mme Pixley ? s'étonna-t-il. Pourquoi aurait-elle... je ne vois pas de quoi vous voulez parler.

— Si, vous le savez, insistai-je. Mais je comprends que vous fassiez semblant. Moi aussi je fais semblant.

— Je vous demande pardon ?

— Je me fais passer pour une folle. Intentionnellement.

J'avais enfin toute son attention. Son front se plissa. Consultant ses notes, il répondit :

— Vous... vous avez sauté dans la baie, et quand on vous a interrogée par la suite, vous étiez incohérente, hystérique, et muette selon toute apparence.

Pour la toute première fois, je le vis perdre son air mélancolique. Et avec, toute trace de gentillesse avait disparu. Donc Nora ne lui avait rien dit, ou tout du moins pas ce pan de l'histoire.

— N'est-ce pas votre dossier médical ? Patiente numéro 99 ? me défia-t-il.

J'aurais juré sentir le chiffre, inscrit à la craie au propre le matin même, me brûler la peau au travers de ma robe.

— Si, mais… comme je vous le disais, j'ai fait semblant.

— Vous m'avez confié être bouleversée. Vous m'avez avoué avoir sauté par amour. Vous avez menti.

— C'*était* par amour.

À mes propres oreilles, cette réponse sonnait comme une bien piètre excuse, un couinement de protestation. Je m'égarais.

— Et qu'attendez-vous de cette grande révélation ? Un sauf-conduit ? Vous croyez vraiment que ça marche comme ça ?

Une vague d'amertume s'abattit sur moi. Dans ma hâte à ne pas réitérer deux fois la même erreur, j'en avais commis une autre. Cet homme était investi d'un pouvoir, certes, mais il était plus susceptible de l'utiliser contre moi qu'en ma faveur. J'étais une patiente indigente. S'il le voulait, il pouvait m'envoyer dans un asile public. Dans de telles institutions, les traitements par défiguration permanente et autres horreurs dont les patientes chroniques m'avaient parlé étaient encore monnaie courante : arrachage des dents, excision des parties intimes, perforation du crâne pour faire sortir les démons. J'aurais tout donné pour retirer ce que je venais de dire, même si c'était la vérité vraie. Comment pouvait-elle être mal perçue ?

— C'est pour ma sœur que je suis ici. J'aurais dû vous le dire d'entrée de jeu. N'avez-vous jamais aimé une personne si fort que vous auriez fait n'importe quoi pour elle ?

Sur son visage, la colère prit une nouvelle expression. Il m'en voulait à présent de le renvoyer au souvenir de son épouse. D'en faire une affaire personnelle.

— Ma sœur est la meilleure personne que je connaisse, plaidai-je désespérément. Elle est intelligente, sincère, altruiste. Sa place n'est pas ici.

Ses épaules se décontractèrent imperceptiblement, même s'il gardait les bras croisés et la mine désapprobatrice.

— Est-elle arrivée ici indigente, comme vous ?

— Non, sa famille paie. Nos parents l'ont envoyée ici pour la punir de…

Je dus me faire violence pour prononcer la suite à voix haute :

— D'une chose qu'elle a faite pour moi.

Son regard s'adoucit, pourtant ses lèvres prirent une moue sarcastique.

— Et j'imagine que vous allez m'expliquer qu'elle n'est pas folle, elle non plus ?

— Elle a des crises, concédai-je.

Quitte à dire la vérité, autant ne rien laisser au hasard.

— Mais elle a vécu toute sa vie à la maison. Elle pourrait très bien y retourner.

— Poursuivez votre récit.

Il me laissa dérouler le fil de mon histoire sans m'interrompre : comment j'étais arrivée ici, la robe de Matilda, le saut dans la baie, l'exemple de Nellie Bly. Je m'attendais à voir son expression traversée par la stupéfaction ou tout un éventail d'émotions, mais il resta de marbre. À la seule différence près que ses yeux semblèrent se voiler, alors qu'ils m'avaient toujours paru limpides. Mais peut-être n'était-ce qu'un artifice de la lumière.

Il attendit la fin de mon récit. Quand enfin il reprit la parole, il ne se montra guère encourageant :

— Je suis navré pour vous, mademoiselle Smith.

Il parlait avec franchise, mais contrairement à son habitude, il avait l'air contrit et hésitant.

— Sincèrement, votre intention est noble. Mais je ne pourrai pas vous aider sans risquer de me mettre en porte-à-faux. Et je doute que vous trouviez quiconque pour vous prêter main-forte.

— Je peux toujours essayer, rétorquai-je en relevant le menton.

— Je vous le déconseille. Honnêtement, mademoiselle Smith. Je vous parle en tant qu'ami. Certaines personnes entretiennent des liens beaucoup plus serrés que moi avec les Sidwell. Ils risquent de se mettre en travers de votre chemin. Vous comprenez ?

Il me toisa d'un air sombre.

— Oui, avouai-je.

— Je ne tiens pas à ce que vous vous mettiez en danger plus que vous ne l'êtes déjà.

— Pour autant, vous ne m'aiderez pas, complétai-je sans émotion.

— Non, répondit-il sur le même ton détaché.

— Que me conseillez-vous ?

— De tirer le meilleur parti de la situation.

J'avais du mal à imaginer la traduction de son conseil dans les faits si je restais enfermée à Goldengrove, mais je me rendais bien compte que notre conversation avait atteint son terme. C'était un homme d'autorité, pourvu d'empathie, qui connaissait désormais la vérité. Il avait raison : si lui refusait de m'aider, personne d'autre ne le ferait à sa place.

Je me levai pour prendre congé.

— Merci, docteur Concord.

— Bonne journée, mademoiselle Smith. Faites profil bas. Restez à l'affût des occasions. C'est le mieux que je puisse vous souhaiter.

Ce n'était pas grand-chose, mais c'était toujours mieux que rien.

Je retournai discrètement dans le pavillon au moment où les autres femmes rentraient du déjeuner. Mon estomac criait famine. Mon esprit tournait en rond. J'avais retrouvé ma sœur, partant du principe qu'il n'en faudrait pas plus, mais je m'étais trompée. La ramener à la maison me semblait un objectif encore plus inatteignable qu'avant, sinon rigoureusement impossible. J'avais toujours cru que mon geste le plus désespéré serait d'avouer que j'avais toute ma tête. Je venais d'abattre cette carte et je me retrouvais les mains vides.

En même temps qu'il m'avait opposé une fin de non-recevoir, Concord m'avait redonné du cœur à l'ouvrage. Prise au pied de la lettre, la conversation aurait pu m'anéantir. Il avait raison de dire que je ne pouvais faire confiance à personne, pas même à lui, et j'aurais dû me rendre compte que d'avouer la vérité ne serait pas suffisant dans de telles circonstances.

Mais sans le savoir, Concord m'avait fait un cadeau. Il m'avait conseillé de rester à l'affût des opportunités. Ce fut au plus profond de la nuit noire que je me rendis compte que l'occasion que j'appelais de mes vœux m'attendait déjà, tapie dans l'ombre. J'espérais seulement qu'il ne fût pas trop tard pour m'en emparer.

Cette nuit-là, après qu'eut retenti le bruit sourd du verrou enfermant Terpsichore à double tour, je me relevai pour gagner à pas feutrés le lit de Martha. Elle ouvrit les yeux, sursauta en me voyant si proche et ouvrit la bouche pour parler mais je l'intimai au silence d'un doigt sur mes lèvres. Dans la pénombre, ses yeux alertes étincelaient comme ceux d'un chat. Je lui dis à mi-voix :

— Si on causait de ta révolution.

## Chapitre 20

Ma conversation avec Martha terminée, je retournai m'allonger. Les idées se bousculaient dans ma tête. Je ne pouvais pas dépendre exclusivement des résultats d'une hypothétique révolution. Il fallait que je continue à tracer mon propre chemin. Ce qui impliquait de me manifester.

Mais auprès de qui ?

Je caressai l'idée d'informer mes parents, mais je craignais qu'ils ne déclinent de me venir en aide. Ils pouvaient tout à fait trouver un intérêt à ce que je reste ici. Après avoir sacrifié une de leur fille, rien ne les retenait de faire subir la même chose à la deuxième. Cette décision ne coulait pas de source – après avoir tant perdu aux mains du mauvais sort, comment pouvaient-ils être tentés de se débarrasser de nous si le choix leur était donné ? – mais force était de constater qu'ils n'avaient pas hésité avec Phoebe. Après avoir fait leurs calculs et soldé leurs comptes, ils en étaient arrivés à la conclusion qu'elle comptabilisait trop de dettes. C'est ainsi qu'ils l'avaient envoyée ici, mise au rancart, exilée.

Quant aux Sidwell, rien ne servait d'alerter George. Que serait-il advenu si j'avais pu l'aborder lors de sa visite trimestrielle ? Comment aurait-il réagi en découvrant ma présence, à laquelle absolument rien n'aurait pu le préparer ? Il aurait vraisemblablement fait semblant de ne pas me reconnaître. Je n'avais aucune peine à me représenter le rictus dédaigneux sur son visage distingué. Il avait ses propres intérêts en vue, sa propre peau à sauver ; je l'imaginais mal s'inquiéter de mon sort. Après mon départ d'ici – car je refusais d'envisager qu'il pût en être autrement – aurait-il encore envie de m'épouser ? La réponse dépendait sans doute de ce qui allait se savoir de mon escapade. Si je trouvais le moyen de rentrer chez mes parents sans que rien s'ébruite, et si mes parents ne révélaient à personne que je n'avais jamais mis les pieds à Newport, rien ne viendrait perturber le cours des choses.

Bien évidemment, je rêvais de tout faire dérailler. Néanmoins, tout ce qui pourrait me libérer de mes obligations envers George anéantirait par la même occasion tout espoir d'un mariage avec Henry. Quand je pensais à ses mains calleuses, à sa barbe souple et à ses chaleureux yeux bruns, cet espoir reprenait vie dans mon cœur.

Henry. À présent que je songeais à lui, il m'apparaissait comme le choix évident. C'est lui qu'il me fallait prévenir. Il nourrissait pour moi des sentiments amoureux, j'en étais convaincue. J'ignorais si son amour serait à même de surmonter son sens du devoir, mais il était mon seul espoir.

Il ne me restait plus qu'à déterminer qui se ferait ma messagère. Je n'en avais pas la moindre idée. Mon épuisement finit par avoir raison de mon angoisse et je dormis d'un sommeil agité jusqu'au matin, ou tout du moins jusqu'à ce qu'on nous réveille pour marcher, ce que je fis à mon corps défendant.

De retour au pavillon, il nous fallut une fraction de seconde pour remarquer ce qui avait changé.

Une robe vert bouteille était étendue sur le lit de Jubilee. Je n'avais pas vu de couleur si vive depuis des semaines, sans parler des sous-vêtements raffinés qui l'accompagnaient, et qui ne venaient clairement pas de l'asile. Il y eut un cri étouffé. Jubilee s'élança, arrachant sa combinaison corail tout en courant, puis enfila les dessous et la robe. Sa précipitation faisait penser à celle d'une enfant qui engloutit un bonbon de peur qu'il ne disparaisse. Nous nous rassemblâmes en cercle autour d'elle, comme aimantées par le spectacle.

Jubilee sembla reprendre vie instantanément. La robe avait agi comme par magie. À moins qu'il ne s'agît d'autre chose ?

Nettie s'agenouilla aux pieds de Jubilee pour caresser l'ourlet du vêtement. Elle tira dessus pour lui faire frôler le sol, rit de trouver le tissu trop court et empoigna un autre pan de la robe. Jubilee nous souriait, indifférente aux enfantillages de Nettie.

— Tu es toute belle, la complimentai-je en flattant la manche de son vêtement.

Comme je m'y attendais, le tissu était doux au toucher. Cela faisait une éternité que je n'avais pas eu entre les mains autre chose que des étoffes élimées qui menaçaient de se désagréger. Jubilee me sourit avec un petit air réjoui.

— C'est ma robe à moi, rien qu'à moi, je ne l'ai pas vue depuis que ces espèces de chiens de berger m'ont ramassée sur les quais pour m'amener ici. Et tu sais ce que ça veut dire ?

— Ça veut dire que je vais devoir te faire ravaler ton culot ? avança Bess, mais tout le monde l'ignora.

— Eh bien, a priori c'est de deux choses l'une : soit j'ai de la visite, ce qui serait une bénédiction, sauf que je n'ai pas de famille, donc qui ça peut bien être, je me le demande ?

— Sinon quoi d'autre ? interjeta Hazel.

— Sinon ça veut dire que je sors, répondit Jubilee.

La joie transforma son visage sitôt que ses mots eurent franchi ses lèvres.

— Tu crois ? L'heure a sonné pour toi ?

— Personne ne sait quand son heure a sonné, fit valoir Jubilee en lissant sa robe du plat de la main d'un geste répétitif. Mais souvenez-vous, je vous l'avais bien dit. Nous autres trimardeuses, on reste jamais bien longtemps.

Au même instant, un aide-soignant l'interpella depuis l'embrasure de la porte – je ne l'avais encore jamais vu, avec ses avant-bras secs et nerveux gonflés comme les nœuds d'un cordage – et Jubilee tourna les talons.

Martha se jeta à son cou et la serra contre elle avec une telle fougue que Jubilee tituba et manqua de tomber. Les paupières closes, elle lui rendit son étreinte avec un sourire. Martha lui glissa quelques mots à l'oreille et Jubilee hocha la tête. Après avoir été témoin de leur rencontre, personne n'aurait pu se douter que ces deux-là se lieraient d'amitié, pourtant Martha fut la seule à la gratifier d'un semblant d'au-revoir.

En quelques instants, Jubilee s'en était allée et la porte s'était refermée avant que j'aie eu le temps de réagir.

J'aurais dû lui confier mon message.

Jubilee ne revint pas au pavillon ce soir-là, pas plus que nous ne la revîmes le jour d'après, et il nous apparut évident qu'elle avait vu juste. On l'avait laissée sortir. Jubilee s'en était allée pour de bon.

Cette nuit-là, je remontai les couvertures par-dessus ma tête et je sanglotai jusqu'à ce que mon coussin soit trempé. Depuis ma confession ratée au Dr Concord, mon esprit était en ébullition : qui pourrait bien faire suivre un message à Henry ? Qui encourager à devenir ma messagère ? Et si Jubilee était ma seule chance et que j'avais laissé passer l'occasion ?

Pour autant, je ne pouvais pas m'aventurer à révéler mon secret à toutes les patientes de Goldengrove dans l'espoir que l'une d'elles finisse par être libérée, rentre chez elle et accepte de se mouiller pour moi. Jubilee affirmait que les prostituées finissaient toujours par sortir, sauf que notre pavillon n'en comptait plus une seule. Quant aux filles de Clio, elles allaient rentrer chez elles, autrement dit à Boston ou Baltimore ou dans les capitales de la côte Est, ce qui ne me serait d'aucun secours. Mon plan ne tenait pas la route. D'autant plus que rien ne m'assurait qu'Henry allait accepter le message d'une quelconque femme présumée folle – aurait-il seulement donné audience à Jubilee ? –, si bien que je commençais à me dire que ce chemin ne menait nulle part.

À la place, je passai en revue le personnel de l'asile. Quand le Dr Concord m'avait mise en garde contre les alliés des Sidwell, il ne faisait pas allusion à Henry. Je devais rester à l'affût d'une opportunité et trouver une personne de confiance avant de tenter quoi que ce fût. Et si une telle opportunité venait à faire défaut, il me resterait toujours le projet révolutionnaire de Martha.

Mais ce projet allait-il porter ses fruits ? Martha était un trublion, une véritable cheffe de file, mais elle n'était pas tout à fait apte à mener campagne. Certes, elle était intelligente, sans doute plus que Nora, mais elle était indisciplinée. Je la comptais parmi mes atouts, mais pas parmi mes alliées, alors même que j'approuvais ses discours révolutionnaires qui me permettaient de glaner des informations. Martha était peut-être notre sauveuse, à Phoebe et à moi. Mais peut-être pas.

Ce ne fut d'ailleurs pas d'elle que me vint ma nouvelle idée. Elle germa dans ma tête après le départ de Jubilee, qui laissait une place dans notre pavillon. Si nous tentions de réaffecter Phoebe ? À présent que l'infirmière en chef avait démontré l'emprise qu'elle exerçait sur ma sœur, allait-elle continuer à se focaliser sur elle ou passer à autre chose ? Si Phoebe intégrait mon pavillon, j'aurais la satisfaction de la savoir en sécurité. Ce qui ne m'empêcherait pas de continuer à fomenter notre libération. Sans parler du fait que nous serions enfin réunies.

Je n'avais toujours pas révélé mon secret à Martha. Nora, qui le connaissait, semblait n'en avoir rien fait. En apparence, nous étions toujours en bons termes, mais elle voyait bien qu'il se tramait quelque chose qui impliquait à la fois Martha et moi-même. Elle était bien trop intelligente pour ne pas sentir la rumeur. Je redoublai de gentillesse à son endroit, ce qui ne fit qu'accroître ses soupçons, si bien que je me repliais sur des bavardages anodins. Un jeudi, nous passâmes une heure dans la salle commune à organiser un concert pantomime de musique de chambre avec les femmes de Terpsichore. Je m'installai au piano muet, Nora chanta une aria muette, Damaris y alla de son imitation animée et joyeuse d'une flûtiste, quant à Irene, elle nous fit mourir de rire avec ses mouvements de scie sur son violoncelle imaginaire. Malgré le sentiment de peur qui nous enserrait, nous parvenions à trouver des petits instants de joie.

La joie nous offrait une couverture propice pour avancer en toute discrétion. Et comme j'avais obtenu le double de la clé de Nora avant notre brouille, je n'avais plus besoin de son aide pour retrouver ma sœur. D'un côté, je me serais sentie plus forte si j'avais été épaulée, sachant que le cadre d'Euterpe m'effrayait, avec ses patientes violentes dont les crimes leur auraient valu la prison en d'autres temps. Mais deux paires de pieds font plus de bruit qu'une seule. L'absence d'une personne passait plus facilement inaperçue que deux. Je ferais courir moins de risques à mes camarades si je mettais mes peurs de côté pour entreprendre ma visite sans la complicité de quiconque.

J'étais seule.

*

Le lendemain, de retour de la marche, je m'éclipsai pour retrouver Phoebe dans son nouveau pavillon. Il ne s'était pas écoulé suffisamment de temps pour que la mélancolie l'accablât de nouveau – par le passé, il avait toujours fallu compter un mois –, mais je craignais l'émergence d'une phase maniaque qui la diminuerait presque d'autant. Une Phoebe rigolarde, désinvolte et arrogante constituait un danger pour elle-même et pour les autres. Elle risquait de dévoiler le projet de révolution au premier aide-soignant venu, voire de mettre seule les plans à exécution avant que nous soyons prêtes, se croyant trop géniale pour se laisser prendre ou punir.

À l'instar de Melpomène à l'étage, où la fausse Phoebe – en réalité, Natasha – était retenue, Euterpe consistait en un agencement de petites chambres individuelles. Ce qui paraissait logique étant donné le profil violent des internées. Il y avait moins de risque qu'une émeute éclate si les femmes étaient séparées les unes des autres, de même qu'elles étaient moins susceptibles de se battre. Quant au risque d'automutilation, j'imagine qu'il était difficile de le neutraliser. Je me souvins tout à coup de Mary, la patiente qui s'était jetée du toit peu de temps après mon arrivée à Goldengrove. Je priai pour ne plus jamais être confrontée à un tel spectacle sanguinolent.

Ma clé me permettait d'ouvrir et l'entrée du pavillon et les chambres individuelles à l'intérieur. De l'autre côté de la porte extérieure, un tableau affiché au mur récapitulait le numéro des patientes et la chambre qui leur avait été attribuée. Je n'eus aucune mal à localiser le numéro 100. Je tournai la clé dans la serrure, traversai rapidement l'espace désert, avant de me glisser derrière la porte de la 14-E. Elle me rappelait davantage ma cellule aux Ténèbres que la chambre qu'il m'avait été donné de voir à Melpomène, avec un revêtement en caoutchouc au sol et aux murs qui servait manifestement à empêcher les internées de se faire du mal dans un accès de violence. Une fois encore je songeai à quel point l'endroit était inadapté à quelqu'un comme Phoebe. Néanmoins, je comprenais le choix de l'infirmière en chef. Personne n'allait contester le fait d'enfermer une patiente agressive. J'eus tout le loisir de réfléchir à ces questions en attendant le retour de ma sœur.

Quand enfin la porte s'ouvrit, je me glissai derrière le battant en priant pour que l'infirmière ne m'accule pas au mur en l'ouvrant en grand. Me faire surprendre dans cette posture serait un véritable désastre. Il n'empêche que personne n'aurait l'idée de me chercher dans la chambre d'une patiente. Je misais donc sur leur présence d'esprit défaillante pour me tirer de ce pas. Pari réussi. J'attendis que la porte se refermât à double tour avant de jeter un œil à ma sœur. Je la trouvai amaigrie et diminuée.

— C'est moi, c'est vraiment moi, je t'en prie ne crie pas.

Le son de ma voix la fit sursauter, mais à sa décharge, elle n'émit pas un son. Le temps qu'elle pivote son corps vers moi, elle avait repris le dessus et elle me gratifia d'un large sourire. Le plaisir qui se lisait sur son visage était pour moi un véritable soulagement doublé d'une grande joie. L'émotion me gagna et je fus bien contente qu'elle prenne la parole en premier :

— Tu m'as trouvée.

— Oui. Comment te sens-tu ?

— Il me semble que ça va.

— Nous n'avons pas beaucoup de temps. Je veux te faire transférer dans mon pavillon. Il s'appelle Terpsichore. On le surnomme le pavillon des cœurs brisés, alors il faut que tu expliques à ton docteur que l'amour est la vraie cause de ton mal. Tu vas y arriver ?

— Attends, attends, dit-elle en levant les mains. Ça fait trop d'un coup. Reprends au début.

Je n'avais plus l'énergie d'être patiente ; pourtant, il me fallait ralentir la cadence et appréhender la situation du point de vue de Phoebe. Elle ignorait tout de mes projets. Il y a moins d'une heure, elle était encore loin de se douter que j'allais venir la chercher ; il y a dix minutes encore, elle n'aurait pas pu deviner que j'allais me cacher dans sa chambre. Je choisis de l'interroger :

— Faisons comme ça : donne-moi le nom de ton docteur.

— Quinlan.

— Je ne le connais pas.

— C'est une femme.

— Quoi ? m'exclamai-je. Il y a une femme médecin ici ?

— Elle est discrète. Les médecins hommes sont horribles avec elle. Ils murmurent dans son dos, ils lui brûlent ses notes, ils lui donnent des surnoms graveleux. Elle est tout aussi malheureuse que nous autres.

— Elle est chargée de quel pavillon ?

— Je n'en sais rien, Charlotte ! s'agaça Phoebe. J'interroge les femmes sur leur histoire. Ça a l'air de les aider. Ils leur font subir un tel préjudice. Chaque fois, ça me fait pleurer. Je fais de mon mieux pour tenir le coup.

— Évidemment. Je suis désolée, me défendis-je d'un air contrit.

— Non, c'est moi qui suis désolée, dit-elle en expirant dans un grand sifflement haletant. Je ne suis bonne à rien.

— Non. Ne dis pas ça. Ne dis jamais une chose pareille.

Pourtant, quand elle traversait ses humeurs maussades, je savais bien qu'il était impossible de lui ôter l'idée de la tête. Mais aujourd'hui, ce n'était pas seulement son humeur qui prenait le dessus. C'était la pression exercée par cet endroit, le manque de liberté. Le fait de se réveiller un jour enfermée, le lendemain dans l'antichambre d'un médecin-chef ivrogne, puis parmi des patientes qu'une existence impitoyable poussait à mordre, griffer, rendre coup pour coup. Aucun lieu n'aurait pu être moins adapté au tempérament doux de ma sœur. Je me demandais si l'infirmière en chef en avait conscience ou si elle avait placé Phoebe sciemment dans la fosse aux lions dans l'espoir que l'un d'eux la réduirait en charpie. S'il lui arrivait malheur ici, l'infirmière en chef s'en laverait les mains. Elle n'irait pas s'encombrer d'un sentiment de culpabilité. Si elle ramenait de l'argent aux investisseurs, ce n'étaient pas quelques blessures, ou pire, qui allaient ternir sa réputation à leurs yeux.

D'une manière ou d'une autre, le fait est qu'il ne me restait qu'un seul espoir : sortir Phoebe d'ici le plus rapidement possible. Au travers des murs, j'entendis des voix étouffées, taquines, provocatrices, grondantes, et songeai une fois de plus qu'un tel endroit n'aurait aucun mal à précipiter une femme dans la folie, même si elle n'en souffrait pas à son arrivée.

J'enroulai mes bras autour de Phoebe et la serrai contre moi. Elle se laissa aller et j'accueillis le poids de son corps.

— Il y a tant de femmes qui n'auraient jamais dû être envoyées ici, dans ce pavillon, murmura-t-elle. Je m'efforce de mémoriser leurs noms. Il y a Jennie Murphy : c'est la couturière qui a craqué quand une riche cliente a changé d'avis sur une belle robe qu'elle lui avait commandée et a jeté son ouvrage au feu par méchanceté. Il y a Louise Webb : la cuisinière qui s'est défendue avec un couteau contre le chef qui mettait la main sous son tablier. Il y a Ola Doggett : la femme qui est montée sur le ring quand elle n'avait plus le sou pour nourrir ses enfants et personne pour l'aider.

Même ici, même dans ces circonstances, ma sœur pensait aux autres avant de penser à elle-même. J'avais été témoin des mêmes injustices, pourtant j'avais tourné la tête. Phoebe, béni soit son cœur tendre, n'avait pas froid aux yeux.

— Elles sont pleines de colère, poursuivit-elle. Et celles qui ne le sont pas… elles sont absentes.

— Probablement comateuses. Si les infirmières tentent de t'administrer des médicaments, quoi que ce soit, promets-moi de ne rien prendre.

— Je le promets, dit-elle solennellement.

— Ça va aller. Mais n'oublie pas, si tu veux être réaffectée dans mon pavillon, il faut que tu…

Elle m'interrompit d'un voix étouffée contre mon épaule.

— Tu devrais y aller. Je ne veux pas qu'on te trouve ici.

Nous n'étions parvenues à aucune solution.

— Tu es sûre ?

— Oui.

Je me demandais sur quelle note la quitter. J'avais espéré être porteuse d'espoir, de force et de réconfort. En vérité, j'avais tout au plus été une présence. Mais au fond, c'était déjà quelque chose.

— Sache que je fais le nécessaire pour nous sortir d'ici.

Elle prit mon visage entre ses mains et appuya son front contre le mien.

— Chère Charlotte. Tu ferais mieux de partir.

Elle avait raison. Je filai à toute vitesse dans un tourbillon de jupes corail.

Je quittai son pavillon gonflée d'optimisme, mais le temps d'arriver à Terpsichore, je m'inquiétais d'avoir substitué un dilemme à un autre. Allait-elle faire son possible pour être transférée ? Elle ne m'avait rien promis. Et je n'étais pas sûre du résultat si elle ne s'en occupait pas immédiatement ; une nouvelle patiente risquait de prendre la place. Or il ne restait qu'un lit. D'autant plus que si le transfert nécessitait l'aval de l'infirmière en chef, la cause était perdue d'avance. J'oscillais entre questionnements et espoir.

La nuit suivante, la question ne se posa plus, et malheureusement pas pour la bonne raison.

Quand nous prîmes place à table le lendemain soir – devant une demi-pomme de terre, une petite poire dure et tavelée et un bout de viande qui ressemblait à du mouton – je remarquai un vide à la place qu'aurait dû occuper Damaris. Depuis son retour des Ténèbres, elle s'asseyait au dîner en face de moi, à côté de Martha. Et voilà qu'elle n'y était pas. Martha et moi échangeâmes un regard significatif, mais pour l'heure nous ne pouvions pas faire grand-chose. Damaris ne réapparut pas de la nuit ni le lendemain matin.

Martha interrogea l'infirmière Piper, qui lui fit savoir que Damaris avait été libérée. Nous n'eûmes d'autre choix que de la croire sur parole. Toutefois, je manœuvrai pour me retrouver derrière Martha dans la cordée matinale. Jubilee était partie sans préavis. Et maintenant Damaris s'en allait sans crier gare. Je posai à Martha la question qui brûlait toutes les lèvres :

— Que lui est-il arrivé, à ton avis ?

— Comment ça ?

— Tu ne crois pas que c'est une coïncidence, tout de même ?

Elle me mesura du regard. Il me semblait inconcevable qu'elle ne comprenne pas où je voulais en venir, cependant elle resta impénétrable, m'obligeant à insister lourdement :

— Jubilee est partie. Maintenant c'est au tour de Damaris. Rien ne laissait présager leur départ, or toutes les deux fomentaient la révolution avec nous et voilà que tout à coup, on les renvoie chez elles ?

— Ohhh, lâcha Martha d'un ton doucereux. Tu as dit « avec nous ».

— Ce n'est pas la question.

— Mais bon sang, je sais que ce n'est pas la question, lâcha-t-elle avec exaspération.

— Pardon.

Je compris trop tard qu'elle cherchait à contrebalancer la lourdeur de la situation par une pointe d'humour. Je me promis d'y être plus sensible la fois suivante.

Piper nous interpella depuis l'avant de la file.

— Allez, mesdames, on se dépêche !

La cordée ne s'était pas encore entièrement formée et ne démarra pas instantanément. Martha en profita pour s'approcher de moi :

— Je ne sais pas si on peut parler de coïncidence. Surtout, ça n'a aucune importance. Qu'est-ce que ça changerait ?

— Rien, répondis-je après réflexion.

— Magnifique. Alors tu arrêtes de te demander ce qui se passe et tu commences à t'interroger sur ce qu'on peut faire. Si Damaris n'est plus là, et nous partirons du principe qu'elle est rentrée chez elle, est-ce que tu connais quelqu'un de confiance pour prendre sa place ? De notre pavillon ou d'un autre ?

Une idée se mit à germer dans ma tête.

— Peut-être bien.

— Il faut que chaque femme qu'on inclut soit la bonne. Tu as une confiance absolue en elle ?

J'avais une dette envers elle et je lui faisais confiance, mais mon choix était avant tout intuitif. J'espérais ne pas le regretter.

— Oui, répondis-je.

— Elle est dans quel pavillon ?
— Thalie.
— Mais elle parle ?
— Un peu. Quand elle le décide.
— Alors va lui expliquer ce qu'elle doit dire : qu'elle n'a pas été une bonne épouse pour son mari, qu'il s'est lassé d'elle et qu'elle s'est fourvoyée. Ça devrait faire la blague.

Et aussi simplement que cela, le tour fut joué.

*

Celia était exactement telle que dans mon souvenir. D'un côté, son profil se découpait comme une splendide camée en ivoire. De l'autre, sa peau d'un rose luisant s'étirait sur sa mâchoire avant de s'agglutiner en un froncement pulpeux sur son orbite vide. Quand elle pénétra dans le pavillon, elle tendit les deux mains vers moi. Je les pris volontiers dans les miennes. Son sourire, perdu sur ses traits, était ravissant d'un côté comme de l'autre de son visage.

— Je suis contente de te voir. Bienvenue dans le pavillon Terpsichore.

Elle hocha la tête d'un air réjoui, mais elle ne dit rien. Les mots étaient superflus. Celia était une femme de peu de mots, mais tous avaient leur poids. C'est elle qui m'avait mise en garde contre le somnifère à Thalie. Elle seule avait déduit la nature du breuvage qui était administré chaque soir et elle s'était montrée suffisamment intelligente pour faire bon usage de son savoir. À sa manière, elle avait subi la torture quotidienne des bancs sans perdre la raison, ce qui me laissait penser qu'elle était capable de résister à tout ou presque.

Je lui présentai Martha, et Martha lui fit le topo : nos discussions sur la révolution, les options qui s'offraient à nous, les actions qu'on pouvait lancer. Nous avions estimé le contingent de femmes qui nous était réellement nécessaire, et leur rôle à chacune. Martha admit que beaucoup de choses étaient encore floues, mais qu'une était certaine : la situation ne pouvait pas perdurer. La révolution ferait éclater au grand jour la dépravation de cet endroit.

C'est alors que Celia prit la parole, d'une voix calme mais déterminée :

— Pas de révolution.

— Quoi ? fit Martha.

J'étais en train de me demander si je n'avais pas gâché tout mon crédit quand Celia précisa sa pensée :

— Merde à la révolution. Oui à l'évasion.

# Chapitre 21

Toute notre petite assemblée retint son souffle.

— Une évasion ? Mais où veux-tu qu'on aille ? m'alarmai-je.

Cette perspective me semblait encore plus illusoire qu'une révolte. S'il était envisageable de s'évader, pourquoi personne ne l'avait tenté ? Puis je me fis la réflexion : peut-être que quelqu'un avait *déjà* réussi à s'évader. L'administration n'allait pas le crier sur les toits et une fois au-dehors, la fugitive ne risquait pas de se raviser et de rentrer au bercail. Damaris avait disparu par deux fois, une fois pour les Ténèbres et une fois pour rentrer chez elle, à en croire les infirmières. Et si elles avaient menti ? S'il n'était pas impossible de s'évader, nous pouvions tenter notre chance.

— Ce ne sont pas les endroits qui manquent, rebondit Martha du tac au tac.

Le sujet l'enthousiasmait, encore plus que celui de la révolution. Celia venait de lui ouvrir de toutes nouvelles perspectives.

— San Francisco, pour commencer. La ville est suffisamment chaotique pour qu'on tire notre épingle du jeu. On pourrait ouvrir un restaurant, ou une blanchisserie. On a le savoir-faire.

— Les quartiers de San Francisco qui accepteraient les femmes comme nous sont dangereux pour les femmes comme nous, objectai-je.

— Comme *nous* ? répéta Martha en écho.

J'avais oublié à quel point nos situations étaient différentes. Goldengrove avait eu cet effet sur moi – l'asile m'avait fait oublier les rouages de la société au-dehors, les frontières strictes qui séparaient ce qui était permis de ce qui était proscrit. Sans elles, Phoebe n'aurait jamais été envoyée entre ces murs et je ne serais pas venue la chercher. À elle seule, la crise qu'avait déclenchée chez ma sœur l'annonce de mon mariage ne justifiait pas son internement, mais son passif était de notoriété publique. L'affaire des tasses de thé chez Maddie Palmer. L'humiliation de Jack Burdick. Son chapelet de comportements scandaleux pour échapper aux prétendants choisis par mes parents. Je comprenais les partis pris de ces derniers. Mais pour les contrecarrer, je ne m'épargnerais aucune extrémité.

Je dévisageai Martha, navrée que mes paroles irréfléchies l'aient blessée. Son combat était différent du nôtre, infiniment plus ardu. Je ne pouvais pas m'excuser de la couleur de ma peau, pas plus que je ne pouvais changer la sienne. Je le regrettai sincèrement :

— Je suis désolée. J'ai parlé sans réfléchir. Continue.

Elle tapa du poing dans la paume de sa main :

— Il faut qu'on ait un but quelque part. Sinon, on va croupir ici. C'est d'accord ?

— D'accord.

Elle s'adressa à Celia :

— J'aime ton idée d'évasion. Je vote pour. Et je dis que San Francisco est la bonne destination.

— On est à quelle distance de San Francisco ? demandai-je.

— Ce n'est pas de là que tu viens ?

— Je ne me souviens pas très bien du chemin, avouai-je.

— Il n'y a pas grand-chose à en dire, observa Martha. Il n'y a pas tant de routes que ça. La plus grande mène à la grande ville. On finira bien par y arriver à un moment.

— À un moment ! répétai-je. Il faudra combien de temps ?

— À pied ? Deux jours, peut-être trois, ça dépend. Moins si on trouve un moyen de locomotion.

Les yeux clignotants de Celia faisaient le va-et-vient entre Martha et moi. Je repris la parole d'une voix peu assurée :

— Et une fois qu'on sera là-bas, en ville ? Est-ce qu'on sera les bienvenues ?

Martha se renfrogna avant de me répondre d'un ton sec :

— Moi j'ai une maison qui m'accueillera. Tu viens ou tu viens pas, c'est pareil. Si ta famille ne veut pas de toi, trouve un autre point de chute.

Sa réponse me cloua le bec. Bien évidemment, j'avais pour espoir de retourner auprès de ma famille. Et ce sans tarder. Je ne cessais de compter les jours, et le bilan était sans appel : il me restait en tout et pour tout dix jours. S'il fallait trois jours pour rallier San Francisco, ça me laissait une semaine. Sept petits jours. C'était trop peu.

D'autant plus que je ne partirais pas sans Phoebe. Ce projet d'évasion allait m'offrir la chance d'accomplir mon dessein : me planter devant chez mes parents avec Phoebe et exiger qu'ils nous laissent entrer. Une fois de retour, nous ne serions pas à l'abri d'un lot d'incertitudes, mais je m'en préoccuperais en temps voulu. Pour l'heure, un périple m'attendait.

*

La nuit venue, une fois la porte verrouillée, Martha nous rassembla toutes les trois dans un coin de la salle. Sa manière de dévisager Celia trahissait son manque de confiance en notre nouvelle recrue. Ce que vint confirmer son annonce :

— Pour que ça fonctionne, je pense qu'on devrait commencer par s'avouer nos secrets.

— Ah ? fit Celia.

— Il me faut la certitude que vous n'allez pas me balancer. Si vous essayez, j'aurai quelque chose contre vous. Vous comprenez ? Et ça marche dans les deux sens – je ne trahirai pas vos projets parce que je sais que vous pouvez raconter mon secret aux gros bonnets et qu'en fin de compte on se retrouvera dans une situation encore pire qu'avant.

Je me lançai. J'en avais assez des mensonges.

— Je ne suis pas folle, affirmai-je.

Martha eut un petit rire grave. Celia resta de marbre.

— Qu'est-ce que tu fiches ici, dans ce cas, *principessa* ?

— Je suis venue pour sauver ma sœur. Quand on s'enfuira, on la prendra avec nous.

— Elle n'est pas folle ? voulut savoir Martha.

— Elle n'a rien à faire ici.

— Dans ce cas pourquoi elle y est ?

— À cause de moi, clamai-je haut et fort.

Je sentis toute la force de ma colère ensevelir ma tristesse.

— Quel pavillon ? demanda Martha.

— Euterpe.

— Ah.

— Ah ?

— J'allais dire, fais-la transférer, sauf qu'ils ne font pas ça, à Euterpe. Mais continue. Qu'est-ce que tu as fait pour qu'elle soit internée ?

Ne sachant trop par quel bout démarrer mon récit, je me lançai tout à trac :

— J'étais éprise – je suis amoureuse – d'un homme du nom d'Henry Sidwell, mais mes parents m'ont promise à son frère George.

Celia resserra sa main si fort autour de mon bras qu'elle m'arracha un cri.

— George, répéta-t-elle d'une voix rauque.

— Oui.

— George.

— Quoi ?

Elle effleura du bout du doigt l'annulaire de sa main gauche, qu'elle leva à hauteur de mon visage. Pour éviter de la mettre mal à l'aise, j'avais toujours fait attention à ne pas scruter dans le détail les stigmates laissés par ses brûlures, mais voilà qu'elle me demandait de le faire. Je m'exécutai.

Elle me montrait du doigt un pan de peau encore plus gravement brûlé que le reste, si tant est que c'était possible. À cet endroit, il n'y avait pas comme partout ailleurs un lacis de cicatrices nervurées. La peau bombée était parfaitement lisse tout autour du doigt. Comme une alliance.

— Tu étais mariée.

— À George, compléta-t-elle.

— Il y a des tas de George sur terre, railla Martha.

Les yeux de Celia s'emplirent de larmes qui débordèrent en flots irréguliers sur ses joues, l'une unie, l'autre ravagée.

— George *Sidwell*, siffla-t-elle.

Alors je compris.

Celia. Le prénom de l'épouse de George. Henry m'avait parlé d'elle. Celia était la femme qui avait péri dans l'incendie.

C'était invraisemblable, et pourtant elle se tenait devant moi. Je n'en croyais pas mes yeux.

Je pris son visage entre mes mains.

— Tu n'es pas morte. Il a dit que tu étais morte, mais ce n'est pas vrai.

Elle hocha la tête en silence, tandis que les larmes continuaient à rouler sur ses joues.

— Jésus, Marie, Joseph, souffla Martha. Il a fait quoi, tu dis ?

— George Sidwell est le responsable de cet établissement, expliquai-je. Il est membre du comité des investisseurs. C'est un homme politique, soi-disant veuf. Il affirme que son épouse est morte dans un incendie. Sauf que non. Puisque la femme en question, c'est Celia.

Je me souvins quand, assise sur les bancs, j'inventais un passé aux patientes pour expliquer leur internement. Mon imagination n'avait pas été capable d'échafauder un canevas aussi atroce que la vérité. En plus d'être prise au piège de l'asile, Celia était la prisonnière de son propre corps, qui la priverait à jamais de toute quête du bonheur. Elle était marquée pour toujours.

— Mais comment es-tu arrivée ici ? demandai-je.

Malgré l'effort considérable qu'exigeait chaque mot, Celia me répondit :

— L'homme que George a payé pour mettre le feu. Je me suis enfuie. Il m'a amenée ici.

Sa réponse me fit l'effet d'un coup de massue en pleine poitrine. Mille questions se bousculèrent dans ma tête, dont une qui sortait de la mêlée :

— George sait-il que tu es en vie ?

— Je l'ignore.

— Ah la vache, lâcha Martha. Ravie de faire ta connaissance, la morte. Tu pourrais faire un sacré barouf à toi toute seule.

Celia eut un sourire qui fendit son visage ravagé et dévoila deux rangées de dents étonnamment solides. Elle poussa un immense soupir de soulagement après s'être libérée du poids de son secret. Puis elle s'abîma dans une toux sèche et saccadée, sans que je sache si elle s'étouffait ou si elle riait. Je posai ma main sur son dos. Elle me gratifia d'un mince sourire.

Je repensai à ce qu'Henry m'avait dit à propos de George, des raisons de son retour à San Francisco. Au fait que son frère avait épousé à Sacramento une femme de grande taille et d'une beauté saisissante et qu'elle avait péri dans un incendie, un soir alors qu'il était absent. Quelle tragédie c'était de l'avoir perdue.

Un récit qui s'apparentait à la vérité, qui en épousait les contours.

La conversation venait de m'apprendre quelque chose d'inédit. Certes, il me restait des montagnes à franchir, mais quelqu'un venait de me tendre un piolet.

*

À présent que notre choix s'était porté sur l'évasion, j'avais bien conscience qu'un changement devenait nécessaire.

Martha, Celia et moi avions beau être des femmes intelligentes, force était de constater que nous n'avions encore jamais tenté de nous enfuir d'un tel endroit. Je ne connaissais ici qu'une seule femme qui eût tenté sa chance. Non seulement elle avait essayé de s'échapper de l'asile, mais elle avait réussi. Deux fois, d'ailleurs, à en croire ce qu'elle m'avait raconté peu de temps après notre rencontre.

J'avais longuement hésité à faire confiance à Nora, mais je savais à présent que c'était un risque à prendre. Il fallait désormais utiliser tous les outils à notre disposition et explorer toutes les solutions possibles, aussi dangereuses fussent-elles. Si elle allait le raconter à son amant, tant pis. Si notre tentative d'évasion échouait, Phoebe et moi pourrions bien passer le restant de nos jours entre ces murs. Celia n'était guère plus à l'abri si son secret s'ébruitait. Il fallait donc passer à l'action le plus rapidement possible si nous voulions avoir toutes les chances de notre côté. L'opportunité ne se représenterait pas.

Martha réagirait par la colère. En l'état, je me sentais capable de faire face au courroux. Je me rendais compte qu'elle avait eu l'idée de nous faire dire nos secrets, mais qu'elle s'était bien gardée de partager le sien. Quelle était son intention ? Était-elle digne de confiance ?

Ce soir-là, nous nous rassemblâmes dans la salle commune. Phoebe accaparait totalement mes pensées, au point que l'arrivée de mes camarades me fit penser à une volée d'oiseaux épars qui s'installaient sur leur perchoir. Irene tel un flamant rose aux longues pattes, Nettie un étourneau bavard, Hazel un moineau fragile, Bess un macareux.

Et en effet, nous n'étions pas sans rappeler des oiseaux, à une exception près : on nous avait coupé les ailes.

Je sentis un petit coup sur mon bras. C'était Martha. Elle me glissa à l'oreille de la suivre jusqu'aux étagères de livres dans un angle de la pièce, visiblement désireuse d'aborder nos plans d'évasion.

Je fis oui de la tête, et au passage j'agrippai la main de Nora.

— Viens.

Nora me lança un regard mais elle ne dit pas un mot, sachant que les interrogations aussi banales que *Qu'est-ce qui se passe ?* étaient une perte de temps. Elle m'emboîta le pas jusqu'à la bibliothèque, où je m'appliquai à lui montrer du doigt un volume, puis un autre, en faisant semblant de lui suggérer des titres. Martha vint me flanquer de l'autre côté. Nous tournions le dos aux infirmières. La conversation embraya à voix basse.

Celia s'était assise à proximité, dos à nous, si bien qu'elle nous entendait mais que sa posture attirait moins l'attention sur notre petit rassemblement. Trois femmes en plein conciliabule était suffisamment ostentatoire. Il fallait retourner la situation à notre avantage.

J'agitai la main autour d'un exemplaire endommagé par l'eau de *Pauvre Miss Finch* tout en expliquant à Nora :

— On va s'évader.

Nora ne trahit aucune émotion.

— Tant mieux, dit-elle pour tout commentaire.

— Elle n'en fera pas partie, protesta Martha qui peinait à parler bas.

Ce à quoi je répondis fermement :

— On a besoin d'elle.

— Toi peut-être. Moi certainement pas, rétorqua-t-elle.

— Et pourquoi on aurait besoin de *toi* ? lui demanda Nora en sortant le volume de *Pauvre Miss Finch* qu'elle tendit à Martha pour faire illusion.

Nous nous penchâmes en avant. Personne d'autre que moi dans la pièce ne pouvait voir en cet instant que Nora regardait Martha droit dans les yeux avec un air de défi.

Martha serra les dents en un rictus qui de loin pouvait ressembler à un sourire. Elle fourra le livre dans les mains de Nora.

— C'était mon idée.

— La révolution, c'était ton idée. L'évasion, c'est celle de Celia.

Je fis un petit geste en direction de Celia pour que Nora comprenne qu'elle faisait partie de la discussion. Elle opina du chef.

Un sourire insipide plaqué sur le visage, Nora s'adressa à Martha :

— Tu ne vaux pas la peine. Tu es incapable de patienter calmement dans les moments clés.

— Ah, tu crois ça ?

— Elle en est capable, affirmai-je. On a besoin de vous deux. On a besoin de fougue et on a besoin de jugeote. Ensemble, on y arrivera. Sinon, on peut rester plantées là à se tirer dans les pattes en attendant de se faire prendre. Après quoi, on sera à la merci de l'infirmière en chef. C'est ce que vous voulez ?

Je lançai un regard éloquent vers la porte. Les autres le suivirent des yeux. Je voyais bien qu'elles brûlaient d'envie de remporter le bras de fer, d'avoir le dernier mot. Pourtant, elles finirent par baisser les armes.

Tout en reposant le livre pour en prendre un autre, Nora dit à Martha :

— Bien, raconte ton plan.

— Puisque tu es si intelligente, tu dois t'en douter, riposta Martha.

Elle avait baissé d'un ton, mais elle n'était pas encore prête à jeter l'éponge.

— Il faut trouver le bon moment pour prendre la fuite.

— Oh, sans rire, fit Martha avec ironie. Tu nous suggères quoi ?

— D'attendre qu'ils nous fassent sortir de l'enceinte. Ils monteront une équipe pour la récolte des olives. Courant novembre.

— C'est trop loin !

L'exclamation m'avait échappé. Nora referma le livre et me le tendit dans un simulacre de conversation. Son regard était glacial.

— Si tu vises trop tôt, tu ne t'en sortiras pas. Tu veux partir demain ? Vas-y. Personne ne voudra te suivre.

Je me tournai vers Martha, mais elle éluda mon regard. Celia restait impassible.

Nora poursuivit d'un air pensif :

— Pendant une marche, ils ne seraient pas assez nombreux pour nous prendre en chasse. Pas si on se mettait à courir depuis le haut de la colline. Dans ce cas, on pourrait envisager de partir plus tôt.

— Tu ne penses pas qu'ils donneraient l'alerte ? s'enquit Martha.

— Oh, bien sûr que si. On a le choix. On détale en misant tout sur leur incapacité à nous rattraper – un d'entre eux au moins serait obligé de rester en arrière pour surveiller les autres patientes, au risque de perdre vingt brebis sous prétexte que quatre se sont enfuies. L'effet de masse joue en notre faveur.

— Et l'autre option ? demandai-je.

Nora déplia un deuxième doigt.

— Sinon on attache les infirmières. Dieu sait que c'est pas la corde qui manque. Mais ça nous ralentirait. D'autres pourraient avoir envie de nous suivre. La moitié d'entre elles seraient de vrais poids morts.

Je jetai un œil aux autres patientes de Terpsichore, les imbéciles, les belliqueuses, les tapageuses, avec le sentiment que l'estimation de Nora était bien généreuse. Toutes nous freineraient. Même celles dont j'appréciais la compagnie, comme Irene ou Hazel, risquaient de nous trahir dans un moment de faiblesse. Nous devions nous montrer impitoyables. Nous quatre, et Phoebe. Personne d'autre.

Nora poursuivit :

— Le plus vite sera le mieux. On sera de l'autre côté de la clôture, et on sait dans quelle direction se trouve San Francisco.

— Pourquoi San Francisco ? interjeta Martha.

— Faudrait être folles pour aller ailleurs, trancha Nora. Je peux finir ?

— Vas-y.

— Sans rien d'autre que nos vêtements sur le dos, ce sera difficile – si on pouvait attraper quelques provisions en douce, des robes dignes de ce nom, ce serait mieux – mais pas impossible, en tout cas.

— Tu as oublié sa sœur ? lança Martha.

Je ne savais pas trop si elle se souciait de Phoebe ou si elle voulait sonder les connaissances de Nora.

— Elle ne fait pas partie de la cordée.

— Pas encore.

— Et ça n'arrivera pas. On n'arrive pas à la faire venir de l'autre pavillon.

— *Toi*, peut-être pas, railla Nora en toisant Martha d'un air suffisant.

Sa répartie nous intima au silence. Martha avait l'air un tantinet déconfite. Je priai pour qu'on n'en arrive pas à un jeu à somme nulle entre elles deux, qu'une soit obligée de perdre pour que l'autre sorte victorieuse, mais en fin de compte, je décrétai que cela n'avait aucune importance. Elles avaient besoin l'une de l'autre et j'avais besoin d'elles deux. Avec leur coopération et la grâce de Dieu, nous aurions levé le camp, toutes les cinq, d'ici la fin de la semaine.

Nous rangeâmes les livres que nous avions manipulés, avant de nous éparpiller dans la salle : Martha vers le piano, Nora vers les fenêtres. Je gratifiai Celia d'une petite tape sur l'épaule et elle hocha la tête imperceptiblement d'un air solennel.

Ce soir-là, je m'allongeai sur mon lit de camp, des projets plein la tête. Je retournerais voir Phoebe à Euterpe pour lui faire savoir qu'une issue se profilait à l'horizon. Je poserais les bonnes questions qui m'aideraient à estimer le trajet entre ici et San Francisco, sa durée et les ressources que nous pourrions utiliser chemin faisant. Je verrais s'il était possible de voler de quoi manger pour l'emporter sur nous d'une manière ou d'une autre. Si Nora parvenait à faire transférer Phoebe dans les deux jours, il nous resterait encore deux jours pour planquer des réserves et au troisième matin, nous prendrions la fuite.

Je nous imaginais en train de détaler depuis le sommet de la colline, là où nous avions pour habitude de faire une pause – l'expression stupéfaite des autres patientes, l'infirmière en train de rassembler ses jupons avant de nous prendre en chasse, ne sachant où donner de la tête en nous voyant dispersées dans tous les sens, le martèlement de notre cavalcade sur le sol dans ces taillis inconnus jusqu'à nous regrouper sur un large sentier, et le silence qui nous signifiait que nous avions réussi à les semer. Nous reprendrions notre souffle, les épaules droites, avant de mettre le cap plein sud.

Cette nuit-là, pour une fois, je trouvai le sommeil.

*

Le lendemain, au réveil, avant même d'ouvrir les yeux, je sus que quelque chose clochait.

Je me sentais étonnamment fraîche et dispose, et j'éprouvais moins de difficultés que d'habitude à émerger. Après une série de nuits d'un sommeil agité, la sensation était curieuse.

À Terpsichore, la routine matinale était inflexible : Piper, Winter et Salt débarquaient aux aurores avec force fracas, allant jusqu'à crier le cas échéant pour nous faire lever avant le soleil. Salt, notamment, n'hésitait pas à pousser les patientes récalcitrantes par terre, et bien des matins j'étais tirée de mon sommeil par des grondements mécontents. Il s'en allait quand nous commencions à nous habiller, mais il ne manquait jamais les premières minutes de la journée, que ce soit pour vociférer ou nous arracher des vociférations.

Sauf qu'aujourd'hui, mon réveil se fit dans un dortoir silencieux. Deux ou trois femmes chuchotaient dans la pénombre, et malgré l'absence de fenêtres, même la qualité de la lumière semblait changée.

Je roulai sur le flanc et découvris que Nora avait les yeux ouverts, elle aussi. Je m'apprêtais à lui demander ce qui se passait quand la porte s'ouvrit. Le fracas fit s'agiter toutes les femmes dans leur lit.

Piper pénétra dans le dortoir, seule. Elle alluma les lumières et d'autres femmes se réveillèrent en clignant des yeux. Mon imagination me jouait-elle des tours, ou Piper était-elle un peu plus pâlotte et anxieuse qu'à l'accoutumée ?

Martha balança ses jambes par-dessus le rebord du lit et se leva avec lenteur. Elle avait l'air aussi tendue que moi.

— Où est l'infirmière Winter ? demanda-t-elle d'une voix tranchante.

— Ne vous préoccupez pas de cela, rétorqua Piper. Au travail. Debout tout le monde.

— On ne va pas marcher, ce matin ? s'étonna Martha.

Piper fit mine de ne pas l'entendre et frappa deux fois dans ses mains.

— Au travail, mesdames !

— On ne s'habille pas ? lança Bess.

— Bien sûr que si. Mais on s'active ! Allez !

Salt apparut dans l'encadrement de la porte.

— Et que ça saute ! hurla-t-il, et les retardataires se levèrent d'un bond.

Je n'avais jamais apprécié l'infirmière Winter et son absence aurait dû être une véritable bénédiction ; pourtant, j'avais les nerfs en pelote. Nous nous habillâmes, comme d'habitude, mais les murmures allaient bon train. Les femmes ne cessaient d'échanger des regards, Nora et Martha, Bess et Irene. Même Nettie, à qui rien, pas même un orage, n'arrachait jamais la moindre réaction, s'était mise à piailler furieusement. Celia était la seule à rester impassible, sans doute parce qu'elle n'était pas encore rompue à la routine dont nous étions en train de dévier. Quand Piper et Salt nous rassemblèrent en file indienne sans attendre Winter, je sentis la tension monter d'un cran. Salt nous tenait pendant que Piper inscrivait notre numéro à la craie. Sa main nous effleurait à peine, à se demander si nos numéros resteraient lisibles bien longtemps.

Chaque patiente regagna son poste de travail, moi à l'atelier de savonnerie, Nora en cuisine et ainsi de suite, pour autant que je puisse le voir. Je m'attelai à la besogne en gardant la tête baissée. J'aurais voulu parler de cette étrange matinée, mais la presse à savons était un poste particulièrement astreignant et la moindre seconde d'inattention risquait d'entraîner un accident grave. Je m'appliquai donc à comprimer les savons à la lavande, puis à retirer les pains au moment approprié à l'aide de pinces, le tout pendant que mon esprit flageolant insistait pour me faire voir des images de ma mère dans les couloirs de sa maison qui embaumaient la lavande, de ma sœur assise sur la chaise de tranquillité et de Celia, avec son œil borgne unique étincelant, qui répétait « Merde à la révolution. Oui à l'évasion. »

Au bout de plusieurs heures de travail, Piper vint nous chercher. Elle n'était toujours pas accompagnée de Winter. L'inquiétude et la perplexité commençaient à se peindre sur tous les visages. Et pas uniquement dans notre pavillon. Notre quart terminé, on nous emmena à l'opposé du réfectoire. D'autres patientes issues d'autres pavillons se trouvaient elles aussi dans les couloirs et tout le monde se vit diriger au-dehors, une infirmière ouvrant la marche tandis qu'un aide-soignant la refermait.

Une fois à l'extérieur, sous un ciel légèrement strié par l'arabesque des nuages, je cherchai Phoebe des yeux. En vain. Je ne connaissais pas toutes les autres patientes d'Euterpe et la foule rassemblée était nombreuse. Bientôt, nous fûmes réparties dans nos files respectives, si bien que l'horizon se dégagea et qu'à quelques mètres je distinguai une caisse posée à l'envers sur le sol en guise de tribune de fortune. Nous attendîmes pendant un long quart d'heure fiévreux, jusqu'à ce que j'entende Piper murmurer à l'intention de l'infirmière de

Melpomène : « Elles ne vont pas l'attendre pendant cent sept ans » et que sa collègue lui réponde : « Moi non plus. »

C'est alors que je remarquai au loin l'imposante silhouette de Gus, et derrière lui l'infirmière en chef, le front plissé d'un suprême effort de concentration. Il s'effaça pour la laisser rejoindre la tribune improvisée. Quand elle se jucha sur son estrade à la vue de toutes, elle leva les bras, le visage éclairé d'une véritable joie. Le changement de physionomie, en l'espace de quelques pas, était phénoménal. Manifestement, elle croyait au pouvoir de ses simagrées. Je refusai d'en être dupe.

Cette fois-ci, l'infirmière en chef n'était pas accompagnée d'un support visuel, pas de chaise de tranquillité. C'est seule qu'elle se tenait devant nous. Elle prit un instant pour balayer notre assemblée du regard. L'arrogance se lisait sur son visage, elle se délectait de sa puissance. Comme la fois précédente, j'éprouvai une bouffée de violence à son endroit, et l'envie de me ruer sur elle, tant et si bien que je sentis malgré moi mon pied s'avancer sur le sol. Aussitôt, un coup sec sur mon omoplate me rappela à l'ordre. Je me retournai : Nora se tenait derrière moi. Elle secoua la tête avec lenteur, comme si elle avait senti intuitivement mon état d'esprit, et j'inclinai aussitôt le menton pour lui signifier que j'avais compris. Ce n'était pas le moment, ni le lieu, pas aujourd'hui.

L'infirmière en chef prit enfin la parole, d'une voix forte et décidée :

— Dernièrement, je vous ai parlé des nouveaux traitements. S'ils font notre fierté, ils n'en restent pas moins une denrée rare. Nous devons donc nous poser la question de savoir ce que nous pouvons faire, au jour le jour, pour augmenter les chances de trouver un remède pour nos malades mentales curables.

Elle nous dévisagea comme si nous détenions les réponses et hocha la tête comme si nous venions de les lui fournir.

— Oui, il s'agit d'une question redoutable. Et nous avons connaissance d'une solution au moins, dont je souhaite vous faire part aujourd'hui.

Pour plus d'effet, elle ménagea une longue pause, balaya une nouvelle fois du regard la foule assemblée, s'émouvant une fois encore comme si nous interagissions avec elle d'une manière ou d'une autre alors que tout autour de moi régnait un silence de plomb. Tandis qu'elle atermoyait, je tournai la tête vers la foule. À la lisière du groupe, j'aperçus brièvement le visage de Phoebe. L'infirmière de son pavillon – la trentaine, le corps en forme de violon et la peau mouchetée de taches de rousseur – se donnait du mal pour séparer deux femmes en pleine bagarre. Phoebe restait immobile et parfaitement impassible. Je ne parvins pas à attirer son attention.

L'infirmière en chef poursuivit :

— Ainsi, il a été prouvé que le sentiment d'être utile était primordial en vue de réformer un esprit malade. Cet institut est comme une ruche, au sein de laquelle chaque abeille se voit attribuer un rôle, et la réussite de la ruche dépend du fait que chaque individu s'acquitte de la tâche qui lui est confiée. Et à l'instar des abeilles, nous avons beaucoup de travail. Cette discipline fera notre bonheur. Par conséquent, tous les quarts seront doublés. La décision entre en vigueur immédiatement.

Je compris brutalement où elle voulait en venir. C'était sans rapport aucun avec le bonheur ou un quelconque remède. Elle était au service d'un autre dieu, tout-puissant celui-là : le profit. Elle s'était débarrassée sans coup férir de son seul et unique supérieur : le médecin-chef. Jusqu'à ce qu'un remplaçant passe un entretien d'embauche, soit agréé et que lui-même accepte le poste – le processus prendrait des semaines, voire des mois – elle avait seule la charge de l'établissement. Et à en croire l'ancien médecin-chef, le comité avait tout particulièrement une chose à cœur : l'argent. Elle allait leur rapporter de l'argent.

— À partir de maintenant, tout exercice physique excédant trente minutes sera exclu. L'exercice en extérieur sur la pelouse, dans l'enceinte de l'établissement, sera limité. Bien évidemment, je suis convaincue que l'activité du corps est essentielle au bon fonctionnement de l'esprit, mais le mouvement pour le mouvement est une entreprise frivole. L'exercice physique vous guérira car vous fournirez un effort au service d'un objectif. Vous assurerez le travail de récolte, de transport, de manutention. Ce faisant, vous éprouverez une vraie satisfaction et, si Dieu le veut, la paix au sein de vos esprits troublés.

Je tournai la tête pour observer Nora, et elle me rendit mon regard, sans une once d'espoir ou de réconfort. La question de savoir si elle pouvait obtenir le transfert de Phoebe à Terpsichore était vaine, à présent. Nous avions pour projet de nous enfuir en pleine marche matinale, or l'exercice même venait d'être aboli.

Nous avions trop tardé.

# Chapitre 22

Après un déjeuner chiche – un morceau de pain sans bouillon, avalé sous le regard vigilant de l'infirmière en chef – on nous renvoya à nos postes de travail. Je ne savais plus quoi faire tant je me rendais compte que la situation m'échappait. Le matin même, nous avions façonné les pains de savon avant de les laisser en cuve. Nous allions à présent préparer un nouveau lot à partir de matières premières : cendre, graisse animale, feu.

Ce n'est qu'une fois devant mon établi que je m'aperçus que l'infirmière en chef n'avait pas abordé le sujet qui nous taraudait toutes. Les mauvaises nouvelles s'amoncelaient à une telle vitesse que j'en oubliais qu'on nous avait coupé l'herbe sous le pied par deux fois en l'espace d'une matinée. Quand la patiente de Polymnie m'interrogea de son ton laconique : « Chez vous, c'est laquelle qui est partie ? », je ne compris pas de quoi elle voulait parler.

Elle dut lire la perplexité sur mon visage et me prendre en pitié. Elle s'approcha de moi pour me marmonner ce qu'elle savait :

— Réduction de personnel. Plus qu'une seule infirmière par pavillon. Apparemment, ils ont gardé les jeunes, les vieilles sont parties. Ce matin au réveil, elles n'étaient plus là.

— Mais c'est insensé. Elles arrivaient déjà à peine à nous contenir en l'état.

— C'est sensé si tu veux économiser l'argent. Qui dit moins d'infirmières, dit moins de salaires.

— On arrête de papoter, cria la contremaîtresse en nous faisant sursauter. On a doublé les quotas. On se concentre et on s'active.

Mais bien sûr ! On pouvait gober tout ce qu'on nous racontait ou observer la réalité d'un œil critique. À l'aune de ce que je savais – l'argent était le but ultime, le summum, la panacée – je voyais très bien dans quelle direction nous avancions.

Cette femme allait nous tuer à la tâche.

Encore plus de savons. Encore plus de denrées à vendre. Plus de confitures et de gelées, plus de sachets de lavande. Plus de temps consacré à la manutention, aux récoltes, tel qu'elle nous l'avait annoncé en personne – des services pour lesquels nous étions embauchées, sauf que l'argent alloué atterrissait entre ses mains et certainement pas entre les nôtres. Aucune contribution, aucun soin pour nous. On pouvait difficilement imaginer nourriture plus maigre ou plus mauvaise, pourtant si elle parvenait à en gratter de l'argent, je savais qu'elle ne se gênerait pas. Je me demandais si les dames bien dorlotées de Clio allaient perdre leurs rations de légumes frais, ou si elle ne leur retirerait pas ce genre d'opulence par prudence. Pour que les fonds continuent à affluer, il ne fallait pas laisser tarir l'arrivée de patientes aisées.

Si Baumgarten réussissait à se positionner en gestionnaire rusée, elle pourrait fort bien conserver le contrôle de l'asile sans aucun médecin-chef pour lui dicter sa conduite. Elle disposerait alors de tout le pouvoir dont elle rêvait et d'un poste inaccessible à la gente féminine, mais que sa ténacité et son ambition dévorantes l'aideraient à faire sien. Peut-être visait-elle plus haut que la simple direction de cet établissement. Peut-être espérait-elle qu'en se montrant à la hauteur, elle pourrait obtenir des Sidwell une autre situation au sein de leur empire commercial et qu'ils lui confient d'autres biens, d'autres opérations. J'ignorais quel pouvait bien être son but ultime, mais une chose paraissait évidente.

Elle ne reculerait devant rien pour arriver à ses fins.

*

La tournure que prenaient les événements me tourmenta tant et si bien que c'est à peine si je fermai l'œil de la nuit. Le lendemain après-midi, dans la salle commune, lors d'une pause entre deux quarts aussi longs qu'épuisants, je me surpris à piquer du nez. Je m'obligeai à sortir de ma torpeur. Comme nous étions constamment au bord du chaos le plus total, certaines infirmières en avaient profité pour serrer les vis et nous devions faire preuve d'encore plus de discipline que d'habitude. Le jour où Winter avait disparu, Bess s'était endormie dans un rayon de soleil, ce qui n'avait pas été pour plaire à Salt. Il lui avait asséné un violent coup dans le dos. Elle avait basculé en avant et percuté le sol avant même de sortir de son somme. Aujourd'hui, elle avait le nez contusionné et les yeux au beurre noir. Je n'avais aucune envie de subir le même sort.

Je m'astreignis donc à arpenter la pièce. Jusqu'ici, j'avais toujours accédé à mes états de rêverie en étant parfaitement immobile. Pourrais-je y arriver en faisant les cent pas ? J'avais d'ores et déjà la sensation que mon corps était séparé de mon esprit, alors pourquoi ne pas en profiter pour emmener ma mémoire ailleurs pendant que mes pauvres jambes s'activaient par automatisme et traçaient sans relâche le même sillon triste dans le sol ?

Toutefois, j'avais épuisé de longue date le catalogue des moments qu'Henry et moi avions partagés depuis son retour de Patagonie. J'avais sondé les profondeurs de ce que j'osais à peine appeler notre histoire d'amour. Je savais que songer à Phoebe ne m'aiderait pas à me détendre. J'étais trop fébrile, trop inquiète de son sort quand elle n'était pas à portée de vue. Ce n'était pas en me remémorant les instants que nous avions vécus ensemble, aussi heureux fussent-ils, que j'allais chasser cette inquiétude. Aucun chapitre de mon histoire ne me donnait envie de me plonger dans le passé. Je décidai donc d'imaginer l'avenir, sous l'angle le plus optimiste possible. Une décision qui m'offrait une grande latitude, et du réconfort.

La sensation de la main d'Henry. C'est par là que je commençai.

Sa main dans la mienne, chaude, puissante, nos doigts entremêlés. Le soleil me réchauffait le visage, une douce brise caressait le croissant de peau que laissait dépasser mon col montant en dentelle. Nous nous tenions côte à côte dans le jardin situé à l'arrière de la maison de ses parents. Je brûlais d'envie de presser mon corps contre le sien, mais la bienséance dictait de garder nos distances. Pourtant, nous étions là, main dans la main, à la face de Dieu et du monde entier. Quand j'imaginais ce qu'il adviendrait si nous avions le droit de nous approcher davantage, je sentais mes joues s'enflammer.

Les couleurs, maintenant. Ma robe effleurait l'herbe, l'étoffe blanche étincelait dans son écrin de verdure, si bien qu'on ne voyait qu'elle, comme un navire visible à des kilomètres à l'horizon. La veste du matin que portait Henry était gris foncé et la lavallière noir et blanc glissée contre sa poitrine camouflait assurément les battements effrénés de son cœur. Je jetai un œil à la dérobée à son magnifique visage. La fierté radieuse que je lus dans ses traits fouetta les battements de mon cœur. J'aurais voulu nouer moi-même sa lavallière et laisser danser mes doigts dans le cou de mon bien-aimé. Dans l'intimité de nos appartements, ce soir, je la dénouerais.

— Mes biens chers frères, commença le pasteur.

Impossible d'effacer le sourire sur mon visage, le secret espiègle sous ma voilette. Je me demandais si dans l'auditoire, les convives étaient plutôt sombres ou souriants. L'occasion était solennelle et joyeuse à la fois – laquelle des deux tendances l'emportait ?

Je balayai l'assemblée du regard. La journée était d'une douceur rare, baignée d'une lumière idyllique, et mes yeux glissèrent sur une mer de visages béats. Ma mère, satisfaite ; mon père, fier. J'aperçus Phoebe, un sourire plaqué sur le visage, comme figé. Le regard vide. Que s'était-il passé ?

Je me tournai vers le marié. Mon bien-aimé Henry avait disparu. L'homme qui était face à moi, en train de me tenir la main et de sceller notre union, arborait le visage de George.

La rêverie s'évanouit.

Je trébuchai et tombai par terre, les deux genoux sur le plancher, les talons de mes mains tentant de retenir le poids de mon corps affaissé.

Quoi qu'il advînt de moi, je me rendais compte que ce rêve ne se réaliserait jamais. J'appelais de mes vœux un événement qui avait toujours été hors de portée.

Après coup, ce ne fut pas tant le visage de George mais l'expression de Phoebe qui me resta de ce cauchemar. Peu importait le choix de mon époux, mon mariage signifiait notre éloignement.

Dans cette histoire, la vraie méchante qui allait me séparer de ma sœur n'était autre que moi.

Si mon désir le plus cher avait pu se réaliser – si Henry avait fait sa demande, que je l'avais acceptée, et que la cérémonie avait eu lieu, sans passer par Goldengrove – j'aurais tout bonnement abandonné ma sœur. Elle serait restée seule dans la demeure de nos parents. Certes, je lui aurais rendu visite, fréquemment d'ailleurs, mais cela n'aurait pas été la même chose. Je n'aurais plus pu veiller sur elle, ainsi que je l'avais promis à Fletcher des années plus tôt ; j'aurais été dans l'impossibilité de la protéger du monde et de protéger le monde d'elle, et qui sait ce qui se serait produit par la suite.

En fin de compte, je commençais à entrevoir que nous étions toutes appelées à faire des choix, quand ce n'était déjà fait, et que certains étaient irréversibles. Je ne pouvais pas devenir l'épouse d'Henry et continuer à vivre en toute convivialité avec ma sœur chez mes parents. Je me plaisais à contempler la notion de choix, or en cet instant je n'en avais aucun. *Si je le pouvais, c'est ce que je ferais*, me répétais-je. J'épouserais Henry. Je vieillirais en compagnie de Phoebe. Ces deux perspectives me semblaient à parts égales riches, désirables et incompatibles. Je venais enfin de comprendre que je ne pourrais jamais avoir les deux et que désormais l'une comme l'autre de ces possibilités étaient inaccessibles.

L'espace d'un instant, cette prise de conscience me donna le vertige. Était-ce le manque de nourriture et d'eau qui me donnait le tournis, ou souffrais-je déjà d'une grande faiblesse ? Ma santé mentale était-elle en train de se fissurer ? C'était fort probable. J'avais retrouvé Phoebe, mais la tâche qui me restait à accomplir devenait de plus en plus insurmontable. Je m'y attelais de toutes mes forces et pourtant, je ne cessais d'échouer.

Je ne quitterais peut-être jamais cet établissement. L'heure était venue de me rendre à l'évidence. J'étais prise à mon propre piège.

Je sentis l'étourdissement ballotter mon esprit, ricocher à l'intérieur de mon crâne. Je tendis la main pour prendre appui contre le mur, mais j'avais mal estimé la distance.

— Là, par ici, s'il vous plaît, me guida une voix féminine que je ne connaissais pas tandis qu'un bras me soutenait solidement jusqu'à un fauteuil.

La femme m'aida à m'asseoir. Je me rendis compte qu'il s'agissait d'une infirmière ; cependant, je ne l'avais encore jamais croisée. Je me serais pourtant souvenue d'une employée capable de bonté. Ce n'était pas la qualité première qu'on exigeait du personnel dans cet établissement.

En le regardant de plus près, je m'aperçus que son visage ne m'était pas si étranger. De taille moyenne, elle avait de jolies rondeurs, pour autant que son uniforme amidonné permît de le voir. Elle avait un long nez droit, lequel aurait été voyant sur n'importe quel autre visage, mais qui lui allait bien. Ses lèvres fines étaient bien dessinées et ses yeux brillaient d'un brun doré. Tout à fait inhabituel. J'étais incapable de la resituer.

— On se connaît ? m'enquis-je.

Une question bien imprudente, mais je n'étais plus à ça près. Au point où j'en étais, pourquoi ne pas en profiter pour dire le fond de ma pensée ?

— Je ne sais pas trop, dit-elle. Je m'appelle Veronica Bell.

— Oh !

Il y avait une éternité de cela, me semblait-il, la famille Bell avait habité Russian Hill. Veronica était plus proche en âge de Phoebe que de moi et sa famille avait déménagé à La Nouvelle-Orléans juste après qu'elles avaient fini leurs études, six ans plus tôt. Chez Mlle Buckingham, elle était célèbre. Quand je bredouillais en plein exercice d'art oratoire, ce qui m'arrivait plus souvent qu'à mon tour, ma mère m'incitait toujours à prendre exemple sur le sang-froid légendaire de Veronica Bell.

J'allais lui donner mon nom, pour qu'à son tour elle fasse le lien, quand je me ravisai.

— Bell, répétai-je. Belle-de-jour. Belle-de-nuit. La belle vie.

Son expression se fit indulgente et elle ne chercha pas à me resituer.

— Comment vous sentez-vous ? La tête qui tourne ? Un peu faible ?

— Non et non, répondis-je joyeusement.

Si elle était appelée à travailler dans notre pavillon, elle mettrait bien vite la main sur mon dossier, mais en attendant je pouvais me faire passer pour une imbécile et poser toutes les questions que je voulais sans avoir à répondre aux siennes en retour.

— Infirmière Bell, belle infirmière, les infirmières nous aident à retrouver une belle santé. Pourquoi êtes-vous infirmière ?

— Ma foi, ma mère était infirmière pendant la guerre, et je lui ai dit que moi aussi, je voulais essayer. Je voulais aider les gens. Elle m'a dit qu'elle avait vu des choses terribles…

Sa voix resta en suspens, peut-être choisissait-elle ses mots pour ne pas choquer mon esprit fragile.

— Mais j'ai insisté et elle a accepté, à condition que je travaille exclusivement auprès de patientes femmes. Alors me voilà.

— Patientes, patience, vous êtes d'une grande patience.

— Merci.

J'allais devoir faire preuve de patience, moi aussi. Cette femme pouvait se révéler être un atout de taille, à condition qu'elle ne découvre pas mon identité avant que je sois disposée à la lui dévoiler.

— Merci, merci beaucoup, de rien beaucoup, de rien du tout. C'est bientôt l'heure de manger ? scandai-je.

Elle cligna des paupières.

— Je ne sais pas. Je vais aller me renseigner.

La réponse était non, bien évidemment, mais je misais tout sur la probabilité qu'une urgence ou une collègue la ralentisse en chemin. Le subterfuge sembla fonctionner. Quand l'heure du dîner arriva pour de bon, seules nos propres infirmières nous guidèrent jusqu'au réfectoire. J'éprouvai un regain d'optimisme. Qui ne dura qu'un instant fugace. Sur mon assiette m'attendaient un bout de pain flanqué d'une pellicule de moisissure blanche et un bol rempli d'un liquide non identifié.

Malgré la faim qui me tiraillait, je laissai le pain de côté et m'obligeai à boire le bouillon, gorgée après gorgée. Il était atrocement salé, mais il avait le mérite de ne pas avoir un goût avarié.

Je profitai de ce que j'étais assise à côté de Celia pour l'interroger plus avant sur son histoire. Je voulais découvrir très exactement les faits et gestes de George. Comme à son habitude, Celia rechignait à parler et se confia à moi par bribes murmurées, agrémentées de mimes hésitants et d'expressions du visage féroces qui en disant plus long que tous les discours.

Elle aimait plutôt bien George lorsqu'ils s'étaient mariés. Rien ne laissait penser que les choses allaient mal tourner. Elle savait, bien évidemment, qu'il voyait en elle un accessoire, un objet décoratif. Les gens avaient à cœur d'élire un homme marié, pas un célibataire, et c'est ainsi qu'il devint son mari. Qu'elle n'eût pas de famille ne posait aucun problème, étant donné que ses parents étaient morts riches, si bien que les Sidwell l'accueillirent à bras ouverts, la matriarche – qui n'avait eu que des garçons – allant jusqu'à s'attacher à Celia.

Rien ne laissait présager qu'au premier sujet de discorde, George menacerait d'en venir aux mains. Elle trouvait l'idée si monstrueuse qu'elle en rit. Ce jour-là, il mit sa menace à exécution. Au même instant, elle sut que son mariage venait de se désagréger et qu'il serait impossible d'en recoller les morceaux. Voilà un homme qui n'acceptait pas l'impertinence. Mais elle ne raconta rien à personne. Les gens ne la prendraient pas au sérieux et dans le cas contraire, que pourraient-ils bien faire ? Elle n'avait nulle part où aller, aucune famille en dehors de celle de son mari. Elle tint bon envers et contre tout.

La situation se dégrada à une vitesse alarmante. Plus il la poussait, puis elle résistait. Il la menaçait. Elle se riait de lui. Il la poussait *manu militari* dans sa chambre et l'enfermait à double tour ; elle ripostait en sortant par la fenêtre. Ainsi décida-t-il qu'il serait plus simple de se présenter aux élections en qualité d'homme veuf. Pour s'attirer un capital sympathie. Il lui annonça tout de go qu'il préférerait qu'elle fût morte, mais jamais elle ne l'aurait imaginé passer à l'acte. D'une certaine manière, elle avait raison ; il embaucha un homme de main pour la tuer.

Quand l'incendie se déclara, elle était au lit. Elle se réveilla, sa chambre était emplie de fumée. Elle se sauva d'une pièce à l'autre, la poitrine convulsée par la toux, pour tenter de trouver une issue. Tout était fermé à double tour. Dans le petit salon à l'avant de la maison, elle vit qu'on avait empilé les rideaux d'été, hors saison, et comprit que ce n'était pas un hasard. Elle réussit enfin à s'échapper par une fenêtre dans un linceul de flammes et de verre. Elle atterrit aux pieds du factotum, qui contemplait le brasier. Pour George, cet homme était capable de tout ou presque – c'était lui qui avait allumé le feu, elle sentit l'odeur d'essence sur ses mains gantées – mais il ne pouvait pas se résoudre à tuer une femme sans défense. À la place, il recouvrit son nez et sa bouche d'une gaze. Elle sentit son corps sombrer dans une étrange langueur, puis tout devint noir.

À son réveil, elle était à Goldengrove, affublée déjà de la combinaison couleur corail des patientes. Elle portait le numéro 125. Son dossier médical était un ramassis de mensonges, de lacunes et d'omissions. La factotum, par culpabilité peut-être, lui avait forgé une fausse identité et utilisa ses gages pour payer son internement. Le véritable martyre que lui firent subir ses brûlures pendant des jours, des semaines, des mois la rendit à moitié folle. Ce n'était qu'à présent, près d'une année plus tard, que la douleur commençait à refluer.

Son secret était aussi dangereux qu'explosif. Il fit germer les prémices d'une idée dans mon esprit, mais pour l'heure, je n'avais qu'une envie : apaiser Celia, même si aucun mot ne semblait convenir.

— Je suis désolée, chuchotai-je.

Elle me répondit par le plus long enchaînement de syllabes qui fût jamais sorti de sa bouche :

— Ça sert à rien d'être désolée. Maintenant, faut s'en aller.

# Chapitre 23

Le lendemain, tout notre contingent de Terpsichore fut convoqué dans la salle commune : celles qui étaient en poste et celles qui ne l'étaient pas. Comme annoncé, les marches matinales avaient été annulées et étant donné que l'infirmière en chef avait menacé de multiplier par deux notre temps de travail – ce qui dans mon cas signifiait huit heures au bas mot passées à préparer la graisse, à transformer les cendres en soude, à faire bouillir, verser, peiner, soulever, obtempérer, jour après jour –, la perspective d'un temps de pause dans la salle commune était la bienvenue. Mais étions-nous réellement là pour nous reposer ? Nous avions rapidement cessé de chuchoter d'un air perplexe. Nous avions tellement dévié de la routine qu'il devenait impossible de supputer la suite.

Quand le Dr Concord apparut devant nous, je ressentis un étonnement certain, mais pas d'affolement. Il sortait très rarement de son bureau, mais sa présence n'était pas forcément de mauvais augure. Et quand Veronica Bell se présenta dans son sillage, j'y vis plutôt un bon signe. J'allais peut-être avoir l'occasion de lier conversation et, qui sait, de lui confier mon secret. Cette femme était vraisemblablement la réponse à mes prières et voilà qu'elle se matérialisait devant moi.

Mais quand l'infirmière en chef Baumgarten entra à grands pas dans la pièce, les flammes de mon optimisme s'éteignirent instantanément.

Elle se tenait les bras croisés sur sa poitrine, avec sa jupe éternellement trop ample et une expression sur le visage que je trouvais indéchiffrable. Je n'y lisais aucune colère, mais un air résolu. La concentration plissait son front étroit. Son regard brun foncé s'arrima sur le visage d'une femme, l'examina, puis passa à la suivante, et ainsi de suite.

— Mettez-les en file indienne, ordonna-t-elle au Dr Concord, lequel à son tour fit un signe à l'infirmière Bell.

Tout le monde se balançait d'un pied sur l'autre d'un air fébrile.

Je me dépêchai de gagner la file, et je venais tout juste de me faire la réflexion que l'infirmière en chef était arrivée sans Gus lorsque le colosse en question fit son entrée dans la salle. Il resta à l'écart de nous et se posta à côté de la porte, tel un monolithe menaçant. S'il me reconnut, il n'en laissa rien paraître. Je fis un pas de côté pour me glisser entre Bess et cette idiote de Nettie et terminai ma course de l'autre côté de la salle entre Mouse et Nora. À quoi rimait toute cette mise en scène ? Étaient-ils à la recherche de l'internée qui se faisait passer pour une infirmière, celle que Gus avait vue dans les appartements du médecin-chef ? Je ne pouvais pas écarter cette éventualité. Mon cœur battait à se rompre, le sang tambourinait à mes oreilles.

Une fois formée notre petite assemblée, l'infirmière en chef fit signe au Dr Concord d'approcher. Son agitation nerveuse trahissait son malaise. Moi qui l'avais toujours côtoyé dans l'environnement familier de son bureau, je le trouvai méconnaissable, comme s'il était en terrain inconnu. Je sentis mon angoisse monter d'un cran.

L'infirmière Bell baissa le menton sur la pile de dossiers qu'elle tenait dans ses mains et déchiffra le premier nom qui lui tomba sous les yeux.

— Hazel Markham ? articula-t-elle comme une question.

Hazel leva la tête, un air de biche effrayée sur le visage.

— Diagnostic ? interrogea l'infirmière en chef.

L'infirmière commença à lire, mais la voix haute et forte du Dr Concord eut tôt fait de la noyer :

— Mlle Markham est atteinte de monomanie et de délire.

— Je voulais faire des études, couina Hazel.

Toutes les femmes retenaient leur souffle.

Dédaignant sa réponse, l'infirmière en chef poursuivit sans détacher ses yeux du médecin.

— Traitement ?

— Affectée à l'équipe d'entretien. Interrogatoires réguliers. Repos et exercice physique.

— J'aime bien marcher, plaida Hazel dans un nouveau couinement.

L'infirmière en chef trancha d'une voix sans emphase :

— Réassignez-la à Nelson. Il manque de patientes.

Concord protesta :

— Mais sa maladie n'est pas…

— J'ai décidé qu'elle changeait de docteur, aboya Baumgarten en faisant un geste brusque à l'intention de Gus.

Le colosse agrippa Hazel par le coude et commença à la tirer hors de la salle. Elle tourna la tête par-dessus son épaule, mais il l'avait déjà traînée jusqu'au couloir avant que quiconque eût trouvé quoi dire pour protester, d'autant plus que je ne voyais pas qui aurait bien pu avoir le courage de le faire. Personne n'avait envie de la suivre.

Les trois femmes suivantes subirent le même traitement, l'infirmière en chef exigeant des réponses, le Dr Concord obtempérant, tandis que l'infirmière jonglait nerveusement avec ses dossiers pour y déchiffrer les noms. Si une des trois patientes en question était réorientée vers un autre praticien, l'infirmière en chef n'en fit pas mention.

À l'autre bout de la pièce, où nous nous tenions, tout le monde était à cran mais pour une autre raison. Je me demandais ce qu'il allait se passer quand l'infirmière en chef passerait à Martha, qu'elle détestait de notoriété publique. Ou quand elle arriverait à mon dossier médical. Je craignais encore et toujours que Gus ne lui annonce que je m'étais fait passer pour une infirmière. Sachant tout ce que le Dr Concord savait de mon secret, mes craintes ne faisaient qu'augmenter.

À côté de moi, je sentis Nora se crisper. Alarmée, je tournai la tête. Je suivis son regard jusqu'à l'infirmière Bell, qui se tenait les yeux mi-clos, et plus précisément jusqu'à la main de la jeune femme : ses doigts effleuraient le dos de la main de Concord. De mon point de vue, on aurait dit que l'infirmière Bell cherchait à se rassurer par ce geste. À l'évidence, Nora y voyait tout autre chose.

Je pris le risque de poser ma main à plat contre sa hanche pour la couper dans son élan.

— Cette sale morveuse. Elle est détestable, tu ne trouves pas ? grommela Nora.

Je répondis à voix basse.

— Je trouve cela un peu excessif.

— Ah bon ? Regarde comme elle flirte. C'est dégoûtant.

Je pris mon courage à deux mains pour rétorquer :

— Je crois qu'elle a peur.

— Elle a intérêt, grogna Nora avec dédain.

Ce n'était pas la première fois que j'en venais à me demander si l'amour que Nora portait au Dr Concord était sincère. Leur relation était-elle plutôt une affaire de commodité ? Ou au contraire le vrai amour ? Un entre-deux ? Certes, la ressemblance entre Nora et sa défunte épouse y était pour quelque chose, mais après tout ce temps, il devait forcément avoir des sentiments à son endroit. Que l'inverse fût vrai était difficile à dire. L'expression de Nora, si elle laissait entrevoir un élan amoureux, trahissait surtout une profonde possessivité.

L'infirmière en chef s'avança d'un pas vers Martha, plus proche qu'elle ne s'était approchée d'aucune autre patiente jusqu'ici, et d'une voix féline et caressante demanda :

— Et celle-là ?

— Martha McCabe.

Je retins mon souffle tant que les deux femmes restèrent face à face. Cependant, à l'annonce du diagnostic et du traitement, l'infirmière en chef se borna à hocher la tête et à passer à la suivante.

Nous restâmes ainsi, minute interminable après minute interminable, tandis qu'on passait en revue le reste des internées. Enfin, il ne resta plus que nous trois, en toute fin de ligne : Mouse, Nora et moi. Mouse avait planté son regard à ses pieds. Nora dévisageait Veronica Bell. J'étais incapable de poser mes yeux sur quoi que ce fût, si bien qu'ils vagabondaient à travers toute la pièce tandis que je me tordais les mains.

Quelques minutes plus tôt, Gus était revenu après avoir fait sortir Hazel. À présent, il s'en tenait à observer la scène. Il y eut un mouvement indistinct du côté de la porte, puis je l'entendis chuchoter :

— Matrone.

Elle se tenait bien droite devant nous, mais quand la voix de Gus lui parvint, elle s'interrompit et pivota son menton pointu pour lui jeter un œil par-dessus son épaule.

— Oui ?

— On vous demande à l'étage.

— Très bien. Docteur, vous voudrez bien terminer ?

— Oui. Merci de votre visite.

— Mais je vous en prie, dit-elle d'une manière qui sous-entendait clairement que son intervention avait été des plus précieuses et que le docteur serait bien avisé de déplorer son départ.

Elle s'en alla, Gus lui emboîta le pas telle une ombre épaisse et silencieuse et dans la salle tout resta figé jusqu'à ce que le bruit de leurs pas s'estompe.

L'infirmière Piper, qui avait suivi l'audience précédente dans un silence recueilli, raccompagna à leur poste de travail les internées qui venaient d'être évaluées. Seules Mouse, Nora et moi restâmes en compagnie de l'infirmière Bell et du docteur. Je n'avais encore jamais vu la salle commune aussi vide. Ce qui ne faisait qu'accroître le sentiment de malaise qui s'insinuait dans tout mon corps.

Le docteur jeta un regard rapide à Mouse :

— Vous n'avez pas de question sur notre diagnostic, si ?

Mouse secoua la tête en signe de dénégation.

— Dans ce cas, allez-y. Infirmière Bell, voulez-vous bien raccompagner Mlle Mouse à son poste ?

Elle le regarda d'un air perplexe, mais obtempéra sans tarder.

— Certainement.

Elle referma le dossier ouvert entre ses mains et tendit la pile restante au docteur, qui s'en empara sans rien dire. Elle ne devait pas comprendre pourquoi il la congédiait ; elle s'en alla néanmoins sans demander son reste.

Une fois la porte refermée derrière elle, il ne resta plus que nous trois. Le docteur ouvrit la bouche pour me parler, mais il fallut à Nora moins d'un battement de cils pour se jeter dans ses bras avec une telle force que le choc lui coupa la respiration. Son corps percuta le sien dans un bruit mat. Les dossiers médicaux lui glissèrent des mains sans qu'il s'en préoccupe le moins du monde.

De stupéfaction, je reculai d'un pas. J'aurais voulu m'éloigner davantage, mais j'étais déjà acculée au mur. Je n'avais d'autre choix que de rester plantée là, en me faisant la plus petite possible.

— Pourquoi ? siffla-t-elle en rouant sa poitrine de coups de poing. Pourquoi elle ?

— Qui ça ?

— Cette garce d'infirmière ! Pourquoi elle ? Qu'est-ce que vous *faites* avec elle ?

Il l'agrippa par les épaules et tenta en vain de la faire reculer.

— Rien du tout ! Bon Dieu, arrêtez. Cela ne vous ressemble pas.

Il avait beau parler à Nora, il ne cessait de regarder vers moi et je me rendis compte à quel point sa nervosité était à son comble. Il savait que j'étais au courant de leur liaison – je l'avais clairement laissé entendre – mais il y avait une différence entre être au courant et être témoin d'une scène.

Elle réprima un cri d'horreur et je crus qu'elle allait s'effondrer.

— Patrick ! Vous ne m'aimez pas ! Comment pourriez-vous m'aimer et *mentir* de la sorte ?

À ce moment-là, il changea de physionomie. Il détourna le regard de moi, lui enveloppa délicatement les épaules de ses mains et l'attira vers lui.

— Chuuut, chuut.

— Ne me dites pas de me taire !

— Tout va bien, allons, continua-t-il en tentant de l'étreindre tout contre lui.

Elle lui donna un coup de tête en pleine poitrine et le repoussa avec une telle violence qu'il tituba et manqua de tomber à la renverse. Une fois encore, son regard coula vers moi.

C'est alors que j'intervins.

— Il n'y a aucune raison de s'inquiéter, Nora. Aucune.

Elle me cracha tout son venin à la figure avec la même âpreté.

— Oh, et qu'est-ce que tu en sais, toi, hein, la gosse de riche ? Tu crois connaître mes affaires ? Nos affaires ?

— Non, ce n'est pas ce que je voulais dire…

— À tous les coups, vous êtes de mèche. À essayer de noyer le poisson. Patrick, dites-moi que jamais vous ne toucherez cette espèce de catin. Promettez-le-moi, je vous en supplie.

Il tendit de nouveau les bras vers elle, et cette fois-ci, elle se laissa enlacer jusqu'à ce que son visage repose contre sa poitrine large et haute. J'avais le sentiment terrible d'espionner une conversation intime, mais j'étais prise au piège. Nora avait encore une attitude hostile, dangereuse.

Le docteur lui caressa les cheveux.

— Il n'y a que vous. À jamais. Personne d'autre que vous.

Je remarquai qu'il ne prononçait pas son prénom. Cela ne voulait vraisemblablement rien dire. Mais je me demandais quelle part de lui s'adressait à une femme internée dans un asile et quelle part s'adressait à la mémoire de sa défunte épouse, un pur fantôme, dont le corps enlacé dans ses bras n'aurait jamais pu dégager la même chaleur.

Au bout d'un moment, je murmurai délicatement :

— Quelqu'un risque d'entrer.

— Qu'ils entrent, rétorqua le docteur.

Alors que je nageais déjà en pleine angoisse depuis que l'infirmière en chef était apparue dans la pièce une heure plus tôt, une nouvelle vague d'effroi me traversa quand je découvris l'expression de défi sur son visage et le sourire suffisant de Nora, lovée contre son épaule.

Je m'agenouillai pour ramasser les dossiers éparpillés sur le sol et je les rangeai en une pile bien droite en me demandant si nos vies avaient aussi peu d'importance que les détails consignés dans nos dossiers. Si, comme je le craignais, c'était bel et bien le cas, je ne donnais pas cher de notre avenir.

*

L'effet des innovations instaurées par l'infirmière en chef ne tarda pas à se faire sentir, sauf que ce n'était pas celui escompté. Les activités de l'asile ne tardèrent pas à partir à vau-l'eau.

Le jour après que l'infirmière en chef eut confirmé nos diagnostics respectifs, l'heure des bains glacés arriva comme prévu pour Terpsichore et Érato. Avec seulement deux infirmières pour assurer le passage de deux pavillons entiers – soit plus de trois douzaines de femmes –, il fut impossible de nous garder en bon ordre de bataille et encore moins de laver tous ces corps turbulents et désobéissants. La lance à eau se cabra entre les mains de Piper, qui en la laissant tomber aspergea les patientes à côté d'elle, dont une s'exclama que l'eau n'était même pas froide. Peut-être y avait-il pénurie de glace. Nous échangeâmes des regards indécis et la patiente qui s'était ainsi exprimée croisa les bras sur sa poitrine nue en arborant un sourire sardonique plein de défi.

L'infirmière d'Érato, du nom de Dumbarton, s'approcha d'elle en sifflant rageusement.

— On aurait peut-être moins de problèmes de discipline avec vous, mesdames, si on invitait les aides-soignants à faire régner l'ordre ! Ça vous plairait ? Je vais les chercher de ce pas, vous allez voir.

Piper, et c'était tout à son honneur, se rebiffa devant cette proposition. Elle posa une main sur le bras de Dumbarton :

— Allons, je ne pense pas que ce soit nécessaire.

Elle pivota vers le mur du fond où nous étions toutes rassemblées, et désigna la porte avant de nous expliquer d'une voix chevrotante :

— Bien, nous allons faire ça par groupes. Vous, là, retournez dans votre pavillon. On vous appellera plus tard pour vous laver.

Nous enfilâmes nos robes à la va-vite avant de regagner le couloir au pas de course. Salt nous escorta jusqu'à Terpsichore, mais lorsqu'il nous laissa sans aucune supervision pour retourner précipitamment aux bains, il en oublia de verrouiller la porte.

Deux femmes prirent aussitôt la clé des champs en direction des cuisines. Martha et Celia étaient encore là-haut sous la douche, sans quoi nous aurions pu évoquer nos plans d'évasion. Quant à Nora, à peine avait-elle réintégré le groupe qu'elle s'était avachie sur son lit face au mur. Depuis l'incident dans la salle commune, elle était à cran. Pour la première fois, la jalousie délirante que lui avait inspirée Veronica Bell m'avait laissée entrevoir qu'on l'avait peut-être internée pour une bonne raison. Jusqu'ici, son charisme m'avait empêchée de m'en rendre compte. Quoi qu'il en soit, il était hors de question que je laisse passer cette opportunité : je me glissai à la suite des deux autres patientes, mais bifurquai dans l'autre sens.

À mi-chemin du pavillon de Phoebe, je jetai un œil par la porte entrouverte d'Érato : il n'y avait personne, à part une infirmière qui faisait les lits à la hâte. Je l'étudiai attentivement. Ô miracle, c'était Veronica Bell.

Je me glissai par l'embrasure de la porte. Avec mes cheveux trempés qui me tombaient sur les épaules, je devais faire peur, mais je ne pouvais absolument pas laisser passer cette occasion.

— Veronica.

— Infirmière Bell, me corrigea-t-elle par automatisme. Vous n'avez rien à faire ici.

— Si vous saviez comme c'est vrai ! m'exclamai-je en riant.

Un terrible changement dans sa physionomie m'indiqua que mon rire l'avait effrayée. Je me ressaisis et poursuivis avec retenue :

— Veronica. Nous nous connaissons. De San Francisco. Je m'appelle Charlotte Smith – vous me connaissiez, ainsi que ma sœur Phoebe. Vous étiez toutes les deux chez Mlle Buckingham.

La compréhension se lut sur ses traits, sans pour autant que la tension les quitte tout à fait.

— Quelle surprise, dit-elle en serrant contre sa poitrine la taie d'oreiller qu'elle pétrissait entre ses mains. Depuis le temps, j'aurais pensé que vous et Phoebe seriez mariées.

— On pourrait s'y attendre, mais à la place, nous sommes toutes les deux à Goldengrove.

— Il n'y a pas de honte à cela. Si vous avez besoin d'aide, c'est un endroit tout à fait approprié pour la solliciter.

— Non ! m'exclamai-je, bien trop fort. Vous ne comprenez pas. Nous n'avons pas notre place ici. Je me suis introduite en secret dans l'asile pour sauver Phoebe.

— Elle aussi est entrée en secret ?

— Non. Mais elle… je… vous devez m'aider, Veronica.

Son front se plissa de perplexité.

— Je ne vois pas en quoi je pourrais vous aider.

— En faisant parvenir un message à Henry Sidwell.

— Henry Sidwell ? répéta-t-elle avec un petit glapissement de rire. Je ne lui ai jamais adressé la parole de ma vie ! N'est-il pas parti en Patagonie ?

— Ça remonte. Il est rentré.

— Tant mieux pour lui. Charlotte, il faut que vous retourniez dans votre pavillon. Vous ne devriez pas être ici.

J'étais de plus en plus agitée, si bien que je serrais les poings pour atténuer mon angoisse. Mon attitude devait être si menaçante que je m'efforçai de déplier les mains à plat sur ma jupe en leur commandant de ne pas bouger, à l'encontre de tout ce que me dictait mon instinct. Je plantai mon regard droit dans le sien et repris d'une voix ferme :

— Faites passer le message à Henry. Vous avez encore des liens à San Francisco ? Si vous avez eu vent de son voyage en Patagonie, vous devez forcément…

— Oui. Et ma correspondante à San Francisco est très amie avec Amelia Burdick, la mère de Jack. Donc ce n'est pas la seule nouvelle dont j'aie eu vent.

Affolée, je la suppliai :

— Je vous en prie. Pour moi et pour Phoebe, c'est une question de vie ou de mort, et cela ne vous coûte rien. Il suffit de faire passer le message à Henry Sidwell que Charlotte est internée à Goldengrove, alors qu'elle est parfaitement lucide, et qu'elle a besoin de son aide pour en sortir.

Je scrutai son visage pour essayer de trouver un autre argument qui fasse mouche, mais à ma grande horreur, elle avait détourné les yeux – elle regardait par-delà mon épaule gauche, bouche bée. J'aurais donné tout et n'importe quoi pour l'éviter, mais la suite arriva si brutalement que je ne pus rien faire pour l'enrayer.

Nora déboula à une telle vitesse qu'elle se fondit dans un flou, accompagné d'un grand cri et de la masse sombre qu'elle brandissait au-dessus de sa tête.

— Tiens-la, Charlotte ! hurla-t-elle.

— Quoi ?

La masse s'abattit sur Veronica Bell et le coup porté sur sa tempe l'envoya au tapis. Nora se jeta à califourchon sur elle en débitant :

— Catin ! Putain ! Putain !

Je me précipitai pour les séparer, mais la fureur de Nora décuplait ses forces et m'empêchait de la déloger. Au lieu de cela, j'essayai de lui arracher la barre de fer qu'elle agitait en tous sens – où avait-elle trouvé une chose pareille ? Je parvins à en empoigner l'extrémité. Le métal s'écrasa contre ma paume dans une telle explosion de douleur que je crus qu'elle m'avait brisé la main. Enfin, je réussis à lui faire lâcher prise.

Je jetai la barre de fer de toutes mes forces. Il s'agissait en réalité d'un pied de lit. Il atterrit contre le mur du fond dans un fracas épouvantable. Nora ne sembla pas même s'apercevoir qu'il lui avait échappé. Elle continuait à s'acharner sur Veronica à poings nus. Chacun de ses coups martelait le corps étendu par terre avec un ignoble bruit mat, broyant la chair contre la charpente d'os durs. L'infirmière, inerte, n'offrait aucune résistance. Je priai pour qu'elle ne soit pas morte, mais je n'avais aucun moyen d'en avoir le cœur net.

À la place, je tirai de toutes mes forces sur Nora pour qu'elle lâche sa proie.

— Ça t'apprendra ! Pute ! Pucelle ! Connasse ! s'égosillait-elle.

Je ravalai mes larmes de frustration et de déception tandis que des aides-soignants arrivés sur les lieux nous dépêtraient comme trois vulgaires bâtons de caramel.

*

J'éprouvais un élancement implacable dans la main. Des ecchymoses fleurissaient sur mes bras comme des pâquerettes en plein champ. Personne n'en avait cure, bien évidemment. Les aides-soignants n'avaient pas été témoins de l'agression à proprement parler, si bien qu'une enquête était nécessaire. Car il faudrait bien évidemment distribuer les torts.

Quand on me tira du lit sans cérémonie avant le quart du matin, je n'eus pas à me demander longtemps où l'on m'emmenait. Je connaissais la réponse.

Tandis que les aides-soignants me transportaient à l'étage, je pris soin de ne pas les ralentir, mais de ne pas les devancer non plus. Je ne voulais pas qu'ils comprennent que je connaissais le chemin. Mon imposture sous l'identité de l'infirmière White me semblait remonter à des années et non pas quelques jours à peine. Mais quoi qu'il en soit, je ne devais trahir aucun lien entre elle et moi.

Comme je m'y attendais, ils me déposèrent dans le bureau de l'infirmière en chef, lequel, une semaine plus tôt, était encore celui du médecin-chef. La porte qui donnait sur la chambre était soigneusement fermée. L'odeur de la peinture qui avait recouvert d'un blanc uniforme les dessins de ma sœur avait disparu, mais je savais que le mur était là, à quelques mètres à peine. C'était dans cette pièce que le médecin-chef m'avait fait part des aspirations de John Sidwell, qu'il avait déploré son propre vice, qu'il avait encensé ma sœur qui faisait entrer le ciel à l'intérieur. Cette pièce, peu de temps auparavant, avait connu un souffle d'espoir. Il n'en restait rien.

— Mademoiselle Smith, m'accueillit l'infirmière en chef de sa voix tranchante et métallique.

Son bureau – froid, austère, tout en angles droits – lui seyait à merveille. Derrière elle, les portraits des anciens directeurs de l'asile semblaient plus menaçants, plus réprobateurs. Quels qu'aient pu être les vices du médecin-chef, et ils étaient nombreux, son espace de travail était confortable et accueillant. Je me demandai soudain ce qu'il adviendrait de lui, à présent qu'on l'avait renvoyé. Une vague de tristesse me traversa. Je luttai contre le remous.

— Oui, répondis-je.

— Vous parlerez uniquement quand je vous poserai une question. Vous ai-je posé une question ?

— Non.

— Nora Pixley vous a-t-elle agressée ?

— Ce n'était pas son intention.

— Voyez-vous ça, folle et maladroite, par-dessus le marché, fit-elle sèchement.

Elle jeta un œil à Gus qui se tenait à la porte, bras croisés. Il ne lui rendit pas son regard. J'avais l'impression, sans que je puisse dire pourquoi, qu'il ne se sentait pas très à l'aise. Quoi qu'il en soit, étant donné que l'infirmière en chef ne m'avait pas posé de question, je restai sans rien dire en attendant la suite de son interrogatoire.

— Qu'a fait l'infirmière Bell pour attiser le courroux de Mme Pixley ?

— Rien à ma connaissance.

— Rien ? Vous pensez qu'elle a été agressée sans raison aucune ?

Il était hors de question que je lui dise toute la vérité ; même une portion de la vérité me semblait imprudent. Je finis par trancher :

— L'infirmière Bell n'a rien fait pour énerver la patiente.

— Bien sûr que non ! Quelle idée.

— Comment va-t-elle ? m'enquis-je.

— Une fois encore, mademoiselle Smith, je dois bien vous faire comprendre que votre rôle dans cette enquête n'est pas de poser des questions.

Aux premiers temps de mon séjour à l'asile, ses sermons m'auraient décontenancée et j'aurais planté mon regard dans le sol. À présent, je la fixai droit dans les yeux. J'avais bien conscience que mon affront risquait de m'attirer des coups, et sentis mon ventre se nouer. Mais au même moment, la voix de Martha résonna à mes oreilles. Le jour de son arrivée, quand l'infirmière en chef l'avait menacée d'une correction, elle lui avait rétorqué : « Pas grave. Ce sera pas la première fois qu'on me cogne. » Je serais aussi courageuse que Martha.

— Quel a été votre rôle dans cette altercation ?

Je relevai le menton.

— J'ai essayé de les séparer... après que l'altercation a commencé.

— N'importe quoi. Pourquoi vous mettriez-vous en danger pour protéger une personne que vous n'avez aucune raison de protéger ?

— Un être humain, vous voulez dire ?

Son visage se crispa, puis son bras, puis tous ses muscles jusqu'à l'épaule et le cou. Elle était en train de décider de me frapper ou non, avec quelle force, à quel endroit. Ces dernières semaines m'avaient appris à identifier les signes avant-coureurs. Je regardai ses doigts ballants, anticipant avec crainte le moment où elle empoignerait son trousseau de clés et où le métal froid allait entamer la peau sans défense de mon visage. Je me tins prête.

À ma grande surprise, elle se limita à une mise en garde :

— J'exige des réponses, mademoiselle Smith, pas des questions.

Je refusai de mordre à l'hameçon et me retranchai dans le silence.

— Et vous n'avez pas appuyé Nora Pixley de quelque manière que ce soit ?

— Non.

— Vous n'avez pas été complice ?

— Non.

— Je ne suis pas certaine de vous croire.

Une fois encore, je dédaignai l'appât. Elle poursuivit :

— Et voilà que vous perdez votre langue. Peut-être qu'une journée passée sur les bancs vous remettra les idées au clair. Cela aura le mérite de vous rappeler qu'il vaut mieux éviter de parler à tort et à travers et de se mêler de ce qui ne vous regarde pas.

Je savais qu'une journée aux bancs serait une véritable torture. Mais si je montais au créneau, la journée risquait de se transformer en semaine. Au lieu de toiser l'infirmière en chef, je laissai glisser mes yeux jusqu'à Gus. Il détourna le regard. Aussi fugace fût-elle, j'éprouvai une certaine satisfaction devant sa réaction.

*

Ainsi me retrouvai-je le lendemain matin sur les bancs. La dernière infirmière de Thalie – seule Edmonds n'avait pas été congédiée – me donna l'ordre de me mettre en file indienne avec mes anciennes camarades. Je pénétrai dans la pièce en tremblant de la tête aux pieds, je pivotai, je m'assis, défaite. Sans l'effet cotonneux des somnifères, la sensation était différente mais guère plus enviable.

Au bout d'une heure, il me sembla que le foisonnement d'images qui m'assaillaient sans relâche, que mes paupières fussent ou non closes, allait me faire perdre la raison. La terre fertile de mon imagination laissait pousser une végétation cauchemardesque.

Veronica Bell était morte. Elle était vivante mais catatonique, un filet de bave au menton. Elle était vivante, quasi indemne, quoique étranglée par la fureur et à jamais immunisée contre le travail en asile. Je la voyais prendre ses jambes à son cou comme si le diable en personne la coursait, sa chevelure hérissée dans son sillage. Je la voyais debout dans le salon de mes parents, poings serrés en train de marmonner des mensonges furieux ou pire encore, des vérités furieuses. J'ignorais tout de son sort, mais chaque nouveau scénario s'emparait de mon esprit et m'écrasait de tout son poids tandis que l'inconfort de ma posture immobile sur les bancs se rappelait au bon souvenir de mes hanches.

Puis, cent fois de suite, je voyais notre petite troupe d'internées tenter de s'évader, et par cent fois échouer. Je courais à perdre haleine sur la pelouse, Gus m'agrippait par le col et me propulsait contre un mur, ma tête cognait dans un bruit humide contre la pierre, mon corps s'affaissait. Phoebe refusait de partir, je la soulevais de force, je la suppliais de se taire, ses cris perduraient quand les aides-soignants fondaient sur nous et que leurs mains immenses la réduisaient au silence. Martha et Nora couraient sur l'arête du toit, Nora trébuchait et s'écorchait les genoux en tombant, prise de panique, elle agrippait Martha, dont les pieds nus dérapaient, elle tentait en vain de se retenir à la gouttière, mais elle entraînait Nora dans son élan et leurs deux silhouettes s'évanouissaient dans le vide, emportant leurs cris désarticulés dans leur chute.

Quand je sentis une main, une vraie main caresser la mienne, je tournai la tête.

La blonde au visage de poupée et aux cheveux coupés court était assise à côté de moi. Elle ne disait rien et se contentait de regarder droit devant elle, mais elle désigna du menton l'infirmière qui nous tournait le dos. Je baissai les yeux. Sa main muette reposait sur ma main blessée. Il me sembla tenir le seul lien qui m'ancrât encore à la terre, alors je m'accrochai. Mon esprit s'apaisa. Quand de nouveau les images affluèrent, elles étaient moins terrifiantes, ce n'étaient plus que des ombres de mauvais augure, sombres et glauques. Je parvins à tenir le reste de la journée, reconnaissante.

Il n'y eut pas de déjeuner, seulement une tasse de thé au goût de cuivre, que nous bûmes debout. Le dîner consista en une pomme de terre, sèche jusqu'au cœur et froide au toucher.

Quand je rejoignis mon pavillon ce soir-là, Martha s'empressa de me faire part de deux informations. Nora avait été emmenée aux Ténèbres – devant témoin, mais Martha ne précisa pas qui – et personne ne savait combien de temps elle y croupirait. Quant à l'infortunée Veronica, Dieu merci, elle survivrait à son agression. Malheureusement, il était impossible de connaître l'ampleur du préjudice qu'elle avait subi et si elle reprendrait son poste à Goldengrove. La barre de fer l'avait frappée en pleine tête – j'avais parfaitement entendu le bruit atroce à l'impact – mais n'avait pas provoqué d'effusion de sang. Quoi qu'il en soit, elle était encore de ce monde. Quel soulagement. Reste qu'il n'y avait pas la moindre chance qu'elle porte mon message à Henry, étant donné que les cris de Nora avaient noyé mes suppliques.

« Tiens-la ! », avait-elle hurlé. Comme si j'étais complice. Comme si mon rôle consistait à immobiliser l'infirmière pour la jeter dans la gueule du loup au lieu de l'en écarter. J'en étais malade. Depuis le début, Nora était mon ange gardien, et voilà qu'elle devenait mon ange destructeur.

Je m'inquiétais pour elle, confinée aux Ténèbres. La jalousie frénétique qui s'était emparée d'elle depuis l'arrivée de Veronica ne pouvait que s'envenimer à l'isolement, quand elle n'avait rien d'autre à faire sinon ressasser l'existence de cette liaison fantasmée et alimenter sa haine. Je me faisais un sang d'encre pour elle. Elle avait vraisemblablement anéanti mon seul espoir de joindre Henry, mais je lui devais tant. Ma rancœur se mêlait de gratitude et d'une affection quasi sororale. Nora était un danger ambulant, un derviche, mais elle serait à jamais ma Rouge-Rose.

La nuit qui suivit mon passage aux bancs, je fouillai dans les effets de Nora. Peu importe qu'on me vît ou entendît le faire, l'essentiel était de mettre la main sur ce que je cherchais.

La clé se trouvait exactement là où j'espérais, dissimulée dans le coin d'une taie d'oreiller glissée sous le matelas. Ce qui voulait dire que Nora n'avait aucun moyen de s'échapper de la prison capitonnée des Ténèbres. Elle y resterait donc au bon vouloir de l'infirmière en chef. Peut-être le Dr Concord userait-il de son influence pour la faire sortir, mais j'en doutais fort. C'était une chose d'avoir une liaison notoire avec une patiente, mais c'en était une autre de se confronter à la dure réalité des faits. D'autant plus que l'infirmière en chef n'aurait aucun scrupule à tourner à son avantage les secrets qu'elle détenait contre lui. Gageons que le bon docteur se garderait bien de dire quoi que ce soit.

Je me glissai sur mon grabat, les yeux grands ouverts. Le moindre répit me semblait inaccessible, pourtant j'essayais de me perdre dans une rêverie. Je n'étais plus assaillie des mêmes pensées traumatisantes qu'aux bancs, mais les souvenirs plaisants se dérobaient à moi. Comme si un mur de briques s'était érigé entre mon présent et mon passé.

Le jour suivant, j'avais la tête vide, le manque de sommeil m'abrutissait. À l'atelier de savonnerie, je frôlai trois ou quatre fois la catastrophe : quand un départ de flamme carbonisa le talon de ma chaussure ; quand un mélangeur tomba dans la soude caustique, et qu'à la toute dernière seconde je réprimai mon réflexe d'y plonger la main ; quand une étagère qui s'était déboulonnée du mur déversa sa cargaison de pains de savon brûlants devant moi. Ces accidents me rappelèrent que je devais la vie à ma sœur, et à toutes les fois où elle m'avait secourue. L'épisode du lac, du cheval, des baies, de la falaise. L'heure était venue d'inverser les rôles. Jusqu'ici je croyais avoir trouvé la solution. Aujourd'hui, je me rendais bien compte à quel point j'étais démunie.

Entre le manque de sommeil et les incidents à l'atelier, j'étais prise dans un tohu-bohu tumultueux, et j'avais cruellement conscience que le temps filait. Mon sang battait à mes tempes. Trois jours. Trois jours. Trois jours.

Je me languissais dans cet état d'anxiété quand Martha se glissa à côté de moi à la table du dîner, posa sa main sur la mienne et chuchota :

— C'est maintenant.

## Chapitre 24

Malgré mon épuisement, je sentis mon corps traversé d'un frisson d'énergie. Martha ne parlait jamais pour ne rien dire. Je savais qu'elle ne jouait pas la comédie. Elle était donc en train de me signifier que notre évasion était imminente. J'avais fini par perdre l'espoir que nous puissions un jour mettre notre plan à exécution. Martha avait-elle trouvé la solution ? Je détournai mon attention de la pomme de terre du jour – de mémoire la plus chétive et la plus verte, criblée d'yeux bourgeonnants – et je tendis l'oreille. Si l'idée de Martha était sensée et que nous réussissions à nous enfuir, plus jamais cette infâme nourriture ne franchirait la barrière de mes lèvres.

Elle recula le buste pour que je puisse voir Celia assise de l'autre côté d'elle. Sur ses gardes, elle inclinait son visage brûlé vers nous tout en caressant nerveusement l'ombre de son alliance, cet anneau de chair fondue dont elle ne se séparerait jamais. Cette vision me rappela l'enjeu de notre entreprise. Nous avions toutes nos secrets. Nous désirions toutes la liberté.

Martha reprit à voix basse :

— On annonce une vilaine tempête, depuis le sud. Du tonnerre. Des éclairs. À partir de demain.

— Et donc ? demandai-je.

— Donc on sera en train de travailler.

— Rien de nouveau sous le soleil, marmonnai-je.

Elle se pencha pour murmurer tout contre mon oreille :

— Pas le même genre de travail.

Celia opinait du chef, j'étais perdue. Mon esprit engourdi chancelait, pataugeant comme un chariot embourbé en plein marais. Voyant la confusion sur mon visage, Martha devança mes questions.

— La matrone nous sous-traite. À un vignoble voisin. La propriété appartient à des Allemands qui manquent de main-d'œuvre. Si les vendanges ne sont pas terminées avant l'arrivée de l'orage, tout sera perdu. Une perte de centaines, peut-être de milliers de dollars. Le propriétaire a fait une demande, assortie d'une proposition financière, donc évidemment elle a accepté. Elle en était presque à baver par terre. On met toutes la main à la pâte.

— Toutes ? Même Clio ? Euterpe aussi ?

— Toutes, répéta-t-elle fermement.

— Demain ?

— Ce soir.

Dans des circonstances normales, nous aurions été à deux heures de l'extinction des lampes à huile et à gaz, verrou tiré, prêtes à nous coucher. Mais la soirée s'annonçait tout sauf normale.

Martha poursuivit :

— Elle a arrêté Piper quand on rentrait, pour lui donner des instructions. Je tiens ça de la bouche même de cette garce. Une main-d'œuvre d'aliénées vaut mieux que pas de main-d'œuvre du tout. Jusqu'à la dernière minute, personne ne sera au courant.

— Ça nous laisse jusqu'à quand ?

— Au coucher du soleil. Pour les grains de raisin, c'est mieux s'ils nous envoient la nuit, à la fraîche.

Ainsi avions-nous tout au plus deux heures devant nous. Il fallait que je m'éclipse pour aller prévenir Phoebe que je la retrouverais, d'une manière ou d'une autre, dans l'obscurité du vignoble. Elle connaissait notre projet d'évasion, mais ignorait quand ou comment nous allions le mettre à exécution, et elle était à des lieues de se douter que tout se jouerait le soir même.

Il me restait une chose à faire en tout premier lieu, et ce malgré l'opposition de Martha. Il manquait un membre à notre équipée et même si j'étais furieuse après elle, je refusais de mépriser tout ce qu'elle avait fait pour moi. J'avais fait la promesse de l'emmener avec nous. Je ne pouvais pas renier cette promesse.

On nous ramena dans notre pavillon pour la nuit, et Piper nous livra promptement à nous-mêmes, sans doute pour assurer les préparatifs. Elle nous enferma dans le dortoir, sauf que les verrous étaient devenus le cadet de mes soucis.

À peine le cliquetis du loquet eut-il retenti que je me relevai et me hâtai de passer une main sous le matelas de Nora. Je me saisis de la clé, que je glissai promptement dans mon sous-vêtement. J'avais perdu mon double de cette clé quand Gus m'avait livrée à l'infirmière en chef après m'avoir surprise dans la salle des archives. Cette clé-là appartenait à Nora et je me devais de la lui apporter. Je n'avais pas peur de rebrousser chemin jusqu'à Terpsichore. Je m'en préoccuperais en temps utile.

Pieds nus, la clé dans la main droite, je gagnai la porte à grand pas, mais j'eus tôt fait de me rendre compte que je n'étais pas la seule à m'être mise en mouvement dans le dortoir. Avant même que j'aie pu dire « Ouf ! », je sentis une présence à mes côtés, suffisamment proche pour que son haleine effleure ma joue. Martha m'avait emboîté le pas.

— Allons-y, murmura-t-elle.

— Je vais prévenir Phoebe, c'est tout, bafouillai-je. Ce n'est pas la peine d'y aller à deux.

— Je sais bien, espèce d'idiote. J'ai d'autres projets.

— Quoi ?

Nous étions arrivées à la porte. Elle m'attrapa par le poignet, qu'elle souleva jusqu'au verrou. Je sentis la chaleur de son souffle à mon oreille.

— Déverrouille-moi ça avant qu'on se fasse choper.

Que pouvais-je faire ? Elle avait raison. À palabrer sans fin, nous faisions du bruit alors que notre meilleur allié était le silence.

Malgré moi, une dernière question me brûlait les lèvres :

— Mais on s'en tiendra au plan ?

— Oui. Je te retrouve dans le chariot.

Après un hochement de tête, je refermai la porte à double tour derrière nous. Martha disparut avant que j'aie donné le dernier tour de clé.

*

Aux Ténèbres, les portes des cellules étaient recouvertes d'une pellicule d'humidité froide. Je fis coulisser le vantail de chacune des portes jusqu'à ce que je distingue enfin la tête de Nora et son épaisse tignasse sombre. Je laissai le panneau ouvert, tant je me souvenais avoir été affamée de lumière pendant ma mise à l'isolement, puis je me glissai à l'intérieur de la cellule.

Nora se leva d'un bond, les poings serrés, en entendant la porte se refermer derrière moi.

— Non, Nora, c'est moi.

Elle cligna des paupières et recula le temps que ses yeux s'accoutument à la lumière. Lorsque enfin elle distingua mes traits, elle ne sembla pas étonnée. Elle déplia les doigts et laissa retomber les bras le long de son corps.

— Je t'ai apporté ta clé, annonçai-je.

— Merci.

Je la lui tendis, mais elle ne s'en saisit pas. L'instant s'éternisait. Mon cœur cognait dans le silence figé. La pénombre dissimulait le visage de Nora à mon regard. Je décidai de me lancer :

— On s'évade. Ce soir. Il faut que tu viennes avec nous.

Elle tendit enfin la main et je lui confiai la clé sans hésitation. Elle resta à me surplomber de sa taille, que la posture fût intentionnelle ou non. L'espace d'un instant, je redoutai sa réaction.

Mais en même temps qu'elle serrait la clé dans une main, elle souleva le devant de sa jupe. D'un geste délibéré, elle se pencha et griffa la peau de son mollet, ajoutant une encoche sur un emplacement blanc comme le lait, tout à côté d'une estafilade récente d'un rouge écarlate. Une fine ligne pourpre se mit à perler sur le canevas de sa peau pâle et si elle resta impassible, je cédai à une grimace de douleur.

— Je vais continuer à compter, dit-elle en me rendant la clé, laquelle était chaude après être entrée en contact avec sa peau.

Je restai sans voix. Je venais de prendre un risque considérable pour venir la mettre au courant de nos projets, sachant qu'elle n'aurait jamais d'autre occasion de s'enfuir avec nous et d'abandonner ce lieu pour toujours. Je lui faisais ce cadeau. Or elle ne semblait pas disposée à l'accepter.

Pourtant, quand elle prit la parole, je savais déjà ce qu'elle allait m'annoncer.

— Je ne pars pas.

— Nora, soufflai-je d'une voix démunie.

— Dieu sait que vous auriez bien besoin de mon aide, mais il n'a jamais été question que je m'en aille. Ma place est ici avec Patrick.

— Mais pourquoi ?

— Tu le sais. Nous nous aimons.

Il m'était arrivé de la voir dans des états totalement incontrôlables, et voilà qu'elle m'apparaissait tout à coup calme et sûre de son fait.

— Je ne peux pas tourner le dos à cela.

— Est-ce donc si important que tu abandonneras tout, tout le reste ? Son amour en vaut la peine ?

— C'est tout ce qui me reste. Plus rien ne m'attend au-dehors. Au moins ici, on est là l'un pour l'autre.

— Mais tu es à sa merci, plaidai-je.

— Je serai toujours à la merci de quelqu'un, raisonna-t-elle, et ses yeux humides brillèrent dans le rai de lumière. Autant que ce soit à la sienne.

Je ne sus que répondre.

— Mon argent est dans mon pot de chambre, dit-elle.

Je crus exploser de rire. Voilà qui s'appelait passer du coq à l'âne. Mais elle était sérieuse.

— Collé contre le fond. À l'intérieur d'une pochette cirée.

— Tu veux que j'aille le chercher ?

— Je veux que tu le prennes. Tout. Je n'en ai pas besoin.

— Nora…

— Je ne veux rien savoir. Tu prends la fuite. Tu ne peux pas partir les mains vides.

J'aurais pu argumenter, mais cela n'aurait mené à rien. S'il y avait bien une chose que je savais de Nora, c'était à quel point elle était têtue. Elle voulait m'aider, et j'avais besoin de soutien. D'autant plus que je n'avais plus une minute à perdre. J'essayai de trouver les mots justes pour lui exprimer ma gratitude.

— Nora, je…

— N'oublie pas de fermer la porte en partant, dit-elle.

La commissure de ses lèvres se retroussa pour laisser apparaître un sourire, puis elle ramena les pans de sa jupe sur les preuves de son long séjour à Goldengrove. Nous posâmes chacune la main sur la poignée de la porte pour en accompagner la fermeture. La clé joua sans bruit dans la serrure.

Puis sa voix me parvint de l'autre côté du battant :

— Et ferme le vantail.

J'obtempérai, la laissant dans l'obscurité.

Je me glissai furtivement dans le couloir, m'arrêtant à chaque angle pour vérifier que la voie était libre, me camouflant dans les renfoncements sombres. Les dents de la clé mordaient ma paume crispée. Une sensation que j'accueillis avec joie. Nora m'avait fait un cadeau que j'étais bien déterminée à accepter. Elle avait une raison de rester. Pas moi.

Je m'en allais. Et ma sœur serait du voyage. Nous étions à des lieues d'être prêtes et en mon for intérieur, je doutais de la réussite de notre opération, mais d'une façon ou d'une autre, je m'étais fait le serment de ne plus jamais passer une nuit à Goldengrove.

Je mis donc le cap sur le pavillon qui retenait Phoebe. Sur les cinq d'entre nous qui devaient partir à l'origine, il n'en restait plus que quatre. À mes yeux, Phoebe était la plus importante. C'était aussi la seule à n'avoir rien suivi de nos discussions. Elle savait seulement que j'avais fait la promesse solennelle de la sortir de là. En espérant qu'elle m'ait crue. Une fois encore, je me remémorai avec émerveillement le nombre de fois où elle m'avait sauvée de moi-même quand j'étais enfant. Grâce à elle, je ne m'étais pas noyée dans le lac. Je n'avais pas été piétinée par le cheval. Je n'avais pas avalé une poignée de baies toxiques. Je n'étais pas tombée de la falaise. Et grâce à moi, elle échapperait à la souffrance et à la perspective de terminer ses jours entre les murs de cet établissement, victime de la cruauté de l'infirmière en chef et d'un monde qui ne savait que faire d'une jeune femme qui ressentait trop intensément la vie, qui portait son pire ennemi à l'intérieur de son crâne, et qui pouvait faire surgir du bout des doigts un oiseau de peinture aux ailes multicolores.

Tout en regagnant Euterpe au pas de course, je réfléchis à la situation en termes pratiques. Comment faire pour retrouver ma sœur en plein champ ? Martha certifiait qu'on serait toutes envoyées aux vendanges, et ce quel que soit notre état de santé, mais comment pouvait-elle en être sûre ? Sans Phoebe, je laisserais Martha et Celia s'enfuir sans moi. C'était la seule promesse dont j'étais capable. Avec un peu de chance, nous partirions toutes ensemble. Mais le cas échéant, ma décision était prise.

Quand j'arrivai à Euterpe, je trouvai la porte d'entrée béante. À l'intérieur du pavillon, les chambres étaient ouvertes, les lits vides, sans nulle part l'ombre d'une patiente ou d'une infirmière. Selon toute évidence, le contingent d'Euterpe était déjà parti aux vendanges. Il ne me restait plus qu'à prier pour que ce ne fût pas le cas de mon pavillon. Et si Martha avait raison sur toute la ligne, sauf sur le déroulé des événements ?

Je m'élançai à perdre haleine en direction de Terpsichore. En dépit de tout, je n'avais pas encore perdu espoir.

# Chapitre 25

Avec ses rangées parallèles qui s'étiraient sans fin dans la nuit, le vignoble offrait un spectacle troublant, d'une beauté inquiétante. De jour, les champs se distinguaient par leur monotonie, mais dans le noir, ils prenaient vie, s'amusant tour à tour à dévoiler et dissimuler leurs secrets au gré de la brise. Par chance, la pleine lune nous éclairait. Ici et là, la lueur vacillante des lanternes qui accompagnaient chaque femme au sein de son groupe venait compléter la scène.

À des dizaines de rangées d'écart, le bavardage animé des filles de Clio montait jusqu'à moi – pour elles, il s'agissait là d'une joyeuse expédition. Plus près de moi, les femmes de Thalie erraient tels des fantômes dans la nuit. Pour l'occasion, on avait ôté leurs pansements aux patientes de Melpomène. C'était la première fois que je les découvrais ainsi. De leur groupe nous parvenaient des éclats de rires évaporés. De loin en loin, une marée de lanternes ondulait. Si Martha avait dit vrai et que tous les pavillons étaient de sortie, il se trouvait en cet instant une flottille de près de deux cents femmes déployées sur des kilomètres de vignobles. Le vent annonciateur de la tempête avait commencé à forcir et lançait de longs sifflements entre les feuilles des vignes, dont le grondement sourd recouvrait les rangées par vagues successives. On aurait dit l'océan. Pour autant que nous pouvions en juger, la plantation n'était pas clôturée, mais s'ouvrait sur un terrain à découvert.

Dans le chariot qui nous avait amenées ici en nous bringuebalant dans les ornières à nous en rendre malades, Martha et moi avions tenu conciliabule à voix basse pour préciser les points de détail de notre plan tandis que Celia, le visage voilé par la concentration, se blottissait contre nous. Nous prendrions la fuite non pas ensemble mais chacune de notre côté, jusqu'à atteindre le flanc nord du champ. Si Piper découvrait tout à coup que trois d'entre nous avaient disparu, ce serait la fin de tout. Chacune saisirait tour à tour l'occasion de s'éclipser à la faveur de la nuit, à pas de loup. Chacune attendrait les autres, jusqu'à ce que la lune commence à tomber à l'horizon ou que les chariots repartent des champs, selon ce qui viendrait en premier. Nous fîmes la promesse solennelle d'attendre l'un ou l'autre de ces signes, et la scellâmes par une poignée de main. Malgré tout, je m'inquiétais de ne plus jamais revoir Martha une fois sortie du chariot. Qu'est-ce qui l'empêchait de s'enfuir à la première occasion, sans que personne d'autre freine son évasion ? Seulement sa promesse.

Ainsi commencèrent les vendanges nocturnes.

On nous fit avancer le long d'une grande rangée de vignes où l'on nous distribua des caisses en bois pour y disposer les raisins. Un ouvrier agricole au nez crochu, le front baigné de sueur, nous demanda expressément de manipuler les grappes avec délicatesse, tout en procédant avec célérité, puis il s'éloigna pour donner les mêmes instructions aux autres. La malchance voulait que je me trouve à quelques mètres de Piper, mais je ne me décourageai pas. La frondaison des vignes était si épaisse qu'on ne voyait pas les visages, seulement des rangées de pieds au ras du sol. À la faveur de la nuit, nos robes corail perdaient leur couleur pour se fondre dans une mer de jupes et d'ourlets grisâtres.

Je tendis l'oreille au vent qui soufflait entre les rangées, puis je jetai un œil alentour pour m'orienter. Au loin se dressait une maison à pignons et tourelles, aux airs de château allemand, qui semblait nous surplomber dans le noir. Un flot de lumière irradiait des fenêtres en vitraux dans une explosion de couleurs. L'espace d'un instant, je me demandai si la famille qui vivait dans cette bâtisse était au courant que les champs de vignes étaient pris d'assaut par une horde de folles sorties d'un asile, mises à contribution sans contrepartie, et si s'en souciait. Selon toute vraisemblance, l'opinion seule du patriarche devait faire loi. J'espérais seulement que les femmes et les enfants, alarmés par notre présence, ne s'étaient pas recroquevillés dans quelque coin d'une pièce. Je n'avais aucun moyen de le savoir et aucun moyen d'intervenir sur la situation. Il fallait que je mène à bien la tâche qu'on m'avait confiée, et sans tarder.

Quand j'arrivai au bout d'une rangée de vignes et que Piper était déjà passée à la suivante, je saisis ma chance à la volée. J'enroulai délicatement ma lanterne dans ma jupe et me précipitai à l'autre extrémité de la rangée, puis sortis du rang d'un air dégagé, comme si j'étais parfaitement à ma place.

La lanterne à hauteur de ma hanche pour que le biseau de lumière ne tombe pas sur mon visage, je me mis en quête. Désormais, je connaissais toutes les infirmières de l'établissement et dès que j'en apercevais une – Edmonds de Thalie, Stewart d'Érato – j'allongeais le pas. Dans la pénombre, il était malaisé de distinguer les unes des autres les robes blanches des infirmières et notre tenue couleur corail, ce qui ne me facilitait pas la tâche, mais jouait malgré tout en ma faveur. De loin, j'étais méconnaissable. Le cœur et l'esprit en chamade, je croyais sans cesse voir l'infirmière en chef, dont la robe bleu clair ne risquait pas plus de ressortir de la masse. C'était elle que je craignais par-dessus tout. J'ignorais si elle avait fait le déplacement jusqu'aux champs, mais l'idée de la voir me pétrifiait – et pire encore, qu'elle me voie.

Trente rangées plus loin, j'aperçus l'infirmière Martin d'Euterpe, la trentenaire au corps en forme de violon et à la peau mouchetée de taches de rousseur, qui se donnait toutes les peines du monde pour rassembler un groupe de femmes occupées à se bousculer, à chanter et à glousser d'un rire désagréable. Au-delà de sa silhouette, je distinguai un halo de cheveux blonds. Je retins mon souffle. Ce pouvait être n'importe qui. Je m'approchai subrepticement jusqu'à distinguer la courbe de ses épaules, la douceur de sa joue, ses mains lestes. Oui. C'était bien Phoebe.

Je redoublai d'attention, craignant que Martin ne la talonne de trop près. J'avançai, tapie dans l'ombre, sans que l'équipage de patientes occupées à récolter les grappes se doutent le moins du monde de ma présence. J'entendis Martin menacer une Irlandaise qui rechignait à la tâche – peut-être s'agissait-il de la fameuse Jennie Murphy, couturière de son état, dont ma sœur m'avait parlé –, de ce qu'elle ferait mieux de s'y remettre, sans quoi au lieu de la ramener à Goldengrove, elle lui ferait prendre la route du sud jusqu'à l'asile d'État à l'extérieur de la ville de Napa si c'était ça qu'elle voulait. Jennie se remit en rang sans broncher.

Mon esprit en pleine effervescence cherchait à tout prix un moyen de détourner son attention. J'aurais pu balancer ma lanterne et mettre le feu aux champs, mais ce genre de tentative était à double tranchant. Une soudaine agitation pouvait m'ouvrir une fenêtre de tir comme elle pouvait me piéger sur place. Si seulement j'avais eu davantage de temps pour me préparer. Pourquoi n'avions-nous jamais parlé de la marche à suivre au cas où l'occasion de nous évader se présenterait sans crier gare ? Nous étions parties du principe que les marches matinales étaient notre seule option et depuis qu'elles avaient été annulées, nous étions toutes déboussolées. Mon séjour à Goldengrove m'avait appris que l'esprit humain était capable de s'adapter à tout, mais il m'avait aussi appris que cela exigeait du temps. Or le temps était la seule chose que nous ne pouvions ni négocier ni créer à notre guise.

J'attendis, tout en sachant que la situation ne pouvait pas durer éternellement. Les minutes semblaient durer des heures.

Combien de temps Martha et Celia allaient-elles m'attendre, si tant est qu'elles allaient le faire ? Tiendraient-elles promesse ? L'occasion de nous évader nous avait-elle déjà glissé entre les doigts – avais-je raté le coche ?

Enfin, une ouverture. Une femme avec des jambes comme des poteaux s'était mis en tête de balancer les grappes en affirmant à cor et à cri qu'elle refusait de trimer une minute de plus – elle était une patiente, pas une esclave. Elle piétinait les grains de raisin, dont le jus tachait ses chaussures d'une teinte un peu plus sombre chaque fois qu'elle enfonçait son pied dans le sol. Toutes les têtes s'étaient tournées vers elle, y compris celle de l'infirmière Martin, ce qui me permit de me glisser dans la file derrière ma sœur.

— Phoebe, soufflai-je. Il faut y aller.

Sa main se figea à hauteur d'une grappe de fruits. Elle pivota lentement son buste vers moi sans baisser le bras.

— C'est moi, Charlotte, la rassurai-je.

— Je sais.

— C'est maintenant.

Je peinais à lire son expression dans la semi-obscurité.

— On ne s'en sortira jamais.

— Il faut essayer.

— Tu as changé, Charlotte, dit-elle.

Je me raidis, mais soudain je discernai son sourire.

— En mieux ? m'enquis-je.

— Je n'aurais jamais pensé que tu ferais tout ce chemin pour venir me chercher.

— J'irai aussi loin qu'il le faut.

Ses yeux embrassèrent toute la scène – la pleine lune, le champ, les femmes à perte de vue – et j'attendis un long, très long moment.

— Dans ce cas, je te suis, conclut-elle.

D'un geste, je désignai sa lanterne, qu'elle me passa promptement. Je tournai le bec de lumière pour l'éteindre et la déposai sous le couvert d'un pied de vigne noueux qui la déroberait aux regards.

L'infirmière avait fini par calmer la patiente récalcitrante, par la promesse d'une récompense ou d'une punition, et nous avions à peine avancé de quelques pas lorsque sa voix s'éleva :

— Au travail, Euterpe. Allez, on s'active.

Sa voix était moins autoritaire qu'elle n'était implorante, et je me demandai combien de temps encore les patientes allaient lui obéir et ce qu'il adviendrait une fois qu'elles refuseraient de se soumettre.

Phoebe et moi avançâmes d'un pas preste dans le noir, îlot de silence au milieu d'une mer vociférante. Je retins mon souffle tout du long. De nouveau, je songeai à la silhouette émaciée de l'infirmière en chef, avec son menton pointu et son port de tête altier, mais je ne la vis nulle part. Je priai de tout mon cœur pour que personne ne nous remarque. Je maudis la lune avec ses rayons étincelants, prête à la remercier plus tard, si par chance elle éclairait notre chemin vers la liberté. *Si.*

Pour l'heure, si Martha et Celia s'en étaient tirées, elles nous attendaient à la frange nord du champ, celle qui était la plus éloignée de la bâtisse. L'instant crucial était arrivé. À partir de maintenant, notre dessein devenait évident. Nous ne pourrions plus prétendre que nous ne prenions pas la fuite. Nous devions jouer notre va-tout. Qu'est-ce qui m'attendrait une fois arrivée en rase campagne de l'autre côté du champ ?

Martha.

Nous la rejoignîmes parmi les rangées de vignes à quelques pas du lieu convenu. Quand elle entendit le bruissement des feuilles, elle fit volte-face. Je levai les mains, elle nous reconnut, ne trahit aucun signe d'approbation ou de joie à ma vue, et s'en tint à un hochement de la tête. Elle avait réussi à emporter un petit sac à dos – sous sa jupe, peut-être – qu'elle hissa à ses épaules et choisit d'ignorer (à moins qu'elle ne le vît pas) le regard étonné que je posais dessus. Elle tenait une lanterne dont la flamme brûlait en veilleuse. Nous nous étions mises d'accord pour utiliser le moins de lumière possible en attendant d'être sorties du vignoble, après quoi nous allions devoir poursuivre sans lanterne et sans bruit. Le moindre halo risquait de nous trahir une fois sorties des rangées de vignes. Nous y étions presque.

Je murmurai à l'intention de Martha :

— Celia ?

Elle haussa les épaules.

Combien de temps pouvions-nous encore attendre ?

C'est alors que Celia apparut, fendant l'obscurité à grands pas, un sourire éclatant sur son visage ravagé. Quand elle arriva à notre hauteur, nous regagnâmes ensemble la bordure du champ, loin du simili-château allemand, loin des lumières, loin de tout ce que l'on connaissait et redoutait.

Je lançai un dernier coup d'œil par-dessus mon épaule : les champs offraient un spectacle merveilleux, la lueur des flammes dansait le long des rangées de pieds de vigne et jetait des ombres tour à tour espiègles et effrayantes. Nous laissions derrière nous le murmure des femmes, le hennissement des chevaux, le grand fracas de la vie. Devant nous, rien d'autre que le silence.

Soudain, à hauteur de la dernière rangée de vignes, j'aperçus un éclat blanc, et sentis mon cœur se tordre.

Sa silhouette, sur fond de pieds de vigne sombres, se découpait à la lueur de sa lanterne. J'aurais reconnu sa carrure entre mille. J'aurais pu reconnaître Gus parmi tous les aides-soignants et tous les hommes de ce bas monde. Il était plus imposant que quiconque. Le cœur battant à se rompre, je cherchai des yeux le profil de l'infirmière en chef, terrifiée à l'idée que la partie soit déjà finie. Mais Gus était seul. Nous avait-il vues ? Venions-nous de signer notre perte ?

J'aurais dû tenir compte de la présence des aides-soignants. On avait dû les poster en bordure du champ dans ce but exprès : celui d'intercepter les internées qui tentaient de fuir. Et la malchance avait voulu qu'on tombe sur Gus. En réalité, nous l'avions dépassé ; il ne pouvait plus nous retenir. Mais il pouvait encore donner l'alerte. Comment allait-il réagir ?

Je passai rapidement en revue toutes les fois où j'avais eu affaire à Gus. Quand il m'avait extirpée de la salle des archives, il avait tenu ma tête dans le creux de sa main, comme s'il avait veillé à me protéger. Quand je m'étais fait passer pour une infirmière, il avait soigneusement évité de croiser mon regard, parce qu'il savait pertinemment ce qu'il en était, et pourtant il ne m'avait pas dénoncée. La seule raison qui expliquait ma présence en cet instant était que Gus n'avait jamais profité d'aucune situation. Ce qui voulait dire qu'il s'y était refusé. Je l'avais toujours pris pour une brute. Peut-être avais-je raison. Peut-être n'était-ce pas aussi simple que cela.

Nous traversions la nuit à vive allure ; peut-être ne nous avait-il pas aperçues. Je ne pouvais pas en être sûre. Je tournai de nouveau mon attention devant moi pour ne pas perdre de vue mes amies et pour courir, m'élancer, droit vers notre délivrance.

Je m'attendais à chaque instant à entendre des bruits nous talonner. Gus se serait ravisé pour finalement nous prendre en chasse, réduisant l'écart en un instant de ses grandes jambes, ses mains épaisses se refermant sur nos nuques, mettant fin à notre rêve de liberté. Mais il n'en fit rien.

À quel moment se rendraient-ils compte de notre disparition ? Combien de temps avant qu'ils ne soient à nos trousses ? Je m'attendais à des cris, des sirènes, mais seul régnait le silence. Derrière nous, dans les champs, les lanternes faisaient des vagues lumineuses. Nous n'avions toujours pas rallumé les nôtres de peur d'attirer l'attention dans la nuit d'encre.

L'orage se profilait à l'horizon. Que ferions-nous une fois prises dans la tempête, quand les sentiers se transformeraient partout en ruisseaux de boue ?

Nous continuâmes à courir, en priant pour que la liberté nous attende au bout du chemin.

*

Malgré les mugissements de la tempête, la pluie n'était toujours pas arrivée quand nous débouchâmes sur la route. L'air était saturé d'une humidité lourde. Quoi qu'il advienne, l'orage allait nous frapper de plein fouet avant que nous soyons à l'abri.

Une vague immense de soulagement me saisit lorsque nous arrivâmes à un croisement. Une branche partait au nord en direction des sources chaudes de Calistoga, l'autre au sud vers Yountville et Napa. Nous échangeâmes des sourires heureux. Toute parole aurait été superflue.

Pleines d'espoir, nous nous élançâmes à toute vitesse au beau milieu du ruban de terre.

Je tenais Phoebe par la main. Elle ne regardait pas en arrière. La réticence qu'elle avait eue au départ s'était volatilisée. J'aurais voulu l'interroger sur son état d'esprit, mais nous n'avions pas le temps. J'avançais, la gorge nouée. Si nous fournissions tous ces efforts en pure perte – si c'était pour retourner à l'ombre des murs de Goldengrove –, je n'aurais malheureusement plus rien à donner. Une fois saines et sauves, nous aurions tout le loisir de faire le tri dans nos émotions, notre passé, notre présent, notre futur.

Je me faufilai dans la nuit à la suite de Martha. La lune avait entamé sa descente ; il devait être minuit passé. Martha remontait régulièrement son sac sur ses épaules ; il avait l'air bien encombrant.

— Tu as pris quoi, dans ton sac ? demandai-je.

— Des affaires nécessaires, répondit-elle sans se retourner.

— Je pense que tu devrais…

— Tais-toi, espèce d'idiote.

Je me demandai, et ce n'était pas la première fois, si j'avais bien fait de la suivre. À présent que nous étions en route, il m'apparaissait clairement à quel point lui faire confiance était un saut dans l'inconnu aussi radical que de partir en quête de ma sœur à Goldengrove. Il était trop tard pour tergiverser, à présent. Nous avions perdu de vue les lanternes et le champ. Il n'était de toute façon pas envisageable de rebrousser chemin.

Malgré la peur qui me traversait l'échine, ou peut-être grâce à elle, je trouvais la nuit grisante. L'air pur était d'une douceur indicible qui me donnait envie de pleurer. Je me délectais du rythme rapide de la respiration de mes camarades qui fendait la nuit. Martha et son soupir grave et régulier. Phoebe quasiment à bout de souffle – elle ne s'était pas entraînée avec la même régularité que nous à Terpsichore –, mais qui continuait à avancer vaillamment. La respiration de Celia était de loin la plus ténue. L'incendie avait-il brûlé ses poumons en plus de tout le reste ? Je ne pourrais jamais me mettre à sa place, m'imaginer la vie qui avait été la sienne, avant ou après l'incendie. Mais je lui étais reconnaissante de ce qu'elle m'évitait d'épouser un homme qui était un monstre. Un monstre dont le frère était l'homme que j'aimais.

Tandis que nous dévalions le chemin en direction du sud, le visage d'Henry me suivait partout dans la pénombre. En me voyant arriver avec Phoebe, mes parents seraient furieux, mais nous formions une famille. Ils avaient toujours fini par passer l'éponge. Nous étions leurs filles, les seules enfants qui leur restaient. En revanche, je ne voyais pas comment retrouver Henry, comment reconquérir l'intimité fugace que nous avions partagée, ni comment la sublimer.

Après tout, j'étais sur le point de détruire tous les espoirs de sa famille. George ne décrocherait pas l'épouse parfaite qu'on avait promis à son avenir de politicien. Il risquait même la prison. Il était hors de question de rester silencieuse, même si cela voulait dire que la dette de mon père n'était pas effacée. Je ne laisserais pas George s'en sortir à si bon compte alors que Celia porterait jusqu'à son dernier souffle les stigmates de son geste. Même si cela me faisait violence, jamais je ne passerais la vérité sous silence, ni par amour, ni par devoir familial.

Les gouttes commencèrent à tomber alors que le contour des fenêtres éclairées de Goldengrove se découpait devant nous.

En un clin d'œil nous fûmes trempées par des rideaux de pluie d'une violence inouïe. Des éclairs déchirèrent la nuit une, deux, trois fois. Les orages de cette magnitude étaient rares à San Francisco, et j'avais entendu dire qu'ils étaient encore moins fréquents dans les environs, où le soleil baignait la vallée tout l'été. Rare ou pas, cette tempête était un cadeau aussi salvateur que dangereux. C'était la menace de son arrivée imminente qui nous avait envoyées à travers champs et tendu l'opportunité rêvée. J'étais prête à subir tous ses outrages pour la remercier de cette bénédiction.

De soulagement, je me mis à pleurer, et les larmes se mêlèrent aux gouttes de pluie sur mon visage. Nous savions enfin exactement où nous nous trouvions. Sans nous concerter, Martha et moi ouvrîmes la voie en longeant le bord de la clôture par la droite. Nous pressâmes le pas en direction du seul endroit qui nous était intimement familier : la colline.

Au loin, les fenêtres de l'asile brillaient. Qui se trouvait derrière ces murs, qui avait bien pu allumer la lumière ? Ne restait-il plus que Nora, seule aux Ténèbres, ou y avait-il d'autres femmes ? Fallait-il rebrousser chemin pour les libérer ? Si nous faisions marche arrière, j'avais peur que nous ne tombions dans un nouveau piège. Nous ignorions le nombre d'aides-soignants, de médecins et d'infirmières encore sur place. Je me souvenais des noms que m'avait énumérés Phoebe, de toutes ces femmes que tant d'injustices avaient poussées à la violence. Jennie Murphy. Louise Webb. Ola Doggett. Et toutes les femmes de mon pavillon, dont les crimes n'en étaient pas : Hazel, si vive et enjouée, Irene l'entêtée. L'existence était certes une épreuve pour elles dans le vaste monde, mais les priver de la possibilité d'y vivre était injustifiable. La meilleure chose à faire était de nous en sortir et de raconter notre histoire.

Nous gravîmes le raidillon. J'étais désormais rompue à l'exercice, sur cette colline que j'avais longtemps prise pour une montagne, et j'avançai avec la même rapidité que sur terrain plat. Une fois encore, je me félicitai de mon agilité, comme j'avais pu le faire aux Ténèbres. Si on nous ramenait à Goldengrove, finirions-nous jetées à l'isolement, des semaines durant ? Ou pire projet de châtiment serait-il ourdi pour avoir valeur d'exemple ?

J'allongeai le pas, bien décidée à ne jamais découvrir la réponse à ces questions.

Tout au long de notre ascension, je me retournai régulièrement. Le bâtiment s'étrécissait dans notre sillage. Il se découpait tel un îlot dans une mer de nature, construction artificielle aussi belle que terrible, qui disparut une fois passée la cime. J'avais gravi cette colline un nombre incalculable de fois ; pourtant, je n'avais jamais dépassé son sommet, et pour la toute première fois je me retrouvai à descendre son autre flanc, abandonnant l'asile derrière moi. J'éprouvais un sentiment tout aussi étrange que délicieux.

Jamais je n'avais affronté un tel déluge. Le simple effort de tenir droite donnait l'impression de se noyer. Les trombes d'eau s'abattaient sans trêve, poussées par des bourrasques de vent. En dépit de la violence des éléments, nous avancions, un pied devant l'autre, venant en aide à celle d'entre nous qui trébuchait, le souffle coupé par la pluie qui nous entrait par la bouche et le nez et nous faisait crachoter. Mais nous persistions, arc-boutées, droit devant.

Des heures plus tard, nous étions épuisées. À bout de forces. Trempées jusqu'aux os. Incapables ou presque de continuer. Mais nous savions bien ce qui nous attendait si nous arrêtions. Le repos était un luxe que nous ne pouvions pas nous permettre. Nous risquions à tout instant de nous faire prendre.

*

La tempête avait faibli, et quand sous nos pieds le terrain s'aplanit, une frange de lumière effleurait timidement la cime des arbres, à notre plus grand soulagement. Sans les rideaux de pluie, le fond de l'air était délicieux. Je me sentais pleine d'entrain, légère, libre. Étions-nous suivies, avions-nous réussi ? Nous n'allions pas tarder à en avoir le cœur net.

Un immense sourire éclairait le visage de Martha. Sa physionomie était si incongrue que je ne pus m'empêcher de l'interroger :

— C'est quoi ce sourire ?

— On s'en est sorties. Pas elle.

— Qui ça ?

— L'infirmière en chef.

— De quoi tu parles ? De l'asile ? Elle était peut-être dans les vignobles, mais cela n'a plus d'importance maintenant.

— Elle n'était pas dans les champs, exulta Martha. Je lui ai rendu la monnaie de sa pièce, à celle-là. Elle était dans la chaise.

— De quoi tu parles ?

— Je l'ai mise dans la chaise de tranquillité, cette abominable connasse. J'ai attendu qu'elle expédie ses laquais aux champs et j'ai sauté sur l'occasion. Je l'ai échangée avec la fille là-haut – celle qui est russe, je crois – que j'ai envoyée à sa place faire un gros dodo dans les appartements de la matrone.

Son coup de génie me laissa sans voix.

— Tu ne lui as pas fait de mal ?

— Sainte Marie, c'est pas l'envie qui m'en manquait. Mais la chaise de tranquillité, c'était encore mieux. Ils finiront par la retrouver, elle n'aura pas une égratignure, mais ça va leur prendre un sacré moment. Et elle, en attendant, elle se rendra compte qu'il n'y a pas beaucoup de différence entre elle et nous.

J'étais soufflée. Le potentiel de violence de Martha m'inspirait tout autant le respect que la peur. Je ne l'aurais jamais crue capable d'élaborer un châtiment aussi ironique que séant. Alors qu'elle aurait pu céder à la tentation. L'esprit d'une femme est une arme redoutable. Martha avait usé du sien avec brio.

— Regardez, intervint Phoebe, et nous tournâmes la tête sans ralentir le pas.

De l'autre côté d'un champ se dressait une grange. En pleine lumière, sa façade rouge devait ressortir dans son écrin de verdure, mais l'aube n'avait pas encore point et c'est à peine si l'on distinguait ses contours. Malgré tout, un autre détail attira notre regard. Une charrette était garée dans l'ombre de la bâtisse – son plateau, découvert et plat, servait manifestement au transport de marchandises.

Nous restâmes un instant pantelantes, les yeux rivés sur le véhicule, à réfléchir.

La première, je brisai le silence.

— On la prend ?

— Pas le choix, fit Maria.

— Le cheval ?

— Faut vérifier dans la grange.

— J'y vais, se proposa Celia.

En un instant, elle s'était élancée à travers champs, sa jupe remontée aux genoux. Mon imagination s'engouffra dans la brèche et inventa toutes sortes d'issues plus terribles les unes que les autres. Et si quelqu'un la repérait depuis le corps de ferme ? Allait-elle s'enfuir, se rendre, se battre ? Pire, et si on entendait un coup de feu ? Allait-elle s'effondrer, les bras en croix, à plat ventre dans la boue ? D'une main plaquée sur mon visage, j'étouffai un cri ; l'image était d'une telle intensité dans mon esprit qu'elle semblait se dérouler devant mes yeux. Au loin, les ombres avalèrent Celia. J'entendis le long grincement grave de la porte de la grange. Dans ma tête, les cauchemars disparurent. Celia était arrivée. Il ne lui restait plus qu'à rebrousser chemin.

Nous attendîmes dans un silence de plomb, à peine troublé par la respiration de mes camarades et le tambourinement du sang dans mes oreilles.

Celia sortit de la grange en tenant un cheval par le licou, aussi naturellement que si elle l'avait débourré et apprivoisé elle-même. Je fis mine de m'élancer, mais elle m'intima de ne pas bouger. Celia attela le cheval à la charrette puis le fit avancer le plus discrètement possible jusqu'à la route. Ce n'est qu'alors qu'elle nous avisa de quitter la lisière de la forêt pour la rejoindre.

Une fois hors de vue de la ferme, nous montâmes de concert à bord de la charrette, pendant que Celia tenait la monture au pas. Phoebe grimpa d'un bond et me tendit la main. Martha se hissa sur le siège du cocher et aida Celia à escalader à son tour. Pas un instant elle ne lâcha les rênes et la vision de ces deux femmes manœuvrant le véhicule sans l'ombre d'une hésitation me fit rire, moi qui n'avais encore jamais vu de femme conduire de carriole. L'excentricité de notre petite équipée n'avait d'égal que son courage.

La charrette s'ébranla, déboucha bientôt sur la route et nous cahota au gré de la piste truffée d'ornières. Le plateau empestait le foin humide, les planches de bois brut étaient inconfortables et des brins de paille me piquaient la peau.

L'aube perça délicatement à l'horizon. Ma toute première depuis une éternité à ne pas poindre de derrière la haute colline de Goldengrove. Je priai pour qu'il y en eût tant d'autres loin de cet endroit. Le visage baigné de larmes, je contemplai mes camarades, dos droit, tête haute. Nous étions libres.

Phoebe était allongée à côté de moi. Je l'invitai à fermer les yeux.

— Tu peux dormir tranquille.

Pour l'heure, tout du moins, c'était la vérité.

# Chapitre 26

Les rues par lesquelles nous entrâmes dans San Francisco m'étaient aussi étrangères que celles de Londres ou de Bornéo. Nous étions arrivées à bon port, mais dans un quartier totalement inconnu. Après la solitude de Goldengrove, la cohue était à la limite du supportable. L'air était saturé d'un mélange de gaieté et d'hostilité que des invectives se disputaient aux remarques aguicheuses à tous les coins de rue. Ce n'était pas le San Francisco que je connaissais. Je n'en étais pas moins ravie d'être là.

Et c'était une aubaine que nous soyons arrivées par le quartier le plus mal famé, qui plus est en pleine journée. Nous avions beau être quatre femmes dans un état de saleté et d'épuisement avancé, à bord d'un chariot vide, nous passions totalement inaperçues. Par chez moi, nous aurions suscité une vive émotion et les forces de l'ordre n'auraient pas lambiné avant de nous emmener au poste. Or, nous n'étions pas prêtes à essuyer un barrage de questions.

Je m'approchai de l'avant du chariot, m'assis le dos tourné à Celia et Martha et, tout en retirant les échardes fichées dans ma jupe, j'interrogeai cette dernière :

— Où sommes-nous ?

— Dans le quartier de Barbary Coast, répondit-elle pardessus son épaule.

Elle prit les rênes le temps que Celia se recoiffe sommairement. Après tout, nous étions de retour à la civilisation. La pluie avait eu le mérite de nous laver d'une bonne couche de terre et de crasse, mais nous avions les mollets plâtrés de boue. Nous pouvions toujours essayer d'être à moitié présentables.

Je jetai un œil à Phoebe, que le vacarme ambiant n'avait toujours pas tirée de son sommeil. Notre évasion nous avait laissées dans un état de soulagement épuisé. En réaction, tout mon organisme était aux aguets, mais je comprenais parfaitement que celui de ma sœur ait choisi l'écroulement et un repos bien mérité.

À sa manière, le district de Barbary Coast était une révélation. Nous étions à quelques kilomètres à peine du confort luxueux de Nob Hill, et pourtant on se serait cru dans un village sans foi ni loi. Comme quoi, le lieu portait bien son nom ; Barbary Coast était un îlot de pirates, à des lieues du monde civilisé, un endroit où la survie était une lutte acharnée, où la plus infime poussière d'or pouvait assurer la subsistance de son propriétaire. La pleine mer qui s'épanchait au loin était celle-là même qu'on pouvait voir du sommet de Telegraph Hill ou de Crocker Mansion, mais tout le reste appartenait à un autre monde.

Il y avait des fortunes à se faire au cœur de cette frénésie. Preuve en était tel flibustier bien mis qui se pavanait au milieu de la rue, ou en selle sur un étalon noir à la bride frangée de dorures. Il y avait aussi des fortunes à perdre, comme semblaient le démontrer les hommes vêtus de complets en tweed recouverts de poussière de charbon, dont les yeux injectés de sang ressemblaient à des billes blafardes dans une mer d'encre. Ils traînaient un air désespéré et affamé. Au milieu de ce théâtre, un chariot plein de femmes seules et crottées de la tête aux pieds ne faisait aucune vague. Cet endroit avait ses règles propres. Je n'avais aucun envie de m'y attarder suffisamment pour en faire le tour, mais j'étais bien contente que ces règles existent, sans quoi je ne me serais pas sentie en sécurité sur mon perchoir.

L'espace d'un instant, je m'imaginais vivre dans cette profusion d'énergie joyeuse et paillarde. Le lieu était diamétralement opposé à Goldengrove, tout comme l'asile l'avait été des demeures de California Street, Powell, Taylor. Et je n'avais pas ma place ici, tout comme je n'avais pas eu ma place à Goldengrove, où j'avais pourtant éprouvé une forme de félicité.

Pourrais-je être heureuse ici ? Et Phoebe ? Je m'aventurai sur le chemin des possibles. La vie serait rude, c'était une certitude. Il semblait évident que le quotidien était un combat dans ce maelström. Plus je découvrais le spectacle de la rue, plus je distinguais les femmes quasi invisibles qui lui donnaient vie. Les blanchisseuses qui charriaient des sacs de coton et de linge. Les vendeurs des quatre saisons qui s'époumonaient : « Citrons contre le scorbut, citrons verts contre le scorbut, ils sont beaux mes citrons. » Un travail harassant, mais un travail honnête. Une vie gagnée à la sueur de son front. J'avais fini par comprendre que l'existence à laquelle me destinait ma mère – mariée à un citoyen bien sous tous rapports, épouse guindée à la tête d'une armée de domestiques – était parfaitement rébarbative. Surtout après ce que j'avais appris. Je préférais encore vivre comme une bête de somme, à décrasser les sous-vêtements des rustres que l'on croisait dans cette rue, plutôt que d'être la jument poulinière de George Sidwell. Quoi qu'il advînt, je m'épargnerais ce destin.

Pour autant, je n'avais aucune intention de débarquer dans une blanchisserie pour demander un emploi, et assurer mon existence grâce au seul fruit de mon labeur. Je n'avais pas encore tout à fait mené à bien le plan d'évasion de ma sœur. Je n'étais pas encore arrivée à bon port chez mes parents. J'attendais le moment où, debout sur le seuil, je leur expliquerais que j'avais ramené Phoebe, que rien ne justifiait un tel bannissement, que nous étions toutes les deux leurs filles, et qu'en tant que telles nous méritions leur amour.

Je n'avais pas douté une seule minute du fait que mes parents accepteraient son retour. Ils l'avaient internée sans réfléchir. Je les avais déjà vus changer d'avis. Je me souvenais du jour où Phoebe avait donné l'exemple.

Elle était âgée de seize ans et nos parents lui avaient déjà interdit une dizaine de fois de porter une robe rouge à la fête de Noël des Harrington. Envers et contre tout, ma sœur avait traité dans le plus grand secret avec le tailleur, et avait obtenu de remplacer la robe de velours vert, dont elle avait fait semblant de convenir avec ma mère, par une autre en soie d'un cramoisi éclatant.

L'astuce avait voulu qu'elle sache exactement jusqu'à quel point pousser le subterfuge. Le patron de la robe était le même – discret, seyant, bien allant. Seule la couleur était une révolution. Et quand vint le soir du bal, et que Phoebe descendit l'escalier ainsi vêtue, mes parents s'opposèrent à elle vent debout. Mais ma sœur prit joliment la pose, inonda de baisers les joues de ma mère et gazouilla avec une telle effervescence qu'ils finirent par baisser les armes. Ce jour-là, comme en bien d'autres occasions, Phoebe avait fini par obtenir gain de cause. Je n'avais jamais usé de telles ruses avec mes parents. J'espérais avoir la chance du débutant.

Mon flot de pensées fut interrompu par le hennissement sonore du cheval qui s'ébroua comme notre chariot se rangeait le long d'une façade.

— Nous y voilà, annonça Martha en tournant gaiement la tête par-dessus son épaule. La House of Open Flowers.

Le nom ne m'était pas inconnu, mais sur le moment je ne parvins pas à le resituer.

La bâtisse en question, ni imposante ni misérable, était tout ce qu'il y avait de plus banal. Elle avait dû être repeinte en vert quelques années plus tôt, tandis que les encadrements de porte et les châssis des fenêtres avaient été couronnés d'une couche bleu clair. Le résultat était plutôt joli, quoique légèrement défraîchi, et accueillant à sa manière. À l'évidence, quelqu'un veillait à ce que la maison ne tombe pas en morceaux, et tous les voisins ne pouvaient pas en dire autant. Je basculai mes jambes par-dessus le hayon du chariot, non sans difficulté, puis je tendis la main à Phoebe pour l'aider à descendre à son tour. Nous étions toutes les deux percluses de fatigue. Celia prit un instant pour flatter le museau du cheval, puis elle s'essuya le front du revers de la main et nous emboîta le pas.

Martha nous devança dans l'escalier. Toutes ensemble, nous formions une bande hétéroclite, trempée et pleine de boue. Pourtant Martha se mouvait sans s'en soucier le moins du monde. Son port de tête princier aurait eu toute sa place dans une salle de bal. Elle sonna à la porte et le battant s'ouvrit mystérieusement en grand.

L'intérieur surpassait de loin la simplicité de la façade extérieure. La profusion de couleurs était telle qu'elle me faisait mal aux yeux. Outre la rangée d'oreillers somptueux qui entourait les fenêtres à meneaux, des tentures festonnaient les fenêtres de lourds pans d'un lie-de-vin chatoyant. Et partout dans la pièce, des femmes, vêtues de robes échancrées de couleurs criardes, paressaient dans des poses alanguies. À notre arrivée, leurs têtes pivotèrent en direction de la porte d'entrée.

En comprenant où nous avions mis les pieds, je faillis m'exclamer, mais je me ravisai.

Phoebe ne se donna pas tant de mal.

— Martha ! Tu nous as amenées dans une maison de débauche !

Martha souriait de toutes ses dents.

— Tout à fait.

Phoebe protesta :

— Mais les filles comme nous... je veux dire, nous n'avons jamais...

— Il y a un début à tout, sourit Martha, que la situation semblait divertir au plus haut point.

— Mais j'avais compris que tu nous emmenais chez ton père.

— Pourquoi veux-tu ? Le vieux me déteste. Il me renverrait séance tenante dans cette prison. C'est lui qui m'a internée. Comme je dis toujours, t'amuse pas à cracher à la gueule du lion si tu veux pas qu'il t'arrache la tête.

— On ne peut pas aller dans un autre endroit… mieux ?

— Il n'y a pas mieux qu'ici, intervint une autre voix.

Il me fallut un temps pour la reconnaître, avec sa couronne de boucles et son masque de khôl et de fard à joues. J'avais pris l'habitude de la voir au naturel, sans fioritures, avec ses cheveux raides comme une tenture.

— Jubilee ! s'écria Martha en écartant grand les bras. On est arrivées !

— Je n'en crois pas mes yeux.

— Je peux te pincer, si tu veux, proposa Martha avec un sourire farceur en s'avançant d'un pas.

Jubilee recula d'autant :

— Oh, ça va aller. Je te crois sur parole.

Manifestement, son retour à la ville lui avait fait un bien infini. Elle était auréolée d'une odeur de terre mêlée à un soupçon de violette qu'elle devait cultiver avec grand soin.

Jubilee balaya la compagnie d'un regard circulaire et affirma d'une voix aux accents enjoués :

— On dirait que le diable s'est servi de vous pour touiller un seau de merde.

— Je ferais bien de vous présenter, dis-je à Phoebe, qui avait l'air un peu dépassée par les événements, et à Celia, qui comme à son habitude ne laissait rien transparaître de ses émotions. Voici Jubilee, en tout cas c'est sous ce nom qu'on la connaît. Mais – c'est toujours Jubilee ?

L'intéressée opina du chef.

— C'est comme ça qu'on m'appelle. Je l'aime tellement que j'ai gardé ce nom. Y a pire que de porter un nom de fête.

— J'espère qu'on ne te dérange pas, s'excusa Martha. Je t'avais dit que je me pointerais ici si j'étais libérée.

— T'avais pas parlé de tes copines.

— À dire vrai, on n'a pas exactement été libérées, observa Martha, mais gardons ça entre nous, tu veux bien ?

Les autres prostituées commençaient à regarder nos allures débraillées avec des moues de dégoût. Je pouvais difficilement leur en vouloir. En plus d'être badigeonnées de boue, nous empestions, et si je m'étais habituée à la physionomie de Celia, j'aperçus une jeune catin aux cheveux noir de jais qui ne put s'empêcher de plaquer une main sur sa bouche en apercevant son profil défiguré. Ce genre d'établissement était un fantasme conçu à l'intention des hommes, dans lequel ils pouvaient cueillir à leur guise les fleurs de leur choix tout en se convainquant que les femmes jetaient librement leur dévolu sur eux. Notre présence venait ternir le tableau. Mieux valait nous faire évacuer les lieux.

Prenant la mesure de la situation, Jubilee devança la question :

— Allons vous présenter à Madame. Elle est contente que je sois rentrée. Voyons voir ce qu'elle peut pour vous.

Tout en prenant soin de ne pas révéler l'emplacement de ma liasse de billets, j'avais réussi à en extraire quelques-uns. Je les tendis à Jubilee :

— Au moins de quoi manger. Et plus, si elle peut, avec ça. Dis-lui qu'on apprécie sa générosité.

Jubilee déploya les billets de banque en éventail et haussa les sourcils.

— Avec ça, et compte tenu de la situation, je pense qu'elle proposera de l'eau chaude pour un bain.

— Moi d'abord, coupa Martha, et aucune de nous ne la contredit.

Martha était clairement notre meneuse de troupe. Et puis c'était la seule à ne pas être mal à l'aise. Ma mère serait horrifiée de nous voir débarquer à la maison dans cet état et pour Celia, qui n'avait nulle part où aller, la situation était encore plus angoissante.

Nous patientâmes dans une petite pièce attenante, le temps que Jubilee touche deux mots à Madame. Elle s'en revint porteuse de la réponse : un bain ferait l'affaire pour tout le monde. Martha s'en alla à grands pas, le visage béat.

Certes, je fus la quatrième – si ce n'est plus – à passer à la baignoire, mais son eau tiède de teinte résolument grisâtre était une véritable bénédiction. Et le savon ! Riche et crémeux, il donnait l'impression de se caresser la peau avec de la soie fine. Bien qu'il ne fût pas marqué d'un sceau, je me demandais si les savons que nous fabriquions à Goldengrove étaient de cette qualité. J'avais confectionné des centaines, des milliers de pains, sans jamais en avoir utilisé un seul. À présent, je n'aurais plus jamais à en fabriquer un seul. Après un soupir ravi, je m'enfonçai dans la baignoire en cuivre avant que l'eau ne soit trop froide.

Phoebe, qui s'était lavée avant moi, s'était enroulée dans un drap de lit. Elle s'était assise sur un tabouret pour pouvoir me parler pendant que je finissais ma toilette. Elle m'avait interrogée sur Celia et Martha, et je lui avais confié tout ce que je savais à leur sujet. Elle apprit avec horreur ce que George avait fait. Jamais elle ne l'avait soupçonné de tels agissements ; ses réserves à son endroit touchaient seulement à mon amour pour Henry et à la certitude que George n'avait aucunement l'intention de m'aimer : il voulait se porter acquéreur d'une femme.

— Je ne connaîtrai jamais l'amour, déplora-t-elle. Alors c'est important pour moi que toi, tu vives un vrai amour.

— Tu as tout mon amour, répondis-je.

— Je sais.

— Phoebe, tu es prodigieuse. Tu es loyale, intelligente, forte. Le reste de ce que tu es ne devrait pas avoir d'importance.

Elle tripotait le bord plié du drap qui recouvrait ses genoux.

— Évidemment. Mais il faut être bien bête pour croire une chose pareille.

— Dans ce cas, je suis bien bête, protestai-je. Je n'allais pas t'abandonner là-bas alors que tu avais pris ma défense.

— Je sais. Et je t'en suis reconnaissante. Seulement…

Elle eut l'air pensif. Je croyais savoir ce qu'elle voulait dire.

— Tu te sentais bien, là-bas, en compagnie du médecin-chef.

— Il était gentil avec moi.

— Mais il est dans un autre asile, à présent.

Je lui racontai en quelques mots les raisons de sa disparition soudaine, au cas où personne n'eût jugé bon de la tenir au courant. Comment son vice avait entraîné sa chute, après que l'infirmière en chef avait décidé de frapper un grand coup.

— Pauvre Leo, soupira-t-elle. Il ne méritait pas ça.

— Il avait une faille. Tous les êtres humains ont leurs failles. C'est injuste que certains finissent enfermés alors qu'ils ne font de mal à personne.

Elle eut un petit sourire triste.

— Je ne pense pas vouloir être enfermée. Mais dans un sens, je l'ai toujours été, même avant de partir pour Goldengrove.

— Tu avais la force déjà de te battre pour moi. Aie la force de te battre pour toi.

— Je ne suis pas sûre d'en être capable.

— Alors laisse-moi avoir la force de le faire pour nous deux.

L'arrivée de Martha dans la pièce mit fin à la conversation. Celia la talonnait, enroulée comme Phoebe dans un drap de lit de Jubilee. La parure lui donnait d'étranges airs de déesse. Nous avions passé des semaines dans des pavillons qui portaient des noms de Muses, et Phoebe elle-même avait le nom d'une Titanide, mais seule Celia réussissait à transformer un drap en un élégant vêtement digne d'une divinité grecque. Ma sœur et moi ne faisions guère illusion : nous donnions le spectacle de deux filles trempées et pâles qui s'en sortaient avec les moyens du bord.

— Je n'ai pas pu attendre, annonça Martha.

Elle était la seule à porter une vraie toilette, et quelle toilette ! Une robe de soie violette, taille de guêpe, à l'échancrure profonde qui montrait la rondeur de ses seins et me rappela son arrivée à Terpsichore quand elle s'était entièrement dévêtue dans le dortoir. De toute évidence, elle avait emprunté la robe à Jubilee. Elle la portait comme une provocation, comme si elle était prête à en découdre avec le monde, et flamboyait d'une confiance qui mettait quiconque au défi de formuler le moindre commentaire.

— Je ne suis pas habillée, observai-je depuis le fond de la baignoire.

— Eh bien habille-toi. Voilà qui devrait t'aider.

Elle déplia une robe. Je me redressai, dégoulinante d'eau, pour la lui prendre des mains. Je la reconnus sur-le-champ. C'était la robe couleur rouille que j'avais fauchée à Matilda le jour de ma noyade.

Martha tendit ensuite à Phoebe une autre robe, parée de brindilles sur le corsage, dans laquelle j'avais vu ma sœur des dizaines de fois. Je sentis un pincement au cœur en songeant que mes parents l'avaient envoyée à l'asile dans cette toilette. Phoebe s'en empara avec ferveur.

— Je les ai prises avec moi, expliqua Martha. Vous en aurez besoin pour rentrer chez vous.

Après quoi elle se tourna vers Celia :

— La tienne est différente.

D'un geste précautionneux, elle lui tendit un paquet de tissu plié. En comprenant de quoi il s'agissait, j'étouffai un cri. Une chemise de nuit d'un rose pâle, comme l'intérieur d'une coquille Saint-Jacques. Naguère, elle avait été ravissante, cousue et brodée avec minutie. À présent, des pans entiers étaient noircis, salis par la suie. Si nos robes étaient encore un peu humides après avoir pris la pluie en chemin, celle-ci était sèche. Martha avait dû l'emmailloter au milieu de son paquetage comme la pépite qu'elle était.

— Tu ne peux pas la mettre, je sais bien, observa-t-elle. Mais j'espère que tu en feras bon usage.

Celia se jeta dans ses bras, l'étreignit de toutes ses forces et lui murmura quelques mots à l'oreille.

C'est alors que je compris ce que Martha avait transporté chemin faisant dans son havresac. Il n'y avait rien pour elle, seulement des effets pour nous.

— Merci, dis-je.

— On se doit à toutes plus de remerciements que nous ne pourrons jamais l'exprimer, tu ne crois pas ? répondit-elle.

— Je ne vois pas d'inconvénient à repartir du bon pied, acquiesçai-je, et elle sourit.

Martha sortit alors une deuxième robe pour Celia : celle à carreaux bleus qu'elle portait à son arrivée à l'asile. L'étoffe était discrète et seyante, avec un col replié et une rangée de boutons en fer-blanc sur la poitrine. Malgré toutes leurs différences, les deux femmes faisaient peu ou prou la même taille.

Celia fit mine de lui rendre la robe en la regardant d'un air interrogatif.

Martha hocha sèchement la tête en guise de confirmation.

— Je ne porterai plus jamais de vêtement ayant été acheté avec l'argent de mon père. À partir de maintenant, le moindre dollar sortira de ma poche.

Nous enfilâmes nos robes à la hâte en étouffant des rires. Je songeai que dans un monde juste, Martha et non pas M. Sidwell ferait fortune dans les chemins de fer. Elle tiendrait le rôle à merveille.

Ma robe rouge me paraissait d'un faste insupportable. Elle était en piteux état après avoir fait trempette dans la baie, mais quelqu'un l'avait lavée avec soin depuis que je l'avais retirée, près d'un mois plus tôt, si bien que plusieurs taches que je lui avais connues avaient disparu. Le tissu était plus épais que celui des combinaisons de l'asile. Je n'étais pas sûre de porter encore une étoffe couleur corail dans ma vie. Et si la robe de Matilda n'était franchement pas à ma taille, les manches me couvraient les avant-bras jusqu'aux poignets et les pans tombaient sur mes chaussures, si bien que je me sentis reprendre forme humaine.

Ma sœur aussi donnait l'impression de se retrouver. Du plat de la main, elle lissa le devant de sa robe et tira un fil lâche qui pendait d'une brindille, le visage soudain illuminé d'un sourire irrépressible.

— Et maintenant, annonça Martha en levant les mains en signe de munificence, allons manger à notre faim, nom d'un chien !

Les prostituées prenaient leur repas par roulement, serrées autour d'une table. Il n'y avait pas de chaises en nombre suffisant pour accueillir tout le monde mais, à présent que nous étions présentables, l'arrivée inopinée de nouvelles bouches à nourrir n'avait pas l'air de les déranger outre mesure. La pitance était simple – de gros morceaux de pain et de fromage que l'on faisait glisser avec du vin – et absolument délicieuse. Je dus me retenir de l'engloutir. Phoebe faillit s'étouffer en avalant une énorme tranche de pain. Elle partit d'un fou rire comme je lui tapais dans le dos.

— C'est tellement bon ! s'exclama-t-elle entre deux éclats de rire.

J'étais bien contente de la voir si réjouie ; pourtant, je ne m'autorisai à décompresser qu'une fois son rire évanoui dans un soupir. Je me demandai si j'étais appelée à craindre éternellement ses redoutables crises. Sans doute, hélas.

Au loin nous parvint le tintement de la sonnette. Aussitôt, toutes les prostituées bondirent sur leurs pieds, qui enfournant une dernière bouchée, qui ingurgitant une ultime rasade de vin. Elles se pincèrent les joues, se mordirent les lèvres et s'en allèrent. Il ne resta plus dans la pièce que les anciennes patientes de l'asile.

— Jube, avant que tu t'en ailles, dis-je.

— Oui ?

— Merci.

Elle étreignit ma main et disparut à son tour, la semelle de ses chaussures résonnant doucement sur le parquet, puis dans l'escalier, avant de s'évanouir. Il ne restait plus que nous quatre.

L'heure était venue de prendre une décision. Je redoutais cet instant. Je me tournai vers Martha :

— Merci de nous avoir amenées ici. Merci pour tout. Du fond du cœur. Mais je dois – nous devons – y aller.

— Bien sûr.

Puis je me tournai vers notre grande brûlée.

— Celia, j'espère que tu voudras bien venir avec nous. Je souhaite que tu racontes ton histoire. Tu veux bien ?

— C'est toi qui la raconteras. Mais je viendrai, acquiesça-t-elle.

— Oui. Oui, approuvai-je en pivotant vers Martha. Et toi ?

— Je ne viens pas.

— Tu vas rester ici ? voulut savoir Phoebe.

Je ne pus m'empêcher de l'interroger à mon tour :

— Tu ne vas pas devenir prostituée, quand même ?

— Non, mais tu ne devrais pas poser la question sur ce ton, pas après tout ce que Jubilee a fait pour nous.

J'inclinai la tête, mortifiée par ma mesquinerie. J'avais beaucoup appris, mais il me restait encore un long chemin.

— Je suis sûre qu'elle voulait dire par là que tu as d'autres projets en tête, rectifia Phoebe.

Martha sourit de toutes ses dents et ses joues s'arrondirent comme des pêches bien mûres, découvrant une fossette que je ne lui avais encore jamais vue.

— Oui, c'est vrai. Je vais partir en Alaska.

Phoebe et moi nous exclamâmes à l'unisson.

— En Alaska !

— Quand mon père est arrivé à San Francisco pendant la ruée vers l'or, il était impossible de dégoter une bonne blanchisseuse, à tel point qu'on envoyait le linge à Hawaï. Tout là-bas ! Ça prenait des mois. En désespoir de cause, les gens font des choses insensées. À cette époque, une blanchisseuse expérimentée aurait fait fortune.

Sa réponse me fit sourire, je voyais parfaitement où elle voulait en venir.

— Et comme cette époque est révolue ici, tu vas là où elle bat son plein.

— Exactement. Sur la péninsule, à Juneau, je vendrai mes services comme des petits pains. Et je sais ce que je vaux.

— Personne n'aura les moyens !

Le hochement de son menton me fit savoir qu'elle était de mon avis.

— Je ne vois pas d'inconvénient à les faire repartir du bon pied, conclut-elle.

— Tu vas me manquer.

— Je te le confirme, sourit-elle de plus belle.

*

Délaissant la charrette qui nous avait amenées jusqu'ici, nous louâmes une calèche pour le restant du trajet. Nous fîmes don du cheval à Jubilee, en gage de paiement et de reconnaissance. Martha repartit avec une grosse partie de l'argent de Nora. Qui sait ce qui serait advenu de nous toutes sans son aide, et bien que Nora n'ait jamais sympathisé avec Martha, je crois néanmoins qu'elle reconnaissait en elle le même esprit indomptable. J'aimais à croire qu'elle aurait approuvé mon geste.

Je jetai un œil par le carreau de la calèche pour ne rien perdre du défilé de la ville, dont la physionomie changeait au fil des kilomètres. La route monta puis descendit, le brouhaha des voix s'estompa, les cabanes en bois de guingois cédèrent le terrain à de modestes maisons en briques, puis à de belles demeures en pierres. Seul le ciel au-dessus de nos têtes et la baie de San Francisco derrière nous restaient immuables. Nous mesurions notre progression à l'aune du cliquetis du mors des chevaux et du claquement de leurs sabots.

Trente minutes plus tard, nous nous tenions toutes trois sur le perron de cette maison que j'avais franchi un nombre incalculable de fois. Le portique était le même, tout comme les colonnes qui flanquaient la porte et les dalles que ma mère avait fait poser dans l'allée. Mais je n'étais plus la jeune fille que j'étais la dernière fois que je m'étais tenue sur ces marches. La maison me semblait contrefaite, moins conséquente, comme si une rafale de vent eut suffi à l'emporter. Mais c'était le seul chez-nous que nous avions. Je n'aurais pas pu m'en éloigner plus que je n'aurais pu me faire pousser des ailes pour m'envoler. Je n'avais d'autre choix que de réconcilier la décision qu'avaient prise mes parents en se débarrassant de ma sœur avec les épreuves que j'avais traversées pour la retrouver. Quel qu'en fût le prix.

Je saisis le heurtoir et cognai trois coups secs. Le bruit de pas nous parvint de l'autre côté du battant. Nous nous étreignîmes la main, prêtes à affronter la suite.

Quand Matilda nous découvrit sur le seuil, elle ne put réprimer un cri de surprise.

— Bonsoir, lançai-je avec entrain. Inutile de nous annoncer à nos parents. Nous trouverons le chemin. J'imagine qu'ils sont en train de dîner ?

— Oui. Mais…, bafouilla-t-elle en jetant un regard pardessus son épaule avant de le poser de nouveau sur moi et sur ma robe, laquelle était techniquement la sienne.

— Je suis navrée pour la robe. Je vous en achèterai une toute neuve, c'est promis. Je prendrai le temps de vous expliquer, une autre fois.

Matilda me dévisageait, bouche bée.

Mais déjà je m'avançais, ouvrant la voie à Phoebe et Celia. J'avais atteint les portes ouvertes de la salle à manger lorsque je l'entendis objecter dans un filet de voix :

— Ils ont des invités, mademoiselle.

Impossible de faire marche arrière. Je me tenais, ma silhouette découpée dans l'encadrement de la porte de la salle à manger, les yeux rivés sur six convives élégamment vêtus qui en me voyant s'étaient figés, la fourchette en l'air.

# Chapitre 27

Nos parents étaient dans la salle à manger, certes, mais ils étaient attablés en compagnie de quatre convives. À la gauche de mon père étaient assis M. et Mme Sidwell, cette dernière avec un verre à vin à mi-chemin de ses lèvres. Je laissai glisser mon regard sur eux mais en apercevant leurs fils dans les deux autres chaises, je crus que mon cœur allait lâcher. George ne m'avait pas encore vue mais Henry, les yeux brillants, avait relevé la tête. Il me fallut une force incommensurable pour ne pas me précipiter dans ses bras. Pour sa part, il restait les mains le long du corps, immobile. De prime abord, il posa sur moi un regard perplexe. Puis je décelai autre chose, une colère, qui me prit au dépourvu. C'est alors qu'il détourna les yeux.

Mon père se leva en s'exclamant :

— Charlotte ! Quelle merveilleuse surprise ! J'avoue que nous ne t'attendions pas avant demain. Sans quoi je serais allé à la gare…

Sa voix resta en suspens tandis que Phoebe, s'avançant d'un pas, vint se poster à côté de moi.

Mme Sidwell, qui avait avalé son vin à la hâte, s'étrangla, toussa, crachota tout en faisant de son mieux pour ne rien perdre de sa contenance. M. Sidwell fronça les sourcils. Ma mère resta sans bouger, à l'évidence perdue.

La physionomie de mon père changea. De tous, ce fut le seul à arborer une joie sans partage. Il nous accueillit les bras grands ouverts et nous nous précipitâmes dans son étreinte.

— Mes filles, murmura-t-il.

La sensation de son corps était réelle, tangible. Je relâchai enfin la respiration que je retenais depuis si longtemps.

Après notre embrassade, nous reculâmes d'un pas. Depuis notre départ, la chevelure de mon père avait viré au gris et perdu tout ou presque de sa teinte ambre d'origine. Son visage n'avait rien perdu de son éclat, en revanche.

M. Sidwell jeta sa serviette froissée sur la table et se leva en protestant :

— On m'a laissé entendre que votre fille aînée avait été parfaitement prise en charge à Goldengrove. Et pourtant…

— Attendez, le coupai-je au mépris des convenances.

Je me tournai vers Celia. Elle se tenait juste derrière nous, à l'abri des regards, les yeux rivés sur le mari qui avait attenté à ses jours. Je lui tendis la main, la sondant du regard pour m'assurer qu'elle allait tenir le choc ; elle garda les lèvres serrés, mais m'adressa un hochement de tête. Nous nous étreignîmes la main et je l'aidai à franchir le seuil. Elle haussa le menton. Tout était dit.

Entre-temps, George avait levé les yeux. Il l'aperçut et tout le sang reflua de son visage. Après tout, il posait les yeux sur un fantôme.

Henry la vit entrer, lui aussi, et il fut le premier à prononcer son nom.

— Mon Dieu, vous êtes – c'est – mon Dieu, Celia.

Elle pressa ma main plus fort mais resta parfaitement immobile. Son attention entière tendait vers George, comme attirée par une force magnétique. Après tout, elle l'avait aimé autrefois. Mais les choses avaient terriblement mal tourné. Je sentis la tension se cristalliser dans son corps, comme si Celia risquait à tout moment de tourner les talons et de s'enfuir. Je resserrai ma poigne à mon tour dans l'espoir de l'ancrer dans l'instant, même si j'étais parfaitement incapable d'éviter l'explosion de la poudrière. Celia faisait montre d'une force phénoménale. En pareilles circonstances, j'en aurais été incapable.

— Celia ? répéta ma mère qui peinait à comprendre l'ampleur de la situation. Qui est Celia ?

Au même instant, Mme Sidwell se leva d'un bond en faisant racler sa chaise contre le sol. En quelques pas rapides, elle traversa la pièce et se jeta au cou de la femme brûlée. Celia me lâcha la main, prit sa belle-mère dans ses bras et ses sanglots silencieux ébranlèrent ses épaules.

Le front barré d'incompréhension, ma mère restait bouche bée, si bien que je lui expliquai :

— C'est Celia, la femme de George.

— Mais je croyais qu'elle était morte ?

— Comme nous tous, corrobora M. Sidwell en plissant le front.

George restait statufié.

— George ! s'exclama Mme Sidwell en relevant son visage baigné de larmes qu'elle avait enfoui contre l'épaule de Celia. Ta femme est en vie ! Loué soit le Seigneur ! N'est-ce pas un véritable miracle ?

Pourtant, une évidence pesante était en train de s'imposer à tous les témoins de la scène : non seulement George ne se précipitait pas dans les bras de sa Lazare d'épouse, mais il ne pouvait pas même s'expliquer sa présence. Il était muré dans son silence ; à peine clignait-il des paupières. Plus le silence s'éternisait, plus la situation devenait embarrassante, et il donnait l'impression d'être totalement démuni. Si j'avais eu le moindre doute quant à la véracité du récit de Celia et sur le fait que son mari ait pu orchestrer l'incendie de leur domicile dans le dessein de se débarrasser de son épouse, mes dernières bribes d'incertitude venaient d'être balayées par le silence apathique de l'intéressé.

M. Sidwell reposa sa fourchette sur son assiette avec une telle délicatesse que l'argent effleura la porcelaine sans produire de son. Il annonça avec froideur :

— Si vous voulez bien nous excuser, chers amis. Merci pour cette charmante invitation. En raison… étant donné la tournure inattendue des événements, je pense qu'il est plus sage que notre famille se retire pour tenir conseil.

Je levai les yeux sur Henry et nos regards se croisèrent avec une force quasi physique. Chaque minute de mon séjour à Goldengrove, il avait occupé mes espoirs, mes pensées et mes prières. Voilà qu'enfin il se tenait devant moi, et pourtant il éludait mon regard comme s'il ne se souvenait plus trop des circonstances de notre rencontre, et qu'elle lui faisait honte. Alors que je ne m'y attendais pas le moins du monde, Phoebe prit la parole :

— Celia reste avec nous, affirma-t-elle haut et fort sans une once d'hésitation.

— C'est la femme de George ! s'emporta Mme Sidwell, la main sur l'épaule de Celia. Sa place est sous notre toit et comme vient de l'annoncer mon mari, nous allons partir.

— Elle n'est pas en sécurité auprès de lui, insista Phoebe en indiquant George d'un hochement du menton. Il l'a déjà fait assassiner une fois. Comment savoir qu'il ne recommencera pas ?

Le cri étouffé de ma mère déchira l'atmosphère. Les autres convives restèrent prostrés dans un silence inexpugnable. Autour de moi, la pièce sembla se réchauffer, l'air se dilater. Des assiettes abandonnées sur la table montaient un riche arôme de sauce à la crème, du fond des grands verres à pied l'acidité vaporeuse du vin, et de la cuisine, le parfum du dessert que l'on s'apprêtait à servir : le mélange de beurre et d'amandes sucrées des financiers tout juste sortis du four. La grande spécialité de Mme Shepherd. Mon estomac se souleva dans un chambardement de peur, de faim et de dégoût.

Sans surprise, M. Sidwell fut le premier à se remettre de l'affirmation sans ambages de ma sœur. Ses épaules avaient la raideur d'une barre de fer.

— C'est admirable de vous voir en pleine santé, jeune fille, sachant que vous avez été confiée récemment aux bons soins des praticiens de notre asile. Mais je crains qu'il ne soit hors de question de la laisser ici. Vous nous voyez contraints d'insister.

— Elle reste, rétorqua Phoebe avec véhémence.

— Et nous sommes censés vous prendre au mot ?

— Elle reste, intervint mon père d'une voix qui tonna dans la pièce.

Il me dévisagea, puis dévisagea Phoebe, et l'expression qu'il lut sur nos traits sembla affermir sa détermination. Il toisa en silence l'homme qui le surplombait de sa taille.

— Phineas, gronda M. Sidwell. Votre fille vient de formuler une accusation grave à l'encontre de mon fils. Laisseriez-vous une telle insulte sans répondre s'il s'agissait de votre fille ?

— Ce n'est pas à moi d'en juger, observa mon père. Si nous faisions toute la lumière sur la question ? Demandez à George s'il souhaite clamer au monde entier que sa femme est vivante, après qu'il lui a fait accroire l'inverse.

George, retranché dans son mutisme, ne se donnait pas même la peine de préserver un vernis d'innocence. Cela sautait aux yeux. Pour un politicien ambitieux, il manquait cruellement de répartie. Sur le coup, je faillis le prendre en pitié, jusqu'au moment où je me rappelai comment ses veules machinations nous avaient amenées jusqu'ici. S'il était arrivé à ses fins, une innocente aurait trouvé la mort. La sentence à laquelle je venais de réchapper n'était rien comparée à la gravité de son crime. Cette idée me fit frissonner d'épouvante.

— Ramenez vos fils à la maison, continua mon père. Nous nous reverrons bientôt. Il semblerait que nous ayons quantité de sujets à aborder, et ce sur plusieurs fronts. Un futur, plusieurs futurs, à repenser. Mais pour ce soir, ce sera tout.

M. Sidwell dévisagea longuement mon père. Il n'avait pas pour habitude d'être remis en question, qui plus est par un homme de stature inférieure, tant physique que financière. Je le vis serrer le poing. Puis il fit un signe de la main.

— George. Henry.

J'essayai une nouvelle fois d'attirer le regard de ce dernier, mais il suivit sa famille vers la sortie sans une attention pour moi. Depuis le vestibule me parvinrent une série de bruissements et de cliquetis, un chuchotement grave de George – « Mais elle était… » – aussitôt interrompu par le sifflement de son père : « Pas ici. » Je restai plantée sur place jusqu'à ce que Matilda verrouille la lourde porte derrière eux.

J'aurais voulu me jeter au cou de mon père pour le remercier, mais ma mère prit la parole pour la première fois depuis mon apparition sur les lieux.

— J'imagine, Charlotte, dit-elle d'une voix glaciale, que cela signifie que tu n'es pas allée à Newport, contrairement à ce que tu as voulu nous faire croire.

J'entrouvris les lèvres pour me justifier mais elle poursuivit sur sa lancée.

— Non, je t'en prie. C'est scandaleux. Rien de ce que tu pourras dire n'effacera cette humiliation pour moi.

— Pour vous ? ripostai-je, mais elle avait déjà tourné les talons et s'en fut de la salle à manger sans me laisser le temps de plaider ma cause.

J'entendis ses pas dans l'escalier, puis elle héla Mme Gibson, avant de claquer la porte de sa chambre. Le bruit sourd résonna le long de l'interminable couloir jusqu'à nous, qui étions restés immobiles comme des pierres. Peut-être espérait-elle que j'allais lui courir après, la supplier de me pardonner. Je n'en ferais rien.

— Père, commença Phoebe d'une voix soudain très jeune. Je suis désolée de causer des problèmes. Nous voulions rentrer à la maison, c'est tout.

Mon père attira ma sœur tout contre lui et appuya tendrement sa joue contre son torse, de sorte que son menton reposait sur le sommet de sa tête dans une étreinte muette.

Je ne sus comment réagir. Je ne pouvais pas me joindre à eux ; notre proximité me donnait l'impression de commettre une indiscrétion. Mon père lui murmura quelques mots à l'oreille. Je vis les larmes monter aux yeux de ma sœur et, un temps plus tard, un sourire étirer ses lèvres.

Au bout d'un long moment alangui, mon père releva la tête et scruta la pièce, comme s'il se rendait compte de sa matérialité par-dessus l'épaule de sa fille, celle-là même qu'il venait de retrouver après s'en être délesté.

— Madame, dit-il alors à Celia. Je crains de ne pas entièrement saisir les raisons de votre présence ici, ni de ce qui a bien pu vous advenir, mais je peux vous assurer que vous avez toute votre place parmi nous, aussi longtemps que vous le jugerez nécessaire.

— Merci, monsieur, répondit-elle d'un ton formel en redressant les épaules.

Et se tournant vers moi, mon père lança :

— Quant à toi…

J'étais curieuse de découvrir ce qu'il avait à me dire. Pendant cet instant de suspens, mon esprit s'engouffra dans la brèche pour compléter sa phrase de mille et une façons. J'étais persuadée qu'il se montrerait volontiers reconnaissant, mais mon cerveau obstiné insistait pour l'entendre vociférer *Mais que diable t'est-il passé par la tête* ou *Tu as tout fiché en l'air* ou encore pire, *Va-t'en.*

En fin de compte, mon père eut ces simples mots :

— Merci de l'avoir ramenée à la maison.

Nous échangeâmes alors un hochement de tête dont je ne nous aurais pas crus capables un mois plus tôt – comme des pairs, ou tout du moins comme deux adultes en bonne intelligence. Et en cet instant heureux, je me plus à croire que c'était enfin ce que nous étions devenus.

# Chapitre 28

Le lendemain matin, en ouvrant les yeux, je crus être encore en plein rêve. Les rayons du soleil baignaient d'une lumière éblouissante les festons de dentelle du baldaquin. Le matelas moelleux épousait les contours de mon corps. Après les nuits sépulcrales de Goldengrove, le confort de ma chambre était inouï.

Enfin je me réveillais chez moi et non pas dans un pavillon bondé ; cependant, je n'étais pas seule. Aucune domestique n'avait été informée de préparer une chambre pour Celia, si bien qu'elle avait dormi dans mon lit. En outre, ma sœur nous avait rejointes au cours de la nuit. Je scrutai son visage endormi et empreint de sérénité, quoique éphémère. J'aurais voulu qu'elle ne connût rien d'autre que cette quiétude. Je ne voyais pas comment faire. La fin de non-recevoir de ma mère – et le refus de faire préparer un lit comme le dictait son rôle d'hôtesse – en disait long. On nous avait fait un accueil plus froid que je ne l'avais escompté. Néanmoins l'attitude de mon père me revint à l'esprit et je réussis à me détendre, et à me rallonger parmi les oreillers. Il n'avait porté sur nous aucun jugement, il nous aimait telles que nous étions. D'une manière ou d'une autre, nous allions devoir trouver le moyen de vivre tous ensemble sous ces auspices.

Allongée au milieu des oreillers de plumes, tandis que les rayons du soleil qui entraient à flots caressaient la chevelure dorée de ma sœur et celle plus sombre de Celia, je laissai libre cours à mon imagination. J'échafaudai un plan, prenant en compte toutes les permutations possibles de négociations et de méthodes, d'échanges et de dettes, d'actions et de réactions. Il me semblait discerner une issue, quoique étroite et périlleuse. Parfois, le seul moyen de s'en sortir était d'aller au fond des choses.

*

Comme je m'y attendais, je trouvai mon père dans son étude, dont je savais qu'elle était au petit matin sa pièce de prédilection. Depuis le couloir me parvenait l'arôme puissant de son café éthiopien préféré, un parfum qui me donnait le mal du pays alors que je l'avais retrouvé, et qui me fit prendre la mesure de tout ce qui m'avait fait défaut au cours de mes six semaines d'absence. Je toquai discrètement à la porte et attendis son invitation avant d'ouvrir le battant et de franchir le seuil.

Mon père était assis derrière un bureau taillé dans le même bois que ses voiliers les plus imposants, ce qui n'était autre chez lui qu'un petit plaisir poétique qui me rappelait qu'il avait pu manquer de rigueur dans ses affaires. Il avait un côté sentimental. Et en même temps, il était cartésien, organisé, précis. Les papiers et les livres de comptes étaient rangés en piles bien ordonnées, parfaitement alignées entre elles et sur l'angle du bureau pour ne former que des lignes droites. Sa tasse et sa soucoupe reposaient à sa main gauche, son encrier et son porte-plume à sa droite. Tout était si normal, ordinaire, j'en aurais pleuré.

— Bonjour, dit-il d'une voix sincèrement enjouée, mais accompagnée d'une simple esquisse de sourire. Je ne t'attendais pas de si bonne heure. Tu dois être épuisée après cette rude épreuve.

— Oui, avouai-je en m'approchant de son bureau tout en choisissant mes mots avec prudence. Mais j'ai bien peur de n'être pas encore arrivée au bout de mes peines.

Il me fit signe de m'asseoir, comme si j'étais venue parler affaires. C'était le cas, au fond. Je pris place sur la chaise en acajou, les mains nouées sur mes genoux. J'aurais dû me changer, enfiler autre chose que ma robe de chambre avant de lui rendre visite, mais je ne voulais pas laisser passer l'occasion de lui parler seule à seul. Mon projet reposait exclusivement sur mes épaules et sur les siennes. Toute interférence de l'extérieur ne ferait que desservir notre position.

— Je souhaiterais entendre tes explications, dit-il.

— Sur ce que j'ai fait ou ce que je veux ?

— Je peux émettre certaines hypothèses quant à ce que tu as fait. Ai-je raison de penser que tu as passé toutes ces dernières semaines à Goldengrove et non pas chez ta tante Helen à Newport ainsi que tu nous l'as fait croire ?

— C'est exact.

— Et j'imagine que tu avais pour dessein de ramener Phoebe à la maison, puisque les choses se sont déroulées ainsi.

— Oui.

— Mais comment ?

Je lui fis un résumé succinct des faits, en m'appliquant à ne pas les embellir. Je lui livrai le récit d'une voyageuse de retour au pays, ainsi qu'il semblait me le demander. Je lui fis part du projet qui avait été le mien, de mon internement réussi à Goldengrove, des conditions que j'avais découvertes sur place. Au fil de mon récit, je vis plusieurs fois une expression d'horreur traverser son visage, ce qui ne m'empêcha pas de poursuivre. Je tenais absolument à aller au bout de mon compte rendu. Si je ménageais une pause pour peser mes mots, je risquais de flancher avant la fin.

À la fin, mon père hochait la tête sans arrêt, comme s'il avait voulu la vider.

— Ta mère ne comprendra jamais.

Sans doute avait-il raison, mais cette seule pensée me mit les larmes aux yeux. Elle n'en restait pas moins ma mère et la femme qui m'avait mise au monde, même si elle semblait me considérer comme une simple marchandise. Pourtant, j'avais conscience de l'ampleur de notre mésentente, et son rejet me tourmentait.

Mon père continua :

— Partir comme ça, sans soutien, sans défense. Il aurait pu t'arriver n'importe quoi. Elle ne le comprendra pas et elle ne saura pas le pardonner.

— Et vous ?

— D'une certaine manière. Je comprends l'urgence qui était la tienne. Je comprends que tu n'aies pas vu d'autre solution.

— Y en avait-il d'autres ? m'enquis-je.

— Nous ne le saurons jamais, dit-il sans détour.

Et il disait vrai. Malgré toutes les circonvolutions de mon imagination, il n'existait qu'une seule réalité, celle que nous habitions.

— Cela ne sert à rien d'essayer de deviner ce qui aurait pu se passer autrement. Inutile de ressasser le passé. Tu t'es enfuie pour porter secours à ta sœur, et la voilà sauvée. Tu nous l'as ramenée et je t'en suis reconnaissant. À l'aune de quoi, je suis prêt à pardonner beaucoup. Quant à ta mère, il y a des limites à ce qu'elle peut pardonner.

— Mais je voulais seulement…

— Charlotte, laisse-moi finir. Pour l'heure, elle est obnubilée par l'annulation du mariage. La perte de l'accord qu'elle voulait passer. Hier encore, elle pensait que l'avenir de toute la famille reposait sur des fondations solides, que tout était réglé comme du papier à musique. Aujourd'hui, elle est contrainte de rabattre ses prétentions. Elle va avoir besoin de temps pour en faire son deuil.

— Elle ne peut tout de même pas s'attendre à ce que j'épouse ce monstre, sachant ce que l'on sait à présent. Il a tenté d'assassiner sa femme, par commodité. S'il faisait la même chose avec moi ?

La voix de mon père vibra d'une colère rauque :

— Je lui déchirerais la gorge. Ce n'est pas moi qui te chercherai querelle à ce propos, Charlotte. Ce mariage n'aura pas lieu.

— Même… vos dettes, père.

D'un grand geste, il désigna les livres de comptes empilés devant lui :

— Crois-moi, j'ai tout à fait conscience d'être endetté.

J'étais venue pour lui exposer des faits, pas pour parler de nos états d'âme. Le moment était venu d'aborder le cœur du sujet.

— L'accord que ma mère appelait de ses vœux est irrémédiablement perdu. Mais nous pourrions en passer un autre.

— Tu l'as dit toi-même. Tu ne vas pas épouser un monstre.

— Nous avons d'autres atouts, fis-je valoir.

— Je t'écoute.

Les mains posées à plat sur mes genoux, je regardai mon père droit dans les yeux. Je lui fis part de mon plan, sans ambages ni détours. J'allai jusqu'au bout de ma pensée, sans interruption, après quoi j'inspirai profondément et lui demandai ce qu'il en pensait.

Il prit un air pensif. Pour autant, il ne s'y opposa pas catégoriquement. Il me posa plusieurs questions précises, m'exposant toute la complexité de mon projet : de quelles garanties pouvions-nous disposer ? Celia donnerait-elle son accord ? Parmi nos demandes, lesquelles étaient négociables et non négociables ?

Puis mon père tapota sur le plateau de son bureau et dit :

— Je vais y réfléchir. Monte t'habiller pour le petit déjeuner, je te prie. Nous sommes bientôt attendus dans la salle à manger.

Une fois arrivée à l'étage, je trouvai Phoebe habillée et Celia devant le petit écritoire près de la fenêtre, un porte-plume dansant dans sa main.

— Chut, ne la dérange pas, m'enjoignit Phoebe.

— Qu'est-ce qu'elle écrit ?

— Elle a besoin d'intimité, insista Phoebe. Laissons-la tranquille.

— Nous te ferons monter le petit déjeuner, annonçai-je à Celia, qui marmonna quelque mots, de remerciements peut-être, mais je n'eus pas le cœur de les lui faire répéter.

Elle était penchée sur sa feuille, la moindre fibre de son cœur tendue vers son ouvrage. Ce dernier, quel qu'il fût, devait être de la première importance.

Je revêtis une robe de soie gris pâle à col haut, avec une tournure discrète et un corsage paré d'un léger dessin de branches, sans autre forme d'ornement. Si mon père avait été sensible à mon intervention, il y avait de fortes chances pour que je fusse appelée à prendre la parole aujourd'hui, auquel cas il m'incombait de me présenter sous les atours de la fille de bonne famille que j'étais autrefois. Phoebe laça mon corset. Même serré au plus près, il était trop lâche. Il allait toutefois devoir faire l'affaire ; je n'avais aucunement l'intention d'en demander un plus étroit à ma mère. Si cela ne tenait qu'à moi, elle ne passerait plus jamais commande chez Madame Mora pour moi. Je proposai à Phoebe de nouer le sien, mais elle m'annonça qu'elle n'en porterait pas.

— Rebelle, comme toujours.

— Tu peux parler, fit-elle en me donnant un coup de hanche. Allons-y !

Tandis que notre famille au grand complet prenait le petit déjeuner à la même table pour la première fois depuis deux mois, une chape de plomb pesait sur notre assemblée. Jamais la salle à manger n'avait connu un tel silence. Pour ma part, je n'avais aucune intention de le briser en amorçant artificiellement la conversation. Après avoir discuté avec mon père au cours de la matinée, je me trouvais à court de paroles.

C'est dans ce silence que me revint en mémoire avec une clarté douloureuse la scène du petit déjeuner qui s'était déroulée dans cette même pièce et qui m'avait poussée à partir à la recherche de Phoebe – l'engouement de ma mère pour ma robe de mariée, le refus d'admettre l'existence de Phoebe, l'inadéquation de nos échanges. Aujourd'hui, sa chaise n'était pas vide, mais le sentiment de malaise persistait. Nous étions tous trop éloignés les uns des autres pour communiquer. Entre nous, il ne pouvait y avoir que des non-dits.

Le buffet débordait de mets, bien plus qu'il n'en fallait raisonnablement pour quatre convives, et même pour cinq si Celia s'était jointe à nous. Au demeurant, personne ne s'était enquis d'elle. Je contemplai ce festin avec un étrange mélange d'ébahissement et d'appréhension. Mme Shepherd s'était surpassée. Toutefois j'ignorais si elle l'avait fait de son propre chef ou sur ordre, et le cas échéant quel pouvait bien en être le but. De nous montrer ce que nous avions raté ? Il y avait peu de chances pour que nous ne soyons pas sensibles à la différence. Ici, un généreux pain aux œufs tressé à la pâte d'amande et garni de raisins secs, que je n'osais poser dans mon assiette. Là, un petit tas de dattes sèches, ridées par leur longue traversée de l'océan. Plus loin, des tranches de jambon cuit aussi épaisses que la paume de la main. Je me demandais si après le repas, nos domestiques faisaient bombance avec nos restes. Je n'arrivais pas à m'imaginer la réaction des femmes de Terpsichore face à une telle munificence. Mon estomac, déjà barbouillé, se crispa dans un soubresaut. Je piochai deux dattes dans leur bol et un morceau de pain grillé sur le porte-toasts, les disposai sur mon assiette et pris place à table à côté de ma sœur.

De temps en temps, Phoebe et moi nous étreignions la main discrètement sous la nappe. Nous n'avalâmes pas grand-chose. À l'instar de la sensation de la soie sur notre peau, les vrais aliments mettraient un temps considérable avant de se métamorphoser en source de réconfort. Malgré mon corset trop grand, je sentais le point de jonction entre l'armature rigide et ma cage thoracique. Cette sensation-là aussi, je l'avais oubliée. Je mourais d'envie d'arracher ce carcan pour m'autoriser à respirer à pleins poumons.

Je me servis une tasse de thé noir corsé, dont l'amertume me piqua la langue. Après l'ersatz de thé de l'asile, avec son goût de métal, je me délectais de chaque gorgée. Autour de nous régnait un silence épais dont je m'efforçais de faire abstraction. Je refusais de prendre la parole. Désireuse de fuir cet endroit que j'avais tant désiré retrouver, je commençais déjà à me perdre dans une rêverie quand une voix perça l'atmosphère avec le même piquant que mon thé noir.

— Charlotte, je vais te demander de m'accompagner à un rendez-vous, aujourd'hui, annonça mon père.

— Où… où ça ? bafouillai-je.

Malgré son air penaud – comme s'il regrettait, en brisant le silence, d'être la cible de tous les regards – il répondit avec lenteur :

— Pour discuter de certains sujets avec nos voisins.

Je crus saisir sa demande. Mon père voulait que j'assiste à son entrevue avec les Sidwell. Cette requête inattendue m'emplit de joie. J'étais prête.

— Bien sûr, répondis-je avec une nonchalance feinte.

Je regardai subrepticement ma mère, qui le foudroyait des yeux depuis l'autre côté de la table. Mon père l'ignora. Il regardait Phoebe, occupée à arranger précautionneusement les aliments sur son assiette, qu'elle n'avait vraisemblablement pas touchée. Elle composait un paysage de pain grillé surmonté d'un ciel en jaune d'œuf. Je regrettai de ne pas avoir pris une tranche de ce pain tressé, que j'aurais pu lui céder. Elle en aurait fait un oiseau en plein vol dont les longues ailes auraient empli le ciel fauve.

J'étais bien contente d'avoir noué mes cheveux et jeté mon dévolu sur une robe sobre et un corset qui tenait mon dos bien droit. Si en mon for intérieur je vivais le tumulte, j'avais au moins le mérite de donner le change en ayant l'air imperturbable. Quoi qu'il advînt au cours de la journée, le soleil se coucherait ce soir sur un tableau et un monde différents. Sur une tout autre réalité.

— Tiens-toi prête à onze heures.

— Bien, père.

Le silence reprit ses droits, mais pour ma part, il m'enveloppait désormais d'une présence chaleureuse. Porteuse d'un champ de possibles.

Le petit déjeuner terminé, Phoebe retourna dans sa chambre et j'allai dans la mienne prendre des nouvelles de Celia. Je la trouvai assise au pied de mon lit, vêtue de la robe bleue à carreaux et à petits boutons de Martha, une masse de feuilles étalées sur ses genoux. En me voyant entrer dans la pièce, elle se leva et me les tendit.

— Mon histoire, dit-elle simplement.

Je saisis la liasse entre mes mains tremblantes.

— Tu vas les voir ? demanda-t-elle.

Je sus aussitôt à qui elle faisait allusion.

— Oui, ce matin.

— Lis, dit-elle à mi-voix.

J'obtempérai. Sans bouger d'un pouce, debout devant elle, je commençai ma lecture. Je lus tous les feuillets d'une traite jusqu'au dernier mot. J'avais entre les mains son histoire, ainsi qu'elle la nommait. Sa déclaration. Comment elle avait fait la connaissance de George, qui l'avait courtisée et épousée ; comment il l'avait prise en grippe quand sa candeur avait fini par le déranger ; comment il l'avait battue et humiliée, et, comme si cela ne suffisait pas, enfermée dans une maison dont il savait pertinemment qu'elle allait finir dévorée par les flammes. D'après elle, il n'avait pas déclenché l'incendie, mais il en portait l'entière responsabilité et elle faisait très bien la part des choses.

Elle donnait le nom de l'homme à tout faire qui l'avait trouvée alors qu'elle réchappait à l'incendie, qui l'avait droguée et cloîtrée à l'asile. Elle donnait l'autorisation de publier ces documents dans la presse si leur dépositaire jugeait la démarche nécessaire. Elle conjurait ses lecteurs de réclamer justice. Elle jurait de la véracité de ses propos, auxquels elle avait apposé sa signature.

Ma lecture terminée, je levai les yeux sur elle.

Sa voix était frêle, mais limpide.

— Donne ça à ton père. Avec la chemise de nuit.

— Tout ce que tu voudras.

— Je ne veux plus jamais le revoir.

Là encore, elle n'eut pas besoin de prononcer son nom.

— Hier soir, c'était le fruit du hasard et j'ai réussi à faire face. Mais je ne pourrai pas franchir le seuil de sa maison pour l'affronter.

— Tu n'es pas obligée, la rassurai-je.

Je roulai la liasse de feuilles, mais leur contenu était trop précieux. Je décidai de les poser sur le bureau, à côté de la chemise de nuit pliée. J'avais les yeux ourlés de larmes.

Afin de mener à bien les négociations dont nous étions convenus, mon père avait précisément besoin des deux objets que Celia venait de me confier. Mon intention avait été de les lui demander. Mais en la voyant ainsi devant moi, arborant son unique œil et sa joue ravagée désormais si familière, je me refusai à la considérer tel un expédient, un pion ou un atout. Avant toute chose, elle était mon amie, pour toujours et à jamais.

Je lui tendis les bras et elle se laissa aller tout contre moi. Nous restâmes un instant enlacées, à laisser libre cours à nos larmes.

Puis je reculai d'un pas pour l'interroger :

— Dis-moi ce que tu veux. Dis-moi comment obtenir justice.

— Je te fais confiance.

— Mais c'est ton…

Celia leva une main.

— Sur les bancs, j'ai pris ma décision. Qu'il ne me fasse plus souffrir. Qu'il ne fasse jamais souffrir une autre femme. C'est tout.

— Je te le jure.

Elle hocha la tête solennellement.

— Repose-toi, lui conseillai-je. Je viendrai te voir à notre retour. Je te raconterai tout.

Je retournai au rez-de-chaussée confier à mon père le précieux paquetage, qu'il déposa délicatement dans son coffre-fort. Une fois la lettre et la chemise de nuit à l'abri, il regarda sa table de travail d'un air significatif. Je le laissai à ses occupations. Nous n'avions pas échangé un mot.

À partir de là, il ne me restait plus qu'à faire preuve de patience. Comme je ne tenais pas en place, je ne cessais de monter et descendre l'escalier, puis je finis par trouver la cadence, arpentant inlassablement la maison en long et en large depuis le vestibule jusqu'à la salle à manger.

À force, je n'aurais su dire combien de fois je parcourus ce circuit, mon corps entier se mouvant par automatisme, jusqu'au moment où je manquai de percuter ma mère de plein fouet en bas de l'escalier. Je me coupai net dans mon élan. Elle était vêtue d'un élégant manteau rehaussé de manches et d'un col en fourrure de renard et paré de boutons de manchettes en laiton lustré. Elle ne me dit pas où elle se rendait et je me gardai bien de lui poser la question. Alors qu'elle s'éloignait, elle laissa flotter quelques mots dans son sillage. Je n'eus pas besoin de les lui faire répéter. Je connaissais très bien la teneur de son injonction : « N'y va pas. »

Je m'arrêtai et lui répondis sans même prendre la peine de la regarder :

— Je n'ai pas le choix.

— Ton père a l'impression d'agir par gentillesse. Il se berce d'illusions. Ce n'est pas ainsi que tu obtiendras gain de cause. Nous n'avons rien à y gagner. Il ne comprend pas ce que cela veut dire, d'être une femme.

— Et vous ? demandai-je à mi-voix.

Son front se plissa de colère, mais bien évidemment, elle se contint et me rétorqua d'une voix maîtrisée :

— Tu sembles ne pas mesurer la chance que tu viens de gâcher. J'avais la réponse. Tu n'avais qu'une chose, très simple, à faire. Tu aurais pu sauver cette famille. À la place, tu causes notre perte.

— Vous vouliez me vendre à un assassin.

— Nous n'en savons rien. Nous ne connaissons toujours pas le fin mot de l'histoire.

Je la regardai, bouche bée. Elle insista :

— Cette fille est peut-être une menteuse fort convaincante. C'est un honnête homme issu d'une honnête famille. Cette histoire est un ramassis d'inepties inventées de toutes pièces, si tu veux mon avis. Comment peux-tu la croire ?

— Comment pouvez-vous faire autrement ?

— Ce n'est pas comme ça que tu obtiendras celui que tu veux, tu sais. Ce bon à rien. Quoi que tu fasses, tu ne l'auras pas. Tu viens d'anéantir toutes nos perspectives d'avenir et en plus tu n'épouseras jamais ce garçon.

— Peu importe.

Pourtant elle avait raison, et cette évidence me brisait. Mais je refusai de me donner en spectacle. Je tournai les talons.

Elle porta le coup de grâce alors que je m'éloignais.

— Fille ingrate. Après tout ce que j'ai fait pour vous.

— Vraiment ? C'était pour nous ?

Je gravis l'escalier sans attendre sa réponse, la main agrippée à la rampe pour que ma mère ne mesure pas à quel point elle tremblait.

*

Quand mon père me laissa le précéder dans le salon à l'avant de la demeure des Sidwell, le spectacle qui m'attendait me prit au dépourvu. Je m'étais attendue à trouver le patriarche, mais c'est la famille au grand complet qui se dressait devant nous. M. Sidwell, avec sa mine sévère. Mme Sidwell, dans une robe bien plus fastueuse que la mienne, jetait des regards furtifs comme un oiseau. George, les bras croisés, arborait un air vide d'expression. Puis le seul et unique membre de la famille Sidwell que je désirais réellement voir : Henry.

Je résistai à l'envie de me jeter dans ses bras pour l'enlacer de toutes mes forces. Si Goldengrove m'avait appris une chose, c'est qu'il ne fallait jamais laisser se dérober une opportunité. Certaines ne se présentent plus jamais. Peut-être étais-je passée irrémédiablement à côté de la nôtre. Mais pour l'heure, l'enjeu était plus grand. Il fallait faire toute la lumière sur la vérité.

— Voilà qui est tout à fait déplacé, se plaignit M. Sidwell d'un ton aussi brusque que la veille au soir.

Manifestement, mon père le prenait de court et la surprise n'était pas à son goût.

— Phineas, j'ai accédé à votre demande en nous rassemblant tous les quatre ici, mais je m'oppose à la présence de votre fille. Si vous disposez des faits, je vous invite à nous en faire part. L'opinion de la fille n'a pas sa place ici.

— Je comprends vos objections, Charles, répondit mon père.

Jamais je ne lui avais vu cette inflexibilité d'airain.

— Mais les choses seront ainsi. Ma fille souhaite partager des informations importantes, ce qu'elle fera en personne devant votre famille.

Je jetai un œil à George Sidwell. Il avait l'air profondément mal à l'aise. Non seulement ses agissements contre Celia allaient exploser au grand jour, mais il avait en outre la charge de l'institution de Goldengrove, dont les manquements lui étaient entièrement imputables. Mais je n'étais pas là pour détruire sa réputation par pur caprice ou mensonge délibéré.

J'allais énoncer la vérité pure et simple. Lui seul était l'artisan de sa destruction.

Je jetai un œil rapide à Henry, de peur d'exacerber la colère de son père, mais je tenais à voir sa contenance. Je m'y risquai donc. Son visage ne trahissait ni tristesse ni joie, plutôt un air tourmenté auquel s'ajoutait une lueur de respect, me sembla-t-il. Je m'y accrochai. Je redressai les épaules et me préparai à prendre la parole.

J'exposai mon récit dans le détail. Plus d'une fois, M. Sidwell tenta de me réduire au silence, mais mon père intervint systématiquement avec sang-froid pour qu'il me laisse finir. Sans doute m'avait-il fait venir non pas parce que j'étais à l'origine de ces négociations, mais pour que je démontre le crédit que l'on pourrait m'accorder à la barre des témoins. Peu importe au fond, j'étais là. Nous allions les obliger à regarder la réalité en face. Les Sidwell n'avaient pas besoin de me considérer comme une égale, du moment qu'ils prenaient mes propos en considération.

Passé le récit de mon premier jour à Goldengrove, de mon admission et du piètre accueil qui m'avait été fait, M. Sidwell lança un regard furtif à George, une fois, deux fois, trois fois. George finit par protester. « Non, ce n'est pas possible. Non, aucune patiente de Goldengrove n'est saine d'esprit. » Je leur parlai de Nora et du Dr Concord. « Non, nous ne tolérerions pas de tels comportements. » De Gus, Alfie et Salt. « Les aides-soignants ont recours à la force en cas de nécessité seulement, et ce en de rares occasions, pour maîtriser les femmes qui ne répondent plus aux consignes verbales. » De l'alcoolisme du médecin-chef et de brimades de l'infirmière en chef. « C'est typiquement le genre d'histoires que colportent les femmes réfractaires à l'autorité. Elles n'hésitent pas à diaboliser un individu pour décliner toute responsabilité quant à leur propre attitude. »

Pour finir, je haussai le ton :

— Si vous voulez bien me laisser terminer mon récit, étant donné que c'est moi qui l'ai vécu, vous pourriez peut-être garder vos objections pour la fin.

George fit mine de protester, mais son père lui lança un regard résigné.

— Laisse-la parler.

C'est ainsi que j'allai au bout de mon histoire. La vérité sur les conditions de vie à l'asile. Le savon, l'eau froide. Les coups et les brimades. Toutes ces femmes intelligentes, infortunées, gênantes que j'avais rencontrées.

Puis je racontai tout ce que je savais sur Celia.

George tenta de se faufiler vers la porte. Son père lui coupa la route. Mme Sidwell, une main plaquée sur la bouche, quitta la pièce et laissa échapper un cri étouffé avant d'avoir réussi à fermer le battant. Henry s'excusa à mi-voix pour la rejoindre, nouveau ballet de la porte, qu'il referma promptement. Je poursuivis, parce que l'opportunité de tout dévoiler ne se représenterait jamais et qu'il fallait impérativement que M. Sidwell sache toute la vérité. Je racontai comment Celia m'avait révélé son identité et celle de son époux. À partir de là, les hommes m'ignorèrent pour échanger des regards entre eux.

Mon récit terminé, mon père enfonça le clou :

— Je suis persuadé que vous avez à cœur de présenter des excuses à ma fille.

Une fois encore, mon père faisait preuve d'un courage rare en s'adressant si vertement à Charles Sidwell. Mais je voyais bien la part de stratégie dans sa démarche. Dans un combat de boxe, un poids léger pouvait envoyer un poids lourd au tapis en retournant sa force de frappe contre lui. La force de frappe des Sidwell était conséquente. Autrement dit, ils avaient fort à perdre.

Les yeux rivés sur son fils, sans un seul regard vers nous, M. Sidwell répondit :

— Chaque chose en son temps, Phineas. Pour l'heure, il me semble que nous ayons à traiter un accord commercial. C'est la suite logique, n'est-ce pas ?

— En effet.

— Dans ce cas, je suis d'avis – et il jeta un œil dans ma direction – que nous poursuivions seuls.

— Je suis disposé à aborder le sujet en présence de Charlotte.

— Je préférerais un tête-à-tête, insista-t-il avant de se tourner vers George. Va m'attendre à l'étage.

George s'en alla, non sans prendre le temps de me foudroyer du regard ; je priai pour qu'il n'en profite pas pour prendre la fuite. Toutefois, si cela signifiait qu'il sortait à jamais de cette ville et de nos vies, je pouvais tout à fait m'en satisfaire. Je le voyais difficilement affronter la justice. Ce n'est d'ailleurs pas ce que j'avais demandé à mon père. Je croyais dur comme fer à sa culpabilité et à la véracité des propos de Celia, mais j'étais consciente que le manque de preuves ne permettrait jamais de convaincre un tribunal. George ne paierait jamais le prix fort pour ce qu'il avait fait.

Mais l'opinion publique était une tout autre affaire. Il n'y avait encore pas si longtemps, le Comité de vigilance de San Francisco n'hésitait pas à dicter sa loi. Des rumeurs persistantes avaient suffi à faire passer la corde au cou de plus d'un individu qui avait fini à la potence de Fort Gunnybags. De nos jours, la foule ne hissait plus la corde de ses propres mains, mais les mentalités n'avaient pas changé. Si la masse était persuadée de la culpabilité d'une personne, le jugement d'un tribunal ne faisait pas l'ombre d'une différence.

Pour l'heure, notre meilleur atout était le silence. C'est ce que nous étions venus négocier. Le silence de notre famille et celui de Celia, aussi. Quel que soit le marché que nous finirions par conclure, nous cherchions à apurer la dette de mon père ; c'était donc à lui de clôturer les négociations. Dans ce monde, il pouvait se permettre de parler à ma place, mais l'inverse était impensable. J'acceptai cette règle tacite, car nous avions décidé de la faire jouer en notre faveur.

Après que M. Sidwell eut posé ses limites, mon père aurait très bien pu s'inscrire en faux, mais il n'en fit rien. Il savait reconnaître la victoire quand il la voyait se dessiner à l'horizon. Moi aussi. Il inclina la tête sèchement.

— Bien sûr, Charles.

Ainsi, avec toute la dignité dont je pouvais me prévaloir, je quittai cette pièce où j'avais dit la vérité. J'allai patienter dans l'imposant vestibule, incapable une fois encore de rester en place, et je fis défiler l'élégant carrelage coloré sous mes pieds impatients. Je me délectai de la sensation confortable de mes bonnes chaussures sur des surfaces planes, sans être attachée ou sanglée de quelconque façon à qui que ce soit. Cette absence d'entraves m'aurait presque arraché un petit rire. Elle me rappela mon sentiment de liberté, le jour où je m'étais rendue sur les quais pour me jeter dans la baie. Comment avais-je pu être aussi bête ? Mais ne péchais-je pas par bêtise depuis longtemps, depuis le temps où ma mère ourdissait mon mariage d'épouse docile au plus offrant ? Valait-il mieux être dupe ou complice, si telles étaient les seules options ?

J'entendis des pas se rapprocher, puis s'immobiliser derrière moi. Je craignais de savoir de qui il s'agissait, tout autant que je l'espérais. Mes espoirs, tout comme mes craintes, s'avérèrent. C'était Henry.

— Je suis contente de vous voir.

— Vraiment ?

Les mots sortirent de ma bouche pêle-mêle. Cela faisait une journée entière que je les retenais. Quant à mes émotions les plus viscérales, elles tourbillonnaient dans mes veines depuis bien plus longtemps encore.

— Henry, je n'avais pas le choix. Je ne pouvais pas taire ce que j'ai vu à Goldengrove.

— Sur ce point…, dit-il avant de s'interrompre pour déglutir. Sur ce point, je suis d'accord avec vous. Ces pauvres femmes. Mais ce n'est pas là la question, pas du tout.

— Il y a un mois, vous et moi, ce soir-là à l'opéra.

— Exactement.

Je scrutai son visage, mais ne discernai dans ses traits aucune bonté, aucune affection, aucun réconfort. Il effleura le marbre de la console, les yeux rivés sur ses doigts. Au-dessus du petit meuble, le miroir me renvoyait l'image de son beau profil, aussi impassible que le pan de visage qui s'offrait à moi. Malgré tous mes efforts, je voyais bien qu'il refusait obstinément de laisser apparaître la moindre fissure.

— Imaginez ma surprise, le lendemain, lorsque j'ai découvert que vous étiez promise à un autre. Et pas n'importe lequel, ajouta-t-il.

— Oh, non. Henry, vous n'avez tout de même pas pensé…

— J'étais une simple distraction, j'imagine. Un divertissement.

— Non, vous n'avez jamais été…

— Vous le préfériez ?

Son visage était de pierre, son corps tendu comme un arc. Cette prestance que j'avais toujours admirée chez lui m'emplissait à présent d'angoisse, de peur et de regrets.

— Non !

— L'avez-vous *encouragé* ?

— Pas le moins du monde !

J'avais beau clamer la vérité haut et fort, j'avais bien peur que face à la fureur féroce d'Henry, cela ne fût en pure perte.

— Je ne lui ai jamais ne serait-ce qu'adressé la parole ! J'ignore qui a eu cette idée, ma mère, votre mère, les deux, je n'en sais rien. Mon cœur était ailleurs. Il l'est toujours.

— J'ai cessé de vouloir deviner les dispositions de votre cœur.

— Cette dernière soirée, Henry, à l'opéra – j'ai cru que nous nous comprenions, vous et moi.

— Je le croyais, moi aussi, dit-il d'une voix alourdie par la peine.

— Je suis navrée.

Je peinais à maîtriser mes sentiments. J'avais envie de hurler à pleins poumons, de le supplier à en perdre haleine, mais nos pères occupés à négocier les détails d'un marché susceptible de convenir à toutes les parties concernées se trouvaient de l'autre côté de la porte. J'avais déjà transgressé toutes les règles, je ne pouvais pas aller plus loin. J'avais obtenu de mon père qu'il négociât un accord ; je n'allais pas le mettre à mal en perdant mes nerfs. Je repris d'une voix grave et pressante :

— Henry, on m'a fait comprendre que je n'avais pas d'autre choix. Et je n'avais rien à leur opposer pour leur prouver vos intentions, aucune promesse qui les porte à me croire. Vous ne vous êtes pas prononcé.

Il me regarda droit dans les yeux.

— Je parlerais maintenant, du fond du cœur, s'il restait quoi que ce soit à dire.

Au même moment, la porte du salon s'ouvrit derrière moi et mon père sortit de la pièce, une légère rougeur sur le visage. Henry et moi fîmes volte-face. Le père d'Henry regardait fixement la cheminée dans une posture qui ne trahissait ni la victoire ni l'échec. Dans une immobilité absolue. Mon père s'approcha de nous sans un mot. Il se contenta d'incliner légèrement la tête à l'intention d'Henry, qui fit de même avant de prendre congé.

En mon for intérieur, je pleurais à chaudes larmes, j'éprouvais la perte d'Henry, hébétée par l'intensité de sa colère. De l'extérieur, comme lui, je choisis de rester de pierre.

Mon père me tendit le bras. Je le pris. Quand les événements l'exigeaient, il était d'une grande courtoisie, d'une solidité et d'une droiture sans faille. Je sentis ma poitrine se gonfler d'une bouffée d'orgueil. Quoi qu'il advînt, mon père était là pour moi. La tête haute, j'enroulai mon bras au sien et nous descendîmes les marches du perron de la demeure des Sidwell, en parfaite harmonie, pour rentrer à la maison.

Tandis que nous avancions du même pas, je priai pour qu'il me raconte séance tenante l'accord qui avait été passé. Je renouvelai ma prière à chaque foulée. Comme il n'avait toujours rien dit alors que nous arrivions au seuil de notre maison, je sus qu'il n'avait pas obtenu la meilleure issue. J'hésitai à lui poser la question sans détour. J'avais fini par comprendre que je ne pourrais jamais regretter d'avoir réclamé la justice, seulement de ne pas l'avoir fait. En ce sens, cette journée ne serait jamais un échec.

— Quand pensez-vous recevoir de ses nouvelles ? m'enquis-je.

— Il m'a demandé une journée de réflexion.

— Et quelle sera sa réponse, à votre avis ?

— Charles est le seul à le savoir, dit-il en se penchant pour déposer un baiser sur ma joue. Je lui ai dit les choses comme elles étaient. La décision est entre ses mains, à présent.

Sur ces mots, il disparut à l'intérieur de la maison, et je restai seule à attendre. Je m'attardai longuement dans le vestibule, appesantie par la même sensation qu'au retour de ma première marche à Goldengrove, quand j'avais attendu qu'une infirmière vienne détacher mes liens. Je pouvais rivaliser de témérité – et je n'en avais pas manqué –, mais en fin de compte, la suite des événements n'était plus de mon ressort.

Mon père avait fait de son mieux. Seul l'avenir nous dirait si toute sa bonne volonté, et la mienne, seraient suffisantes.

# Chapitre 29

Malgré le confort luxueux de ma chambre, je dormis d'un sommeil tourmenté, le corps tendu par l'inquiétude, et me réveillai avec le soleil. Celia et Phoebe dormaient à poings fermés. La matinée déroulait ses longues heures d'attente interminable devant moi, et je n'étais pas sûre de le supporter. J'enfilai une robe en soie bleu turquoise, me munis de plusieurs billets de banque de Nora et me lançai dans la première course qui me vint à l'esprit. J'avais promis une robe neuve à Matilda.

Si la perspective de faire le trajet à pied jusqu'au centre-ville me semblait plus agréable que d'en revenir, je n'avais aucune envie de demander l'autorisation d'utiliser la calèche. C'est ainsi que je sortis en coup de vent sur le perron, enivrée par l'air frais de ce mois d'octobre, pour me rendre de mon propre chef à la destination de mon choix. Malgré le ciel gris menaçant, je marchai d'un pas alerte, portée par ma détermination. Je brûlais d'être dans l'action, même si l'action en question était en fin de compte assez dérisoire.

Je n'avais jamais mis les pieds dans City of Paris, l'un des plus grands magasins de San Francisco, mais je savais que Mme Gibson y faisait souvent ses emplettes de mercerie. Matilda préférerait sans doute avoir une belle robe de tous les jours qu'un habit fastueux mais immettable. De surcroît, une robe de confection pourrait nous être livrée dans l'après-midi, alors que la réalisation de l'ouvrage par une couturière demanderait un délai. Or, je n'étais pas d'humeur à attendre.

Je choisis dans les rayons du grand magasin la plus belle robe, aux tons violets de pierre précieuse et au charmant dessin de fleurs blanches, les manches serties d'une frange de même teinte. L'ensemble était attrayant sans être trop recherché pour un usage quotidien, et le cas échéant s'accommoderait fort bien du port du tablier. En me voyant brandir une liasse de billets au lieu de mettre l'achat sur notre compte, le vendeur eut une mine perplexe. À force de lui rabâcher les mêmes explications, je finis par lui faire comprendre l'idée. Une fois l'affaire réglée, je flânai dans les allées du magasin. Je n'étais pas prête à rentrer si aucune nouvelle fraîche ne m'attendait chez mes parents.

La côte qui menait à la maison se révéla moins ardue qu'elle ne l'aurait été deux mois plus tôt. Je m'émerveillai une fois encore de la résistance que j'avais acquise au gré de nos sorties quotidiennes à Goldengrove. L'asile m'avait transformée de bien des manières. Certaines étaient peut-être discutables, mais je me réjouissais sans réserve de mes nouvelles forces physiques.

Malgré l'activité que je m'étais trouvée pour meubler la matinée, c'est le souffle court que je franchis le seuil, les yeux rivés sur la corbeille à courrier de l'entrée. Elle était vide. Tout comme l'était mon lit à l'étage, après que Phoebe et Celia l'avaient quitté. Mon cœur se mit à accélérer. Était-il arrivé quelque chose en mon absence ? Avais-je commis une folie en partant, ne serait-ce que l'espace de quelques heures ?

Malgré ma précipitation, je n'osai pousser la porte du bureau de mon père sans frapper. Dieu merci, il me convia à entrer. C'est ainsi que je découvris Celia et Phoebe, assises en face de lui, et que je sentis mon affolement retomber. À mon grand étonnement, Celia portait sa robe corail de l'asile. Phoebe avait jeté son dévolu sur une robe à carreaux gris et verts discrète. Elle semblait sur ses gardes.

— Y a-t-il du nouveau ? La réponse est arrivée ? m'enquis-je.

— Pas encore, s'empressa de me répondre mon père. Nous étions en train de parler des issues possibles.

J'étais partie bille en tête ce matin, mais à présent cette affaire de robe me semblait bien frivole. J'étais sortie faire des emplettes, comme la Charlotte choyée d'antan, pendant que les autres tenaient conciliabule sur des sujets importants. Qu'ils prenaient des décisions. Dans l'intervalle, j'étais restée en retrait.

— Et quelles sont ces issues possibles ? demandai-je.

Celia me répondit la première :

— Je dois m'en aller. Ce soir.

— Tu devrais rester, contrai-je.

Mon père et moi avions certes envisagé cette conclusion ; pour autant, l'entendre de vive voix ne me réjouissait guère.

— Tu es la bienvenue. Tu le sais.

— Avec toi, je suis la bienvenue. Tout le monde ne pense pas comme toi.

— Où iras-tu ?

Mon père interrompit la conversation :

— Charlotte, je suis navré, mais nous ne pouvons pas te le dire. Sa sécurité prime avant tout. La meilleure solution, et la plus sûre, est que personne à part moi ne sache où elle se trouve et que personne à part elle-même ne connaisse sa véritable identité.

Je remarquai alors l'air coupable de ma sœur – ses joues rouges, son regard fuyant – et sus qu'il se tramait autre chose.

— Et Phoebe ? Phoebe saura où on l'a envoyée ?

— Je le saurai si je pars avec elle, fit valoir ma sœur.

Je sentis enfler en moi la colère qui m'avait nourrie pendant mon séjour à l'asile. Mes mains se crispèrent comme si elles avaient voulu distribuer des coups de poing. Non. Je m'assis lourdement au bord du bureau de mon père.

— Si tu pars ? Comment ça ? Je viens tout juste de te ramener.

— Je ne te l'ai pas demandé, objecta Phoebe.

Mon cri étouffé, aigu, presque bestial, nous fit sursauter toutes les deux.

Elle s'empressa d'ajouter :

— J'en suis heureuse. Tu as pris tous les risques. Personne d'autre n'aurait pu faire ça pour moi. J'ai une dette envers toi.

Après le choc initial causé par la réponse de ma sœur, je me ressaisis :

— Je ne tiens pas de livre de comptes. Je n'attends rien en retour. Pour autant, je ne m'attends pas à ce que tu disparaisses – à te perdre – alors que je viens tout juste de te retrouver.

— Rien n'est encore décidé, temporisa Phoebe. Nous envisageons les possibilités.

Mon père se leva.

— Nous devrions peut-être vous laisser en parler en tête-à-tête.

Sur ce, Celia se leva à son tour, mais je tendis la main pour l'arrêter.

— Non, je t'en prie, reste. Je tiens à savoir ce qui s'est dit. S'il te plaît.

Celia regarda mon père, qui finit par me répondre :

— Quoi que décide Charles, qu'il y ait ou non un accord entre nos familles, Celia part ce soir. La machine est en marche.

— Y aura-t-il moyen de communiquer avec elle ? lui demandai-je avant de me tourner vers Celia. Je pourrais t'écrire, te tenir au courant de la situation.

— Non. Je ne veux plus rien savoir.

Son regard était inflexible. Sa résolution ne faisait pas de doute.

— Prends une de mes robes, au moins. Celle en satin de coton avec les fleurs bleues. Elle t'ira bien. Tu mérites un nouveau départ.

— Je ne sais pas trop ce que je mérite.

— Moi je le sais, insistai-je. Tu m'as sauvée.

— Tu m'as sauvée. On est quittes.

Un fin sourire éclaira son visage, un sourire empreint de facétie. J'étais si heureuse qu'elle ne soit plus enfermée à Goldengrove. Quoi que j'aie pu faire en bien ou en mal pendant mon séjour à l'asile, quoi que l'avenir me réserve, j'avais fait cette bonne action. Une femme innocente avait recouvré sa liberté.

Je me tournai vers Phoebe, le cœur serré à l'idée de la perdre. Je refoulai ma colère en me souvenant de l'amour qui m'avait poussée à lui porter secours. C'était l'amour qui me faisait désirer sa présence à mes côtés. Il fallait qu'elle l'entende.

— Ne pars pas, suppliai-je.

Elle leva lentement les yeux vers moi et soutint mon regard.

— Je ne suis pas sûre de pouvoir rester.

Avant que j'aie eu le temps de répondre, un coup léger à la porte nous fit tressaillir. Mon père, Phoebe et moi tournâmes la tête de concert. Celia se redressa, parcourue d'un frisson de peur, presque une convulsion silencieuse. Elle avait raison. Il fallait qu'elle trouve refuge dans un lieu où elle était inconnue de tous si elle voulait éprouver un jour un sentiment de sécurité.

— Entrez, répondit mon père.

Matilda entra en coup de vent, chargée d'une petite enveloppe blanche qu'elle tendit à mon père sans un mot.

— Merci.

Elle hocha la tête et le gratifia de son éternel grand sourire. De prime abord, je crus qu'elle voulait nous signifier que les nouvelles étaient bonnes, mais l'enveloppe était scellée. Elle n'en savait rien. Nous n'allions pas tarder à en avoir le cœur net. Le dénouement tenait dans ce précieux rectangle de papier, si dérisoire au vu de son importance vitale.

Une fois Matilda partie, mon père nous dévisagea tour à tour d'un air grave, son visage inquiet accusant soudain le passage des années. Son regard s'attarda sur moi et je crus un instant qu'il allait me proposer de décacheter l'enveloppe. À la place, il glissa le coupe-papier sous le rabat, retira la missive et la parcourut, le faciès stoïque.

Nous étions pendues à ses lèvres. Phoebe me tendit la main. Je la serrai dans la mienne.

Il finit par articuler une seule et unique syllabe :

— Oui.

— Oui ? répéta Celia d'un cri perçant.

Mon père sourit.

— Oui. Oui à toutes les dispositions, toutes clauses comprises.

Je tendis la main pour pouvoir le lire noir sur blanc, mais il laissa tomber la missive sur son bureau et nous ouvrit grand les bras. Nous nous précipitâmes dans une étreinte triomphale, pleine de rires, de pleurs et de soupirs.

Une fois passé notre élan euphorique, j'essuyai mes larmes et me tournai vers mon père :

— Merci.

— Merci, me répondit-il avec le même sérieux. Merci à vous toutes.

La dette contractée par la famille envers les Sidwell serait effacée, sans que j'aie à m'assujettir à l'autorité de George en contrepartie. Avec un serrement de cœur, je songeai brièvement à ma mère, qui serait furieuse de voir son plan échouer, mais ce n'était qu'une goutte d'eau dans le flot de la baie. Je ne laisserais pas sa déception entacher mon bonheur.

— Ce qui signifie, reprit mon père, que nous ne parlerons jamais du fonctionnement de Goldengrove. Nous ne parlerons jamais de ce qu'a fait George. Les Sidwell prennent les mesures qui s'imposent pour le sanctionner et pour améliorer les conditions de vie à l'asile, mais nous leur laissons les rênes. Pas un mot à la presse ni à quiconque. Je veux m'assurer que vous comprenez bien ces modalités, toutes les trois.

Je n'avais pas le sentiment qu'une franche justice avait été faite, mais c'était toujours mieux que de voir notre famille perdre ses moyens de subsistance, toujours mieux que d'être vendue à l'oppression matrimoniale. Et si cette conclusion donnait satisfaction à Celia – car c'est elle qui avait le plus intérêt à voir son quasi-assassin payer le prix fort –, alors je n'avais d'autre choix que de l'accepter.

Celia hocha la tête. Je fis de même.

Phoebe reprit la parole :

— Vont-ils laisser partir les femmes qui ne sont pas folles ? Celles qui n'ont rien à faire là-bas ?

Mon père replia la lettre, qu'il fit glisser dans son enveloppe.

— Je le pense, en effet. Charles m'a donné toutes les raisons de croire qu'ils souhaitaient améliorer les conditions d'internement à l'asile. Ils n'avaient pas mesuré à quel point elles s'étaient dégradées.

— C'est ce qu'il a affirmé. Mais le croyez-vous ? demanda Phoebe.

— Je ne peux pas faire autrement.

— On peut toujours faire autrement, objecta ma sœur.

Je sentais la colère bouillonner en elle, la même colère que Goldengrove avait attisée en moi. Je la sentais frémir encore dans mes veines. Nous allions devoir la sublimer, sans quoi elle allait nous consumer avec elle.

— Laissez-leur du temps, relativisa mon père. C'est tout ce que je vous demande – non, ce dont j'ai besoin, venant de vous. Laissez-leur le temps d'arranger les choses.

L'expression de combativité n'avait pas quitté le visage de ma sœur et je me demandais si elle allait obtempérer. Elle regarda mon père nous tourner le dos, le temps d'ouvrir le coffre-fort. Je regardai la crispation de sa mâchoire, ses bras croisés, le pouls qui battait fort dans son cou. Notre père s'inclina pour déposer le message de Charles Sidwell dans le coffre à côté de la déclaration et de la chemise de nuit de Celia. À côté de moi, j'entendis cette dernière retenir son souffle. Personne ne dit mot.

Une fois le coffre refermé, mon père tendit la main à Celia et, brisant le silence, conclut :

— Sept heures ce soir. Serez-vous prête ?

— Oui, monsieur.

— Mais comment te sens-tu ? m'inquiétai-je. Es-tu sûre ?

— On n'est jamais sûre, concéda-t-elle.

Nous échangeâmes une longue accolade. Quoi que l'on puisse se dire, le fait est que j'allais la perdre. Mais ce nouveau départ était le seul moyen pour Celia de pouvoir prétendre au bonheur. De trouver la force et la paix. Autant de raisons de partir, qui n'en laissaient aucune de rester.

Le sort de Celia avait été décidé, et j'en étais bien aise, mais tout le reste était encore nimbé d'incertitude. La certitude que j'avais ressentie en arrivant sur le perron s'était étiolée. En ramenant ma sœur à bon port, j'avais atteint mon objectif. Et comme je l'espérais, on nous avait plus ou moins fait bon accueil.

Mais à présent, je ne pouvais plus éluder la question que soulevait notre retour.

*

Celia refusa de nous faire ses adieux. Nous passâmes toutes trois l'après-midi dans ma chambre, tandis qu'elle essayait mes robes et celles de Phoebe en vue d'en sélectionner trois. Phoebe insista pour qu'elle emporte sa meilleure valise, celle en cuir brun estampée d'un motif raffiné. En mon for intérieur, je priai pour que ce présent signifiât que ma sœur n'avait pas l'intention de voyager. Mais à vrai dire, je n'avais pas la moindre idée de ce qu'elle avait en tête, et ce constat m'effrayait. J'enfouis mon inquiétude sous un monceau de préparatifs pour Celia, que j'entourai de toute mon attention et divertis de mon mieux pour que l'atmosphère ne fût pas trop pesante.

Lorsque l'heure du rendez-vous arriva, Celia déposa un baiser sur ma joue, murmura quelques mots à l'oreille de Phoebe et sortit de la chambre en silence. Elle prit soin de refermer la porte derrière elle pour que nous ne soyons pas tentées de la suivre.

Je me tournai vers Phoebe.

— Qu'a-t-elle dit ?

Entre nous, l'air crépitait.

— Si elle avait voulu que tu le saches, je crois qu'elle nous l'aurait dit à toutes les deux.

Nous ne pouvions pas perdre une minute de plus. Il devenait impossible de se voiler la face plus longtemps.

Je me lançai, en faisant mon possible pour ne pas me laisser déborder par la colère.

— Phoebe. Je suis contente que tu ne sois pas partie avec elle.

— Je ne suis pas sûre d'avoir fait le bon choix.

Je choisis mes mots avec soin.

— Tu as le sentiment que tu ne peux pas rester ?

— C'est exact. Pas toi ?

Tout en réfléchissant à sa question, je me laissai tomber sur mon matelas et tapotai le couvre-lit à côté de moi.

— Sincèrement, je ne sais pas quoi faire. Tu as raison. Je n'ai plus l'impression d'être chez moi, ici.

— Si tu te représentes heureuse dans ta vie, suggéra Phoebe en s'allongeant, la tête sur le coussin à l'autre bout du lit, qu'est-ce que tu vois ?

Le mariage avec Henry que j'avais imaginé pendant mon séjour à l'asile me vint immédiatement à l'esprit – l'herbe réchauffée par les rayons du soleil, ma main dans la sienne, mon sourire caché par ma voilette. À présent ce rêve n'était plus possible. Mais je ne voulais pas de mensonges entre Phoebe et moi.

— Ce n'est pas un lieu.

— Henry ?

Je hochai la tête.

— Laisse-moi le temps d'en faire mon deuil. Mais toi, qu'est-ce que tu vois ? Quand tu te représentes heureuse dans ta vie.

Une ombre traversa son visage. J'avais deviné sa réponse, tout comme elle avait deviné la mienne.

— Goldengrove ?

— Ça me manque, avoua-t-elle. Enfin, certaines choses me manquent.

Nous poursuivîmes notre conversation à voix basse pendant des heures, comme nous le faisions autrefois. Phoebe m'expliqua comment elle avait vécu son séjour. Les mots s'épanchaient de sa bouche. Au départ, elle avait cru à un mauvais rêve, un cauchemar dont elle finirait par se réveiller, un conte étrange qu'elle me raconterait à la lueur du matin. Le calvaire quand elle avait repris pied dans la réalité. La transition entre ces atroces traitements par l'eau froide et l'isolement dans cette chambre étrange, jusqu'au moment où elle était devenue celle qui servait ses verres d'alcool au médecin-chef. Sa gentillesse envers elle, son attitude respectueuse ; comment son esprit avait pris son envol avec une joyeuse inspiration quand il lui avait proposé de peindre le mur ; l'emprisonnement étonnamment apaisant, quoique bref, sur la chaise de tranquillité. Le bouleversement provoqué par mon arrivée entre les rangées de vignes, son effarement ; la question de savoir, alors même qu'elle glissait sa main dans la mienne avec reconnaissance, si le choix de partir était le plus judicieux.

Et cette fois encore, elle me récita leurs noms. Les noms de toutes ces femmes internées à tort qu'elle avait rencontrées à Goldengrove. Elle les avait tous mémorisés. Je savais qu'elle cherchait le moyen de les sauver et nous évoquâmes ce qui pouvait être entrepris en leur faveur. Mais pour la toute première fois, elle me parla également des autres femmes. Celles qui n'étaient pas là par erreur. Celles qui étaient au contraire parfaitement à leur place.

D'une voix grave, ma sœur m'expliqua qu'un grand nombre d'internées étaient inadaptées à notre monde. Elles étaient trop vulnérables, trop altérables, trop tristes, trop une chose ou une autre. Pour ces femmes-là, l'isolement de l'institution avait véritablement des effets bénéfiques. C'étaient celles qu'elle avait le plus de mal à oublier. Et elle se demandait à quel groupe elle appartenait : celles qui devaient vivre au-dehors ou celles qui devaient vivre à l'intérieur de l'asile.

Je ne sus comment lui répondre.

Au cœur de la nuit, le sommeil finit par nous rattraper, et nous nous endormîmes enroulées dans une courtepointe, à même le couvre-lit. Mon épuisement avait eu raison de mon inquiétude. À mon réveil, je me rendis compte que nous n'avions pas abordé la question la plus brûlante – qu'adviendrait-il de nous deux, ensemble ou séparées ? –, mais ma sœur dormait profondément, sa main fermement arrimée à la mienne. Ce qui constituait en soi un élément de réponse.

*

Trois journées s'écoulèrent, chacune plus longue que la précédente. Aussi éprouvant qu'eût été notre séjour à Goldengrove, certains aspects de la vie à l'institution me manquaient. Le sentiment de camaraderie avec les filles de la chambrée. La satisfaction à fabriquer les pains de savon, à transformer un ensemble arbitraire de tâches en un résultat tangible. L'esprit vif de Nora, le visage radieux de Damaris, le sourire aussi lumineux que rare de Martha.

L'image de l'infirmière en chef assise sur la chaise de tranquillité surgit dans mon esprit, avec ses doigts crispés qui tentaient de faire jouer les attaches de contention. Je me demandais combien de temps s'était écoulé avant qu'on ne la retrouve. Je haïssais l'observation qu'elle avait eue sur le sentiment d'être utile comme planche de salut pour les femmes. J'aurais préféré me l'approprier sans elle. Je me demandai ce qu'il était advenu du médecin-chef, si sa lutte contre l'alcool avait trouvé une issue, et lequel des deux en était sorti vainqueur. Je me demandai si Damaris était rentrée chez elle, si son beau-frère habitait toujours sous leur toit, s'ils avaient de nouveau cédé à la luxure. Jubilee avait repris là où elle l'avait laissée sa carrière de fille de joie, et réintégré la maison close sans l'ombre d'une hésitation. Si l'internement nous avait fait opérer des changements, ces derniers dureraient-ils une fois replongées dans les conditions mêmes qui nous avaient fait perdre la raison ?

Ici, enfin, ici il y avait Phoebe.

Le deuxième jour, je la trouvai à mon grand étonnement en train de travailler sur un très bel ouvrage de broderie, piquant son aiguille dans des fils multicolores sur un canevas blanc nacré, répétant son geste minutieux avec application. Toutes les occupations interdites à l'asile avaient dû lui manquer cruellement, qu'elle les eût ou non appréciées. Je ne la voyais pas peindre, mais je me gardai de l'interroger à ce propos. En temps voulu, si tel était son désir, elle m'en parlerait. Pourtant, chaque fois que nous étions dans des pièces séparées, je l'espérais entourée de pinceaux et de peintures.

Les conversations que j'avais avec mon père, habituellement brèves, avaient lieu le plus souvent au cours des repas et se résumaient à des propos aimables. Je comprenais qu'il se refusât à parler franchement en présence de ma mère ; toutefois, quand je le croisais seule, il se montrait chaleureux, mais distant. Nous n'évoquions pas l'avenir. À une occasion, je pris mon courage à deux mains pour solliciter une entrevue, mais tandis que je m'approchais de son bureau, Phoebe en sortit, une enveloppe à la main. Nos regards se croisèrent et je tournai les talons pour me réfugier dans ma chambre, les joues rouges.

Je brûlais de savoir avec qui elle entretenait une correspondance, si tel était le cas, mais je n'osai poser la question. Au cours des longs échanges qui avaient suivi le départ de Celia, ma sœur m'avait demandé de lui laisser du temps pour réfléchir à ce qu'elle voulait faire de sa vie. Je ne tenais pas à mettre en péril notre paix si fragile en la bousculant avec des questions. Et puis j'avais peur d'entendre la réponse.

Au cours de ces trois journées d'attente à la maison, je vis ma mère à plusieurs reprises, sans pour autant que nous échangions le moindre mot. Elle prenait place en silence à la table du déjeuner, s'acharnait sur sa fricassée avec un malaise évident et sautait le repas du soir. Quand nous nous croisions par hasard dans le vestibule, elle sursautait et me dévisageait comme si j'étais une inconnue. Et en un sens, je me rendais compte que c'était le cas.

Toute ma vie, elle m'avait connue obéissante, j'étais l'argile parfaite dans laquelle elle pouvait façonner sa création : une épouse idéale pour un homme promis à un grand avenir, en vue d'un mariage qui ferait grimper les échelons de la société à notre famille, à l'instar de la marée montante soulevant les navires dans la baie. Elle qui croyait tout maîtriser, voilà que la situation lui échappait totalement. Comme je la découvrais sous cette lumière, je me demandai si sa décision d'épouser mon père était le fruit de l'amour ou d'un calcul. Il ne faisait aucun doute que cette alliance l'avait élevée socialement. Or, en tant que femme, elle ne disposait pas des moyens nécessaires pour se hisser plus haut, pas d'une situation ni de perspectives hormis celle de marier ses filles. Phoebe et moi nous étions révélées être une terrible déconvenue et elle ne pouvait pas compter sur nous pour propulser la famille vers de nouveaux sommets.

J'aurais aisément pu briser le silence en présence de ma mère, et pourtant je n'en fis rien. Le temps panserait nos plaies ou les laisserait béantes. Ce n'était plus de mon ressort, à présent.

*

Au troisième jour, après un énième petit déjeuner morose et une nouvelle matinée léthargique passée à me morfondre dans le petit salon, je m'installai dans la bibliothèque en compagnie d'un épais volume sur la mythologie grecque. Phoebe s'installa avec son ouvrage de broderie près de la fenêtre. J'avais commencé à m'intéresser à l'histoire des Muses et si ces déesses restaient insaisissables, j'étais néanmoins tombée sur un épisode fascinant : celui d'Orphée, fils de Calliope, et du périple qu'il entreprit pour sauver sa bien-aimée des Enfers.

Je ne sais pour quelle raison je relevai le nez de ma lecture, mais soudain il était là. Mon père se tenait sur le seuil, une main sur l'encadrement de la porte, et me dévisageait d'un air impénétrable et inquisiteur à la fois.

Je reposai mon livre.

— Y a-t-il du nouveau ?

— Il est l'heure ? s'enquit Phoebe.

Je crus, à tort, que la question s'adressait à moi. Je les surpris à échanger un regard.

— L'heure de quoi ? demandai-je.

— C'est une belle journée, déclara mon père d'un ton compassé qui jurait avec la légèreté de son propos. Je pense que vous devriez aller vous promener, toutes les deux.

Phoebe reposa son ouvrage et me tendit la main, tout sourire.

— Oui, allons prendre l'air.

— Êtes-vous certain ? interrogeai-je mon père.

— Allez-y. J'insiste.

Pour étrange que pût me paraître le fait que notre père nous chassait de la maison, je préférai ne pas lui chercher querelle. Il y avait déjà trop de conflits larvés, trop de confusion.

Une fois revêtus nos manteaux, gants et chapeaux, il fallut s'accorder sur la destination. Je ressentis la même étincelle d'enthousiasme que lorsque j'étais sortie quelques jours plus tôt pour acheter la robe de Matilda ; nous seules trancherions la question, de notre propre chef, en connaissance de cause.

— On pourrait marcher jusqu'à Union Square ? proposa Phoebe.

— Pourquoi pas pousser jusqu'à la baie ? Même descendre jusqu'à Broadway ?

— Ça fait loin.

— Oui, et nous avons du temps à revendre, soulignai-je, tout aussi comblée qu'attristée par cette réalité.

— Je suis trop fatiguée, fit valoir Phoebe. Je préférerais de loin Union Square.

Je la dévisageai encore. Avant l'asile, j'étais capable de reconnaître ses sautes d'humeur ; je faisais la différence entre une tristesse passagère et les prémices d'une journée sépulcrale. En cet instant, je n'aurais su dire. Je l'avais trouvée réjouie à l'idée de sortir ; pourtant, elle me semblait se raviser. Quelque chose me déconcertait, sans que j'arrive à mettre le doigt dessus. Je ne comprenais toujours pas où ma sœur voulait en venir.

— Très bien, acquiesçai-je.

Le trajet entre les rues Powell et Post était court, au gré d'un raidillon qui serait fort déplaisant au retour. Le chemin pentu n'eut pas l'air de déranger Phoebe. Nous avancions du même pas, dans un silence confortable. Pourtant plus il s'étirait, plus il devenait pesant.

En ce samedi, les rues débordaient de calèches et de piétons, notamment à l'approche du parc. Je commençai à me rendre compte que les passants regardaient ma sœur. Les femmes la dévisageaient avant de détourner les yeux. Lorsqu'elles croisaient notre chemin, elles interrompaient leurs conversations joyeuses pour se taire. Personne ne nous adressa la parole, personne ne nous convia à nous joindre à une promenade. Bien évidemment, toutes ces femmes savaient pertinemment ce qui était arrivé à Phoebe. Si ma sœur pouvait réchapper à l'asile, elle ne pouvait pas réchapper à l'infamie, aux murmures. J'agrippai sa main plus fort et nous poursuivîmes notre chemin.

Une fois arrivées à la grande place, nous allongeâmes le pas pour entrer dans le jardin. Quand je voulus bifurquer à gauche pour m'approcher des rosiers bourgeonnants, ma sœur me tira dans l'autre sens.

— Par ici, dit-elle. Viens.

Mes soupçons s'accrurent. Elle avait une idée derrière la tête.

— Pourquoi ?

— Je veux te montrer…, plaida-t-elle, et sa phrase resta en suspens.

Je finis par perdre patience.

— Quoi donc ?

— Pas « quoi », corrigea-t-elle.

Un large sourire éclaira son visage, dévoilant la blancheur de ses dents.

— Mais « qui ».

— Qui ? répétai-je.

Ses mots sortirent pêle-mêle, dans un joyeux souffle.

— C'est papa qui a eu l'idée d'une rencontre ici plutôt qu'à la maison. Comme ça, vous aurez le temps de parler librement. Et je pense qu'il a très envie de discuter en tête-à-tête.

Je tentai de contenir la vague d'espoir qui déferlait en moi.

— Phoebe, tu ne veux tout de même pas dire…

— Merci, chère Phoebe, déclara une voix familière.

Le timbre de cette voix à lui seul faillit me liquéfier.

— Je vais y aller, conclut ma sœur.

Elle s'exécuta dans un grand froufrou de sa robe. À présent que j'avais les yeux sur lui, je ne pouvais plus détacher mon regard.

Henry.

# Chapitre 30

Il tenait son chapeau à la main, découvrant son beau visage et son expression sérieuse mais dénuée de sévérité. Il était plus grand que dans mon souvenir, plus viril que le jeune homme que j'avais appris à aimer. Celui-là même, tout au long de mon séjour à l'asile, des bancs aux collines en passant par les Ténèbres, que j'avais désespéré de revoir un jour.

Pourtant c'était le même homme qui, quelques jours plus tôt, m'avait scrutée d'un air soupçonneux et m'avait accusée de l'avoir dupé en jetant mon dévolu sur son frère. Des mois plus tôt, il m'avait semblé qu'il me comprenait, et voici qu'aujourd'hui nous étions déchirés, incapables l'un comme l'autre d'être en bonne intelligence. Il se tenait devant moi. Il avait demandé à me voir. Cette entrevue n'avait rien d'anodin, et je devais trouver le courage de savoir de quoi il retournait.

— Henry.

— Charlotte.

Mon prénom à ses lèvres comme des notes de musique.

— Comment va votre famille ? m'enquis-je.

La question était difficile, mais je ne voulais pas laisser s'installer le malaise entre nous.

— Fort changée, répondit-il.

— J'en suis navrée.

— C'est pour le mieux, en grande partie, observa-t-il d'un ton sincère. George a décidé, assez précipitamment, de s'occuper un temps des propriétés familiales du Mexique. Mon père penchait en faveur d'un déshéritement complet, mais la clémence de ma mère l'en a empêché.

— J'imagine que c'est mieux ainsi.

— Vous ne souhaitez pas qu'il soit puni ?

— Il n'obtiendra pas ce qu'il désire le plus au monde, réalisai-je soudainement. En soi, c'est une forme de châtiment.

— Et comment se porte Celia ?

— Elle est partie.

— Où ?

— Je ne peux pas vous le dire.

— Bien sûr. Je suis désolé de ce qui lui est arrivé. Une telle chose est irréparable.

— Elle est forte, remarquai-je. Sans quoi elle n'aurait pas tenu.

— Tout comme vous.

Je levai les yeux, surprise.

Il semblait tout absorbé dans la contemplation du bord de son chapeau. Me flattais-je en croyant comprendre sa gêne ? Il pouvait difficilement louer ma force, si c'était pour affirmer ensuite que ce genre d'attitude était déplacé chez une femme et qu'il préférait ne plus jamais me voir de sa vie. Après tout, il avait demandé à Phoebe de m'amener jusqu'ici. De surcroît, mon père était au courant. Henry avait forcément d'autres choses à m'annoncer, et toutes n'étaient pas forcément funestes. Malgré ma nervosité, je m'accrochai à cette pensée.

Ce fut lui le premier qui se hâta de briser le silence.

— Vous jeter ainsi dans le gouffre, pour aller sauver votre sœur, a dû être une véritable épreuve. J'ignorais que vous possédiez de telles ressources, je vous le confesse en toute sincérité.

— Moi-même je l'ignorai, avouai-je.

— Vous auriez eu toute votre place à bord du *Compass*.

— Je croyais que les femmes portaient malchance sur les navires ?

— C'est ce qu'on dit parfois, reconnut-il, mais avec une femme de votre trempe, la chance ne pourrait que tourner.

— Vous me flattez.

— Oui, sourit-il. Et je suis loin d'en avoir terminé. Vous êtes intelligente, forte, courageuse. J'ai toujours su que vous étiez charmante, à présent je me rends compte que vous êtes une perle.

Je sentis mes joues rosir. Si j'avais eu un éventail, je l'aurais déplié pour dissimuler mon visage.

— À vous entendre, vous voulez me graver dans le marbre et m'exposer dans le hall de la Société d'Histoire.

— Non, je veux vous épouser.

Je poussai un cri de surprise, j'avais dû mal comprendre ses propos. Prenais-je mes désirs pour des réalités, ou venait-il réellement de dire ce que je mourais d'envie d'entendre ? Je sentis l'air froid effleurer mes joues, tandis qu'autour de nous les rayons timides du soleil peinaient à dissoudre les bancs de brouillard matinal. Mais les paroles d'Henry avaient déclenché une onde de chaleur dans mon corps.

— C'est vrai ? m'enquis-je.

— Absolument. Je l'ai toujours désiré.

— Même au cours de vos fiançailles ?

J'en avais assez de le traiter comme un poussin encore au nid. Je ne tolérerais plus aucun non-dit.

— Depuis le jour où je vous ai raccompagnée après l'office. Vous souvenez-vous ?

— Je me souviens, concédai-je d'une voix radoucie.

Son sourire se fit hésitant, mais plein d'espoir.

— Votre famille… Ils ne voudront jamais, déplorai-je.

— Votre père est dur en affaires.

Je croyais maîtriser tous les tenants et les aboutissants du marché conclu par mon père. Or en réalité, je ne connaissais que les éléments que j'avais pu exiger de lui. Manifestement, mon père avait ajouté un bonus à la négociation. Je me souvenais à présent qu'il ne m'avait pas laissée lire la missive de Charles Sidwell avant de la mettre à l'abri dans son coffre-fort.

Je devais en avoir le cœur net. Si les négociations m'avaient considérée comme une poupée, un simple atout, je préférais encore ruer dans les brancards.

— Je suis une des clauses de l'accord ? La même future mariée, promise seulement à un autre homme ?

Il avait dû percevoir la colère dans ma voix, car il s'empressa de me rassurer.

— Non, non. Ce n'était pas une condition. La condition est que c'est à nous seuls d'en décider, précisa-t-il en nous désignant tour à tour. Qui l'on épouse. Si nous parvenons à un accord tous les deux, ils ne se mettront pas en travers de notre chemin.

— Le silence de ma famille, Celia à l'abri et la porte ouverte au mariage ? C'est bien ça ?

— George reste en dehors des journaux, tout comme votre périple à Goldengrove. De notre côté, la famille apure les dettes de votre père et solde les comptes. Votre père garde sous clé les preuves fournies par Celia, mais s'il les révèle, l'accord deviendra nul et non avenu. Vous et moi…, dit-il en faisant le même geste. Notre décision sera souveraine.

Autre chose me taraudait. Avant Goldengrove, je n'y aurais pas prêté attention, mais à présent, je ne pouvais ignorer l'enjeu.

— Pensez-vous que nous nous connaissions suffisamment bien ?

Il prit une mine grave, mais il envisagea ma question sans jugement.

— Je ne suis pas sûr. Il me semble que personne ne connaît jamais complètement l'autre au moment de prendre la décision de l'épouser. Est-ce que mes parents se connaissaient bien ? Les vôtres ?

Je secouai la tête. Il ne pouvait pas se douter que je ne tenais pas particulièrement à reproduire l'alliance entre mes parents, sans quoi ses mots sonnaient juste.

Il poursuivit :

— Un mariage est toujours un acte de foi. De ce que j'ai pu voir de vous jusqu'ici, je désire vous connaître davantage, me tenir à votre côté, envisager un avenir à deux. Si vous ressentez la même chose – ce que je souhaite de tout cœur – alors je pense que c'est « suffisamment bien », oui.

— Mais ne vous languirez-vous pas de partir à l'aventure ? En Patagonie ?

Mon esprit incrédule virevoltait. Henry Sidwell venait de m'annoncer qu'il voulait m'épouser. Qu'il était en mesure de le faire. Et que moi aussi.

Il me sourit :

— Je suis déjà allé en Patagonie.

— Vous voyez bien ce que je veux dire.

— Fort bien. Oui, nous aurons peut-être envie de partir à l'aventure, plus tard.

Son choix du *nous* réjouit mon cœur.

— Nous aurons le temps d'y penser, renchérit-il. Si vous acceptez ma demande. Or, et je suis dans l'obligation de vous le faire remarquer, vous ne l'avez pas encore fait.

— Oh ! Oui. Oui, oui, oui. Vous ai-je bien répondu oui ?

— Oui, répéta-t-il en écho en prenant mes mains dans les siennes.

Ce soir-là à l'opéra, nos mains s'étaient touchées, mais pas de cette manière. Nous n'étions plus les mêmes personnes. Toutefois le courant qui circulait entre nous, tel un éclair, tel une mélodie, restait immuable.

Mes yeux s'attardèrent sur la ligne de démarcation entre sa barbe et sa peau nue, cet endroit dans son cou que j'avais toujours désiré embrasser. Que j'embrasserais. Pas aujourd'hui, et pas de sitôt. Mais le jour viendrait. Et ce jour-là, je connaîtrais le vrai bonheur.

À la perspective de tout raconter à Phoebe, je sentis une vague de joie me submerger. J'espérais qu'elle m'avait attendue dans le parc, à quelques pas, pour que je puisse lui annoncer la bonne nouvelle sans tarder. Mais lorsque je pris la mesure de ce que cette dernière impliquait, je sentis mon corps se figer l'espace d'un moment.

Un long moment. Trois, quatre, cinq battements de cœur. Je voulais accepter sa demande, plus que tout au monde ou presque. Mais c'était impossible.

— Oh ! Mais non, soufflai-je en baissant les yeux sur mes mains que je retirai lentement des siennes.

— Non ? répéta-t-il en tentant de me retenir.

— Je ne peux pas…

Je voulus refouler les larmes qui me montaient aux yeux à une vitesse affolante. Jamais je n'avais éprouvé un tel bonheur, mais je venais de comprendre que ce bonheur déclencherait la destruction d'un autre, et que dans de telles conditions, je devais m'y refuser.

— Qu'adviendra-t-il de Phoebe ?

— Vous savez qu'elle ne se porte pas très bien.

— La plupart du temps, si, répondis-je sur la défensive.

Quoi qu'il arrive, je prendrais toujours la défense de ma sœur.

— Oui. La plupart du temps. Mais pas tout le temps.

— Non.

— Vos parents ne sont pas prêts. Si sa santé se détériore.

Je dégageai mes mains. La réalité n'avait pas mis longtemps à faire irruption dans notre fantasme. Je n'avais d'autre choix que d'aller jusqu'au bout. De l'autre côté de l'allée, je vis un moineau se poser sur un banc désert, incliner sa tête sur le côté, puis repartir à tire-d'aile.

— Alors je dois rester célibataire et m'occuper d'elle. Pendant le restant de nos jours. Je lui dois au moins ça.

— Elle vous doit beaucoup, elle aussi.

— Ne me faites pas la leçon sur ma sœur, tranchai-je d'une voix qui n'admettait pas de réplique. Je la connais depuis toujours.

— Vous l'aimez. Mais je ne suis pas certain que vous la connaissiez.

Il voulut me prendre les mains, mais je me rétractai. Mon rejet jeta une ombre triste sur son visage. Je souffrais de lui infliger ce tourment. Je croisai les mains pour m'empêcher de les enfouir entre les siennes.

— Alors que vous, oui ? lançai-je comme un défi.

— La seule à véritablement connaître l'esprit de Phoebe est Phoebe elle-même. Elle et moi avons échangé une correspondance à ce propos, au cours de ces derniers jours. Et je sais qu'elle vous a fait part de ses préoccupations.

Et j'avais refusé de l'écouter. De même que je répugnais à aborder le sujet avec Henry. Un autre moineau plongea en quête de pitance sur les dernier zinnias de la saison et, se trouvant bredouille, repartit sur-le-champ.

Henry poursuivit :

— Il lui faut un lieu dans lequel on prenne soin d'elle. Dans lequel elle soit en sécurité, pour se prémunir contre elle-même. C'est ce qu'elle veut. Avec des médecins et des infirmières.

Je revis Phoebe dans la chaise de tranquillité. Martha et sa joue tailladée. Magda Orvieto, l'édentée. Ces femmes violentées, droguées, négligées, affamées.

— Docteurs et infirmières ne sont pas gage de bons soins, croyez-moi, crachai-je.

Il resta face à moi, sans se démonter.

— Les bons médecins. Les bonnes infirmières.

— Et on les trouve où ?

— Pourquoi pas à Goldengrove.

— Non. Non. Jamais de la vie.

Je refusais de me plier aux convenances, pas avec Henry, pas s'il désirait faire de moi sa partenaire pour la vie.

Il répondit d'un ton solennel.

— L'institut n'a pas toujours été comme ça. George a laissé les choses se dégrader. Imaginez ce qu'il adviendrait si le lieu recouvrait sa mission originelle. Celle de venir en aide aux malades mentales curables. De soigner celles qui peuvent l'être. Et pour les autres, tout du moins, de procurer un cadre de vie sûr et convenable à l'abri de la peur et de l'incertitude.

— Tout ceci est bien beau, maugréai-je à contrecœur. Mais ce n'est qu'un rêve.

— Un rêve qui pourrait devenir réalité.

Il tendit de nouveau les mains vers moi, et son visage était empreint d'une telle sincérité que je le laissai enlacer les miennes. Le sang se mit à battre dans mes veines.

— À condition de mettre les bonnes personnes aux commandes.

— Qui ? demandai-je.

— Vous et moi, déclara-t-il, le visage éclatant d'enthousiasme. Nous. À présent que George est parti au Mexique, il lui faut un remplaçant qui veille aux intérêts de la famille sur place. J'ai dit à mon père que je souhaitais réhabiliter Goldengrove. Et je tiens à ce que vous preniez la place d'infirmière en chef – si vous l'acceptez – en attendant d'en embaucher une nouvelle, la bonne, ainsi que de nouveaux docteurs, si besoin. De renouveler tout le personnel, s'il le faut. Quoi qu'il en coûte pour que les femmes reçoivent les soins appropriés.

— Je n'ai aucune instruction…

— Vous pourrez vous former. Vous savez d'ores et déjà ce qui prime. Je ne pourrai pas me lancer sans vous.

— Sincèrement ?

— Sincèrement, confia-t-il.

Je le croyais, de tout mon cœur.

— Votre frère, commençai-je, et comme je le voyais se raidir, je me hâtai de préciser : Votre frère John. Il avait à cœur d'aider ces femmes. C'est ainsi que tout a commencé. Les Muses…

— Les Muses ?

J'avais oublié qu'il ignorait tout de l'asile, exception faite des brochures, qui présentaient l'institution dans les grandes lignes, comme moi-même j'ignorais tout deux mois plus tôt. J'allais avoir fort à faire pour le mettre à la page. Mais à partir de maintenant, semblait-il, nous avions tout le temps du monde.

— Il voulait que chaque patiente bénéficie du traitement approprié à ses maux. Rien à voir avec le charlatanisme des médecins aujourd'hui. Mais des thérapies qui s'appuient sur la musique, l'art, les livres. La poésie. Voilà son rêve.

Il ne me demanda pas comment je le savais, mais je lus la soif sur son visage, l'envie d'apprendre.

— Nos rêves. Son rêve. Nous pouvons les réaliser ensemble, affirmai-je.

— Ensemble, renchérit-il en me serrant les mains.

C'est donc à notre manière que nous partirions à l'aventure, tous les deux. La route s'annonçait périlleuse, imprévisible et capricieuse, mais à bien y réfléchir, c'était exactement l'endroit tout désigné pour Henry, Phoebe et moi.

## Chapitre 31

Trois semaines plus tard, j'étais vêtue d'une robe simple en soie ivoire, l'échancrure rehaussée de l'émeraude de la famille Sidwell sur une chaînette en or. D'un geste machinal, je ne cessais de caresser le pendentif.

En fin de compte, notre mariage ne ressembla en rien à celui que j'avais imaginé depuis les confins de Goldengrove. La cérémonie eut lieu dans une atmosphère bondée et étouffante à l'église, dont les bancs avaient été drapés de brins de jasmin précoce d'un jaune éclatant. Ma mère avait insisté. Tout comme elle avait insisté sur ma voilette en dentelle d'Alençon, la liste d'invités à rallonge, le choix de l'église et la calèche tirée par deux étalons blancs qui attendait sur le parvis. Elle avait dicté le menu du petit déjeuner de mariage, jusqu'à la recette du cake épicé aux fruits, alors qu'elle savait pertinemment que je le préférais au citron. Nous nous étions brièvement concertées sur ces questions ; tout bien considéré, nous échangeâmes très peu. Nous ne savions plus comment nous y prendre.

Mais une chose importante avait échappé à son autorité. Seul importait le marié, et en la matière, le choix m'était revenu.

Henry m'attendait à l'autel et je peinais à ne pas devancer le rythme de la musique, une marche nuptiale bien trop traînante à mon goût. Parmi les premiers rangs, Phoebe leva la tête et pivota avec un sourire, et je m'avançai à grands pas vers eux, le cœur joyeux.

Tandis que le pasteur énonçait les vœux d'Henry que ce dernier répétait solennellement, une marée de visages nous observait. Mon regard glissa sur le contingent des Sidwell, lorsque tout au fond de l'église, un mouvement attira mon attention. Une femme coiffée d'un chapeau à bord large couronné d'une fleur de magnolia cireuse, vraie ou non, tendait le cou au-dessus de la dernière rangée. À peine l'avais-je aperçue qu'elle tournait déjà les talons pour s'en aller. Son attitude me rappela Martha. Peut-être n'était-elle pas encore partie dans le Grand Nord. Je jugeais opportun qu'elle assistât à mon mariage ; sans elle, je ne serais pas là. Il en était de même pour Nora, qui occupait souvent mes pensées, avec son médecin. Je n'allais sans doute par tarder à les revoir.

Quand vint mon tour de prononcer mes vœux, j'eus la nette impression de parler trop doucement, puis trop fort, mais l'essentiel était de les adresser à la bonne personne. Et puis ce fut fait. Nous étions mariés.

Après la cérémonie, mon père serra la main d'Henry avec allégresse, et ma mère parvint à articuler des félicitations assez sincères. D'une certaine manière, elle avait obtenu exactement ce qu'elle cherchait : notre destin était désormais lié à celui d'une meilleure famille que la nôtre. Mais la connaissant, elle se laisserait hanter par la fragilité de ce lien, si tributaire du secret qu'il fallait préserver autour des agissements de George. Nous étions assujettis au destin de leur famille et ma mère en perdrait le sommeil, à redouter que notre bonne étoile ne pâlisse. Elle avait beau afficher un sourire radieux et une prestance assurée, je crus déceler un reflet apeuré dans ses yeux. Quelle détresse que de décrocher ce que l'on croit être la clé du bonheur, pour s'apercevoir en fin de compte que cela ne suffit pas. Le temps faisant son œuvre, peut-être trouverait-elle d'autres formes de satisfaction. Je lui prêterais main-forte, si elle me le demandait. Mais cela était peu probable.

L'heure vint de prendre congé de mes parents et de nos convives. Je gratifiai mon époux d'un sourire et ensemble, nous descendîmes le perron de l'église pour regagner la rue. Mon avenir – notre avenir – commençait.

*

La semaine suivante, je pénétrai dans Goldengrove, flanquée de mon époux et de ma sœur. J'avais éprouvé un frisson d'angoisse en voyant l'imposante bâtisse se découper au loin devant notre calèche. Les lignes incurvées au-dessus de l'entrée, les briques si familières. Entre ces murs, j'avais éprouvé la peine, la solitude. J'avais vu les mauvais traitements infligés à des femmes de bien. Mais surtout, j'avais vu un monde sens dessus dessous, qui s'acharnait à mépriser et mal diagnostiquer les femmes. Un monde qui prétendait offrir un lieu de guérison, mais qui n'était en réalité qu'un lieu de détention bien pratique pour des femmes bien gênantes, au service exclusif des gens de l'extérieur, jamais des intéressées.

Je chassai toutes ces idées sombres en inspirant une grande goulée d'air frais. Nous allions faire venir de nouveaux docteurs, qui partageaient nos convictions. Le piano de la salle commune égrènerait de nouveau ses notes de musique. Nous refuserions les patientes que leurs familles nous enverraient pour s'en débarrasser. Avec Phoebe, armée de la liste de noms qu'elle avait mémorisés, je ferais le tour de l'établissement pour qu'elle puisse annoncer de vive voix à toutes ces femmes qu'elles étaient libres de s'en aller. Nous trouverions le moyen de les aider à se remettre sur pied, à recommencer leur vie, comme s'y employait Martha, et je l'espérais Celia, aussi. Il n'y avait pas qu'un seul monde à l'extérieur de ces murs. Il y en avait une pluralité, et nous pouvions contribuer à en construire d'autres.

Serrant les mains d'Henry et de Phoebe dans les miennes, je songeai que le lieu était peut-être le même, mais que les circonstances avaient changé. À cet univers confus de brimades se substituerait un environnement chaleureux et vivant : les murs de Goldengrove vibrant de chants, parés de peintures multicolores, traversés d'un chœur de voix féminines portées par la lecture, la joie et la convivialité. Notre but ne serait pas de gagner de l'argent – pour ce faire, les Sidwell détenaient d'autres entreprises, d'autres intérêts, vers lesquels nous nous tournerions en temps utile – mais de reconstruire ce monde. Pour toutes les femmes qui en sillonnaient les longs couloirs. Comme ma sœur. Comme moi, aussi.

Cette fois-ci, nous entrâmes par la grande porte.

# Note de l'autrice

Les lecteurs et lectrices qui se demandent si l'Institut moderne pour malades mentales curables de Goldengrove a existé auront la satisfaction d'apprendre qu'aucune institution de ce nom n'a jamais existé, ni en 1888 ni à une autre époque. Je l'ai inventé. Malheureusement, toutes les pratiques que je cite dans cet ouvrage étaient en vigueur à cette période et les raisons qui justifiaient l'internement des femmes dans des asiles publics ou privés – qui ratissaient large, allant de la dépression à l'épilepsie en passant par les relations extra-conjugales et la désobéissance – existaient bel et bien. La sanction du cachot d'isolement était évidemment utilisée, mais le nom « Ténèbres » est de mon invention. Le praticien le plus tristement célèbre de l'arrachage de dents (et autres ablations diverses et variées) pour soigner de la folie, le Dr Henry Cotton, n'entra en activité qu'en 1907, mais d'autres avant lui avaient déjà émis l'hypothèse d'un lien entre santé dentaire et santé mentale. Dans la plupart des cas, ce que j'ai choisi de passer sous silence est bien plus terrifiant que ce que j'ai intégré.

En particulier, les asiles d'État étaient connus pour soumettre leurs patientes à des mauvais traitements. Nellie Bly a véritablement mené un reportage infiltré au Blackwell's Island Hospital en 1887 pour le *New York World* et les allusions à son récit, dans la bouche de Charlotte, sortent tout droit du texte intitulé *10 jours dans un asile* (paraphrasées par souci de clarté). Les lecteurs et lectrices qui s'intéressent aux conditions en vigueur dans les asiles du XIXe siècle devraient commencer par la lecture du reportage de Bly. L'ouvrage de Mark Stevens, *Life in the Victorian Asylum*, offre une approche plus détaillée du fonctionnement des établissements psychiatriques britanniques de cette époque.

Je me suis inspirée librement de l'histoire de San Francisco et de la Napa Valley pour peupler les pages de ce livre, quoique de nombreux personnages ne soient pas des figures historiques. Des patronymes tels que Stanford et Crocker auraient été célèbres en ce temps, mais ceux de Sidwell et Smith de Nob Hill sont fictifs. Le vignoble où les patientes font les vendanges est inspiré librement du domaine de Beringer, comprenant la Rhine House, qui sortit de terre en 1884. Le fonds du San Francisco Maritime National Historical Park m'a permis de comprendre la topographie du front de mer de cette époque ; Superior Wharf est un assemblage.

Sur une note plus légère : l'inspiration a parfois des origines invraisemblables. Ma décision d'écrire un livre dont l'action se déroulait dans un asile pour femmes vient en partie de la lecture de Nellie Bly, évidemment, mais aussi d'une source bien plus incongrue : la chanson de 1978 « (I Don't Want to Go to) Chelsea » d'Elvis Costello. Les fans les plus inconditionnels de Costello n'auront aucune peine à reconnaître l'origine des noms Gus, Alfie et Natasha.

L'ouvrage de Jeffrey Geller et Maxine Harris *Women of the Asylum : Voices from Behind the Walls, 1840-1945* a été indispensable à mes recherches. J'y ai lu les témoignages d'internées, livrés dans leurs mots à elles, y compris celui de l'autrice (et personne ayant souffert de psychose post-partum) Charlotte Perkins Gilman. C'est en son honneur que j'ai baptisé ma Charlotte.

Les erreurs sont de mon fait.

# Remerciements

Comme toujours – étant donné l'image qui nous est donnée des écrivaines et écrivains, ces êtres solitaires qui triment dans des mansardes pleines de courants d'air – je suis frappée par le nombre de personnes qu'il faut pour écrire et publier un livre. J'ai la chance d'être entourée d'une équipe chaleureuse et motivante qui m'accompagne à chaque étape.

Un immense merci à mon agente, Elisabeth Weed, et à toute l'équipe chez The Book Group, qui a non seulement guidé cet ouvrage, mais qui donne forme à ma carrière d'écrivaine de sorte à ce que j'y revienne constamment. J'ai également la chance de pouvoir compter sur Jenny Meyer pour les droits étrangers et Michelle Weiner de CAA pour les films et la télévision – merci pour tous les efforts que vous avez fournis pour que cette histoire voie le jour !

Sourcebooks est un espace merveilleux pour mon travail, et la volonté de cette entreprise de rapprocher les livres de leurs lectrices et lecteurs est aussi impressionnante qu'enthousiasmante. Dominique Raccah donne le ton d'emblée, avec une approche concrète de son sujet qui force l'admiration. La société qu'elle a montée *ex nihilo* est devenue la plus grande maison d'édition d'Amérique du Nord à être dirigée par une femme. Je ne pourrais rêver meilleure éditrice que Shana Drehs, dont l'éclairage éditorial permet à mon travail de monter en gamme chaque fois. Kaitlyn Kennedy s'est acquittée du travail de Sisyphe de la promotion et je lui suis reconnaissante de faire rouler ce rocher ingrat mais ô combien crucial avec autant de force et de détermination.

Je suis éternellement reconnaissante envers les librairies indépendantes qui ont défendu mes livres, qui m'ont accueillie comme invitée et qui ont contribué de tant de façons à me mettre en lien avec leurs lecteurs et lectrices. Je n'ai pas la place ici de les mentionner toutes, mais ma gratitude va tout particulièrement à Pamela Klinger-Horn de l'Excelsior Bay Books à Excelsior dans le Minnesota ; Emily Hall de Main Street Books à St. Charles dans le Missouri ; Debbie Beamer du Mechanicsburg Mystery Bookshop à Mechanicsburg en Pennsylvanie ; Flossie McNabb de l'Union Ave Books à Knoxville dans le Tennessee ; et toute l'équipe de One More Page Books à Arlington en Virginie.

S'engager à lire et faire un retour sur une première ébauche de roman est une affaire sérieuse et je ne remercierai jamais assez mes premières lectrices. Toute ma reconnaissance à Tracey Kelley, Shelley Nolden et Therese Walsh pour leurs critiques constructives qui ont permis à ce livre de faire un grand bond en avant. J'ai également eu la chance de bénéficier des conseils éclairés d'une lectrice avisée qui se révèle n'être autre que ma mère. Merci, maman. De même, j'ai l'immense chance d'avoir un lecteur intelligent, perspicace et attentionné en la personne de mon époux. Merci, Jonathan, d'avoir donné un sens à tout cela – aux livres comme à la vie.

La communauté des autrices et auteurs de romans historiques est un groupe incroyablement chaleureux. Merci à la soixantaine de femmes qui ont accepté d'être interviewées pour ma série #womenshistoryreads sur GreerMacallister.com – merci pour votre engouement, je vous suis profondément reconnaissante. Merci à Fiona Davis, Susan Meissner, Kate Quinn et Julia Whelan pour les citations de promotion : merci aux amis, Robb Cadigan, Kristian McMorris, Michelle

Von Euw et Jenni L. Walsh pour les conseils stratégiques et le soutien ; merci enfin à tous les membres de la Fiction Writers Co-op d'avoir prouvé qu'il peut réellement se produire de belles choses sur Facebook. Seule, tout ceci ne vaudrait pas la peine.

## À propos de l'autrice

Greer Macallister, qui a grandi dans le Midwest des États-Unis, est une romancière, poétesse, nouvelliste et dramaturge diplômée d'un MFA en *creative writing* de l'American University. Son premier roman, *The Magician's Lie*, figure dans la liste de meilleures ventes d'*USA Today*, dans les suggestions de lecture d'Indie Next et dans la sélection du Target Book Club. Les droits d'adaptation cinématographiques du livre ont été acquis par Freckle Films, la société de production fondée par Jessica Chastain. Son roman *Girl in Disguise*, lui aussi dans la sélection d'Indie Next, a reçu une critique prestigieuse de *Publishers Weekly*, qui a salué « une histoire magnifique, racontée avec brio ». Collaboratrice régulière à *Writer Unboxed* et à la *Chicago Review of Books*, Greer Macallister vit à Washington, DC avec sa famille.

Imprimé à Barcelone par:
CPI Black Print

Cet ouvrage a été mis en page par IGS-CP
à L'Isle-d'Espagnac (16)

N° d'édition : L.01EUCN001023.N001
Dépôt légal : octobre 2021